PRÉVOST
MANON LESCAUT

Current and forthcoming titles in the BCP French Texts Series:

PRÉVOST
MANON LESCAUT

EDITED WITH INTRODUCTION,
NOTES AND BIBLIOGRAPHY
BY PATRICK BYRNE

PUBLISHED BY BRISTOL CLASSICAL PRESS
GENERAL EDITOR: JOHN H. BETTS

Cover illustration: 'The Repentance of Manon'
[drawing by Barbara McEwan Gulliver, January 1999]

First published in 1999 by Bristol Classical Press
an imprint of
Gerald Duckworth & Co. Ltd
61 Frith Street
London W1V 5TA

© 1999 by Patrick Byrne

A catalogue record for this book is available
from the British Library

ISBN 1-85399-517-7

Available in USA and Canada from:
Focus Information Group
PO Box 369
Newburyport
MA 01950

Printed in Great Britain by
Booksprint

CONTENTS

INTRODUCTION

Life and times

Abbé Prévost was born on April Fool's Day 1697 in Hesdin, in the northern French province of Artois. He was educated in the college there by the Jesuits, completing the first year of the rhetoric course in 1711 to 1712. It seems that he hesitated between a career either in the army or in the church. At about the age of fifteen he enlisted to fight in what was to become known as the War of the Spanish Succession, returned to Paris to pursue his studies, and then in 1717 began to train as a novice Jesuit at La Flèche. He presumably re-enlisted as an officer and then visited Holland in his early twenties. It could have been the Jesuits' reaction to his military escapades or 'la malheureuse fin d'un engagement trop tendre' which led him to leave the Company and take refuge with another order, for when he returned from Holland he entered a Benedictine monastery, and after a year's novitiate took his vows in early November 1721 at Jumièges in the strict Benedictine congregation of Saint-Maur. Over the course of the following six years he crossed swords in a polemic with the Jesuits, changed abbey four times in the course of his initial studies, was eventually ordained in 1725 or 1726, and moved to Saint-Germain-des-Prés, where he collaborated in the collective Benedictine publication, the *Gallia Christiana*.

His different postings, the delay in his ordination, even perhaps the small oddity of a Benedictine winning second prize in a provincial academy competition for submitting an ode about Saint Francis Xavier (published in the *Mercure* in May 1728), might suggest that Prévost did not find favour with his superiors. At all events the monastic life was not to the taste of a man who recognised his own passionate nature and the mental reservations he had had at the time of making his vows. He requested to be transferred into the less strict general Benedictine order, but departed Saint-Germain-des-Prés without formal permission; for some reason, the papal brief obtained for his transfer was not promulgated. This, together with the protest letter he left behind meant that Dom Thibault, his superior, had a *lettre de cachet* for his arrest issued against him. Prévost fled to Holland and then to England (November 1728) where he converted to Anglicanism and found employment for the next two years as tutor to Francis, the son of Sir John Eyles. As a former Governor of the Bank of England and Lord Mayor of London, a member of Parliament and deputy director of the South Sea Company, John Eyles was a man of some consequence. While in his household Prévost met many English writers and translated their works. But he made the mistake of falling in love with John Eyles' daughter Mary, and was forced to leave the country for secretly planning to marry her. He went to Holland, taking with him the manuscript of the first two volumes of *Cleveland*, a long epic novel which, like *Manon*, gives prominence to the impossibility of finding happiness, to bereavement and wandering in the desert. The year 1731 found Prévost in Amsterdam and in the Hague in exceptionally productive mood, keeping a great many publication ventures on the boil simultaneously. As far as he was concerned this must have been something of an *annus mirabilis* for it saw the appearance in print of (among others) four volumes of *Cleveland* and the last three (including *Manon*) of the *Mémoires et aventures d'un homme de qualité*. However, he began to be dogged by money problems, and in January 1733 decamped along with his new and no doubt ruinously expensive mistress, Lenki Eckhardt, to London, leaving large debts behind him. While in London he undertook the publication of a revue, *Pour et Contre*, which he ran for most of the next seven years; by that time it had amassed some twenty volumes, introducing the French reader to English events, manners and literary tastes. He was at one point gaoled in the Gate House prison for passing off a forged £50 promissory note subscribed with the signature of Francis Eyles, but his former pupil did not press charges and he was released after five days. Anxious to return to France, he made a clandestine visit to Paris where, in June 1734, he received word that his request for absolution for his apostasy and for a transfer to the less strict Benedictine Order of Cluny had been granted by Pope Clement XII. From September to December 1735 he undertook a second novitiate in the Benedictine abbey of La Croix-Saint-Leufroy and in early 1736 he was appointed chaplain to the prince de Conti.

The years of his middle age were marked by ever increasing literary production. After an initial period of problems in obtaining permission to publish, and despite facing financial ruin and exile in the early 1740s, he continued to bring out volumes of novels in a seemingly effortless flow, including the *Le Doyen de Killerine* (1735-40) and *Histoire d'une Grecque moderne* (1740). Once free from the influence of Lenki as a result of her marriage to a certain M. Dumas, he appears to have discovered a kind of stability which did not involve denying himself the pleasures of female company. His later life is distinguished firstly by fifteen years of work starting in 1745 and undertaken at the instigation of the Chancelier Daguesseau on a *Histoire générale des voyages*. Prévost continued and greatly improved Astley's original English edition with maps and plates, and the work must have provided ammunition for some of Rousseau's ideas in the *Discours sur l'inégalité*. Secondly, Prévost increasingly sacrificed his own creative work to the labour of translation, usually from English writers, most notably the novels of Richardson. *Lettres anglaises, ou Histoire de Miss Clarisse Harlowe* came out in a six-volume edition (London, 1751), followed later by *Nouvelles lettres anglaises, ou Histoire du chevalier Grandisson* (Amsterdam, 1755-8). Thus as the intermediary for the transmission to a French public of knowledge of British culture and writings, Prévost, through his translations and through his journalism, continued a tradition established primarily by Voltaire in his *Lettres philosophiques*. He died suddenly at Courteuil in November 1763, probably as a result of a blood clot on the brain, and was interred with the Benedictines in the Priory of Saint-Nicolas d'Acy.

Background to the novel

Histoire du Chevalier Des Grieux et de Manon Lescaut was first published in 1731, as a separate part, volume 7, of Prévost's *Mémoires et aventures d'un homme de qualité qui s'est retiré du monde*, six volumes of which had already appeared between 1728 and 1731. In 1753 an edition of *Manon* by itself, reviewed and corrected by the author, was published by François Didot in 'Amsterdam' – in fact, in Paris. Along with most modern editors, it is the text of this later edition which we reproduce,[1] because it represents Prévost's second thoughts on his novel, and includes some important revisions. In particular there is the addition of the 'prince italien' episode which, as well as providing a provocatively baffling introduction to the adventure with young G... M..., must be intended to suggest that Manon is capable of fidelity and devotion, and to anticipate the New Orleans section. There is also an alteration to the end of the novel where Des Grieux's specifically religious conversion is transformed into a new awareness of his social/class responsibilities, now that Manon is dead and he is no longer tied to her by the determinism of passion.

In spite of certain evocative echoes, the life of the author is now, ever since the publication of the 1965 Classiques Garnier edition of *Manon Lescaut* edited by Deloffre and Picard, recognised to be not so precisely relevant to the creation of the novel as was once thought. By no stretch of the imagination could the book be described as transposed autobiography. On the contrary, life seemed to imitate art, in Prévost's case. Since the novel was published and on sale in Holland by *May* 1731, it is pointless to speculate that Lenki Eckhardt (a woman of extravagant tastes with a reputation for ruining her lovers and said to be the one great love of Prévost's life), whom he may have first met in Holland *in mid 1731*, was the model for Manon. Prévost may have become a Benedictine reluctantly as a result of an unhappy love affair and under threat from a domineering father who promised the monks at Saint-Maur that if he broke his vows he would 'blow his head off'. He later undoubtedly did fall out with his superiors in that community. At least it is possible to argue therefore that his experience prior to his stay in Holland with Lenki, when put alongside his earlier uncertainties about his career, and in general his unstable and very *mouvementé* life even from an early age, must have given him a head start when it came to portraying the unsettled life of his hero, his conflicts with authority, and the contradictory impulsions of the active and the contemplative lives.[2]

The literary and historical background to the novel should not be neglected, even if critics can afford to be less concerned about the precise contribution made by biography than was once so. After the meanderings of the sentimental/ heroic novels of tradition, the *histoire* was emerging as a genre to be favoured, as a tight vehicle for greater realism and expressive subjectivity. It is now generally accepted that Robert Challe's *recueil* of *Illustres Françaises*, of which there were eight editions between 1713 and 1731, and particularly Challe's fifth and sixth *histoires*, was a formative influence on *Manon Lescaut*; the jury is still out on all the possible English influences.[3] (Resemblances of plot, situation or character do not detract from the uniqueness of Prévost's psychological study of impassioned, unreliable story-telling.) The original title defined the novel as *histoire*. An *histoire* could be an independent story within a longer work such as an heroic romance or a memoir-novel. In this sense, the 'Avis de l'auteur' at the start of *Manon Lescaut* indicates that Des Grieux's story could have been intercalated into the *Mémoires d'un homme de qualité* as a digression or an addition, but it is explained that the 'author' has preferred to publish it separately. An *histoire* can also be the same thing as a *nouvelle*, or short-story. Probably Prévost originally wrote *Manon*, starting in December 1730 or early January 1731, as a separate short-story, without the introduction by the Man of Quality explaining about his two meetings with Des Grieux and introducing the latter's narration. From a publisher's point of view the novel would benefit from being regarded as part of the conclusion to the *Mémoires* of the Man of Quality, rather than as a less substantial separate work. But *Manon is* a work apart. Hence Prévost, in the 'avis', both links it with and disassociates it from the *mémoires* – presumably after tying it into the scheme of the longer work through the addition of the opening section from the pen of the primary narrator – simply for the sake of giving *Manon* a selling point with the general public.

What are the implications of this possible sequence of events? Since *Manon* was only artificially and after the fact brought within the ambit of the *mémoires* and then purely for commercial reasons, readers are justified in treating it in isolation. For anyone wishing to give serious consideration to the effect of positioning the novel within the wider fictional framework of the *mémoires*, a critic such as R.A. Francis is an ideal guide.[4] Francis' discussion is valuable and interesting, but inevitably peripheral to the internal problems of interpretation of the 1753 text of *Manon*. In a general introduction to the text three obvious points regarding the narrative framing are worth making.

First, by bringing in Renoncour, The Man of Quality, as the primary narrator with his story of the two meetings with the young stranger, the appetite of the wider audience to hear more is immediately whetted. Who is this 'pale and interesting' young man who is apparently prepared to defy society and the forces of order, and even go into exile for the sake of the woman he loves? What has happened to that living contradiction, the noble whore, with whom he was first seen, but without whom he has evidently returned from that self-imposed banishment? Second, if Renoncour was initially willing to be sympathetic and see the essential nobility of such characters, then perhaps readers are being invited to adopt a similar attitude in the first instance. Thirdly, the different reactions of Renoncour – sympathetic at Passy, and critical when writing the 'avis' – link very precisely with the dual effect that the Chevalier, on the point of telling his story, foresees it will produce:

> Je veux vous apprendre, non seulement mes malheurs et mes peines, mais encore mes désordres et mes plus honteuses faiblesses. Je suis sûr qu'en me condamnant, vous ne pourrez pas vous empêcher de me plaindre. (p. 7)

The emphasis that he would wish for[5] has, however, been inverted if the 'avis' is to be seen as propounding the definitive attitude of 'l'Homme de qualité'. Naturally, the primary purpose of the 'avis' is to provide Prévost with some sort of a moral alibi for a novel which deals so attractively with passionate love,[6] but it is also no doubt intended to function as one element of a model for the double response of the reader.

The historical period in which the novel is set can be loosely traced. Buvat's *Histoire de la Régence* and other historical studies of the period help to define the historical context of *Manon Lescaut*. Gambling houses run by *grands seigneurs* actually did exist, even before the Regency. The *garde du corps* was a particular social type – represented in the novel by Lescaut, Manon's brother. It is a fact that young women of bad reputation, and who were not attached to some theatrical company, could be locked up in the Hôpital at the discretion of the police. In 1719 and 1720, following the Compagnie d'Occident's lack of success in attracting volunteers to colonise Louisiana, whole convoys of these prisoners were put into wagons, twelve apiece, as in *Manon*, and transported to the Mississippi colony (Louisiana), despite arousing great public sympathy and pity.

On the other hand it seems unlikely, or at any rate impossible to prove, that character traits in Tiberge and Des Grieux reflect those of actual historical people with the same names who are known to have lived at the time and whose names Prévost may have borrowed for his novel. Perhaps G... M... is modelled on the baron Elizée Gilly de Montaud, who became an important tax-farmer in 1720, and was a 'directeur' of the Compagnie des Indes, with special responsibility for Louisiana. This was a man who would have been in a position to have somebody like Manon deported without bothering to pay painstaking attention to legal procedure. Perhaps M. de T..., whose son enables Manon to escape from the Hôpital, is based on Charles de Trudaine de Montigny. In 1720 he became a member of the administrative board of the Hôpital, and his son, Daniel-Charles, would therefore have had access to it, as in the novel. There is, however, nothing known about the two men mentioned first and last above to imply that they were involved in a parallel real-life series of events involving the seduction and springing from prison of a beautiful temptress. In the 1731 edition of *Manon Lescaut*, M. de G... M... appears as M. de M... G....[7] Initials are used in the eighteenth-century novel to give the impression that these are actual people who cannot be named without their being compromised, in other words to create the *illusion* of real life. The particular selection of initials by the author can be a random process.

1719 or 1720 is the operative date in the case of the transportations and the men referred to above. The relaxed morals and obsession with money depicted in *Manon* also might suggest that the novel is set against the background of the social and financial upheaval which, as Montesquieu indicates in the *Lettres persanes*, characterised the first period of the Regency, and at about the time of the collapse of the 'Système de Law'. To a contemporary reader 'On commençait, *dans le même temps*, à embarquer *quantité de gens* sans aveu, pour le Mississipi' (p. 91, my italics) is as clear a time marker as could be wished for. Yet the rue V... where Manon and Des Grieux take lodgings on arriving in Paris, believed to be linked with the Scottish banker Law, was already famous in 1713. A 'fermier général' with the very initials of M. de B... lived there. One reference in the novel would allow us to date the events it relates to an earlier period. Describing his introduction to card-sharping, Des Grieux says:

Le principal théâtre de mes exploits devait être l'Hôtel de Transil-vanie, où il y avait une table de pharaon dans une salle, et divers autres jeux de cartes et de dés dans la galerie. Cette académie se tenait au profit de M. le Prince de R... qui demeurait alors à Clagny, et la plupart de ses officiers étaient de notre Société. (p. 33)

The Hôtel de Transylvanie was so called because its proprietor, François Rákóczy, an ally of Louis XIV in the War of Spanish Succession, had won battles in various regions including Transylvania before leaving Hungary and taking refuge in France in 1713. Because of his lack of funds, the officers who accompanied him into exile organised his town-house as a gambling-den. The prince de Rákóczy, whose name is a transparent abbreviation in the section of the novel quoted above, set up house in Clagny in 1713, but he stayed there only until 1714, retiring to a convent after the death of Louis XIV. So to anyone who remembered the facts precisely, 'alors' in the text must refer to 1713-14, which is out of alignment with the later date of the transportations to Louisiana. Hence, setting aside the fact that New Orleans was not founded until 1718 and that Prévost's description of the 'town' is as it appeared in the early 1720s, some critics[8] see the internal chronology of the *récit* as covering a period from July 1712 to October 1716. Others, side-stepping the chronological indications given when Prévost links the novel with the *Mémoires,* which have the effect of locating the Parisian section firmly in the later years of the reign of Louis XIV, date the period *in extenso* from mid-summer 1717 to June 1722.[9] This desire to square the novel with the historical calendar simply demonstrates how *vraisemblable Manon* must be if we are tempted to confer upon it the status of historically accurate facts. At any rate Prévost wants to create the impression that *Manon* is set towards the latter end of Louis XIV's reign and in the early years of the Regency that followed it. Those who wish to date it more precisely could tie it down to a ten-year period (1712-22) and allow novelist's licence to account for the contradictions. Fictional time is not factual time, and if the novel makes contemporary allusions which encourage the reader to ascribe it to a somewhat longer period than the internal chronology of the book will permit, then it should be remembered that the chronology of other eighteenth-century novels (*Jacques le Fataliste* for instance) is contradictory and confusing, and has often provoked debate (the 'Moslem chronology of the *Lettres persanes'* is a case in point). Even writers such as Laclos who, in searching for verisimilitude rather than, like Diderot, self-consciously playing with the idea, strained to give their works chronological consistency, were sometimes defeated by the problems in their rewriting of minor details.[10]

Seeing through the *récit* (1): Manon

Manon is traditionally thought of as deeply mysterious, a creation of myth, incarnating *l'éternel féminin.* No detailed physical description is given of her and her words are rarely reported firsthand, which seems to add to the mystery. In Musset's words in *Namouna*:[11]

Manon! sphinx étonnant! véritable sirène!
Cœur trois fois féminin, Cléopâtre en paniers

– she is a Cleopatra in petticoats. This view of Manon as an unfathomable, fickle, *femme fatale* seems in part to reflect the superficial persuasiveness of Des Grieux's portrait. His tender, sensitive, devoted lover, while pledging that she will be faithful and persuading him that she only really enjoys the pleasures of love with him, with as much forethought as a clock striking the hour nevertheless persistently betrays him through her infidelity, or potential infidelity, with men with whom she is not even emotionally involved. It is only when the lovers reach the New World that, removed from the temptations and *divertissement* of society, she presents a reformed image of constancy unto death. Particularly enigmatic is Manon's preparedness to accept the attentions of the young G... M... in the same financial circumstances that pertained when she rejected the offers of the Italian prince. Prévost takes care to signal sometimes quite explicitly in the text those occasions when his narrator detects what he considers to be perplexing behaviour in his beloved (e.g. pp. 13-14, 15, 36, 59 and 78). Yet when both Renoncour and the Chevalier tend to take refuge in versions of the old misogynistic Virgilian formula *semper mutabile femina* by way of an explanation of the phenomenon of Manon (p. 6, and see pp. 74, 75), it is because they do not truly appreciate the socially unprotected position in which she finds herself, the class division between herself and her aristocratic lover and their conflicting values. Nor do they appear to understand her atypical ability to act off her own bat without reference to the man she loves, and the very sound economic and even personal[12] reasons that she has for her inconstancy.

Granted, she seems to be motivated like clockwork by her *penchant*, her love of pleasure which creates a repeated pattern of psychologically automatic behaviour as irresistible as the consequences of Des Grieux's fatal passion for her. When it becomes evident that funds are low she is ready to sell her favours to the highest bidder, but then perhaps reflection on her experience has taught her something about the survival in society of the single woman who has been rejected by her family, and there are subtle differences in the way she handles each affair. Having emotionally manipulated Des Grieux to become her rescuer and protector, beyond the first escapade with B... that she already regrets in the very moment of launching it, she does without doubt begin to experience a strong attachment to Des Grieux which she tries, with unsuccessful results, to reconcile with more practical monetary considerations, and with her own desire to take responsibility for circumventing financial difficulty or ruin. It is she who seeks him out at Saint-Sulpice. Her repentance for her desertion and her preference for a loving relationship with the man of her choice over permanent financial security look touching on that occasion, even if her pledges of fidelity appear in retrospect purely expedient (a well-bred lover's endearment which she has learnt to mimic), and even though circumstances afterwards will lead her to pay more attention to pressing financial necessity than to the exclusive demands of the heart. When she sees that the wolf is at the door after the servants' theft means total destitution is imminent, she will not hesitate to contact G... M... to use him as an alternative source of supply to crooked gaming. It is a reasonable assumption for her to make that Tiberge, after the anathema he pronounced on his friend (p. 34), would be unwilling to put his hand in his pocket again, once aware of how he had provided the capital for card-sharping – and what other means of getting money does her aristocratic lover have? (Manon must surely regard as a piece of empty bravado Des Grieux's assurance at the time of the servants' theft [p. 35]: 'Je lui dis, en badinant, que je me vengerais sur quelque dupe, à l'Hôtel de Transilvanie'.) However it is apparent that she has learnt her lesson from the B... affair, that she is quite determined to keep the Chevalier as her 'greluchon'[13] or preferred lover in a *ménage à trois* with the rich financier and hopes that Des Grieux can be persuaded to accept the arrangement. When he protests, it is her determination to try to reconcile the exigencies of his fidelity-obsessed passion with the financial practicalities – rather than her foolhardiness and lack of foresight – which makes her prepared to enter into the swindling scheme which ends in the lovers' imprisonment. In fact, in *both* the affairs involving the G... M..., what seems like evidence of her childlike inability to consider the consequences of her actions could be a sign instead of her propensity to be moved by the emotional gambits and to submit to the emotional blackmail of her heart's choice, Des Grieux.

Is there really any mystery about Manon's motivation in the first G... M... affair? Her point of view is perfectly comprehensible in a woman with 'a past' (Des Grieux describes her as 'expérimentée') who cannot expect that her low-class birth guarantees her any privileges or protection and whose only bargaining chip is the sexual favours she can provide, if she believes her lover to be powerless to see to their income. She is ready to entertain feelings of repentance and to pledge fidelity to the man who satisfies her sentimentally and sexually (the tender scene she engineers at Saint-Sulpice must appeal to her sense of theatre, as well as demonstrate her sensibility) – when she has 60,000 francs from M. B... to give her security. But when penury stares the lovers in the face as a result of the second theft, her approach is overtly more pragmatic. About to embark on a career in the card-sharping circle known ironically as the 'Ligue de l'Industrie', Des Grieux, anticipating Diderot's *Le Neveu de Rameau*, theorised that Providence has so arranged it that the intelligent poor can prey on the stupid rich. How can he morally object when Manon decides to employ a 'sugar daddy' to support her relationship with him financially? At least Manon is not a hypocrite. The reunion of the lovers in the Hôpital and her subsequent escape brings to the fore all the tender feelings which she had eventually managed to put on hold during her imprisonment, and she determines to prove in a spectacular way the credibility of her promises of faithfulness made at the time, when a chance encounter with the 'prince italien' gives her the means to stage a proof of her love which follows the only criterion by which Des Grieux sets any store.

So far, then, there is nothing mysterious about her behaviour or her motivation. Admittedly there is a question mark over her past at the start of the book – is she really destined for a convent? We wonder if her opposition to Des Grieux's marriage proposal is in good faith or not (p. 12); and in the post-rationalisation of her initial plans for the affair with old G... M... (p. 39) there is a hint of duplicity which the subjective viewpoint makes it difficult to substantiate or rebut conclusively. But the aftermath to the G... M... episode and the change made to the original arrangement for a *ménage à trois*, together with the mathematical demonstration of her treatment of the 'prince italien', show that Manon is so much in love that she is ready to suspend her hard-headed practical approach, respect the finer feelings of her lover, and pay the penalty.

Manon's behaviour and motivation throughout the affair with young G... M... do look particularly enigmatic. Why, in refusing a prince, make out such a convincing case for her emotional preference for Des Grieux over unimaginable riches, pleasure and influence? Why demonstrate her capacity for fidelity, and then radically change a plan to take revenge on 'the old voluptuary' through his son, in a way that strongly hints that at the very least she may be attracted to the latter's riches, and at worst to the person of the young G... M...? A cynical reader feels justified in believing that she must surely have fallen in love with '...un visage odieux, / Qui rappelle toujours l'Hôpital à [ses] yeux' (see p. 72), if it is the case that, despite rejecting the prince, 'lorsqu'il n'est question que du plus ou du moins' she appears 'capable d'abandonner [Des Grieux] pour un autre' (p. 70). When two rich lovers, the 'prince italien' and young G... M..., pursue her with their attentions and their gifts in circumstances where the financial prospects of Des Grieux and Manon as a couple remain the same (not without hope), why refuse the advances of one, and apparently accept those of the second in a way which does not run according to plan? Why, when times are potentially good, assign

the 'provider' and the 'lover' roles to two separate men (Des Grieux and G...
M... *fils*) – which might have made sense, before, in harsh times, when Manon
needed a banker, as well as a 'petit ami', but which now seems gratuitously
offensive in its implications for the jealous lover? Is this not unfathomable
fickleness? And what is the reader to make of the explanation Manon proffers
of the letter she sent to Des Grieux, via the young prostitute, the truthfulness
of which is almost impossible to assess? Was her real intention as she
hesitatingly, and then with increasing fluency, describes it, or is this a
duplicitous rearrangement of the facts?

Making sense of Manon's contribution to the sequence of events in the
second part of the novel prior to her deportation involves first acknowledging
her overriding, but unexpressed, wish to relieve Des Grieux of the obligation
to support her during the period of his minority, and her desire to take charge
of the couple's finances in circumstances where she can still retain her
Chevalier as her 'greluchon'. (One of her reasons for refusing the prince is
that all he can offer her [p. 68] is a repetition of the affair with B..., which
entailed separation from Des Grieux.) Secondly we should recognise that the
the two lovers have a radically different concept of fidelity. When she has to,
Manon accepts that she must pay lip-service to that of her lover, but she tends
to discount it as irrelevant, or, caught up in her schemes, forgets about it at
crucial points. She surely never really appreciates the value system and the
code of passionate love until the shock of her transportation makes her fully
aware of the dedication of her lover and sole protector. The key explanatory
phrase is attached to her explanation of the presence of the young prostitute
who brings the letter: 'la fidélité que je souhaite de vous est celle du cœur'
(p. 81). The emotional bond between Manon and Des Grieux cannot be
threatened, as far as she is concerned, by the presence of strangers in their
beds (she is on the point of setting up a *ménage à trois* with young G... M...,
perhaps because, having had time to register Des Grieux's objections [p. 71]
she is very conscious that changing the plan for a similar arrangement with
the father had had disastrous consequences). A sign of her love is her
determination to release Des Grieux from the necessity of looking after her,
and if demonstrating her love involves an infidelity that does not strike her
as paradoxical. As for the opaque explanation she puts forward of the
circumstances which culminated in the writing and sending of the offensive
letter, Prévost has not left us without clues about its believability – they are
there in the body language of Manon, and body language rarely lies. It is
feasible to interpret all this as a complicated account of the complicated truth,
rather than as a duplicitous and expedient rationalisation-after-the-fact of
what had been at the time her real intention to desert Des Grieux. If readers
prefer to think that she is pulling the wool over his eyes, the narrative and

the image of Manon gain from the sharp contrast thereby produced with her candour in the confession of her guilty feelings and her love, which she makes when, freed from the corrupting influence and dazzling attractions of French society, they arrive in the New World. On the other hand, should we suspend any lingering doubts and believe her account, then in the scales of a comparison with the Chevalier the balance of antagonistic feeling evoked by those who deploy expedient argument too frequently and too obviously begins to be tipped in her favour. Suspicion of her motives gives way to total sympathy and we are being made ready to discount carping suggestions that she continues to manipulate en route to and in America with self-interested rhetoric and pathos designed to elicit his protective instincts, and to react with admiration to her conversion and exemplary death.

Had Manon remained actively in charge of the triangular relationships which she was prevented from trying out, the outcomes possible are only to be guessed at, but as a woman in control of her own destiny she would surely be seen as less of a scapegoat. Rather than saying that Manon is responsible for the disasters which overtake the lovers, it can be argued that she is the true victim, and that therefore her death, when it comes, is all the more moving. Her squalid but understandable compromises between financial realism and sentimentality, meant as some kind of a sop to her obsessive lover, work against her own best interests. It is Des Grieux's capacity for staging highly charged scenes, rather than Manon's wilfulness, which ultimately dictates the action when it comes to the fatal alterations in the schemes for out-manœuvring the two G... M.... In the later episode Manon accepts with such alacrity M. de T...'s hazardous plan for Des Grieux to have his rival locked up and to sleep in his bed, and forces it upon him simply because, having been the target of such dramatic accusations (pp. 78-9), she wants to assuage her lover's wounded pride. Mylne's analysis is that: 'The Chevalier is weak as parents are weak when they give way to a spoiled child. Like such parents, he ignores the future evils that may come from acceding to the importunate requests, and prefers the immediate gratification of smiles and delight instead of reproaches and tears'.[14] But there is a large element of emotional manipulation amounting to blackmail by the Chevalier influencing the final turn of events in the crucial episodes and this should not go unacknowledged. When the T...-inspired plan leads to the second imprisonment Des Grieux blames himself for not having interceded with his father on Manon's behalf early enough (p. 91), but the real betrayal was his willingness to excuse himself in his father's eyes by blaming her (p. 90). Manon is not just the victim of sexual and social prejudice which lie behind the decision to have her transported; she is also brought down by Des Grieux's indiscriminate use of any and every argument which comes to hand in the manipulative rhetoric of self-justification.

There is nothing enigmatic in Manon's behaviour from the deportation until her death. Her role is to be the reformed and now spotless and passive victim – of a masculine hierarchy as before, which sees her as property for the governor to dispose of as he sees fit; but also of the failings of her lover. For Des Grieux omits the simple precaution of checking to see whether Synnelet is dead after his successful sword thrust in the duel, and then with blatantly manipulative language emotionally browbeats her into exile and certain death. Does she become in this last part of the book a too artificial creation, the wooden personification of virtue and fidelity, ventriloquising what her lover wants to hear like the doll of his idealising dreams? Stripped of her ability to manœuvre, is she of no more interest to the reader? It is a matter of critical opinion. Certainly her feelings, from terror to tender self-sacrificing attentiveness to her lover's needs, are well-conveyed, and her death, which is carefully foreshadowed by hints planted earlier in the text, is touching in its affective details. Whether we can believe it is to be discussed at the end of the next section, when some consideration has been given to the tricky question of how the reader might be expected to react to the narrative presentation of the main character in the novel.

Seeing through the *récit* (2): Des Grieux

The real enigma of the text of *Manon Lescaut* is not the character and actions of Manon herself. Des Grieux only finds her behaviour puzzling because, as a young and naive aristocrat, he makes no effort to enquire into or to guess at the formative experiences of her life before she met him which made her adopt a particular value system and pragmatic approach to problems. Instead he tends to assume she shares his own code, particularly since he does not discern the element of mimicry in what she says when she assures him of her undying fidelity. No, the most problematic aspect of the text is the knot of problems associated with the almost equally thorny question of how the reader is supposed to respond to the way Des Grieux manipulates words when telling his story. Is Prévost attempting the narratorially impossible – to invent a tale with an edifying ending which implies a change of heart on the part of the narrator, while at the same time obliging him to colour it, in order to make it more vivid, with the now surely suspect and no longer tenable attitudes of the past? If the reader, made aware of a great deal of contradictoriness, imperceptiveness and distortion in Des Grieux's presentation, is to see the novel primarily as an exposé of the trickery and *mauvaise foi* of the main character, and therefore as an unmissable opportunity to reconstruct facts and judgements that he does not himself wish to confront, how can he in that case maintain any sympathy for anything he says? Or can we say that Des Grieux has gone through a harrowing experience which has left him confused – unwilling to condemn and distance himself from the past except selectively, for his memories of it are both good and bad, but projected towards a future which bids him let it go, indeed reject it – and that some resulting conflicts of emphasis, which look like proof of manipulation, are part of his confusion? If the credit-worthiness of Des Grieux is undercut at an early stage, does this not undermine the effort to produce pathos – a notable feature of the text – in such a corrosive way that even the dénouement loses credibility, since it is seen, like everything else, through the eyes of the Chevalier?

The problem with *transparently* self-interested argument is that it negates its own purpose: it is manifestly not in the interests of the story-teller to give his audience the evidence with which to convict him of engaging in blatant manipulation with the sole intention of gaining sympathy. It must therefore be the case that Des Grieux is not conscious, as he improvises his story from point to point, of how obvious are the distortions inherent in the process of self-justification, or of any overall inconsistencies produced by the clash of his short-term rhetorical effects. Prévost allows for two reading strategies. The first is to mimic the blind narrator and adopt the position of the naive listener who sits back, transported by the emotional flow of the story-teller's cajoling words, suspends his judgement, and gives full rein to the emotions so easily evoked by his tragic story. Carried along by the exquisitely fluent and lucid style, and under the influence of a whole panoply of persuasive stylistic devices – elegantly balanced rhythms and antithesis, direct address, loaded or rhetorical questions, apostrophes and exclamations, litotes and hyperbole – such a reader is in no frame of mind to be critical or in any way on the qui-vive. The second is to scrutinise the written text of his account quite carefully and compare different contexts to decide if it holds together and has the ring of truth about it, or the credibility of a persuasive case.

Is there anything in the text which might induce the reader to move on from the first reading position to the second? R.A. Francis isolates all those occasions in the story (he counts some ten in all) when Des Grieux admits to having presented specially slanted versions of part of his story to curry favour with a particular audience at the time.[15] Since we have such good reason to believe from the evidence of the story he tells that Des Grieux edits the truth, on what grounds should we imagine, quite exceptionally, that the account he is giving Renoncour is a reliable one? After all, the words with which he introduces his story, 'Je veux vous apprendre...' (p. 7), or rather their rhetorical form, imply that with Des Grieux the creation of sympathy takes precedence over admission of his faults.

Grahame Jones points out a peculiar problem raised for the reader:

The structure of *Manon Lescaut* with its confessions within confessions recalls if anything a curious kind of Chinese box puzzle in reverse. As the smaller confessions open out, box-like, into the larger, we find ourselves able by comparing the variants of the tale being told to gain some insight into the veracity of what we hear. This is true until we reach the outer edge of the puzzle – that is to say the major confession that is the novel itself – and here we are faced with a real difficulty. There is no wider reference to permit us to evaluate this broader confession in the same way as we have done for the earlier ones.[16]

We may therefore be strongly tempted to postulate that the broader confession of the whole story Des Grieux tells has an equally tendentious presentation as the smaller ones within it. The aim is to provoke sympathy in the hearer who will therefore commiserate with him in his misfortunes, downplay the issue of culpability and swallow his self-justifications in an uncritical spirit. The small confessions of manipulating the truth may be a kind of *captatio benevolentiae* (intended to guarantee the bona fide of the narrator) which goes wrong because it is counter-productive, generating ubiquitous doubt, establishing only an outer *pseudo*-objectivity. Once the reader has opted for the theory of an all-pervasive bias in the narration, freed from the shackles of Des Grieux's no longer irresistible appeal to his sensibilities he is better placed to be able to assess at close quarters the validity of his actions and of his rhetoric.

There is a second feature, a small but very significant detail within the matter of the story, which illustrates another reason for passing from the first reading position to the second and the effect of so doing on the analysis of a particular context. When Des Grieux goes to meet Tiberge in the garden of the Palais-Royal to angle for funds which will enable him to gain entry to a card-sharping circle, he reports in indirect speech his words to his best friend, which he says were as follows:

> Je lui dis que je ne me présentais à lui qu'avec confusion, et que je portais dans le cœur un vif sentiment de mon ingratitude; que la première chose dont je le conjurais, était de m'apprendre s'il m'était encore permis de le regarder comme mon ami, après avoir mérité si justement de perdre son estime et son affection. (p. 30)

Des Grieux is betraying how insincere apologies and lip-service paid to conventional moral judgements are part of his softening-up tactics when he wishes to gain a favourable hearing from Tiberge. In reality he thinks there is no question of having justly merited to lose Tiberge's affection, since he goes on to describe his passion for Manon as 'un de ces coups particuliers du destin, qui s'attache à la ruine d'un misérable, et dont il est aussi impossible à la vertu de se défendre, qu'il l'a été à la sagesse de les prévoir' (p. 31, again). Turning to the beginning of the story, we discover Des Grieux expressing a similar regret about not having followed Tiberge's advice – this time to the audience:

> Si j'eusse alors suivi ses conseils, j'aurais toujours été sage et heureux. Si j'avais du moins profité de ses reproches dans le précipice où mes passions m'ont entraîné, j'aurais sauvé quelque chose du naufrage de ma fortune et de ma réputation.   (p. 8)

Aware of the *mise en abîme* within the *récit* of the present narratorial situation, it is very hard for us to resist the feeling that Des Grieux does not really mean what he says here – this is self-serving language; he is posing as a man who has learnt his lesson. It is a cloak of moralism put on to win the approval of a listener who will be predisposed in his favour if this is the tale of a reformed man who can see the error of his ways.

The die is cast as regards what will be the prevailing attitude adopted towards Des Grieux, when the reader crucially identifies the presence of both an obtrusive rhetorical manipulation (the chiasmus [p. 7] previously referred to) and an insincerity at the very outset of his story. The best exponent of a corrective view to the one Des Grieux propounds of his own behaviour is undoubtedly the critic J.R. Monty, whose analysis is crisp and compelling. Des Grieux's 'confession', she says, resembles rather:

> un plaidoyer destiné à convaincre l'homme de qualité, et peut-être à se convaincre lui-même, de son innocence foncière. [...] toute sa relation vise à le faire plaindre comme victime innocente d'une destinée fatale. Il dit qu'il est sûr d'être condamné précisément pour qu'on ne le condamne pas. Car en fait, si la passion telle qu'il l'a connue est irrésistible, il est à plaindre, certes, mais comment le blâmer? Si elle ne l'est pas, il a donc voulu ses fautes, comme le dit l'avis de l'auteur [...], et la pitié qu'on lui doit est bien relative. [...] la plupart [des lecteurs] plaignent ce pécheur repenti beaucoup plus qu'ils ne le jugent. Est-ce par hasard? Ou n'y aurait-il pas à travers toute sa narration une rhétorique de la justification qui se révèle fort efficace à passer outre ses torts pour ne considérer que ses malheurs?
> (op. cit., pp. 47-8)

Having thrown light on Des Grieux's real motivation in telling his story and dismissed his 'sincerity' as laid on for effect, Monty goes on to develop 'the case for the prosecution', as it were. She points out (p. 50) that Des Grieux's honest and open countenance and noble demeanour do not prevent him from lying, card-sharping, agreeing to the plans to despoil the two G... M... and actively carrying them out, killing the porter at Saint-Lazare (and concealing that from his father) – even if, we might add, the end is always to protect and further his 'naturally innocent' love. She believes that 'la rhétorique de Des Grieux s'est perfectionnée par la répétition'. He has become adept at bending the truth, and now, before Renoncour, 'il emploie toutes les ressources de son art et de son artifice pour s'attirer une dernière fois la sympathie, la pitié et l'absolution de son auditeur' (p. 51).

> Il laisse entendre, [...] au début de sa relation, qu'il reconnaît maintenant ses fautes, donc qu'il accepte sa part de responsabilité dans sa conduite, et qu'il est prêt à renier ce qui, dans le passé, a été la source de ses erreurs. Or il n'en est rien. La prétendue confession de Des Grieux est une longue apologie de sa conduite, à laquelle est attachée au dernier moment une déclaration bien faiblement expliquée d'un retour à la sagesse et à la vertu. (p. 52)

Aspects of the narrative presentation bring out the close association of the narrating with the experiencing Des Grieux,[17] and Monty proposes that both the young Des Grieux and the later narrator, looking back on his experience as he tells his tale to Renoncour, believe in the fatal irresistibility of love and refuse to condemn his love for Manon. Yet Des Grieux is supposed to be a repentant sinner, as the end of his story in the 1731 edition which Monty relies on makes perfectly evident.[18] Her conclusion is clear-cut and inevitable:

> Technique fautive de la part de Prévost qui n'a pas su distinguer le héros du narrateur? Je ne le crois pas. J'y verrais plutôt une indication subtile de la psychologie de Des Grieux. Malgré ses protestations du contraire, il n'a pas changé depuis le temps où vivait Manon. Sa conception du monde est toujours la même: *son repentir supposé est une dernière hypocrisie* qui s'ajoute à toutes celles dont il s'est déjà rendu coupable. (ibid., my italics)

This critic sees the Chevalier, not as a virtuous man who employs his reason to control his passions and will what is good, but as a kind of natural man, devoid of any sense of social or religious duty. He follows his own self-interest and effortlessly satisfies his natural inclinations without a second thought, and his virtue can be guaranteed only by the absence of temptation since he refuses to fight his feelings. Such a man, incapable of positive action and of creating his own fate, needs the pretext of predestined Fate or blind love or youth or the post-rationalisation that 'Manon has willed it so' to justify his weakness (and, we might add, he also requires the death of Manon to reintegrate socially). It should be remembered that though chance events and encounters are engineered to give some credence to Des Grieux's general complaints against Fate, they cannot excuse his passivity. Typical of the weak, his reactions to misfortune are hyperbolical and theatrical as well as passive, and nothing he does is his responsibility. The death of the porter is the Superior's fault for having opposed Des Grieux's wishes, or Lescaut's for having brought a loaded pistol, when he had not asked for one. Monty's final judgement is that:

> la tragédie de Des Grieux est moins celle d'un homme passionné pour une femme indigne que celle d'un faible qui, animé d'une passion violente, ne sait pas en supporter le poids. C'est le contraste entre la force de son amour et la faiblesse de son caractère qui condamne Des Grieux au malheur. (p. 60)

The reader may be inclined to bolster the attack Monty mounts by taking a different tack, proposing that even when judged by his own standards Des Grieux does not pass muster, since there are times when he sacrifices love to self-absorbed feelings and even to his egotistical needs.

All of this amounts to a fairly damning indictment of Des Grieux's conduct when it is not observed through the warping lens of his subjective view, and it could be argued that the function of the almost Gidean first-person narrator device is to generate, particularly through the suspiciously elegant, over-affective style, the dissociation needed for us to gain a true perspective on character and behaviour. The most effective means of creating that sense of alienation is Prévost's inclusion within the text of comments from the narrator which do not seem justified by their context. Textual conflicts, contradictions and differences of emphasis are constructed, leaving the reader with the sense that there is no overall consistency in Des Grieux's evaluation of the past. This evaluation therefore lacks an overriding moral vision, and is replaced instead by the striking effects of short-term rhetoric and opportunistic argument. One definition of happiness can clearly be seen to be discarded at random in favour of another; one excuse cancels out another. Certain concepts are pressed into service in antithetical ways, or without logic; the relative culpability of certain actions is assessed in such a contradictory fashion that it leaves the reader fundamentally unconvinced of the acuity of Des Grieux's moral judgement – with radical consequences. There is some evidence to suggest that even with hindsight the narrator lacks true self-knowledge and is quite capable of deceiving himself as well as his audience.[19]

There is one rather large proviso to the above which might begin to tug us in a different direction, as it adds a nuance to our attitude towards the main character. It may not be legitimate to accuse Des Grieux of a final hypocrisy in the way Monty does, if one is to rely on the 1753 text, where the Christian conversion has been subtly altered (p. 112). In the new version of the ending a desire to lead a socially responsible life, a conversion to the virtuous life *which is only just beginning* (p. 113), these are not necessarily incompatible with often holding a cynical view, inspired by nostalgia for a lost love, of an unjust, punitive or vengeful God (pp. 41, 68, 106, 110-11), with arguing ambivalently what constitutes true happiness (pp. 8, 34), or defending a secular concept of honourable behaviour (pp. 90-1). Full-blown Christian repentance would presumably mean not blaming providence for misfortune, and accepting ungrudgingly that one should be punished for one's sins and renounce and denounce the 'irregular' pleasures of the flesh. If Prévost changed the ending so that his narrator is not obliged continually to get up on a soap-box and preach (as he should have done but did not do in the illogical 1731 text), perhaps we should think about whether we wish our rather censorious character assessment of Des Grieux to stand entirely unqualified, based, as it is, on many clues in the text. Might it not be the case that rather than deliberately intending to mislead and deceive, Des Grieux is simply confused at certain points? In an indeterminate position – looking back with longing on a lost happiness, not yet fully converted to the extent that he can condemn his past behaviour wholeheartedly, but already pricked in his conscience by an awareness of his responsibility for his father's death (p. 113) – he could be ready therefore to justify his past actions, to his own satisfaction at least, but also occasionally to condemn them quite unambiguously. Just as he found it difficult during their life together to maintain a stable attitude towards his 'angel-whore' Manon, so in retrospect he cannot assess his own behaviour with complete consistency. If this is so, then his sincerity in prefacing his story with a *mea culpa* regretting his rejection of Tiberge's sound advice ('Si j'eusse alors suivi ses conseils...' [p. 8]) should perhaps not be questioned. That very regret, temporary though it is, may be all the proof needed for the germination of the seeds of virtue within him which he attributes to the good offices of Tiberge, again – let us hypothesise – disinterestedly, at the end of the book, when he says:

pour lui causer une joie à laquelle il ne s'attendait pas, je lui déclarai que les semences de vertu, qu'il avait jetées autrefois dans mon cœur, commençaient à produire des fruits dont il allait être satisfait.

(p. 113)

(It could be merely the indirect speech form of that sentence which inclines us to believe that he is simply telling Tiberge what he wants to hear.) Despite revealing how the status of 'tragic hero' is something the myth-making Des Grieux himself fosters and confers upon himself, Ehrard is perhaps the critic who best perceives the nature of the internal turmoil which besets the Chevalier as he tells and comments on his story some nine months after the death of Manon. He signals the kind of sympathetic attitude we might consider adopting at the end of the book towards this troubled man, if we are finally to look beyond the feeling of estrangement that the detection of duplicity and *mauvaise foi* has created:

Ne nous étonnons pas qu'il arrive au narrateur de se contredire, puisque son expérience lui demeure contradictoire. Hors d'état de dominer par la pensée son aventure pour lui découvrir un sens univoque, incapable aussi de l'oublier, il ne peut que la raconter. Resté au plus près de lui-même et pourtant déjà autre, il est le lieu où s'affrontent la poésie et la prose: la poésie d'un passé exaltant et terrible qui emplit à jamais sa mémoire, la prose d'un avenir aussi terne qu'indéterminé.[20]

However the explanation of confusion rather than conscious deception or self-deception can only work with one or two details in the text such as the opening confession or the view of theft and card-sharping, and then, it has to be accepted, not very convincingly. Let us assume that the reader cannot forget the *mise en abîme* we identified above, cannot put aside the distrust of motive engendered by the indirect style[21] of Des Grieux's assurance to Tiberge on the final page of the novel, and perhaps wonders whether even the partial, more logical conversion of Des Grieux in the 1753 text is not a little suspect (part of the moralising packaging of the story, and purely for public consumption?). There is something to be said for adopting such an illiberal attitude of total and unwavering alienation from the narrator's viewpoint whenever he pleads his own case. One hidden advantage is that the Chevalier has so antagonised us by the spuriousness of his endless self-justification that we are relieved to find a part of his narrative (the description of the death of Manon) which, since it puts the spotlight on something other than his own obvious self-interest, we are quite determined to trust to be truthful. It is only through the inadequacy of the naive or hidebound male viewpoint, that

Manon is discovered by the men characters to be too perplexing and aspects of her life all too easily classified as socially unacceptable behaviour. Thus that same narrative which, because of male blindness, initiates the reader's search for solutions to the supposed 'enigma' of Manon's life, ends up, through the deficiency of the elsewhere unreliable male narrator, in a perverse way persuading us, against all realistic probability, of the emotional truth of her mysterious death. In the battle between the storyteller and the heroine for the readers' hearts and minds Manon wins hands down, because of her pragmatic realism, her lesser use overall of opportunistic argument and her victimisation and moving death. For the convincing depiction of the latter we are indebted to Des Grieux: here at least a negative quality produces a positive gain. Is there a reader who begrudges Des Grieux the self-respect he attains by exhibiting Manon – at great cost to his anguished memory – dying as the finally worthy object of his longstanding passion? For without realising it, he poignantly paints her, too, as the victim of the unworthy lover that he is, of his attitudinising, his lack of enterprise, and even perhaps his unconscious wish to see her dead.

Commonsense and the novel

Prévost realised that there was a contradiction between an event at the end of the story and the narrative viewpoint of its presenter. A genuinely repentant sinner could not defend a love affair and what it led to as passionately as he does. Therefore he rewrote the ending of *Manon Lescaut* for the 1753 edition to produce overall a considerably more logical novel, whose remaining contradictions are psychologically true to the nature of the character, his situation, and motivation (his perceived need to justify himself by hook or by crook). Moreover the credibility of Manon's death is paradoxically furthered by Des Grieux's general incredibility.

Prévost was sufficiently concerned with believability to provide quite mundane detail on everyday social relationships. For instance he carefully accounts for what happens when the main character makes a rendezvous or an unexpected arrival at the house of someone he urgently needs to see, and with sufficient variety for us not to be permitted to think what a coincidence it is that the desired person is always available. Yet some of the larger questions of verisimilitude seem to have escaped the author's notice. Certainly, when revising his text for the 1753 edition, he showed an eye for practical detail and for making it convincing. In the scene where Des Grieux and Manon plan to live off the money she has extracted from the relationship with B..., Prévost made better sense of the lovers' budget by reducing projected weekly gambling losses from a hundred francs in the first version (rather a sizeable *bévue*) to twenty francs in the new. He also made the possibility of Manon having resisted old G... M...'s advances slightly more likely by reducing the number of days the couple spend together in the country to three or four (p. 38). Prévost was conscious, too, of the need to avoid *precisely timed* emotional exaggeration of such an extreme sort as to conflict with commonsense or too obviously invite religious censure. Thus in the new version Des Grieux spends more than twenty-four hours embracing the body of the dead Manon, whereas in the original it was a full two days and two nights. But when inserting the additional 'prince italien' episode he crucially forgot to make the consequential changes to his text which were logically and chronologically necessary.[22]

Certain difficulties remain, then, even in the 1753 text which is used in this present edition. It is not always obvious how the narrator comes to be in possession of the information he retails to the audience. How does Des Grieux know, for instance, that it was Lescaut not Manon, who originated the plan to live off old G... M...? (pp. 35, 37, and cf. 39). Is it likely that the concierge at the Châtelet would have been vouchsafed private information from his social superiors about the circumstances which led to the removal of Manon to the Hôpital in preparation for her deportation? (pp. 91-2). At what point does the usually jealous Des Grieux become aware of Synnelet's feelings for Manon?

How can Tiberge possibly be so blind as to assume from what is not said during the course of a conversation in the Luxembourg garden (p. 61 and cf. p. 88) that his friend's obsession with Manon is a thing of the past? Why does the coachman who is on hand to transport the lovers when Manon walks out of the Hôpital, not follow through his threat (p. 58) to complain to the police about his lost fare? Why does the *garde du corps* who makes arrangements for an attack on the convoy of deportees, using the same enterprising comrades as before, so badly misjudge their stomach for a fight? (pp. 83, 96-8).

Frankly, those questions to which readers can mentally hear the Chevalier softly intoning the response 'because it was so' are hardly worthwhile considering when other more interesting problems linked with *vraisemblance* lay claim to our attention. Some have already been mentioned (the psychological explanation for textual conflicts; the interpretation of Manon's gloss of her second letter), and there are others, such as the choice of narrative viewpoint at particular points (e.g. p. 12), the hidden motivation for M. de T...'s actions, or the unconscious reasons for Des Grieux's behaviour at times during the Louisiana episode.[23] The botched chronology resulting from the insertion of the Italian prince adventure is indeed an extraordinary oversight on Prévost's part. But then it is hardly surprising, when the spotlight is relentlessly on the character declaiming centre-stage, pouring his heart out in grand set-pieces, that the background scenery should sway a little and a door or two perhaps not shut properly. Who are we to object if the somewhat operatic novel is the somewhat erratic novel?[24] Perhaps we should not 'test an emotional book by the base rules of arithmetic', as Wilkie Collins in another context once said.[25]

Structure and style

Des Grieux's story falls into four sections, with a similar series of events recurring four times in roughly the same order; the New Orleans section is nevertheless distinct from the rest in its strong contrast of honourable with previously dishonourable behaviour. The same situation of men vying for the attention and favours of Manon is repeated five times in the course of the novel: Des Grieux has three serious rivals, and two potential rivals in whom Manon has no interest. The four sections are of different length and are split, as far as Des Grieux is concerned, into periods of life with or without her. Each section begins with a meeting with her, goes on to describe the life of the lovers together and ends with their imprisonment or punishment. We start, with, respectively, the *coup de foudre* at Amiens (p. 8), and the three reunions at Saint-Sulpice (p. 22), at the Hôpital (p. 55) and in the convoy taking prostitutes to Le Havre (p. 99). Next, the lovers make plans or accept suggestions to escape together, or else devise a new life together. Then they travel to a new home, stopping off at an inn (in Saint-Denis, p. 11: cf. pp. 15-16), a *friperie* en route to Chaillot (where Des Grieux's ecclesiastical dress is exchanged for the mufti of a French nobleman, p. 24), the *auberge* at Chaillot again (p. 58) and the *mauvaise hôtellerie* where Renoncour first meets them (pp. 4, 101). Each time a rival appears on the scene and Des Grieux eventually ends up under lock and key. Each period of imprisonment is characterised by the good treatment of those holding him (his father, the Superior at Saint-Lazare, the Lieutenant Général de Police who visits him in the Châtelet, the authorities in New Orleans after Manon's death), and by his theatrical reaction to news of Manon (see pp. 17-18, 44-5, 92). The single exception occurs in the final section which differs so much from what precedes it as regards setting and behaviour. Now it is Des Grieux who announces Manon's death to Synnelet and Synnelet who reacts extravagantly (p. 112). Another obvious element of repetition worth recording is the reappearance at opportune moments of the Chevalier's best friend, Tiberge, who supplies advice and, more vitally, money and unintentional help in times of crisis, and who finally travels to America to bring him back from exile (see pp. 19, 30, 33, 47, 60, 93, and 112).

In itself the recurring pattern just described seems for three-quarters of the novel to convey something of the constraints on the lives of the protagonists, their inability to remain in control of, and to learn from, their experience. They are continually on the move, as if the places where they can live are only temporary, or are doomed to be exchanged for places of detention; forever abducted, rescued, escaping or fleeing, or finally deported, as if it were impossible to love and live together peacefully and without intervention. Attained after the longest journey of all, the haven of New Orleans epitomises freedom and an alternative life, physically primitive but emotionally and spiritually rich, and offers respite from all that went before. But for Manon at least it leads to the final confinement of the tomb, and Des Grieux himself is held for a time after the duel with yet another man competing for Manon, just as he had been at home, in Saint-Lazare and then in the Châtelet. The demands and the penalties of society, it seems, cannot be escaped. The effect of this four-part repeated structure with variation in the final segment is to colour the dénouement more darkly and to make the ending more affecting. At the very point at which Manon has reformed and Des Grieux is beginning to win back some social status and respect, the old pattern of rivalry in love and crime and punishment reasserts itself with a vengeance.

An examination of how the reader in the 'second reading position' (see above) reacts to Des Grieux's manipulation of manner, style and expression tends to confirm the point just made about the strong final section. The Chevalier's management of suspense is generally effective throughout his narrative.[26] However, hyperbole and superlative, strained language,[27] particularly in evidence alongside other devices which make a facile appeal to the sensibility (self-reproach, invocations addressed to the values of the audience, exclamations, rhetorical questions etc.) are counter-productive when they are combined with the textual evidence for self-interested and contradictory argument, duplicity and self-deception, and even retrospective blindness. All they can do is alert us to the quest for the reality behind the veneer of theatrical language. But over the course of that part of his story which extends from the scene of transportation to the death of Manon, Des Grieux shows a great delicacy of touch and the pathos he evokes, previously a hair's breadth away from bathos (p. 75), is genuinely moving. Although his shortsightedness and talent for inadequate self-justification remain undiminished, his selection of emotive details to include in the description is made with a sure eye,[28] and the reader, concentrating on Manon, no longer feels so distanced from the beguiling rhythms of his speech.[29] Manon's pronouncements about her change of heart (p. 104) are not necessarily as artificial as some critics make out, while the build-up of tension and menace prior to her death is portrayed with deftness and an equal conviction.[30]

A novel of emotional reactions

Manon Lescaut introduces us to a young man who embarks on the tale of the sad events of his life with the sole intention of provoking compassion in his audience. In the process he unintentionally reveals how that determination to win over his listeners at all costs creates great distortions which are visible in the presentation of his account – so much so that it takes an extra effort of goodwill on our part as readers finally to sympathise with him as well as understand him and penetrate his motives. Prévost portrays a man engaged in a narrative task in a manner as self-defeating as the way he lived his life; someone on whom we can suspend judgement and with whom we can share some fellow-feeling, only when we begin truly to appreciate the mental no-man's-land from which he speaks and the tragic culmination of his story. When we do eventually put the book down and try to define our overall response to a novel which seems to demand an *ad hominem* (and an *ad feminam*) engagement with its characters, we recognise that torment of mind of a man torn between the past and the future which perhaps has produced some of the rhetorical tensions and contradictions in his account. But we very probably feel more pity, not for the supposed victim of an irresistible compulsion, cruel fate or a woman's inconstancy which at times he portrays himself to be, rather for the true victim of his verbal manipulation who is not the reader but Manon.

NOTES TO THE INTRODUCTION

1. A notable exception is the TLF edition by Georges Matoré (Geneva, Droz, 1953). For arguments in favour of the 1731 text see Jean-Louis Bory's edition of the novel (Folio, 1972) pp. 230-2. The Arkstée and Merkus edition of 1742 (classified as 'édition P' in the Deloffre-Picard bibliography of editions of *ML* appearing during the lifetime of Prévost: see 1965 Classiques Garnier text [D-P] p. 251) is likely to be the first publication of the text which was corrected by the author: this is reproduced in facsimile in A. Holland, *Manon Lescaut, de l'abbé Prévost, 1731-1759. Etude bibliographique et textuelle* (Genève, Slatkine, 1984). According to Jean Sgard (*L'abbé Prévost: Labyrinthes de la mémoire* [PUF 'écrivains', 1986] p. 201): 'La réédition du texte de 1731, par G. Mathoré chez Droz, 1953, suffisait à prouver l'impossibilité de fournir un texte correct à partir de l'édition originale'.

2. For the chronological difficulty of making a consequential link from the meeting with Lenki to the portrait of Manon, see D-P pp. lxi-lxiii of the section 'Genèse de "Manon Lescaut"'. For Prévost's entry into the Benedictine order, see p. xxiii and p. xxvi. In D-P3, the updated version of the Classiques Garnier original (Dunod, 1995), Deloffre acknowledges the similarities between Des Grieux and Prévost thus:

> mêmes origines géographiques et, à peu de chose près, sociales; même venue à Paris après des études dans un collège jésuite; mêmes débuts dans la carrière ecclésiastique brusquement interrompus; difficultés du même ordre avec un père dévoué à ses devoirs, mais rigide; mêmes fréquentations à Paris, que ce soit avec des joueurs ou, sans doute aussi, avec des soldats aux gardes; expérience similaire de la "malheureuse fin d'un engagement trop tendre"...
> (pp. lxxx-lxxxi)

3. See D-P3, 'Sources littéraires et histoire du genre', pp. lxxxi-xcix, and pp. lxxviii-lxxxi; Jean Sgard, *Prévost romancier* (José Corti, 1968 and 1989) chps 11 and 12, especially pp. 293-7 (any reference is to the second edition), and see his introduction to the 1995 Garnier-Flammarion edition of *Manon Lescaut*, pp. 9 ff. for a 'mise au point'; Charles Palissot, *Le Nécrologe des hommes célèbres de France* (Moreau, 1767) 'éloge de Prévost', pp. 69-70;

Paul Winnack, 'Some English influences on the abbé Prévost', in *SVEC*, 182 (1979) pp. 285-302. For a succinct summary on the latter see S. Albertan-Coppola, *Abbe Prévost: Manon Lescaut*, PUF 'études littéraires' (1995) pp. 41 ff.

4. In a chapter in *Prévost: Manon Lescaut* (London, Grant & Cutler, 1993 [pp. 9 ff.]). Chapter 10 of Jean Sgard, *Prévost romancier*, is especially helpful for its discussion of the links between *Manon Lescaut* and *Cleveland*.

5. See p. 7, Textual Note 29.

6. See p. 2, Textual Note 2. It was no doubt because he had considerably reduced the Christian colouring of the ending in the 1753 edition that Prévost felt the need to include at the start of the 'Première partie' an allegorical vignette to reinforce the moral point of the 'avis': this illustration is reproduced in D-P and explained with great precision in a footnote (pp. 8-9).

7. See D-P, p. 223, variant 'a' ref. to p. 68 of that edition.

8. Jean Sgard, *Labyrinthes*, pp. 39 ff.; 56 ff. – a retraction of the view expressed in *Prévost romancier*, p. 229 – and see also his edition of *Manon Lescaut* (Garnier-Flammarion, 1995) p. 13; Albertan-Coppola, op. cit., p. 17; Sophie Pailloux, *Manon Lescaut: l'abbé Prévost* (Bordas 1991) p. 20; Pierre Malandain, *Histoire du chevalier des Grieux et de Manon Lescaut* (Pocket, 'Lire et voir les classiques' 6031, 1990) pp. 197-9. Sgard says (*Labyrinthes*, p. 60): 'Puisque l'épisode américain de *Manon* prenait place, selon la chronologie du roman, au début de la Régence, il était facile d'en accentuer la couleur moderne par des détails *ultérieurs mais mieux fixés dans la mémoire du public*' (my italics). But is this not simply to draw attention to the glaring anachronism? He continues: 'Aucune des allusions historiques du roman ne s'oppose en fait à ce que l'histoire se place entre 1712 et 1716' (ibid.). Why is 'alors' an 'allusion historique' and 'dans le même temps' not?

9. See p. 4, Textual Note 12. For a reconstruction of the later timetable of events see D-P footnotes, passim, and p. xc, referring to P. Vernière's 1949 Bibliothèque de Cluny edition of *Manon Lescaut* (pp. 28-9). Despite Sgard's polemic in *Labyrinthes*, this position is still maintained in Deloffre's updated version of the Classiques Garnier original (D-P3, footnotes passim, and pp. lxxv-lxxvii).

10. See Laurent Versini ed., *Laclos Œuvres complètes* (Gallimard, 1979) p. 1230. For further discussion of problems of chronology see Introduction above, 'Commonsense and the novel' (p. xxv ff.).

11. See *Namouna*, 1, strophe 57 ff. for the full quotation. This is given in Eugène Lasserre, *Manon Lescaut de l'abbé Prévost* (Paris, Société Française d'Editions Littéraires et Techniques, 1930) pp. 144-5.

12. See p. 78, Textual Note 221.

13.

Le greluchonnage est-il un nom étranger pour vous? Les maîtresses les plus réglées n'ont-elles pas un favori qu'elles reçoivent secrètement dans l'absence de celui qui les paye? L'un est pour le cœur, l'autre pour la fortune. Condamnez-vous deux passions aussi naturelles que la tendresse et le désir de vivre à son aise? from Prévost's novel, *Mémoires d'un honnête homme* (1745) quoted in D-P, p. xciv

14. *Manon Lescaut* (Edward Arnold, 1972) p. 27.

15. Op. cit., pp. 14-15; see also J.R. Monty, *Les romans de l'abbé Prévost: procédés littéraires et pensée morale, SVEC*, 78 (1970) pp. 44-63 [pp. 48-9].

16. Grahame Jones, '*Manon Lescaut*, an exercise in literary persuasion', in *The Romanic Review*, LXIX (1978) pp. 48-59 [p. 52]. The general point Jones makes is a fair one. It is difficult to see what he has in mind if he is suggesting that there are stories within stories *within stories*: there are, of course, several versions of 'the story so far', specially packaged, or tactically/ tactfully omitting to give the whole picture. The exception which proves the counter-rule of a single, not a double, regression being usual might appear to be Des Grieux's prediction to old G... M... before they attempt to escape with his money and his jewels: 'Je trouvai l'occasion, en soupant, de lui raconter sa propre histoire, et le mauvais sort qui le menaçait' (p. 41). The episode is presumably retailed to the Superior (see p. 45) to clinch the proof that G... M...'s motive for visiting Des Grieux is a desire for indulging revenge, not solicitous concern with his conversion. But the initial story which predicts G... M...'s fate is not a partial, or a selective version of the facts: it presents the truth as a bluff.

17. See p. 86, Textual Note 249.

18. For the old text see p. 49, Textual Note 165.

19. 'One definition...his audience': for the six references in the second half of this paragraph see respectively Textual Notes 118, 36; 76, 36 (and cf. 164); 95; 144; 76, 105; and 94, 102, 176 and 261.

20. 'L'avenir de Des Grieux: Le héros et le narrateur', in *Travaux de linguistique et de littérature*, 13, 2 (1975), pp. 491-504 [p. 501].

21. In general the use of reported speech in the text tends to introduce an element of doubt and suspicion in the reader's mind: by comparison with the initial meeting of the lovers, where the *oratio obliqua* presentation in itself is enough to focus attention on the question of Manon's self-interested motivation for what she says (pp. 8-9), it is partly her use of direct address which encourages us to give her the benefit of the doubt in the mixed style account of her explanation of the offending second letter. One critic asserts that when Des Grieux relates his opening remarks to Tiberge in the interview in the garden of the Palais-Royal (p. 30): 'Le recours au style indirect lui permet de souligner son habileté et les étapes de sa rhétorique. Une telle manœuvre est bien entendu destinée à le valoriser aux yeux de Renoncour, l'Homme de Qualité' (Sophie Pailloux, op. cit., p. 63). If we substitute 'lecteur' for 'Renoncour' the sentence works better with the verb negated. See Textual Notes 104, 105.

22. 'In the scene...chronologically necessary': for the four points made see respectively Textual Note 89; cp. D-P, p. 223, variant 'g' ref. to their p. 73, though see Textual Note 136; Textual Note 71; Textual Notes 188 (last sentence), and 201. For further discussion, see D-P3, p. xcv, note 5; and p. 118 note 1, and p. 159 note 2 in that same edition.

23. For the latter point see Textual Note 319 and R.A. Francis, *The Abbé Prévost's first-person narrators*, *SVEC* (1993) p. 179, note 6, and p. 198.

24. See Pierre Malandain's suggestive introduction to his 1990 Pocket edition of *Manon*.

25. See Textual Note 201.

26. See Textual Notes 49, 147 and 291 to pp. 11, 42, and 102.

27. Cf. *Manon Lescaut: index du vocabulaire* (Centre d'étude du vocabulaire français, Université de Besançon, 1963) sub e.g. tou[te]s, toujours, jamais, mille. Self-consciously artificial imagery is sometimes a marker inviting critical scrutiny (pp. 8, 30).

28. See p. 99 and Textual Notes 278 and 279; p. 111 and Textual Note 320.

29. See p. 100, and the end of Textual Note 284.

30. See respectively p. 104 and Textual Notes 298; p. 108 and Textual Note 311; and p. 109 and Textual Note 315.

SELECT BIBLIOGRAPHY

Modern Editions

Deloffre, F., and Picard, R., *Histoire du Chevalier Des Grieux et de Manon Lescaut* (Paris: Garnier, 1965).

———Nouvelle édition revue et augmentée par F. Deloffre (Paris: Bordas, 1990); avec mise à jour bibliographique (Paris: Dunod, 1995).

Holland, A., *Manon Lescaut de l'abbé Prévost, 1731-1759. Etude bibliographique et textuelle. Avec le fac-similé de l'édition d'Amsterdam-Leipzig, Arkstée & Merkus, 1741* (Genève: Slatkine, 1984).

Sgard, J., *Œuvres* de Prévost (Presses universitaires de Grenoble, 1977-87), 8 vols. See vol. i and vol. viii.

———*Histoire du chevalier Des Grieux et de Manon Lescaut* (Paris: GF-Flammarion, 1995).

Introductory Studies

Albertan-Coppola, S., *Abbe Prévost: Manon Lescaut* (Etudes littéraires, Paris: PUF, 1995).

Francis, R.A., *Prévost: Manon Lescaut* (London: Grant & Cutler, 1993).

Mylne, V., *Prévost: Manon Lescaut* (London: Edward Arnold, 1972).

Works on *Manon Lescaut*

Betts, C.J., 'The cyclical pattern of the narrative in *Manon Lescaut*', in *French Studies*, 41 (1987) pp. 395-407.

Creignou, P., 'La mauvaise foi dans *Manon*', in *Europe*, 549-50 (1975) pp. 175-89.

Delesalle, S., 'Lectures de Manon Lescaut', in *Annales: économies, sociétés, civilisations*, 26 (1971) pp. 723-40.

Démoris, R., *Le silence de Manon* (Paris: PUF, 1995).

Donohoe, J.I., 'The death of Manon: a literary inquest', in *L'Esprit Créateur*, 12 (1972) pp. 129-46.

Ehrard, J., 'L'avenir de Des Grieux: le héros et le narrateur', in *Travaux de linguistique et de littérature* (Strasbourg), 13 (1975) pp. 491-504.

Francis, R.A., *The Abbé Prévost's first-person narrators* (Oxford) *SVEC*, 306 (1993).

Germain, F., 'Quelques mensonges de Manon', in *Mélanges littéraires François Germain* (Dijon: 1979) pp. 15-28.

Jones, G., '*Manon Lescaut*, la structure du roman et le rôle du Chevalier Des Grieux', in *RHLF* (1971) pp. 425-38.

Josephs, H., '*Manon Lescaut*: a rhetoric of intellectual evasion', in *The Romanic Review*, 59 (1968) pp. 185-97.

Mauron, C., '*Manon Lescaut* et le mélange des genres', in *L'Abbé Prévost: actes du colloque d'Aix-en-Provence, 20 et 21 décembre 1963* (Gap: Ophrys, 1965) pp. 113-18.

Monty, J.R., *Les romans de l'abbé Prévost: procédés littéraires et pensée morale* (Oxford) *SVEC*, 78 (1970) pp. 44-63.

Piva, F., 'Une clé de lecture pour *Manon Lescaut*', in *CAIEF*, 46 (1994) pp. 329-53.

Sgard, J., *Prévost romancier* (Paris: Corti, 1968).

——— *L'Abbé Prévost: labyrinthes de la mémoire* (Paris: P.U.F., 1986).

———'Manon et les filles de joie', in *Saggi e richerche di letteratura francese*, 25 (1986) pp. 239-53.

———*Vingt études sur Prévost d'Exiles* (Grenoble: Ellug, 1995).

Singerman, A.J., 'A *fille de plaisir* and her *greluchon*: society and the perspective of *Manon Lescaut*', in *L'Esprit Créateur*, 12 (1972) pp. 118-28.

NOTE ON THE TEXT

For reasons suggested in the Introduction, at the beginning of the section 'Commonsense and the novel' (p. xxv), the text presented is not that of the first edition of 1731. Instead we have chosen the stylistically superior 1753 version as the basic text: that is, 'édition U', in the Deloffre-Picard bibliography of editions of *Manon Lescaut* which appeared during the lifetime of Prévost (D-P, pp. 252-3), reproduced in photo-facsimile by M.E.I. Robertson (Oxford: Basil Blackwell, 1943). Except for that of place-names which have been maintained in their varying forms, the spelling has been modernised. Following 18th-century printing practice, capitals have been kept for titles; I have used them on occasion with abstract nouns, slightly more frequently than modern editors feel inclined to do. More than forty minor errors and misprints have been tacitly corrected. In order to retain Prévost's paragraphing, direct speech is not reproduced in a modern format. Punctuation is as it is in the 1753 edition, with two exceptions. Firstly where mistakes have evidently been made (the occasional missing question-mark has had to be supplied). Secondly, in the original, semi-colons are sometimes found introducing direct speech. These have normally been changed to colons. In addition, question- and exclamation-marks have had to be removed from the end of the sentence and repositioned after the direct speech to which they refer.

I wish to thank the editor of *Essays in French Literature* for kindly allowing me to include in the Textual Notes to the present edition material which originally appeared in a different form in an article of mine published in that journal in November 1998.

HISTOIRE
du
CHEVALIER DES GRIEUX
et de
MANON LESCAUT

Avis *de l'Auteur des Mémoires d'un Homme de qualité*

Quoique j'eusse pu faire entrer dans mes Mémoires, les aventures du Chevalier des Grieux, il m'a semblé que n'y ayant point un rapport nécessaire, le lecteur trouverait plus de satisfaction à les voir séparément. Un récit de cette longueur aurait interrompu trop longtemps le fil de ma propre histoire. Tout éloigné que je suis de prétendre à la qualité d'écrivain exact, je n'ignore point qu'une narration doit être déchargée des circonstances, qui la rendraient pesante et embarrassée. C'est le précepte d'Horace:

> Ut jam nunc dicat jam nunc debentia dici,
> Pleraque differat, ac præsens in tempus omittat.[1]

Il n'est pas même besoin d'une si grave autorité, pour prouver une vérité si simple; car le bon sens est la première source de cette règle.

Si le public a trouvé quelque chose d'agréable et d'intéressant dans l'histoire de ma vie, j'ose lui promettre qu'il ne sera pas moins satisfait de cette addition. Il verra, dans la conduite de M. des Grieux, un exemple terrible de la force des passions.[2] J'ai à peindre un jeune aveugle, qui refuse d'être heureux, pour se précipiter volontairement[3] dans les dernières infortunes; qui, avec toutes les qualités dont se forme le plus brillant mérite,[4] préfère par choix une vie obscure et vagabonde à tous les avantages de la fortune et de la nature; qui prévoit ses malheurs, sans vouloir les éviter;[5] qui les sent et qui en est accablé, sans profiter des remèdes[6] qu'on lui offre sans cesse, et qui peuvent à tous moments les finir; enfin un caractère ambigu, un mélange de vertus et de vices, un contraste perpétuel de bons sentiments[7] et d'actions mauvaises. Tel est le fond du tableau que je présente. Les personnes de bon sens ne regarderont point un ouvrage de cette nature, comme un travail inutile. Outre le plaisir d'une lecture agréable, on y trouvera peu d'événements qui ne puissent servir à l'instruction des mœurs; et c'est rendre, à mon avis, un service considérable au public, que de l'instruire en l'amusant.[8]

On ne peut réfléchir sur les préceptes de la morale, sans être étonné de les voir tout à la fois estimés et négligés; et l'on se demande la raison de cette bizarrerie du cœur humain, qui lui fait goûter des idées de bien et de perfection, dont il s'éloigne dans la pratique. Si les personnes, d'un certain ordre d'esprit et de politesse, veulent examiner quelle est la manière la plus commune de leurs conversations, ou même de leurs rêveries solitaires, il leur sera aisé de remarquer qu'elles tournent presque toujours sur quelques considérations morales. Les plus doux moments de leur vie sont ceux qu'ils passent, ou seuls, ou avec un ami, à s'entretenir à cœur ouvert des charmes

2

de la vertu, des douceurs de l'amitié, des moyens d'arriver au bonheur, des faiblesses de la nature qui nous en éloignent, et des remèdes qui peuvent les guérir. Horace et Boileau[9] marquent cet entretien, comme un des plus beaux traits, dont ils composent l'image d'une vie heureuse. Comment arrive-t-il donc qu'on tombe si facilement de ces hautes spéculations, et qu'on se retrouve sitôt au niveau du commun des hommes? Je suis trompé, si la raison, que je vais en apporter, n'explique bien cette contradiction de nos idées et de notre conduite: c'est que tous les préceptes de la morale n'étant que des principes vagues et généraux, il est très difficile d'en faire une application particulière au détail des mœurs et des actions. Mettons la chose dans un exemple. Les âmes bien nées sentent que la douceur et l'humanité sont des vertus aimables, et sont portées d'inclination à les pratiquer: mais sont-elles au moment de l'exercice? elles demeurent souvent suspendues. En est-ce réellement l'occasion? Sait-on bien quelle en doit être la mesure? Ne se trompe-t-on point sur l'objet? Cent difficultés arrêtent. On craint de devenir dupe, en voulant être bienfaisant et libéral; de passer pour faible, en paraissant trop tendre et trop sensible; en un mot, d'excéder ou de ne pas remplir assez des devoirs, qui sont renfermés d'une manière trop obscure dans les notions générales d'humanité et de douceur. Dans cette incertitude, il n'y a que l'expérience, ou l'exemple, qui puisse déterminer raisonnablement le penchant du cœur. Or l'expérience n'est point un avantage, qu'il soit libre à tout le monde de se donner; elle dépend des situations différentes, où l'on se trouve placé par la fortune. Il ne reste donc que l'exemple, qui puisse servir de règle, à quantité de personnes, dans l'exercice de la vertu. C'est précisément pour cette sorte de lecteurs, que des ouvrages tels que celui-ci peuvent être d'une extrême utilité; du moins, lorsqu'ils sont écrits par une personne d'honneur et de bon sens. Chaque fait qu'on y rapporte est un degré de lumière, une instruction qui supplée à l'expérience; chaque aventure est un modèle, d'après lequel on peut se former: il n'y manque, que d'être ajusté aux circonstances où l'on se trouve. L'ouvrage entier est un traité de morale, réduit agréablement en exercice.[10]

Un lecteur sévère s'offensera peut-être de me voir reprendre la plume, à mon âge, pour écrire des aventures de fortune et d'amour: mais si la réflexion que je viens de faire est solide, elle me justifie; si elle est fausse, mon erreur sera mon excuse.

Nota. *C'est pour se rendre aux instances de ceux qui aiment ce petit ouvrage, qu'on s'est déterminé à le purger d'un grand nombre de fautes grossières, qui se sont glissées dans la plupart de ses éditions. On y a fait aussi quelques additions, qui ont paru nécessaires pour la plénitude d'un des principaux caractères [...]*[11]

Première Partie

Je suis obligé de faire remonter mon lecteur, au temps de ma vie, où je rencontrai pour la première fois le Chevalier des Grieux. Ce fut environ six mois avant mon départ pour l'Espagne.[12] Quoique je sortisse rarement de ma solitude, la complaisance que j'avais pour ma fille m'engageait quelquefois à divers petits voyages, que j'abrégeais autant qu'il m'était possible. Je revenais un jour de Rouen, où elle m'avait prié d'aller solliciter une affaire au Parlement de Normandie, pour la succession de quelques terres auxquelles je lui avais laissé des prétentions du côté de mon grand-père maternel. Ayant repris mon chemin par Evreux, où je couchai la première nuit, j'arrivai le lendemain pour dîner, à Passy, qui en est éloigné de cinq ou six lieues. Je fus surpris, en entrant dans ce bourg, d'y voir tous les habitants en alarme. Ils se précipitaient de leurs maisons, pour courir en foule à la porte d'une mauvaise hôtellerie, devant laquelle étaient deux chariots couverts. Les chevaux, qui étaient encore attelés, et qui paraissaient fumants de fatigue et de chaleur, marquaient que ces deux voitures ne faisaient qu'arriver. Je m'arrêtai un moment, pour m'informer d'où venait le tumulte; mais je tirai peu d'éclaircissement d'une populace curieuse, qui ne faisait nulle attention à mes demandes, et qui s'avançait toujours vers l'hôtellerie, en se poussant avec beaucoup de confusion. Enfin un archer, revêtu d'une bandoulière et le mousquet sur l'épaule, ayant paru à la porte, je lui fis signe de la main de venir à moi. Je le priai de m'apprendre le sujet de ce désordre. Ce n'est rien, Monsieur, me dit-il; c'est une douzaine de filles de joie, que je conduis avec mes compagnons, jusqu'au Havre-de-Grâce, où nous les ferons embarquer pour l'Amérique. Il y en a quelques-unes de jolies, et c'est apparemment ce qui excite la curiosité de ces bons paysans.[13] J'aurais passé, après cette explication, si je n'eusse été arrêté par les exclamations d'une vieille femme, qui sortait de l'hôtellerie en joignant les mains, et criant que c'était une chose barbare, une chose qui faisait horreur et compassion. De quoi s'agit-il donc?, lui dis-je. Ah! Monsieur, entrez, répondit-elle, et voyez si ce spectacle n'est pas capable de fendre le cœur? La curiosité me fit descendre de mon cheval, que je laissai à mon palefrenier. J'entrai avec peine, en perçant la foule, et je vis en effet quelque chose d'assez touchant. Parmi les douze filles, qui étaient enchaînées six à six par le milieu du corps, il y en avait une dont l'air et la figure étaient si peu conformes à sa condition, qu'en tout autre état je l'eusse prise pour une personne du premier rang. Sa tristesse et la saleté de son linge et de ses habits l'enlaidissaient si peu,[14] que sa vue m'inspira du respect et de la pitié. Elle tâchait néanmoins de se tourner, autant que sa chaîne pouvait le permettre, pour dérober son visage aux yeux des spectateurs. L'effort qu'elle faisait pour se cacher était si naturel, qu'il paraissait venir d'un sentiment de modestie. Comme les six gardes, qui accompagnaient cette malheureuse bande, étaient aussi dans la chambre, je pris le chef en particulier, et je lui demandai quelques lumières sur le sort de cette belle fille. Il ne put m'en donner que de fort générales. Nous l'avons tirée de l'Hôpital,[15] me dit-il, par ordre de M. le Lieutenant Général de Police. Il n'y a pas d'apparence qu'elle y eût été renfermée pour ses bonnes actions. Je l'ai interrogée plusieurs fois sur la route; elle s'obstine à ne me rien répondre. Mais quoique je n'aie pas reçu ordre de la ménager plus que les autres, je ne laisse pas d'avoir quelques égards pour elle; parce qu'il me semble qu'elle vaut un peu mieux que ses compagnes. Voilà un jeune homme, ajouta l'archer, qui pourrait vous instruire mieux que moi sur la cause de sa disgrâce. Il l'a suivie depuis Paris, sans cesser presque un moment de pleurer. Il faut que ce soit son frère[16] ou son amant. Je me tournai vers le coin de la chambre, où ce jeune homme était assis. Il paraissait enseveli dans une rêverie profonde. Je n'ai jamais vu de plus vive image de la douleur.[17] Il était mis fort simplement; mais on distingue, au premier coup d'œil, un homme qui a de la naissance et de l'éducation. Je m'approchai de lui. Il se leva; et je découvris dans ses yeux, dans sa figure, et dans tous ses mouvements, un air si fin et si noble, que je me sentis porté naturellement à lui vouloir du bien. Que je ne vous trouble point, lui dis-je, en m'asseyant près de lui. Voulez-vous bien satisfaire la curiosité que j'ai de connaître cette belle personne, qui ne me paraît point faite pour le triste état où je la vois? Il me répondit honnêtement qu'il ne pouvait m'apprendre qui elle était, sans se faire connaître lui-même, et qu'il avait de fortes raisons pour souhaiter de demeurer inconnu.[18] Je puis vous dire néanmoins, ce que ces misérables n'ignorent point,[19] continua-t-il en montrant les archers; c'est que je l'aime avec une passion si violente, qu'elle me rend le plus infortuné de tous les hommes. J'ai tout employé, à Paris, pour obtenir sa liberté. Les sollicitations, l'adresse[20] et la force m'ont été inutiles; j'ai pris le parti de la suivre, dût-elle aller au bout du monde. Je m'embarquerai avec elle. Je passerai en Amérique. Mais, ce qui est de la dernière inhumanité, ces lâches coquins, ajouta-t-il en parlant des archers, ne veulent pas me permettre d'approcher d'elle. Mon dessein était de les attaquer ouvertement, à quelques lieues de Paris. Je m'étais associé quatre hommes, qui m'avaient promis leur secours pour une somme considérable. Les traîtres m'ont laissé seul aux mains, et sont partis avec mon argent. L'impossibilité de réussir par la force m'a fait mettre les armes bas. J'ai proposé aux archers de me permettre du moins de les suivre, en leur offrant de les récompenser.

Le désir du gain les y a fait consentir. Ils ont voulu être payés, chaque fois qu'ils m'ont accordé la liberté de parler à ma maîtresse. Ma bourse s'est épuisée en peu de temps; et maintenant que je suis sans un sou, ils ont la barbarie de me repousser brutalement, lorsque je fais un pas vers elle. Il n'y a qu'un instant, qu'ayant osé m'en approcher malgré leurs menaces, ils ont eu l'insolence de lever contre moi le bout du fusil. Je suis obligé, pour satisfaire leur avarice et pour me mettre en état de continuer la route à pied, de vendre ici un mauvais cheval qui m'a servi jusqu'à présent de monture.

Quoiqu'il parût faire assez tranquillement ce récit, il laissa tomber quelques larmes en le finissant.[21] Cette aventure me parut des plus extraordinaires et des plus touchantes. Je ne vous presse pas, lui dis-je, de me découvrir le secret de vos affaires; mais si je puis vous être utile à quelque chose, je m'offre volontiers à vous rendre service. Hélas! reprit-il, je ne vois pas le moindre jour[22] à l'espérance. Il faut que je me soumette à toute la rigueur de mon sort. J'irai en Amérique. J'y serai du moins libre avec ce que j'aime. J'ai écrit à un de mes amis, qui me fera tenir quelques secours au Havre-de-Grâce. Je ne suis embarrassé que pour m'y conduire, et pour procurer à cette pauvre créature, ajouta-t-il en regardant tristement sa maîtresse, quelque soulagement sur la route. Hé bien, lui dis-je, je vais finir votre embarras. Voici quelque argent que je vous prie d'accepter.[23] Je suis fâché de ne pouvoir vous servir autrement. Je lui donnai quatre louis d'or,[24] sans que les gardes s'en aperçussent; car je jugeais bien que s'ils lui savaient cette somme, ils lui vendraient plus chèrement leurs secours. Il me vint même à l'esprit de faire marché avec eux, pour obtenir au jeune amant la liberté de parler continuellement à sa maîtresse jusqu'au Havre. Je fis signe au chef de s'approcher, et je lui en fis la proposition. Il en parut honteux, malgré son effronterie. Ce n'est pas, Monsieur, répondit-il d'un air embarrassé, que nous refusions de le laisser parler à cette fille; mais il voudrait être sans cesse auprès d'elle; cela nous est incommode; il est bien juste qu'il paye pour l'incommodité. Voyons donc, lui dis-je, ce qu'il faudrait pour vous empêcher de la sentir. Il eut l'audace de me demander deux louis. Je les lui donnai sur-le-champ: mais prenez garde, lui dis-je, qu'il ne vous échappe quelque friponnerie; car je vais laisser mon adresse à ce jeune homme, afin qu'il puisse m'en informer, et comptez que j'aurai le pouvoir de vous faire punir. Il m'en coûta six louis d'or. La bonne grâce et la vive reconnaissance avec laquelle ce jeune inconnu me remercia, achevèrent de me persuader qu'il était né quelque chose, et qu'il méritait ma liberalité. Je dis quelques mots à sa maitresse, avant que de sortir. Elle me répondit avec une modestie si douce et si charmante, que je ne pus m'empêcher de faire, en sortant, mille réflexions sur le caractère incompréhensible des femmes.[25]

Etant retourné à ma solitude, je ne fus point informé de la suite de cette aventure. Il se passa près de deux ans, qui me la firent oublier tout à fait; jusqu'à ce que le hasard me fît renaître l'occasion d'en apprendre à fond toutes les circonstances. J'arrivais de Londres à Calais, avec le Marquis de... mon élève.[26] Nous logeâmes, si je m'en souviens bien, au Lion d'Or, où quelques raisons nous obligèrent de passer le jour entier et la nuit suivante. En marchant l'après-midi dans les rues, je crus apercevoir ce même jeune homme, dont j'avais fait la rencontre à Passy. Il était en fort mauvais équipage, et beaucoup plus pâle que je ne l'avais vu la première fois. Il portait sur le bras un vieux portemanteau, ne faisant qu'arriver dans la ville. Cependant, comme il avait la physionomie trop belle pour n'être pas reconnu facilement, je le remis[27] aussitôt. Il faut, dis-je au Marquis, que nous abordions ce jeune homme. Sa joie fut plus vive que toute expression, lorsqu'il m'eut remis à son tour. Ah! Monsieur, s'écria-t-il en me baisant la main, je puis donc encore une fois vous marquer mon immortelle reconnaissance. Je lui demandai d'où il venait. Il me répondit qu'il arrivait, par mer, du Havre-de-Grâce, où il était revenu de l'Amérique peu auparavant. Vous ne me paraissez pas fort bien en argent, lui dis-je; allez-vous-en au Lion d'Or où je suis logé, je vous rejoindrai dans un moment. J'y retournai en effet, plein d'impatience d'apprendre le détail de son infortune et les circonstances de son voyage d'Amérique. Je lui fis mille caresses,[28] et j'ordonnai qu'on ne le laissât manquer de rien. Il n'attendit point que je le pressasse de me raconter l'histoire de sa vie. Monsieur, me dit-il, vous en usez si noblement avec moi, que je me reprocherais, comme une basse ingratitude, d'avoir quelque chose de réservé pour vous. Je veux vous apprendre, non seulement mes malheurs et mes peines, mais encore mes désordres et mes plus honteuses faiblesses. Je suis sûr qu'en me condamnant, vous ne pourrez pas vous empêcher de me plaindre.[29]

Je dois avertir ici le lecteur que j'écrivis son histoire presque aussitôt après l'avoir entendue, et qu'on peut s'assurer par conséquent que rien n'est plus exact et plus fidèle que cette narration. Je dis fidèle jusque dans la relation des réflexions et des sentiments, que le jeune aventurier exprimait de la meilleure grâce du monde. Voici donc son récit, auquel je ne mêlerai, jusqu'à la fin, rien qui ne soit de lui.[30]

J'avais dix-sept ans, et j'achevais mes études de philosophie à Amiens, où mes parents, qui sont d'une des meilleures maisons de P..., m'avaient envoyé. Je menais une vie si sage et si réglée,[31] que mes maîtres me proposaient pour l'exemple du collège. Non que je fisse des efforts extraordinaires pour mériter cet éloge; mais j'ai l'humeur naturellement douce et tranquille:[32] je m'appliquais à l'étude par inclination, et l'on me comptait pour des vertus quelques marques d'aversion naturelle pour le vice. Ma naissance, le succès de mes études, et quelques agréments extérieurs m'avaient fait connaître et estimer de tous les honnêtes gens de la ville. J'achevai mes exercices publics[33] avec une approbation si générale, que Monsieur l'Evêque, qui y assistait, me proposa d'entrer dans l'état ecclésiastique, où je ne manquerais pas, disait-il, de m'attirer plus de distinction que dans l'Ordre de Malte,[34] auquel mes parents me destinaient. Ils me faisaient déjà porter la Croix, avec le nom de Chevalier des Grieux. Les vacances arrivant, je me préparais à retourner chez mon père, qui m'avait promis de m'envoyer bientôt à l'Académie.[35] Mon seul regret, en quittant Amiens, était d'y laisser un ami, avec lequel j'avais toujours été tendrement uni. Il était de quelques années plus âgé que moi. Nous avions été élevés ensemble; mais le bien de sa maison étant des plus médiocres, il était obligé de prendre l'état ecclésiastique, et de demeurer à Amiens après moi, pour y faire les études qui conviennent à cette profession. Il avait mille bonnes qualités. Vous le connaîtrez par les meilleures, dans la suite de mon histoire, et surtout par un zèle et une générosité en amitié, qui surpassent les plus célèbres exemples de l'antiquité. Si j'eusse alors suivi ses conseils, j'aurais toujours été sage et heureux. Si j'avais du moins profité de ses reproches dans le précipice où mes passions m'ont entraîné, j'aurais sauvé quelque chose du naufrage de ma fortune et de ma réputation. Mais il n'a point recueilli d'autre fruit de ses soins, que le chagrin de les voir inutiles, et quelquefois durement récompensés, par un ingrat qui s'en offensait et qui les traitait d'importunités.[36]

J'avais marqué le temps de mon départ d'Amiens. Hélas! que ne le marquais-je un jour plus tôt! j'aurais porté chez mon père toute mon innocence. La veille même de celui que je devais quitter cette ville, étant à me promener avec mon ami, qui s'appelait Tiberge, nous vîmes arriver le coche d'Arras; et nous le suivîmes jusqu'à l'hôtellerie où ces voitures descendent. Nous n'avions pas d'autre motif que la curiosité. Il en sortit quelques femmes, qui se retirèrent aussitôt. Mais il en resta une, fort jeune, qui s'arrêta seule dans la cour, pendant qu'un homme d'un âge avancé, qui paraissait lui servir de conducteur, s'empressait pour faire tirer son équipage des paniers. Elle me parut si charmante,[37] que moi, qui n'avais jamais pensé à la différence des sexes, ni regardé une fille avec un peu d'attention; moi, dis-je, dont tout le monde admirait la sagesse et la retenue, je me trouvai enflammé tout d'un coup jusqu'au transport. J'avais le défaut d'être excessivement timide et facile à déconcerter; mais loin d'être arrêté alors par cette faiblesse, je m'avançai vers la maîtresse de mon cœur. Quoiqu'elle fût moins âgée que moi, elle reçut mes politesses, sans paraître embarrassée.[38] Je lui demandai ce qui l'amenait à Amiens, et si elle y avait quelques personnes de connaissance. Elle me répondit ingénument, qu'elle y était envoyée par ses parents, pour être religieuse.[39] L'amour me rendait déjà si éclairé, depuis un moment qu'il était dans mon cœur, que je regardai ce dessein comme un coup mortel pour mes désirs. Je lui parlai d'une manière, qui lui fit comprendre mes sentiments; car elle était bien plus expérimentée que moi: c'était malgré elle qu'on l'envoyait au couvent, pour arrêter sans doute son penchant au plaisir, qui s'était déjà déclaré, et qui a causé dans la suite tous ses malheurs et les miens.[40] Je combattis la cruelle intention de ses parents, par toutes les raisons que mon amour naissant et mon éloquence scolastique purent me suggérer. Elle n'affecta, ni rigueur, ni dédain. Elle me dit, après un moment de silence, qu'elle ne prévoyait que trop qu'elle allait être malheureuse; mais que c'était apparemment la volonté du Ciel, puisqu'il ne lui laissait nul moyen de l'éviter. La douceur de ses regards, un air charmant de tristesse en prononçant ces paroles, ou plutôt l'ascendant de ma destinée, qui m'entraînait à ma perte, ne me permirent pas de balancer un moment sur ma réponse. Je l'assurai que si elle voulait faire quelque fond sur mon honneur, et sur la tendresse infinie qu'elle m'inspirait déjà, j'emploierais ma vie pour la délivrer de la tyrannie de ses parents, et pour la rendre heureuse. Je me suis étonné mille fois, en y réfléchissant, d'où me venait alors tant de hardiesse et de facilité à m'exprimer; mais on ne ferait pas une divinité de l'Amour, s'il n'opérait souvent des prodiges.[41] J'ajoutai mille choses pressantes. Ma belle inconnue savait bien qu'on n'est point trompeur à mon âge:[42] elle me confessa que si je voyais quelque jour à la pouvoir mettre en liberté, elle croirait m'être redevable de quelque chose de plus cher que la vie.[43] Je lui répétai que j'étais prêt à tout entreprendre; mais n'ayant point assez d'expérience pour imaginer tout d'un coup les moyens de la servir, je m'en tenais à cette assurance générale, qui ne pouvait être d'un grand secours pour elle et pour moi. Son vieil Argus[44] étant venu nous rejoindre, mes espérances allaient échouer, si elle n'eût eu assez d'esprit pour suppléer à la stérilité du mien. Je fus surpris, à l'arrivée de son conducteur, qu'elle m'appelât son cousin, et que sans paraître déconcertée le moins du monde, elle me dît que puisqu'elle était assez heureuse pour me rencontrer à Amiens, elle remettait au lendemain son entrée dans le couvent, afin de se procurer le plaisir de souper avec moi. J'entrai fort bien dans le sens de cette ruse: je lui proposai de se loger dans une hôtellerie, dont le maître, qui s'était établi à Amiens, après avoir été longtemps cocher de mon père, était dévoué entièrement à mes ordres. Je l'y conduisis moi-même, tandis que le vieux conducteur paraissait un peu murmurer, et que mon ami Tiberge, qui ne comprenait rien à cette scène, me suivait sans prononcer une parole. Il n'avait point entendu notre entretien. Il était demeuré à se promener dans la cour, pendant que je parlais d'amour à ma belle maîtresse. Comme je redoutais sa sagesse, je me défis de lui par une commission, dont je le priai de se charger. Ainsi j'eus le plaisir, en arrivant à l'auberge, d'entretenir seul la souveraine de mon cœur. Je reconnus bientôt que j'étais moins enfant que je ne le croyais. Mon cœur s'ouvrit à mille sentiments de plaisir, dont je n'avais jamais eu l'idée. Une douce chaleur se répandit dans toutes mes veines. J'étais dans une espèce de transport, qui m'ôta pour quelque temps la liberté de la voix, et qui ne s'exprimait que par mes yeux. Mlle Manon Lescaut,[45] c'est ainsi qu'elle me dit qu'on la nommait, parut fort satisfaite de cet effet de ses charmes. Je crus[46] apercevoir qu'elle n'était pas moins émue que moi. Elle me confessa qu'elle me trouvait aimable, et qu'elle serait ravie de m'avoir obligation de sa liberté. Elle voulut savoir qui j'étais, et cette connaissance augmenta son affection; parce qu'étant d'une naissance commune,[47] elle se trouva flattée d'avoir fait la conquête d'un amant tel que moi. Nous nous entretînmes des moyens d'être l'un à l'autre. Après quantité de réflexions, nous ne trouvâmes point d'autre voie que celle de la fuite. Il fallait tromper la vigilance du conducteur, qui était un homme à ménager, quoiqu'il ne fût qu'un domestique. Nous réglâmes que je ferais préparer pendant la nuit une chaise de poste, et que je reviendrais de grand matin à l'auberge, avant qu'il fût éveillé; que nous nous déroberions secrètement, et que nous irions droit à Paris, où nous nous ferions marier en arrivant. J'avais environ cinquante écus, qui étaient le fruit de mes petites épargnes; elle en avait à peu près le double. Nous nous imaginâmes, comme des enfants sans expérience, que cette somme ne finirait jamais, et nous ne comptâmes pas moins sur le succès de nos autres mesures.

Après avoir soupé, avec plus de satisfaction que je n'en avais jamais ressenti, je me retirai pour exécuter notre projet. Mes arrangements furent d'autant plus faciles, qu'ayant eu dessein de retourner le lendemain chez mon père, mon petit équipage était déjà préparé. Je n'eus donc nulle peine à faire transporter ma malle, et à faire tenir une chaise prête pour cinq heures du matin, qui étaient le temps où les portes de la ville devaient être ouvertes; mais je trouvai un obstacle dont je ne me défiais point, et qui faillit de rompre entièrement mon dessein.

Tiberge, quoique âgé seulement de trois ans plus que moi, était un garçon d'un sens mûr, et d'une conduite fort réglée. Il m'aimait avec une tendresse extraordinaire. La vue d'une aussi jolie fille que Mademoiselle Manon, mon empressement à la conduire, et le soin que j'avais eu de me défaire de lui en l'éloignant, lui firent naître quelques soupçons de mon amour. Il n'avait osé revenir à l'auberge où il m'avait laissé, de peur de m'offenser par son retour; mais il était allé m'attendre à mon logis, où je le trouvai en arrivant, quoiqu'il fût dix heures du soir. Sa présence me chagrina. Il s'aperçut facilement de la contrainte qu'elle me causait. Je suis sûr, me dit-il sans déguisement, que vous méditez quelque dessein que vous me voulez cacher; je le vois à votre air. Je lui répondis assez brusquement que je n'étais pas obligé de lui rendre compte de tous mes desseins. Non, reprit-il, mais vous m'avez toujours traité en ami, et cette qualité suppose un peu de confiance et d'ouverture. Il me pressa si fort et si longtemps de lui découvrir mon secret, que n'ayant jamais eu de réserve avec lui, je lui fis l'entière confidence de ma passion. Il la reçut avec une apparence de mécontentement qui me fit frémir. Je me repentis surtout de l'indiscrétion, avec laquelle je lui avais découvert le dessein de ma fuite. Il me dit qu'il était trop parfaitement mon ami, pour ne pas s'y opposer de tout son pouvoir; qu'il voulait me représenter d'abord tout ce qu'il croyait capable de m'en détourner; mais que si je ne renonçais pas ensuite à cette misérable résolution, il avertirait des personnes qui pourraient l'arrêter à coup sûr. Il me tint là-dessus un discours sérieux, qui dura plus d'un quart d'heure, et qui finit encore par la menace de me dénoncer, si je ne lui donnais ma parole de me conduire avec plus de sagesse et de raison. J'étais au désespoir de m'être trahi si mal à propos. Cependant, l'amour m'ayant ouvert extrêmement l'esprit depuis deux ou trois heures, je fis attention que je ne lui avais pas découvert que mon dessein devait s'exécuter le lendemain, et je résolus de le tromper à la faveur d'une équivoque. Tiberge, lui dis-je, j'ai cru jusqu'à présent que vous étiez mon ami, et j'ai voulu vous éprouver par cette confidence. Il est vrai que j'aime, je ne vous ai pas trompé; mais pour ce qui regarde ma fuite, ce n'est point une entreprise à former au hasard. Venez me prendre demain à neuf heures; je vous ferai voir, s'il se peut, ma maîtresse, et vous jugerez si elle mérite que je fasse cette démarche pour elle. Il me laissa seul, après mille protestations d'amitié. J'employai la nuit à mettre ordre à mes affaires, et m'étant rendu à l'hôtellerie de Mademoiselle Manon, vers la pointe du jour, je la trouvai qui m'attendait. Elle était à sa fenêtre,[48] qui donnait sur la rue; de sorte que m'ayant aperçu, elle vint m'ouvrir elle-même. Nous sortîmes sans bruit. Elle n'avait point d'autre équipage que son linge, dont je me chargeai moi-même. La chaise était en état de partir; nous nous éloignâmes aussitôt de la ville. Je rapporterai dans la suite quelle fut la conduite de Tiberge, lorsqu'il s'aperçut que je l'avais trompé.[49] Son zèle n'en devint pas moins ardent. Vous verrez à quel excès il le porta, et combien je devrais verser de larmes, en songeant quelle en a toujours été la récompense.

Nous nous hâtâmes tellement d'avancer, que nous arrivâmes à Saint-Denis avant la nuit. J'avais couru à cheval, à côté de la chaise, ce qui ne nous avait guère permis de nous entretenir qu'en changeant de chevaux; mais lorsque nous nous vîmes si proche de Paris, c'est-à-dire, presque en sûreté, nous prîmes le temps de nous rafraîchir, n'ayant rien mangé depuis notre départ d'Amiens. Quelque passionné que je fusse pour Manon, elle sut me persuader qu'elle ne l'était pas moins pour moi.[50] Nous étions si peu réservés dans nos caresses, que nous n'avions pas la patience d'attendre que nous fussions seuls. Nos postillons et nos hôtes nous regardaient avec admiration; et je remarquais qu'ils étaient surpris de voir deux enfants de notre âge, qui paraissaient s'aimer jusqu'à la fureur. Nos projets de mariage furent oubliés à Saint-Denis; nous fraudâmes les droits de l'Eglise, et nous nous trouvâmes époux sans y avoir fait réflexion. Il est sûr que du naturel tendre et constant dont je suis, j'étais heureux pour toute ma vie, si Manon m'eût été fidèle. Plus je la connaissais, plus je découvrais en elle de nouvelles qualités aimables. Son esprit, son cœur, sa douceur et sa beauté, formaient une chaîne si forte et si charmante, que j'aurais mis tout mon bonheur à n'en sortir jamais. Terrible changement! Ce qui fait mon désespoir a pu[51] faire ma félicité. Je me trouve le plus malheureux de tous les hommes, par cette même constance, dont je devais attendre le plus doux de tous les sorts, et les plus parfaites récompenses de l'amour.[52]

Nous prîmes un appartement meublé à Paris. Ce fut dans la rue V..., et pour mon malheur auprès de la maison de M. de B... célèbre fermier général.[53] Trois semaines se passèrent, pendant lesquelles j'avais été si rempli de ma passion, que j'avais peu songé à ma famile, et au chagrin que mon père avait dû ressentir de mon absence. Cependant, comme la débauche n'avait nulle part à ma conduite,[54] et que Manon se comportait aussi avec beaucoup de retenue, la tranquillité où nous vivions servit à me faire rappeler peu à peu l'idée de mon devoir. Je résolus de me réconcilier, s'il était possible, avec mon père. Ma maîtresse était si aimable, que je ne doutais point qu'elle ne pût lui plaire, si je trouvais moyen de lui faire connaître sa sagesse et son mérite: en un mot, je me flattai d'obtenir de lui la liberté de l'épouser, ayant été désabusé de l'espérance de le pouvoir sans son consentement.[55] Je communiquai ce projet à Manon; et je lui fis entendre qu'outre les motifs de l'amour et du devoir, celui de la nécessité pouvait y entrer aussi pour quelque chose, car nos fonds étaient extrêmement altérés, et je commençais à revenir de l'opinion qu'ils étaient inépuisables. Manon reçut froidement cette proposition. Cependant, les difficultés qu'elle y opposa n'étant prises que de sa tendresse même, et de la crainte de me perdre, si mon père n'entrait point dans notre dessein, après avoir connu le lieu de notre retraite, je n'eus pas le moindre soupçon du coup cruel qu'on se préparait à me porter. A l'objection de la nécessité, elle répondit qu'il nous restait encore de quoi vivre quelques semaines, et qu'elle trouverait après cela des ressources dans l'affection de quelques parents, à qui elle écrirait en province. Elle adoucit son refus par des caresses si tendres et si passionnées, que moi qui ne vivais que dans elle, et qui n'avais pas la moindre défiance de son cœur, j'applaudis à toutes ses réponses et à toutes ses résolutions. Je lui avais laissé la disposition de notre bourse et le soin de payer notre dépense ordinaire. Je m'aperçus, peu après, que notre table était mieux servie, et qu'elle s'était donné quelques ajuste-ments[56] d'un prix considérable. Comme je n'ignorais pas qu'il devait nous rester à peine douze ou quinze pistoles, je lui marquai mon étonnement de cette augmentation apparente de notre opulence. Elle me pria, en riant, d'être sans embarras. Ne vous ai-je pas promis, me dit-elle, que je trouverais des ressources? Je l'aimais avec trop de simplicité pour m'alarmer facilement.

Un jour que j'étais sorti l'après-midi, et que je l'avais avertie que je serais dehors plus longtemps qu'à l'ordinaire, je fus étonné qu'à mon retour, on me fît attendre deux ou trois minutes à la porte. Nous n'étions servis que par une petite fille, qui était à peu près de notre âge. Etant venue m'ouvrir, je lui demandai[57] pourquoi elle avait tardé si longtemps? Elle me répondit, d'un air embarrassé, qu'elle ne m'avait point entendu frapper. Je n'avais frappé qu'une fois; je lui dis: mais si vous ne m'avez pas entendu, pourquoi êtes-vous donc venue m'ouvrir? Cette question la déconcerta si fort, que n'ayant point assez de présence d'esprit pour y répondre, elle se mit à pleurer, en m'assurant que ce n'était point sa faute, et que Madame lui avait défendu d'ouvrir la porte jusqu'à ce que M. de B... fût sorti par l'autre escalier, qui répondait[58] au cabinet. Je demeurai si confus, que je n'eus point la force d'entrer dans l'appartement. Je pris le parti de descendre, sous prétexte d'une affaire, et j'ordonnai à cet enfant de dire à sa maîtresse que je retournerais dans le moment, mais de ne pas faire connaître qu'elle m'eût parlé de M. de B...

Ma consternation fut si grande, que je versais des larmes en descendant l'escalier, sans savoir encore de quel sentiment elles partaient. J'entrai dans le premier café; et m'y étant assis près d'une table, j'appuyai la tête sur mes deux mains, pour y développer ce qui se passait dans mon cœur. Je n'osais rappeler ce que je venais d'entendre. Je voulais le considérer comme une illusion; et je fus prêt deux ou trois fois de retourner au logis,[59] sans marquer que j'y eusse fait attention. Il me paraissait si impossible que Manon m'eût trahi, que je craignais de lui faire injure en la soupçonnant. Je l'adorais, cela était sûr; je ne lui avais pas donné plus de preuves d'amour, que je n'en avais reçu d'elle; pourquoi l'aurais-je accusée d'être moins sincère et moins constante que moi? Quelle raison aurait-elle eue de me tromper? Il n'y avait que trois heures qu'elle m'avait accablé de ses plus tendres caresses, et qu'elle avait reçu les miennes avec transport; je ne connaissais pas mieux mon cœur que le sien. Non, non, repris-je, il n'est pas possible que Manon me trahisse. Elle n'ignore pas que je ne vis que pour elle. Elle sait trop bien que je l'adore. Ce n'est pas là un sujet de me haïr.

Cependant la visite et la sortie furtive de M. de B... me causaient de l'embarras. Je rappelais aussi les petites acquisitions de Manon, qui me semblaient surpasser nos richesses présentes. Cela paraissait sentir les libéralités d'un nouvel amant. Et cette confiance, qu'elle m'avait marquée pour des ressources qui m'étaient inconnues; j'avais peine à donner à tant d'énigmes, un sens aussi favorable que mon cœur le souhaitait. D'un autre côté, je ne l'avais presque pas perdue de vue, depuis que nous étions à Paris. Occupations, promenades, divertissements, nous avions toujours été, l'un à côté de l'autre: mon Dieu! un instant de séparation nous aurait trop affligés. Il fallait nous dire sans cesse que nous nous aimions; nous serions morts d'inquiétude sans cela. Je ne pouvais donc m'imaginer presque un seul moment, où Manon pût s'être occupée d'un autre que moi. A la fin, je crus avoir trouvé le dénouement de ce mystère. M. de B..., dis-je en moi-même, est un homme qui fait de grosses affaires, et qui a de grandes relations; les parents de Manon se seront servis de cet homme, pour lui faire tenir quelque argent. Elle en a peut-être déjà reçu de lui; il est venu aujourd'hui lui en apporter encore. Elle s'est fait sans doute un jeu de me le cacher, pour me surprendre agréablement. Peut-être m'en aurait-elle parlé, si j'étais rentré à l'ordinaire, au lieu de venir ici m'affliger. Elle ne me le cachera pas du moins, lorsque je lui en parlerai moi-même.

Je me remplis si fortement de cette opinion, qu'elle eut la force de diminuer beaucoup ma tristesse. Je retournai sur-le-champ au logis. J'embrassai Manon avec ma tendresse ordinaire. Elle me reçut fort bien. J'étais tenté d'abord de lui découvrir mes conjectures, que je regardais plus que jamais comme certaines; je me retins, dans l'espérance qu'il lui arriverait peut-être de me prévenir, en m'apprenant tout ce qui s'était passé. On nous servit à souper. Je me mis à table d'un air fort gai; mais à la lumière de la chandelle, qui était entre elle et moi, je crus apercevoir de la tristesse sur le visage et dans les yeux de ma chère maîtresse. Cette pensée m'en inspira aussi. Je remarquai que ses regards s'attachaient sur moi, d'une autre façon qu'ils n'avaient accoutumé. Je ne pouvais démêler si c'était de l'amour, ou de la compassion; quoiqu'il me parût que c'était un sentiment doux et languissant. Je la regardai avec la même attention; et peut-être n'avait-elle pas moins de peine à juger de la situation de mon cœur par mes regards. Nous ne pensions, ni à parler, ni à manger. Enfin, je vis tomber des larmes de ses beaux yeux:[60] perfides larmes! Ah Dieux! m'écriai-je, vous pleurez, ma chère Manon: vous êtes affligée jusqu'à pleurer, et vous ne me dites pas un seul mot de vos peines. Elle ne me répondit que par quelques soupirs, qui augmentèrent mon inquiétude. Je me levai en tremblant; je la conjurai, avec tous les empressements de l'amour, de me découvrir le sujet de ses pleurs; j'en versai moi-même, en essuyant les siens; j'étais plus mort que vif. Un barbare aurait été attendri des témoignages de ma douleur et de ma crainte. Dans le temps que j'étais ainsi tout occupé d'elle, j'entendis le bruit de plusieurs personnes, qui montaient l'escalier. On frappa doucement à la porte. Manon me donna un baiser; et s'échappant de mes bras, elle entra rapidement dans le cabinet, qu'elle ferma aussitôt sur elle. Je me figurai qu'étant un peu en désordre, elle voulait se cacher aux yeux des étrangers qui avaient frappé.

J'allai leur ouvrir moi-même. A peine avais-je ouvert, que je me vis saisir par trois hommes, que je reconnus pour les laquais de mon père. Ils ne me firent point de violence; mais, deux d'entre eux m'ayant pris par les bras, le troisième visita mes poches, dont il tira un petit couteau, qui était le seul fer que j'eusse sur moi. Ils me demandèrent pardon de la nécessité où ils étaient de me manquer de respect; ils me dirent naturellement qu'ils agissaient par l'ordre de mon père, et que mon frère aîné m'attendait en bas dans un carrosse. J'étais si troublé, que je me laissai conduire, sans résister et sans répondre. Mon frère était effectivement à m'attendre. On me mit dans le carrosse, auprès de lui; et le cocher, qui avait ses ordres, nous conduisit à grand train jusqu'à Saint Denis. Mon frère m'embrassa tendrement; mais il ne me parla point, de sorte que j'eus tout le loisir, dont j'avais besoin, pour rêver à mon infortune.

J'y trouvai d'abord tant d'obscurité, que je ne voyais pas de jour à la moindre conjecture. J'étais trahi cruellement; mais par qui? Tiberge fut le premier qui me vint à l'esprit. Traître! disais-je, c'est fait de ta vie, si mes soupçons se trouvent justes. Cependant je fis réflexion qu'il ignorait le lieu de ma demeure, et qu'on ne pouvait par conséquent l'avoir appris de lui. Accuser Manon, c'est de quoi mon cœur n'osait se rendre coupable. Cette tristesse extraordinaire, dont je l'avais vue comme accablée, ses larmes, le tendre baiser qu'elle m'avait donné en se retirant, me paraissaient bien une énigme; mais je me sentais porté à l'expliquer comme un pressentiment de notre malheur commun; et dans le temps que je me désespérais de l'accident qui m'arrachait à elle, j'avais la crédulité de m'imaginer qu'elle était encore plus à plaindre que moi. Le résultat de ma méditation fut de me persuader, que j'avais été aperçu dans les rues de Paris, par quelques personnes de connaissance, qui en avaient donné avis à mon père. Cette pensée me consola. Je comptais d'en être quitte pour des reproches, ou pour quelques mauvais traitements, qu'il me faudrait essuyer de l'autorité paternelle. Je résolus de les souffrir avec patience, et de promettre tout ce qu'on exigerait de moi, pour me faciliter l'occasion de retourner plus promptement à Paris, et d'aller rendre la vie et la joie à ma chère Manon.

Nous arrivâmes, en peu de temps, à Saint Denis. Mon frere, surpris de mon silence, s'imagina que c'était un effet de ma crainte. Il entreprit de me consoler, en m'assurant que je n'avais rien à redouter de la sévérité de mon père, pourvu que je fusse disposé à rentrer doucement dans le devoir, et à mériter l'affection qu'il avait pour moi. Il me fit passer la nuit à Saint Denis, avec la précaution de faire coucher les trois laquais dans ma chambre.[61] Ce qui me causa une peine sensible, fut de me voir dans la même hostellerie où je m'étais arrêté avec Manon, en venant d'Amiens à Paris. L'hôte et les domestiques me reconnurent, et devinèrent en même temps la vérité de mon histoire. J'entendis dire à l'hôte: ha! c'est ce joli monsieur, qui passait, il y a six semaines, avec une petite demoiselle qu'il aimait si fort. Qu'elle était charmante! les pauvres enfants, comme ils se caressaient! Pardi, c'est dommage qu'on les ait séparés. Je feignais de ne rien entendre, et je me laissais voir le moins qu'il m'était possible. Mon frère avait, à Saint Denis, une chaise à deux, dans laquelle nous partîmes de grand matin; et nous arrivâmes chez nous le lendemain au soir. Il vit mon père avant moi, pour le prévenir en ma faveur en lui apprenant avec quelle douceur je m'étais laissé conduire; de sorte que j'en fus reçu moins durement, que je ne m'y étais attendu. Il se contenta de me faire quelques reproches généraux, sur la faute que j'avais commise en m'absentant sans sa permission. Pour ce qui regardait ma maîtresse, il me dit que j'avais bien mérité ce qui venait de m'arriver, en me livrant à une inconnue;[62] qu'il avait eu meilleure opinion de ma prudence; mais qu'il espérait que cette petite aventure me rendrait plus sage. Je ne pris ce discours, que dans le sens qui s'accordait avec mes idées. Je remerciai mon père de la bonté qu'il avait de me pardonner, et je lui promis de prendre une conduite plus soumise et plus réglée. Je triomphais au fond du cœur: car de la manière dont les choses s'arrangeaient, je ne doutais point que je n'eusse la liberté de me dérober de la maison, même avant la fin de la nuit.

On se mit à table pour souper; on me railla sur ma conquête d'Amiens, et sur ma fuite avec cette fidèle maîtresse. Je reçus les coups de bonne grâce. J'étais même charmé qu'il me fût permis de m'entretenir, de ce qui m'occupait continuellement l'esprit. Mais quelques mots, lâchés par mon père, me firent prêter l'oreille avec la dernière attention. Il parla de perfidie, et de service intéressé, rendu par Monsieur B... Je demeurai interdit, en lui entendant prononcer ce nom, et je le priai humblement de s'expliquer davantage. Il se tourna vers mon frère, pour lui demander s'il ne m'avait pas raconté toute l'histoire. Mon frère lui répondit que je lui avais paru si tranquille sur la route, qu'il n'avait pas cru que j'eusse besoin de ce remède pour me guérir de ma folie. Je remarquai que mon père balançait s'il achèverait de s'expliquer. Je l'en suppliai si instamment, qu'il me satisfit, ou plutôt, qu'il m'assassina cruellement par le plus horrible de tous les récits.

Il me demanda d'abord si j'avais toujours eu la simplicité de croire, que je fusse aimé de ma maîtresse. Je lui dis hardiment que j'en étais si sûr, que rien ne pouvait m'en donner la moindre défiance. Ha, ha, ha, s'écria-t-il en riant de toute sa force, cela est excellent! Tu es une jolie dupe, et j'aime à te voir dans ces sentiments-là. C'est grand dommage, mon pauvre Chevalier, de te faire entrer dans l'Ordre de Malte,[63] puisque tu as tant de disposition à faire un mari patient et commode. Il ajouta mille railleries de cette force, sur ce qu'il appelait ma sottise et ma crédulité. Enfin, comme je demeurais dans le silence, il continua de me dire que suivant le calcul qu'il pouvait faire du temps, depuis mon depart d'Amiens, Manon m'avait aimé environ douze jours: car, ajouta-t-il, je sais que tu partis d'Amiens, le 28 de l'autre mois; nous sommes au 29 du présent: il y en a onze que Monsieur B... m'a écrit; je suppose qu'il lui en ait fallu huit pour lier une parfaite connaissance avec ta maîtresse; ainsi qui ôte onze et huit, de trente-un jours qu'il y a depuis le 28 d'un mois jusqu'au 29 de l'autre, reste douze, un peu plus ou moins. Là-dessus, les éclats de rire recommencèrent. J'écoutais tout avec un saisissement de cœur, auquel j'appréhendais de ne pouvoir résister jusqu'à la fin de cette triste comédie. Tu sauras donc, reprit mon père, puisque tu l'ignores, que Monsieur B... a gagné le cœur de ta princesse; car il se moque de moi, de prétendre me persuader que c'est par un zèle désintéressé pour mon service, qu'il a voulu te l'enlever.[64] C'est bien d'un homme tel que lui, de qui d'ailleurs je ne suis pas connu, qu'il faut attendre des sentiments si nobles. Il a su d'elle que tu es mon fils; et pour se délivrer de tes importunités, il m'a écrit le lieu de ta demeure et le désordre où tu vivais, en me faisant entendre qu'il fallait main-forte pour s'assurer de toi. Il s'est offert de me faciliter les moyens de te saisir au collet; et c'est par sa direction et celle de ta maîtresse même, que ton frère a trouvé le moment de te prendre sans vert.[65] Félicite-toi maintenant de la durée de ton triomphe. Tu sais vaincre assez rapidement, Chevalier; mais tu ne sais pas conserver tes conquêtes.[66]

Je n'eus pas la force de soutenir plus longtemps un discours, dont chaque mot m'avait percé le cœur. Je me levai de table, et je n'avais pas fait quatre pas pour sortir de la salle, que je tombai sur le plancher, sans sentiment et sans connaissance. On me les rappela, par de prompts secours. J'ouvris les yeux pour verser un torrent de pleurs, et la bouche pour proférer les plaintes les plus tristes et les plus touchantes. Mon père, qui m'a toujours aimé tendrement, s'employa avec toute son affection pour me consoler. Je l'écoutais, mais sans l'entendre. Je me jetai à ses genoux; je le conjurai, en joignant les mains, de me laisser retourner à Paris, pour aller poignarder B... Non, disais-je, il n'a pas gagné le cœur de Manon; il lui a fait violence; il l'a séduite par un charme ou par un poison;[67] il l'a peut-être forcée brutalement. Manon m'aime. Ne le sais-je pas bien? Il l'aura menacée, le poignard à la main, pour la contraindre de m'abandonner. Que n'aura-il pas fait pour me ravir une si charmante maîtresse! O Dieux! Dieux! serait-il possible que Manon m'eût trahi et qu'elle eût cessé de m'aimer!

Comme je parlais toujours de retourner promptement à Paris, et que je me levais même à tous moments pour cela, mon père vit bien que dans le transport où j'étais, rien ne serait capable de m'arrêter. Il me conduisit dans une chambre haute, où il laissa deux domestiques avec moi, pour me garder à vue. Je ne me possédais point. J'aurais donné mille vies, pour être seulement un quart d'heure à Paris. Je compris que m'étant déclaré si ouvertement, on ne me permettrait pas aisément de sortir de ma chambre. Je mesurai, des yeux, la hauteur des fenêtres. Ne voyant nulle possibilité de m'échapper par cette voie, je m'adressai doucement à mes deux domestiques. Je m'engageai, par mille serments, à faire un jour leur fortune, s'ils voulaient consentir à mon évasion. Je les pressai, je les caressai, je les menaçai; mais cette tentative fut encore inutile. Je perdis alors toute espérance. Je résolus de mourir; et je me jetai sur un lit, avec le dessein de ne le quitter qu'avec la vie. Je passai la nuit et le jour suivant, dans cette situation. Je refusai la nourriture qu'on m'apporta le lendemain. Mon père vint me voir l'après-midi. Il eut la bonté de flatter mes peines, par les plus douces consolations. Il m'ordonna si absolument de manger quelque chose, que je le fis par respect pour ses ordres. Quelques jours se passèrent, pendant lesquels je ne pris rien qu'en sa présence et pour lui obéir. Il continuait toujours de m'apporter les raisons qui pouvaient me ramener au bon sens, et m'inspirer du mépris pour l'infidèle Manon. Il est certain que je ne l'estimais plus: comment aurais-je estimé la plus volage et la plus perfide de toutes les créatures?[68] Mais son image, les traits charmants que je portais au fond du cœur, y subsistaient toujours. Je le sentais bien. Je puis mourir, disais-je; je le devrais même, après tant de honte et de douleur; mais je souffrirais mille morts sans pouvoir oublier l'ingrate Manon.

Mon père était surpris de me voir toujours si fortement touché. Il me connaissait des principes d'honneur; et ne pouvant douter que sa trahison ne me la fît mépriser, il s'imagina que ma constance venait moins de cette passion en particulier, que d'un penchant général pour les femmes. Il s'attacha tellement à cette pensée, que ne consultant que sa tendre affection, il vint un jour m'en faire l'ouverture. Chevalier, me dit-il, j'ai eu dessein, jusqu'à présent, de te faire porter la croix de Malte; mais je vois que tes inclinations ne sont point tournées de ce côté-là. Tu aimes les jolies femmes. Je suis d'avis de t'en chercher une qui te plaise. Explique-moi naturellement ce que tu penses là-dessus. Je lui répondis que je ne mettais plus de distinction entre les femmes, et qu'après le malheur qui venait de m'arriver, je les détestais toutes également. Je t'en chercherai une, reprit mon père en souriant, qui ressemblera à Manon, et qui sera plus fidèle. Ah! si vous avez quelque bonté pour moi, lui dis-je, c'est elle qu'il faut me rendre. Soyez sûr, mon cher père, qu'elle ne m'a point trahi; elle n'est pas capable d'une si noire et si cruelle lâcheté. C'est le perfide B... qui nous trompe, vous, elle et moi. Si vous saviez combien elle est tendre et sincère, si vous la connaissiez, vous l'aimeriez vous-même. Vous êtes un enfant, repartit mon père. Comment pouvez-vous vous aveugler jusqu'à ce point, après ce que je vous ai raconté d'elle? C'est elle-même, qui vous a livré à votre frère. Vous devriez oublier jusqu'à son nom, et profiter, si vous êtes sage, de l'indulgence que j'ai pour vous. Je reconnaissais trop clairement qu'il avait raison. C'était un mouvement

involontaire, qui me faisait prendre ainsi le parti de mon infidèle. Hélas!
repris-je, après un moment de silence, il n'est que trop vrai que je suis le
malheureux objet de la plus lâche de toutes les perfidies. Oui, continuai-je,
en versant des larmes de dépit, je vois bien que je ne suis qu'un enfant. Ma
crédulité ne leur coûtait guère à tromper. Mais je sais bien ce que j'ai à faire
pour me venger. Mon père voulut savoir quel était mon dessein. J'irai a Paris,
lui dis-je, je mettrai le feu à la maison de B... et je le brûlerai tout vif avec la
perfide Manon. Cet emportement fit rire mon père, et ne servit qu'à me faire
garder plus étroitement dans ma prison.

J'y passai six mois entiers, pendant le premier desquels il y eut peu de
changement dans mes dispositions. Tous mes sentiments n'étaient qu'une
alternative perpétuelle de haine et d'amour, d'espérance ou de désespoir,
selon l'idée sous laquelle Manon s'offrait à mon esprit. Tantôt je ne con-
sidérais en elle que la plus aimable de toutes les filles, et je languissais du
désir de la revoir: tantôt je n'y apercevais qu'une lâche et perfide maîtresse,
et je faisais mille serments de ne la chercher que pour la punir. On me donna
des livres, qui servirent à rendre un peu de tranquillité à mon âme. Je relus
tous mes auteurs. J'acquis de nouvelles connaissances. Je repris un goût infini
pour l'étude. Vous verrez de quelle utilité il me fut dans la suite. Les lumières,
que je devais à l'amour, me firent trouver de la clarté dans quantité d'endroits
d'Horace et de Virgile, qui m'avaient paru obscurs auparavant. Je fis un
commentaire amoureux sur le quatrième livre de l'Enéide; je le destine à voir
le jour, et je me flatte que le public en sera satisfait. Hélas! disais-je en le
faisant, c'était un cœur tel que le mien, qu'il fallait à la fidèle Didon.[69]

Tiberge vint me voir un jour dans ma prison. Je fus surpris du transport
avec lequel il m'embrassa. Je n'avais point encore eu de preuves de son
affection, qui pussent me la faire regarder autrement que comme une simple
amitié de collège, telle qu'elle se forme entre de jeunes gens qui sont à peu
près du même âge. Je le trouvai si changé et si formé, depuis cinq ou six mois
que j'avais passés sans le voir, que sa figure et le ton de son discours
m'inspirèrent du respect. Il me parla en conseiller sage, plutôt qu'en ami
d'école. Il plaignit l'égarement où j'étais tombé. Il me félicita de ma guérison,
qu'il croyait avancée; enfin il m'exhorta à profiter de cette erreur de jeunesse,
pour ouvrir les yeux sur la vanité des plaisirs. Je le regardai avec étonnement.
Il s'en aperçut. Mon cher Chevalier, me dit-il, je ne vous dis rien qui ne soit
solidement vrai, et dont je ne me sois convaincu par un sérieux examen.
J'avais autant de penchant que vous vers la volupté; mais le Ciel m'avait
donné, en même temps, du goût pour la vertu. Je me suis servi de ma raison
pour comparer les fruits de l'une et de l'autre, et je n'ai pas tardé longtemps
à découvrir leurs différences. Le secours du Ciel s'est joint à mes réflexions.
J'ai conçu, pour le monde, un mépris auquel il n'y a rien d'égal. Devineriez-

vous ce qui m'y retient, ajouta-t-il, et ce qui m'empêche de courir à la solitude?[70] C'est uniquement la tendre amitié que j'ai pour vous. Je connais l'excellence de votre cœur et de votre esprit; il n'y a rien de bon dont vous ne puissiez vous rendre capable. Le poison du plaisir vous a fait écarter du chemin. Quelle perte pour la vertu! Votre fuite d'Amiens m'a causé tant de douleur, que je n'ai pas goûté, depuis, un seul moment de satisfaction. Jugez-en par les demarches qu'elle m'a fait faire. Il me raconta qu'après s'être aperçu que je l'avais trompé, et que j'étais parti avec ma maîtresse, il était monté à cheval pour me suivre; mais qu'ayant sur lui quatre ou cinq heures d'avance, il lui avait été impossible de me joindre: qu'il était arrivé néanmoins à Saint Denis, une demi-heure après mon départ; qu'étant bien certain que je me serais arrêté à Paris, il y avait passé six semaines à me chercher inutilement;[71] qu'il allait dans tous les lieux où il se flattait de pouvoir me trouver, et qu'un jour enfin il avait reconnu ma maîtresse à la Comédie; qu'elle y était dans une parure si éclatante, qu'il s'était imaginé qu'elle devait cette fortune à un nouvel amant; qu'il avait suivi son carrosse jusqu'à sa maison, et qu'il avait appris d'un domestique, qu'elle était entretenue par les libéralités de Monsieur B... Je ne m'arrêtai point là, continua-t-il. J'y retournai le lendemain, pour apprendre d'elle-même ce que vous étiez devenu: elle me quitta brusquement, lorsqu'elle m'entendit parler de vous, et je fus obligé de revenir en province sans aucun autre éclaircissement. J'y appris votre aventure et la consternation extrême qu'elle vous a causée; mais je n'ai pas voulu vous voir, sans être assuré de vous trouver plus tranquille.

Vous avez donc vu Manon, lui répondis-je en soupirant. Hélas! vous êtes plus heureux que moi, qui suis condamné à ne la revoir jamais. Il me fit des reproches de ce soupir, qui marquait encore de la faiblesse pour elle. Il me flatta si adroitement sur la bonté de mon caractère et sur mes inclinations, qu'il me fit naître, dès cette première visite, une forte envie de renoncer comme lui à tous les plaisirs du siècle,[72] pour entrer dans l'état ecclésiastique.

Je goûtai tellement cette idée, que lorsque je me trouvai seul, je ne m'occupai plus d'autre chose. Je me rappelai les discours de M. l'Evêque d'Amiens, qui m'avait donné le même conseil, et les présages heureux qu'il avait formés en ma faveur, s'il m'arrivait d'embrasser ce parti. La piété se mêla aussi dans mes considérations.[73] Je mènerai une vie sage et chrétienne, disais-je; je m'occuperai de l'étude et de la religion, qui ne me permettront point de penser aux dangereux plaisirs de l'amour. Je mépriserai ce que le commun des hommes admire; et comme je sens assez que mon cœur ne désirera que ce qu'il estime, j'aurai aussi peu d'inquiétudes que de désirs. Je formai là-dessus, d'avance, un système de vie paisible et solitaire. J'y faisais entrer une maison écartée, avec un petit bois, et un ruisseau d'eau douce au bout du jardin; une bibliothèque composée de livres choisis, un petit nombre d'amis vertueux et de bon sens, une table propre, mais frugale et modérée. J'y joignais un commerce de lettres, avec un ami qui ferait son séjour à Paris, et qui m'informerait des nouvelles publiques; moins pour satisfaire ma curiosité, que pour me faire un divertissement des folles agitations des hommes. Ne serai-je pas heureux?, ajoutais-je; toutes mes prétentions ne seront-elles point remplies? Il est certain que ce projet flattait extrêmement mes inclinations. Mais, à la fin d'un si sage arrangement, je sentais que mon cœur attendait encore quelque chose; et que pour n'avoir rien à désirer dans la plus charmante solitude, il y fallait être avec Manon.[74]

Cependant, Tiberge continuant de me rendre de fréquentes visites, dans le dessein qu'il m'avait inspiré, je pris l'occasion d'en faire l'ouverture à mon père. Il me déclara que son intention était de laisser ses enfants libres, dans le choix de leur condition, et que de quelque manière que je voulusse disposer de moi, il ne se réserverait que le droit de m'aider de ses conseils. Il m'en donna de fort sages, qui tendaient moins à me dégoûter de mon projet, qu'à me le faire embrasser avec connaissance. Le renouvellement de l'année scolastique approchait. Je convins, avec Tiberge, de nous mettre ensemble au séminaire de S. Sulpice; lui pour achever ses études de théologie, et moi pour commencer les miennes. Son mérite, qui était connu de l'évêque du diocèse, lui fit obtenir de ce prélat un bénéfice considérable, avant notre départ.

Mon père, me croyant tout à fait revenu de ma passion, ne fit aucune difficulté de me laisser partir. Nous arrivâmes à Paris. L'habit ecclésiastique prit la place de la Croix de Malte, et le nom d'Abbé des Grieux celle de Chevalier. Je m'attachai à l'étude avec tant d'application, que je fis des progrès extraordinaires en peu de mois. J'y employais une partie de la nuit, et je ne perdais pas un moment du jour. Ma réputation eut tant d'éclat, qu'on me félicitait déjà sur les dignités que je ne pouvais manquer d'obtenir; et sans l'avoir sollicité, mon nom fut couché sur la feuille des bénéfices.[75] La piété n'était pas plus négligée; j'avais de la ferveur pour tous les exercices. Tiberge était charmé de ce qu'il regardait comme son ouvrage, et je l'ai vu plusieurs fois répandre des larmes, en s'applaudissant de ce qu'il nommait ma conversion. Que les résolutions humaines soient sujettes à changer, c'est ce qui ne m'a jamais causé d'étonnement; une passion les fait naître, une autre passion peut les détruire: mais quand je pense à la sainteté de celles qui m'avaient conduit à Saint Sulpice, et à la joie intérieure que le Ciel m'y faisait goûter en les exécutant, je suis effrayé de la facilité avec laquelle j'ai pu les rompre. S'il est vrai que les secours célestes sont à tous moments d'une force égale à celle des passions, qu'on m'explique donc par quel funeste ascendant on se trouve emporté tout d'un coup loin de son devoir, sans se trouver capable de la moindre résistance, et sans ressentir le moindre remords.[76] Je me croyais absolument délivré des faiblesses de l'amour. Il me semblait que j'aurais

préféré la lecture d'une page de S. Augustin, ou un quart d'heure de méditation chrétienne, à tous les plaisirs des sens; sans excepter ceux qui m'auraient
été offerts par Manon.[77] Cependant un instant malheureux me fit retomber
dans le précipice; et ma chute fut d'autant plus irréparable, que me trouvant
tout d'un coup au même degré de profondeur d'où j'étais sorti, les nouveaux
désordres où je tombai, me portèrent bien plus loin vers le fond de l'abîme.

J'avais passé près d'un an à Paris, sans m'informer des affaires de Manon.
Il m'en avait d'abord coûté beaucoup, pour me faire cette violence; mais les
conseils toujours présents de Tiberge, et mes propres réflexions, m'avaient
fait obtenir la victoire. Les derniers mois s'étaient écoulés si tranquillement,
que je me croyais sur le point d'oublier éternellement cette charmante et
perfide créature. Le temps arriva, auquel je devais soutenir un exercice public
dans l'Ecole de Théologie; je fis prier plusieurs personnes de considération,
de m'honorer de leur présence. Mon nom fut ainsi répandu dans tous les
quartiers de Paris: il alla jusqu'aux oreilles de mon infidèle. Elle ne le
reconnut pas avec certitude, sous le titre d'abbé; mais un reste de curiosité,
ou peut-être quelque repentir de m'avoir trahi (je n'ai jamais pu démêler
lequel de ces deux sentiments)[78] lui fit prendre intérêt à un nom si semblable
au mien; elle vint en Sorbonne, avec quelques autres dames. Elle fut présente
à mon exercice; et sans doute qu'elle eut peu de peine à me remettre.

Je n'eus pas la moindre connaissance de cette visite. On sait qu'il y a, dans
ces lieux, des cabinets particuliers pour les dames, où elles sont cachées
derrière une jalousie. Je retournai à Saint Sulpice, couvert de gloire et chargé
de compliments. Il était six heures du soir. On vint m'avertir, un moment
après mon retour, qu'une dame demandait à me voir. J'allai au parloir
sur-le-champ. Dieux! quelle apparition surprenante! j'y trouvai Manon.
C'était elle; mais plus aimable[79] et plus brillante que je ne l'avais jamais vue.
Elle était dans sa dix-huitième année. Ses charmes surpassaient tout ce qu'on
peut décrire. C'était un air si fin, si doux, si engageant! l'air de l'Amour
même. Toute sa figure me parut un enchantement.

Je demeurai interdit à sa vue, et ne pouvant conjecturer quel était le dessein
de cette visite, j'attendais, les yeux baissés et avec tremblement, qu'elle
s'expliquât. Son embarras fut pendant quelque temps égal au mien; mais
voyant que mon silence continuait, elle mit la main devant ses yeux, pour
cacher quelques larmes. Elle me dit, d'un ton timide, qu'elle confessait que
son infidélité méritait ma haine; mais que s'il était vrai que j'eusse jamais eu
quelque tendresse pour elle, il y avait eu, aussi, bien de la dureté à laisser
passer deux ans, sans prendre soin de m'informer de son sort, et qu'il y en
avait beaucoup encore à la voir dans l'état où elle était en ma présence, sans
lui dire une parole.[80] Le désordre de mon âme, en l'écoutant, ne saurait être
exprimé.

Elle s'assit. Je demeurai debout, le corps à demi tourné, n'osant l'envisager directement. Je commençai plusieurs fois une réponse, que je n'eus pas la force d'achever. Enfin, je fis un effort pour m'écrier douloureusement: perfide Manon! Ah! perfide! perfide! Elle me répéta, en pleurant à chaudes larmes, qu'elle ne prétendait point justifier sa perfidie. Que prétendez-vous donc? m'écriai-je encore. Je prétends mourir, répondit-elle, si vous ne me rendez votre cœur, sans lequel il est impossible que je vive. Demande donc ma vie, infidèle! repris-je en versant moi-même des pleurs, que je m'efforçai en vain de retenir; demande ma vie, qui est l'unique chose qui me reste à te sacrifier; car mon cœur n'a jamais cessé d'être à toi. A peine eus-je achevé ces derniers mots, qu'elle se leva, avec transport, pour venir m'embrasser. Elle m'accabla de mille caresses passionnées. Elle m'appela par tous les noms que l'amour invente, pour exprimer ses plus vives tendresses. Je n'y répondais encore qu'avec langueur. Quel passage, en effet, de la situation tranquille où j'avais été, aux mouvements tumultueux que je sentais renaître! J'en étais épouvanté. Je frémissais, comme il arrive lorsqu'on se trouve la nuit dans une campagne écartée: on se croit transporté dans un nouvel état de choses; on y est saisi d'une horreur secrète, dont on ne se remet qu'après avoir considéré longtemps tous les environs.

Nous nous assîmes, l'un près de l'autre. Je pris ses mains dans les miennes. Ah! Manon, lui dis-je en la regardant d'un œil triste, je ne m'étais pas attendu à la noire trahison dont vous avez payé mon amour. Il vous était bien facile de tromper un cœur dont vous étiez la souveraine absolue, et qui mettait toute sa félicité à vous plaire et à vous obéir. Dites-moi maintenant si vous en avez trouvé d'aussi tendres et d'aussi soumis. Non, non, la nature n'en fait guère de la même trempe que le mien. Dites-moi du moins, si vous l'avez quelquefois regretté. Quel fond dois-je faire sur ce retour de bonté, qui vous ramène aujourd'hui pour le consoler? Je ne vois que trop que vous êtes plus charmante que jamais; mais, au nom de toutes les peines que j'ai souffertes pour vous! belle Manon, dites-moi si vous serez plus fidèle.

Elle me répondit des choses si touchantes sur son repentir, et elle s'engagea à la fidélité par tant de protestations et de serments, qu'elle m'attendrit à un degré inexprimable. Chère Manon! lui dis-je, avec un mélange profane d'expressions amoureuses et théologiques, tu es trop adorable pour une créature. Je me sens le cœur emporté par une délectation[81] victorieuse. Tout ce qu'on dit de la liberté, à S. Sulpice, est une chimère. Je vais perdre ma fortune et ma réputation pour toi; je le prévois bien, je lis ma destinée dans tes beaux yeux; mais de quelles pertes ne serai-je pas consolé par ton amour![82] Les faveurs de la fortune ne me touchent point; la gloire me paraît une fumée; tous mes projets de vie ecclésiastique étaient de folles imaginations; enfin tous les biens différents de ceux que j'espère avec toi, sont des biens méprisables, puisqu'ils ne sauraient tenir un moment, dans mon cœur, contre un seul de tes regards.

En lui promettant néanmoins un oubli général de ses fautes, je voulus être informé de quelle manière elle s'était laissée séduire par B... Elle m'apprit que l'ayant vue à sa fenêtre, il était devenu passionné pour elle; qu'il avait fait sa déclaration en fermier général, c'est-à-dire, en lui marquant dans une lettre que le payement serait proportionné aux faveurs; qu'elle avait capitulé d'abord, mais sans autre dessein que de tirer de lui quelque somme considérable, qui pût servir à nous faire vivre commodément;[83] qu'il l'avait éblouie par de si magnifiques promesses, qu'elle s'était laissée ébranler par degrés: que je devais juger pourtant de ses remords, par la douleur dont elle m'avait laissé voir des témoignages, la veille de notre séparation; que malgré l'opulence dans laquelle il l'avait entretenue, elle n'avait jamais goûté de bonheur avec lui, non seulement parce qu'elle n'y trouvait point, me dit-elle, la délicatesse de mes sentiments et l'agrément de mes manières, mais parce qu'au milieu même des plaisirs qu'il lui procurait sans cesse, elle portait au fond du cœur le souvenir de mon amour, et le remords de son infidélité. Elle me parla de Tiberge, et de la confusion extrême que sa visite lui avait causée. Un coup d'épée dans le cœur, ajouta-t-elle, m'aurait moins ému le sang.[84] Je lui tournai le dos, sans pouvoir soutenir un moment sa présence. Elle continua de me raconter, par quels moyens elle avait été instruite de mon séjour à Paris, du changement de ma condition, et de mes exercices de Sorbonne. Elle m'assura qu'elle avait été si agitée, pendant la dispute, qu'elle avait eu beaucoup de peine, non seulement à retenir ses larmes, mais ses gémissements mêmes et ses cris, qui avaient été plus d'une fois sur le point d'éclater. Enfin, elle me dit qu'elle était sortie de ce lieu la dernière, pour cacher son désordre, et que ne suivant que le mouvement de son cœur et l'impétuosité de ses désirs, elle était venue droit au séminaire, avec la résolution d'y mourir, si elle ne me trouvait pas disposé à lui pardonner.[85]

Où trouver un barbare, qu'un repentir si vif et si tendre n'eût pas touché![86] pour moi, je sentis, dans ce moment, que j'aurais sacrifié pour Manon tous les évêchés du monde chrétien. Je lui demandai quel nouvel ordre elle jugeait à propos de mettre dans nos affaires. Elle me dit qu'il fallait sur-le-champ sortir du séminaire, et remettre à nous arranger dans un lieu plus sûr.[87] Je consentis à toutes ses volontés sans réplique. Elle entra dans son carrosse, pour aller m'attendre au coin de la rue. Je m'échappai un moment après, sans être aperçu du portier. Je montai avec elle. Nous passâmes à la friperie. Je repris les galons et l'épée. Manon fournit aux frais, car j'étais sans un sou; et dans la crainte que je ne trouvasse de l'obstacle à ma sortie de S. Sulpice, elle n'avait pas voulu que je retournasse un moment à ma chambre, pour y prendre mon argent. Mon trésor d'ailleurs était médiocre, et elle assez riche des libéralités de B... pour mépriser ce qu'elle me faisait abandonner. Nous conférâmes chez le fripier même, sur le parti que nous allions prendre. Pour me faire valoir davantage le sacrifice qu'elle me faisait de B... elle résolut de ne pas garder avec lui le moindre ménagement. Je veux lui laisser ses meubles, me dit-elle, ils sont à lui; mais j'emporterai, comme de justice, les bijoux et pres de soixante mille francs que j'ai tirés de lui depuis deux ans. Je ne lui ai donné nul pouvoir sur moi, ajouta-t-elle; ainsi nous pouvons demeurer sans crainte à Paris, en prenant une maison commode, où nous vivrons heureusement. Je lui représentai que s'il n'y avait point de péril pour elle, il y en avait beaucoup pour moi, qui ne manquerais point tôt ou tard d'être reconnu, et qui serais continuellement exposé au malheur que j'avais déja essuyé. Elle me fit entendre qu'elle aurait du regret à quitter Paris. Je craignais tant de la chagriner, qu'il n'y avait point de hasards que je ne méprisasse pour lui plaire: cependant nous trouvâmes un tempérament raisonnable,[88] qui fut de louer une maison dans quelque village voisin de Paris, d'où il nous serait aisé d'aller à la ville, lorsque le plaisir ou le besoin nous y appellerait. Nous choisîmes Chaillot, qui n'en est pas éloigné. Manon retourna sur-le-champ chez elle. J'allai l'attendre à la petite porte du Jardin des Tuileries. Elle revint une heure après, dans un carrosse de louage, avec une fille qui la servait, et quelques malles, où ses habits et tout ce qu'elle avait de précieux était renfermé.

Nous ne tardâmes point à gagner Chaillot. Nous logeâmes la première nuit à l'auberge, pour nous donner le temps de chercher une maison, ou du moins un appartement commode. Nous en trouvâmes, dès le lendemain, un de notre goût.

Mon bonheur me parut d'abord établi d'une manière inébranlable. Manon était la douceur et la complaisance même. Elle avait pour moi des attentions si délicates, que je me crus trop parfaitement dédommagé de toutes mes peines. Comme nous avions acquis tous deux un peu d'expérience, nous raisonnâmes sur la solidité de notre fortune. Soixante mille francs, qui faisaient le fond de nos richesses, n'étaient pas une somme qui pût s'étendre autant que le cours d'une longue vie. Nous n'étions pas disposés d'ailleurs à resserrer trop notre dépense. La première vertu de Manon, non plus que la mienne, n'était pas l'économie. Voici le plan que je me proposai. Soixante mille francs, lui dis-je, peuvent nous soutenir pendant dix ans. Deux mille écus nous suffiront chaque année, si nous continuons de vivre à Chaillot. Nous y mènerons une vie honnête, mais simple. Notre unique dépense sera pour l'entretien d'un carrosse, et pour les spectacles. Nous nous règlerons. Vous aimez l'Opéra; nous irons deux fois la semaine. Pour le jeu, nous nous bornerons tellement, que nos pertes ne passeront jamais deux pistoles.[89] Il est impossible que dans l'espace de dix ans, il n'arrive point de changement dans ma famille; mon père est âgé, il peut mourir. Je me trouverai du bien, et nous serons alors au-dessus de toutes nos autres craintes.

Cet arrangement n'eût pas été la plus folle action de ma vie, si nous eussions été assez sages pour nous y assujettir constamment.[90] Mais nos résolutions ne durèrent guère plus d'un mois. Manon était passionnée pour le plaisir. Je l'étais pour elle. Il nous naissait, à tous moments, de nouvelles occasions de dépense; et loin de regretter les sommes qu'elle employait quelquefois avec profusion, je fus le premier à lui procurer tout ce que je croyais propre à lui plaire. Notre demeure de Chaillot commença même à lui devenir à charge. L'hiver approchait; tout le monde retournait à la ville, et la campagne devenait déserte. Elle me proposa de reprendre une maison à Paris. Je n'y consentis point; mais pour la satisfaire en quelque chose, je lui dis que nous pouvions y louer un appartement meublé, et que nous y passerions la nuit, lorsqu'il nous arriverait de quitter trop tard l'assemblée où nous allions plusieurs fois la semaine: car l'incommodité de revenir si tard à Chaillot était le prétexte qu'elle apportait pour le vouloir quitter. Nous nous donnâmes ainsi deux logements, l'un à la ville, et l'autre à la campagne. Ce changement mit bientôt le dernier désordre dans nos affaires, en faisant naître deux aventures qui causèrent notre ruine.

Manon avait un frère, qui était garde du corps. Il se trouva malheureusement logé, à Paris, dans la même rue que nous.[91] Il reconnut sa sœur, en la voyant le matin à sa fenêtre. Il accourut aussitôt chez nous. C'était un homme brutal, et sans principes d'honneur. Il entra dans notre chambre, en jurant horriblement; et comme il savait une partie des aventures de sa sœur,[92] il l'accabla d'injures et de reproches. J'étais sorti un moment auparavant; ce qui fut sans doute un bonheur pour lui ou pour moi, qui n'étais rien moins que disposé à souffrir une insulte. Je ne retournai au logis qu'après son départ. La tristesse de Manon me fit juger qu'il s'était passé quelque chose d'extraordinaire. Elle me raconta la scène fâcheuse qu'elle venait d'essuyer, et les menaces brutales de son frère. J'en eus tant de ressentiment, que j'eusse couru sur-le-champ à la vengeance, si elle ne m'eût arrêté par ses larmes. Pendant que je m'entretenais avec elle de cette aventure, le garde du corps rentra dans la chambre où nous étions, sans s'être fait annoncer. Je ne l'aurais pas reçu aussi civilement que je fis, si je l'eusse connu; mais nous ayant salués d'un air riant, il eut le temps de dire à Manon qu'il venait lui faire des excuses de son emportement; qu'il l'avait crue dans le désordre, et que cette opinion avait allumé sa colère; mais que s'étant informé qui j'étais, d'un de nos domestiques, il avait appris de moi des choses si avantageuses, qu'elles lui faisaient désirer de bien vivre avec nous. Quoique cette information, qui lui venait d'un de mes laquais, eût quelque chose de bizarre et de choquant, je reçus son compliment avec honnêteté. Je crus faire plaisir à Manon. Elle paraissait charmée de le voir porté à se réconcilier. Nous le retînmes à dîner. Il se rendit en peu de moments si familier, que nous ayant entendus parler de notre retour à Chaillot, il voulut absolument nous tenir compagnie. Il fallut lui donner une place dans notre carrosse. Ce fut une prise de possession; car il s'accoutuma bientôt à nous voir avec tant de plaisir, qu'il fit sa maison de la nôtre, et qu'il se rendit le maître, en quelque sorte, de tout ce qui nous appartenait. Il m'appelait son frère; et sous prétexte de la liberté fraternelle, il se mit sur le pied d'amener tous ses amis dans notre maison de Chaillot, et de les y traiter à nos dépens. Il se fit habiller magnifiquement à nos frais. Il nous engagea même à payer toutes ses dettes. Je fermais les yeux sur cette tyrannie, pour ne pas déplaire à Manon; jusqu'à feindre de ne pas m'apercevoir qu'il tirait d'elle, de temps en temps, des sommes considérables. Il est vrai qu'étant grand joueur, il avait la fidélité de lui en remettre une partie, lorsque la fortune le favorisait; mais la nôtre était trop médiocre, pour fournir longtemps à des dépenses si peu modérées. J'étais sur le point de m'expliquer fortement avec lui, pour nous délivrer de ses importunités; lorsqu'un funeste accident m'épargna cette peine, en nous en causant une autre qui nous abîma sans ressource.

Nous étions demeurés un jour à Paris, pour y coucher, comme il nous arrivait fort souvent. La servante, qui restait seule à Chaillot dans ces occasions, vint m'avertir le matin que le feu avait pris pendant la nuit dans ma maison, et qu'on avait eu beaucoup de difficulté à l'éteindre. Je lui demandai si nos meubles avaient souffert quelque dommage: elle me répondit qu'il y avait eu une si grande confusion, causée par la multitude d'étrangers qui étaient venus au secours, qu'elle ne pouvait être assurée de rien. Je tremblai pour notre argent, qui était renfermé dans une petite caisse. Je me rendis promptement à Chaillot. Diligence inutile; la caisse avait déjà disparu. J'éprouvai alors qu'on peut aimer l'argent sans être avare. Cette perte me pénétra d'une si vive douleur, que j'en pensai perdre la raison. Je compris tout d'un coup à quels nouveaux malheurs j'allais me trouver exposé. L'indigence était le moindre. Je connaissais Manon; je n'avais déjà que trop éprouvé que quelque fidèle et quelque attachée qu'elle me fût dans la bonne fortune, il ne fallait pas compter sur elle dans la misère. Elle aimait trop l'abondance et les plaisirs pour me les sacrifier: je la perdrai, m'écriai-je. Malheureux Chevalier! tu vas donc perdre encore tout ce que tu aimes! Cette pensée me jeta dans un trouble si affreux, que je balançai, pendant quelques moments, si je ne ferais pas mieux de finir tous mes maux par la mort.[93] Cependant je conservai assez de présence d'esprit, pour vouloir examiner auparavant s'il ne me restait nulle ressource. Le Ciel me fit naître une idée, qui arrêta mon désespoir. Je crus qu'il ne me serait pas impossible de cacher notre perte à Manon, et que par industrie, ou par quelque faveur du hasard,

je pourrais fournir assez honnêtement à son entretien,[94] pour l'empêcher de
sentir la nécessité. J'ai compté, disais-je pour me consoler, que vingt mille
écus nous suffiraient pendant dix ans: supposons que les dix ans soient
écoulés, et que nul des changements, que j'espérais, ne soit arrivé dans ma
famille. Quel parti prendrais-je? Je ne le sais pas trop bien; mais ce que je
ferais alors, qui m'empêche de le faire aujourd'hui? Combien de personnes
vivent à Paris, qui n'ont ni mon esprit, ni mes qualités naturelles, et qui
doivent néanmoins leur entretien à leurs talents, tels qu'ils les ont? La
Providence, ajoutais-je en réfléchissant sur les différents états de la vie,
n'a-t-elle pas arrangé les choses fort sagement?[95] La plupart des grands et
des riches sont des sots? cela est clair à qui connaît un peu le monde. Or il y
a là-dedans une justice admirable. S'ils joignaient l'esprit aux richesses, ils
seraient trop heureux, et le reste des hommes trop misérable. Les qualités du
corps et de l'âme sont accordées à ceux-ci, comme des moyens pour se tirer
de la misère et de la pauvreté. Les uns prennent part aux richesses des grands,
en servant à leurs plaisirs; ils en font des dupes:[96] d'autres servent à leur
instruction, ils tâchent d'en faire d'honnêtes gens: il est rare, à la vérité, qu'ils
y réussissent; mais ce n'est pas là le but de la divine Sagesse: ils tirent toujours
un fruit de leurs soins, qui est de vivre aux dépens de ceux qu'ils instruisent;
et de quelque façon qu'on le prenne, c'est un fond excellent de revenu pour
les petits, que la sottise des riches et des grands.

Ces pensées me remirent un peu le cœur et la tête. Je résolus d'abord
d'aller consulter M. Lescaut, frère de Manon. Il connaissait parfaitement
Paris; et je n'avais eu que trop d'occasions de reconnaître, que ce n'était ni
de son bien, ni de la paye du roi, qu'il tirait son plus clair revenu. Il me restait
à peine vingt pistoles, qui s'étaient trouvées heureusement dans ma poche.
Je lui montrai ma bourse, en lui expliquant mon malheur et mes craintes; et
je lui demandai s'il y avait pour moi un parti à choisir, entre celui de mourir
de faim, ou de me casser la tête de désespoir. Il me répondit que se casser la
tête était la ressource des sots: pour mourir de faim, qu'il y avait quantité de
gens d'esprit qui s'y voyaient réduits, quand ils ne voulaient pas faire usage
de leurs talents; que c'était à moi d'examiner de quoi j'étais capable;[97] qu'il
m'assurait de son secours et de ses conseils, dans toutes mes entreprises.

Cela est bien vague, M. Lescaut, lui dis-je: mes besoins demanderaient un
remède plus présent, car que voulez-vous que je dise à Manon? A propos de
Manon, reprit-il, qu'est-ce qui vous embarrasse? N'avez-vous pas toujours,
avec elle, de quoi finir vos inquiétudes quand vous le voudrez? Une fille,
comme elle, devrait nous entretenir, vous, elle et moi. Il me coupa la réponse
que cette impertinence méritait, pour continuer de me dire qu'il me garantissait avant le soir mille écus à partager entre nous, si je voulais suivre son
conseil; qu'il connaissait un seigneur, si libéral sur le chapitre des plaisirs,

qu'il était sûr que mille écus ne lui coûteraient rien, pour obtenir les faveurs d'une fille telle que Manon. Je l'arrêtai. J'avais meilleure opinion de vous, lui répondis-je; je m'étais figuré que le motif que vous aviez eu pour m'accorder votre amitié, était un sentiment tout opposé à celui où vous êtes maintenant.[98] Il me confessa impudemment qu'il avait toujours pensé de même, et que sa sœur ayant une fois violé les lois de son sexe, quoiqu'en faveur de l'homme qu'il aimait le plus, il ne s'était réconcilié avec elle, que dans l'espérance de tirer parti de sa mauvaise conduite.[99] Il me fut aisé de juger que jusqu'alors, nous avions été ses dupes. Quelque émotion néanmoins que ce discours m'eût causée, le besoin que j'avais de lui m'obligea de répondre en riant, que son conseil était une dernière ressource, qu'il fallait remettre à l'extrémité. Je le priai de m'ouvrir quelque autre voie. Il me proposa de profiter de ma jeunesse, et de la figure avantageuse que j'avais reçue de la nature, pour me mettre en liaison avec quelque dame vieille et libérale. Je ne goûtai pas non plus ce parti, qui m'aurait rendu infidèle à Manon. Je lui parlai du jeu, comme du moyen le plus facile, et le plus convenable à ma situation. Il me dit que le jeu, à la vérité, était une ressource; mais que cela demandait d'être expliqué: qu'entreprendre de jouer simplement, avec les espérances communes, c'était le vrai moyen d'achever ma perte: que de prétendre exercer seul, et sans être soutenu, les petits moyens qu'un habile homme emploie pour corriger la fortune, était un métier trop dangereux: qu'il y avait une troisième voie, qui était celle de l'association; mais que ma jeunesse lui faisait craindre, que Messieurs les Confédérés ne me jugeassent point encore les qualités propres à la Ligue. Il me promit néanmoins ses bons offices auprès d'eux; et ce que je n'aurais pas attendu de lui, il m'offrit quelque argent, lorsque je me trouverais pressé du besoin. L'unique grâce que je lui demandai, dans les circonstances, fut de ne rien apprendre à Manon de la perte que j'avais faite, et du sujet de notre conversation.

Je sortis de chez lui, moins satisfait encore que je n'y étais entré. Je me repentis même de lui avoir confié mon secret. Il n'avait rien fait, pour moi, que je n'eusse pu obtenir de même, sans cette ouverture; et je craignais mortellement qu'il ne manquât à la promesse qu'il m'avait faite, de ne rien découvrir à Manon. J'avais lieu d'appréhender aussi, par la déclaration de ses sentiments, qu'il ne formât le dessein de tirer parti d'elle, suivant ses propres termes, en l'enlevant de mes mains; ou du moins, en lui conseillant de me quitter, pour s'attacher à quelque amant plus riche et plus heureux.[100] Je fis là-dessus mille réflexions, qui n'aboutirent qu'à me tourmenter et à renouveler le désespoir où j'avais été le matin. Il me vint plusieurs fois à l'esprit d'écrire à mon père, et de feindre une nouvelle conversion, pour obtenir de lui quelque secours d'argent: mais je me rappelai aussitôt que malgré toute sa bonté, il m'avait resserré six mois dans une étroite prison, pour ma première faute; j'étais bien sûr qu'après un éclat, tel que l'avait dû causer ma fuite de S. Sulpice, il me traiterait beaucoup plus rigoureusement.[101] Enfin, cette confusion de pensées en produisit une, qui remit le calme tout d'un coup dans mon esprit, et que je m'étonnai de n'avoir pas eue plus tôt. Ce fut de recourir à mon ami Tiberge, dans lequel j'étais bien certain de retrouver toujours le même fond de zèle et d'amitié. Rien n'est plus admirable, et ne fait plus d'honneur à la vertu, que la confiance avec laquelle on s'adresse aux personnes dont on connaît parfaitement la probité. On sent qu'il n'y a point de risque à courir. Si elles ne sont pas toujours en état d'offrir du secours, on est sûr qu'on en obtiendra du moins de la bonté et de la compassion. Le cœur, qui se ferme avec tant de soin au reste des hommes, s'ouvre naturellement en leur présence, comme une fleur s'épanouit à la lumière du soleil, dont elle n'attend qu'une douce influence.[102]

Je regardai comme un effet de la protection du Ciel, de m'être souvenu si à propos de Tiberge,[103] et je résolus de chercher les moyens de le voir, avant la fin du jour. Je retournai sur-le-champ au logis, pour lui écrire un mot, et lui marquer un lieu propre à notre entretien. Je lui recommandais le silence et la discrétion, comme un des plus importants services qu'il pût me rendre, dans la situation de mes affaires. La joie, que l'espérance de le voir m'inspirait, effaça les traces du chagrin, que Manon n'aurait pas manqué d'apercevoir sur mon visage. Je lui parlai de notre malheur de Chaillot, comme d'une bagatelle, qui ne devait pas l'alarmer; et Paris étant le lieu du monde où elle se voyait avec le plus de plaisir, elle ne fut pas fâchée de m'entendre dire qu'il était à propos d'y demeurer, jusqu'à ce qu'on eût réparé, à Chaillot, quelques légers effets de l'incendie. Une heure après, je reçus la réponse de Tiberge, qui me promettait de se rendre au lieu de l'assignation. J'y courus avec impatience. Je sentais néanmoins quelque honte, d'aller paraître aux yeux d'un ami, dont la seule présence devait être un reproche de mes désordres; mais l'opinion que j'avais de la bonté de son cœur, et l'intérêt de Manon, soutinrent ma hardiesse.

Je l'avais prié de se trouver au jardin du Palais-Royal. Il y était avant moi. Il vint m'embrasser, aussitôt qu'il m'eût aperçu. Il me tint serré longtemps entre ses bras, et je sentis mon visage mouillé de ses larmes. Je lui dis que je ne me présentais à lui qu'avec confusion, et que je portais dans le cœur un vif sentiment de mon ingratitude; que la première chose dont je le conjurais, était de m'apprendre s'il m'était encore permis de le regarder comme mon ami, après avoir mérité si justement de perdre son estime et son affection.[104] Il me répondit, du ton le plus tendre, que rien n'était capable de le faire renoncer à cette qualité; que mes malheurs mêmes, et si je lui permettais de le dire, mes fautes et mes désordres, avaient redoublé sa tendresse pour moi; mais que c'était une tendresse mêlée de la plus vive douleur, telle qu'on la sent pour une personne chère, qu'on voit toucher à sa perte sans pouvoir la secourir.

Nous nous assîmes sur un banc. Hélas! lui dis-je, avec un soupir parti du fond du cœur, votre compassion doit être excessive, mon cher Tiberge, si vous m'assurez qu'elle est égale à mes peines. J'ai honte de vous les laisser voir; car je confesse que la cause n'en est pas glorieuse: mais l'effet en est si triste, qu'il n'est pas besoin de m'aimer autant que vous faites, pour en être attendri. Il me demanda, comme une marque d'amitié, de lui raconter sans déguisement ce qui m'était arrivé depuis mon départ de Saint Sulpice. Je le satisfis; et loin d'altérer quelque chose à la vérité, ou de diminuer mes fautes pour les faire trouver plus excusables, je lui parlai de ma passion avec toute la force qu'elle m'inspirait. Je la lui représentai comme un de ces coups particuliers du destin, qui s'attache à la ruine d'un misérable, et dont il est aussi impossible à la vertu de se défendre, qu'il l'a été à la sagesse de les prévoir.[105] Je lui fis une vive peinture de mes agitations, de mes craintes, du désespoir où j'étais deux heures avant que de le voir, et de celui dans lequel j'allais retomber, si j'étais abandonné par mes amis aussi impitoyablement que par la fortune; enfin j'attendris tellement le bon Tiberge, que je le vis aussi affligé par la compassion, que je l'étais par le sentiment de mes peines. Il ne se lassait point de m'embrasser, et de m'exhorter à prendre du courage et de la consolation; mais comme il supposait toujours qu'il fallait me séparer de Manon, je lui fis entendre nettement que c'était cette séparation même, que je regardais comme la plus grande de mes infortunes; et que j'étais disposé à souffrir, non seulement le dernier excès de la misère, mais la mort la plus cruelle, avant que de recevoir un remède plus insupportable que tous mes maux ensemble.

Expliquez-vous donc, me dit-il: quelle espèce de secours suis-je capable de vous donner, si vous vous révoltez contre toutes mes propositions? Je n'osais lui déclarer que c'était de sa bourse que j'avais besoin. Il le comprit pourtant à la fin; et m'ayant confessé qu'il croyait m'entendre, il demeura quelque temps suspendu, avec l'air d'une personne qui balance. Ne croyez pas, reprit-il bientôt, que ma rêverie vienne d'un refroidissement de zèle et d'amitié. Mais à quelle alternative me réduisez-vous, s'il faut que je vous refuse le seul secours que vous voulez accepter, ou que je blesse mon devoir en vous l'accordant? car n'est-ce pas prendre part à votre désordre, que de vous y faire persévérer? Cependant, continua-t-il après avoir réfléchi un moment, je m'imagine que c'est peut-être l'état violent où l'indigence vous jette, qui ne vous laisse pas assez de liberté pour choisir le meilleur parti; il faut un esprit tranquille, pour goûter la sagesse et la vérité. Je trouverai le moyen de vous faire avoir quelque argent.[106] Permettez-moi, mon cher Chevalier, ajouta-t-il en m'embrassant, d'y mettre seulement une condition;

31

c'est que vous m'apprendrez le lieu de votre demeure, et que vous souffrirez que je fasse du moins mes efforts pour vous ramener à la vertu, que je sais que vous aimez, et dont il n'y a que la violence de vos passions qui vous écarte. Je lui accordai sincèrement tout ce qu'il souhaitait, et je le priai de plaindre la malignité de mon sort, qui me faisait profiter si mal des conseils d'un ami si vertueux. Il me mena aussitôt chez un banquier de sa connaissance, qui m'avança cent pistoles sur son billet; car il n'était rien moins qu'en argent comptant. J'ai déjà dit qu'il n'était pas riche. Son bénéfice valait mille écus; mais comme c'était la première année qu'il le possédait, il n'avait encore rien touché du revenu: c'était sur les fruits futurs qu'il me faisait cette avance.

Je sentis tout le prix de sa générosité. J'en fus touché, jusqu'au point de déplorer l'aveuglement d'un amour fatal, qui me faisait violer tous les devoirs. La vertu eut assez de force, pendant quelques moments, pour s'élever dans mon cœur contre ma passion, et j'aperçus du moins, dans cet instant de lumière, la honte et l'indignité de mes chaînes. Mais ce combat fut léger et dura peu. La vue de Manon m'aurait fait précipiter du ciel; et je m'étonnai, en me retrouvant près d'elle, que j'eusse pu traiter un moment de honteuse, une tendresse si juste pour un objet si charmant.

Manon était une créature d'un caractère extraordinaire. Jamais fille n'eut moins d'attachement qu'elle pour l'argent; mais elle ne pouvait être tranquille un moment, avec la crainte d'en manquer. C'était du plaisir et des passe-temps qu'il lui fallait. Elle n'eût jamais voulu toucher un sou, si l'on pouvait se divertir sans qu'il en coûte. Elle ne s'informait pas même quel était le fond de nos richesses, pourvu qu'elle pût passer agréablement la journée; de sorte que n'étant, ni excessivement livrée au jeu, ni capable d'être éblouie par le faste des grandes dépenses,[107] rien n'était plus facile que de la satisfaire, en lui faisant naître tous les jours des amusements de son goût. Mais c'était une chose si nécessaire pour elle, d'être ainsi occupée par le plaisir, qu'il n'y avait pas le moindre fond à faire, sans cela, sur son humeur et sur ses inclinations. Quoiqu'elle m'aimât tendrement, et que je fusse le seul, comme elle en convenait volontiers, qui pût lui faire goûter parfaitement les douceurs de l'amour,[108] j'étais presque certain que sa tendresse ne tiendrait point contre de certaines craintes. Elle m'aurait préféré à toute la terre avec une fortune médiocre; mais je ne doutais nullement qu'elle ne m'abandonnât pour quelque nouveau B... lorsqu'il ne me resterait que de la constance et de la fidélité à lui offrir. Je résolus donc de régler si bien ma dépense particulière, que je fusse toujours en état de fournir aux siennes, et de me priver plutôt de mille choses nécessaires que de la borner même pour le superflu.[109] Le carrosse m'effrayait plus que tout le reste, car il n'y avait point d'apparence de pouvoir entretenir des chevaux et un cocher. Je découvris ma peine à M. Lescaut. Je ne lui avais point caché que j'eusse reçu cent pistoles d'un ami. Il me répéta que si je voulais tenter le hasard du jeu, il ne desespérait point qu'en sacrifiant de bonne grâce une centaine de francs, pour traiter ses associés, je ne pusse être admis, à sa recommandation, dans la Ligue de l'Industrie. Quelque répugnance que j'eusse à tromper, je me laissai entraîner par une cruelle nécessité.[110]

M. Lescaut me présenta, le soir même, comme un de ses parents. Il ajouta que j'étais d'autant mieux disposé à réussir, que j'avais besoin des plus grandes faveurs de la fortune. Cependant, pour faire connaître que ma misère n'était pas celle d'un homme de néant, il leur dit que j'étais dans le dessein de leur donner à souper. L'offre fut acceptée. Je les traitai magnifiquement. On s'entretint longtemps de la gentillesse de ma figure, et de mes heureuses dispositions. On prétendit qu'il y avait beaucoup à espérer de moi, parce qu'ayant quelque chose, dans la physionomie, qui sentait l'honnête homme, personne ne se défierait de mes artifices.[111] Enfin, on rendit grâces à M. Lescaut d'avoir procuré, à l'Ordre, un novice de mon mérite, et l'on chargea un des chevaliers de me donner, pendant quelques jours, les instructions nécessaires. Le principal théâtre de mes exploits devait être l'Hôtel de Transilvanie, où il y avait une table de pharaon dans une salle, et divers autres jeux de cartes et de dés dans la galerie. Cette académie se tenait au profit de M. le Prince de R... qui demeurait alors à Clagny, et la plupart de ses officiers étaient de notre Société. Le dirai-je à ma honte? je profitai, en peu de temps, des leçons de mon maître. J'acquis surtout beaucoup d'habileté à faire une volte-face, à filer la carte; et m'aidant fort bien d'une longue paire de manchettes, j'escamotais assez légèrement pour tromper les yeux des plus habiles, et ruiner sans affectation quantité d'honnêtes joueurs.[112] Cette adresse extraordinaire hâta si fort les progrès de ma fortune, que je me trouvai en peu de semaines des sommes considérables, outre celles que je partageais de bonne foi avec mes associés. Je ne craignis plus, alors, de découvrir à Manon notre perte de Chaillot; et pour la consoler, en lui apprenant cette fâcheuse nouvelle, je louai une maison garnie, où nous nous établîmes avec un air d'opulence et de sécurité.

Tiberge n'avait pas manqué, pendant ce temps-là, de me rendre de fréquentes visites. Sa morale ne finissait point. Il recommençait sans cesse à me représenter le tort que je faisais à ma conscience, à mon honneur et à ma fortune.[113] Je recevais ses avis avec amitié; et quoique je n'eusse pas la moindre disposition à les suivre, je lui savais bon gre de son zèle, parce que j'en connaissais la source. Quelquefois je le raillais agréablement, dans la présence même de Manon; et je l'exhortais à n'être pas plus scrupuleux qu'un grand nombre d'évêques et d'autres prêtres, qui savent accorder fort bien une maîtresse avec un bénéfice.[114] Voyez, lui disais-je, en lui montrant les yeux de la mienne; et dites-moi s'il y a des fautes qui ne soient pas justifiées par une si belle cause. Il prenait patience. Il la poussa même assez loin: mais lorsqu'il vit que mes richesses augmentaient, et que non seulement je lui avais restitué ses cent pistoles, mais qu'ayant loué une nouvelle maison et doublé ma dépense, j'allais me replonger plus que jamais dans les plaisirs, il changea entièrement de ton et de manières. Il se plaignit de mon endurcissement; il me menaça des châtiments du Ciel, et il me prédit une partie des malheurs qui ne tardèrent guère à m'arriver. Il est impossible, me dit-il, que les richesses qui servent à l'entretien de vos désordres, vous soient venues par des voies légitimes. Vous les avez acquises injustement; elles vous seront ravies de même. La plus terrible punition de Dieu serait de vous en laisser jouir tranquillement. Tous mes conseils, ajouta-t-il, vous ont été inutiles; je ne prévois que trop qu'ils vous seraient bientôt importuns. Adieu, ingrat et faible ami.[115] Puissent vos criminels plaisirs s'évanouir comme une ombre! Puisse votre fortune et votre argent, périr sans ressource; et vous, rester seul et nu, pour sentir la vanité des biens qui vous ont follement enivré! C'est alors que vous me trouverez disposé à vous aimer et à vous servir;[116] mais je romps aujourd'hui tout commerce avec vous, et je déteste la vie que vous menez. Ce fut dans ma chambre, aux yeux de Manon, qu'il me fit cette harangue apostolique. Il se leva pour se retirer. Je voulus le retenir; mais je fus arrêté par Manon, qui me dit, que c'était un fou qu'il fallait laisser sortir.

Son discours ne laissa pas de faire quelque impression sur moi. Je remarque ainsi les diverses occasions où mon cœur sentit un retour vers le bien, parce que c'est à ce souvenir que j'ai dû ensuite une partie de ma force, dans les plus malheureuses circonstances de ma vie.[117] Les caresses de Manon dissipèrent, en un moment, le chagrin que cette scène m'avait causé. Nous continuâmes de mener une vie, toute composée de plaisir et d'amour. L'augmentation de nos richesses redoubla notre affection; Vénus et la Fortune n'avaient point d'esclaves plus heureux et plus tendres. Dieux! pourquoi nommer le monde un lieu de misères, puisqu'on peut y goûter de si charmantes délices! Mais, hélas! leur faible est de passer trop vite. Quelle autre félicité voudrait-on se proposer, si elles étaient de nature à durer toujours?[118] Les nôtres eurent le sort commun, c'est-à-dire, de durer peu, et d'être suivies par des regrets amers. J'avais fait au jeu des gains si considérables, que je pensais à placer une partie de mon argent. Mes domestiques n'ignoraient pas mes succès; surtout mon valet de chambre, et la suivante de Manon, devant lesquels nous nous entretenions souvent sans défiance. Cette fille était jolie. Mon valet en était amoureux. Ils avaient à faire à des maîtres jeunes et faciles, qu'ils s'imaginèrent pouvoir tromper aisément. Ils en conçurent le dessein, et ils l'exécutèrent si malheureusement pour nous, qu'ils nous mirent dans un état dont il ne nous a jamais été possible de nous relever.[119]

M. Lescaut nous ayant un jour donné à souper, il était environ minuit, lorsque nous retournâmes au logis. J'appelai mon valet, et Manon sa femme de chambre; ni l'un ni l'autre ne parurent. On nous dit qu'ils n'avaient point été vus dans la maison depuis huit heures, et qu'ils étaient sortis après avoir fait transporter quelques caisses; suivant les ordres qu'ils disaient avoir reçus de moi. Je pressentis une partie de la vérité; mais je ne formai point de soupçons, qui ne fussent surpassés par ce que j'aperçus en entrant dans ma chambre. La serrure de mon cabinet avait été forcée, et mon argent enlevé, avec tous mes habits. Dans le temps que je réfléchissais seul, sur cet accident, Manon vint, toute effrayée, m'apprendre qu'on avait fait le même ravage dans son appartement. Le coup me parut si cruel, qu'il n'y eut qu'un effort extraordinaire de raison, qui m'empêcha de me livrer aux cris et aux pleurs. La crainte de communiquer mon désespoir à Manon me fit affecter de prendre un visage tranquille. Je lui dis, en badinant, que je me vengerais sur quelque dupe, à l'Hôtel de Transilvanie. Cependant elle me sembla si sensible à notre malheur, que sa tristesse eut bien plus de force pour m'affliger, que ma joie feinte n'en avait eu pour l'empêcher d'être trop abattue. Nous sommes perdus, me dit-elle, les larmes aux yeux.[120] Je m'efforçai en vain de la consoler par mes caresses. Mes propres pleurs trahissaient mon désespoir et ma consternation. En effet, nous étions ruinés si absolument, qu'il ne nous restait pas une chemise.

Je pris le parti d'envoyer chercher sur-le-champ M. Lescaut. Il me conseilla d'aller, à l'heure même, chez M. le Lieutenant de Police et M. le Grand Prévôt de Paris. J'y allai; mais ce fut pour mon plus grand malheur; car outre que cette démarche, et celles que je fis faire à ces deux officiers de justice, ne produisirent rien, je donnai le temps à Lescaut d'entretenir sa soeur, et de lui inspirer pendant mon absence une horrible résolution. Il lui parla de M. de G... M..., vieux voluptueux, qui payait prodigieusement les plaisirs, et il lui fit envisager tant d'avantages à se mettre à sa solde, que troublée comme elle était par notre disgrâce, elle entra dans tout ce qu'il entreprit de lui persuader. Cet honorable marché[121] fut conclu avant mon retour, et l'exécution remise au lendemain, après que Lescaut aurait prévenu M. de G... M... Je le trouvai, qui m'attendait au logis; mais Manon s'était couchée dans son appartement, et elle avait donné ordre à son laquais de me dire, qu'ayant besoin d'un peu de repos, elle me priait de la laisser seule pendant cette nuit. Lescaut me quitta, après m'avoir offert quelques pistoles que j'acceptai. Il était près de quatre heures, lorsque je me mis au lit; et m'y étant encore occupé longtemps des moyens de rétablir ma fortune, je m'endormis si tard, que je ne pus me réveiller que vers onze heures ou midi. Je me levai promptement, pour aller m'informer de la santé de Manon: on me dit qu'elle était sortie une heure auparavant, avec son frère, qui l'était venu prendre dans un carrosse de louage. Quoiqu'une telle partie, faite avec Lescaut, me parût mystérieuse, je me fis violence pour suspendre mes soupçons. Je laissai couler quelques heures, que je passai à lire. Enfin, n'étant plus le maître de mon inquiétude, je me promenai à grands pas dans nos appartements. J'aperçus, dans celui de Manon, une lettre cachetée, qui était sur sa table. L'adresse était à moi, et l'écriture de sa main. Je l'ouvris avec un frisson mortel: elle était dans ces termes.

Je te jure, mon cher Chevalier, que tu es l'idole de mon cœur, et qu'il n'y a que toi au monde, que je puisse aimer de la façon dont je t'aime; mais ne vois-tu pas, ma pauvre chère âme, que dans l'état où nous sommes réduits, c'est une sotte vertu que la fidélité? Crois-tu qu'on puisse être bien tendre, lorsqu'on manque de pain? La faim me causerait quelque méprise fatale; je rendrais quelque jour le dernier soupir, en croyant en pousser un d'amour.[122] Je t'adore, compte là-dessus; mais laisse-moi, pour quelque temps, le ménagement de notre fortune. Malheur à qui va tomber dans mes filets; je travaille pour rendre mon Chevalier riche et heureux. Mon frère t'apprendra des nouvelles de ta Manon, et qu'elle a pleuré de la nécessité de te quitter.[123]

Je demeurai, après cette lecture, dans un état qui me serait difficile à décrire; car j'ignore encore aujourd'hui par quelle espèce de sentiments je fus alors agité. Ce fut une de ces situations uniques, auxquelles on n'a rien éprouvé qui soit semblable: on ne saurait les expliquer aux autres, parce qu'ils n'en ont pas l'idée; et l'on a peine à se les bien démêler à soi-même, parce qu'étant seules de leur espèce, cela ne se lie à rien dans la mémoire, et ne peut même être rapproché d'aucun sentiment connu. Cependant, de quelque nature que fussent les miens, il est certain qu'il devait y entrer de la douleur, du dépit, de la jalousie, et de la honte. Heureux, s'il n'y fût pas entré encore plus d'amour![124] Elle m'aime, je le veux croire; mais ne faudrait-il pas, m'écriai-je, qu'elle fût un monstre pour me haïr? Quels droits eut-on jamais sur un cœur, que je n'aie pas sur le sien? Que me reste-t-il à faire pour elle, après tout ce que je lui ai sacrifié? Cependant elle m'abandonne! et l'ingrate se croit à couvert de mes reproches, en me disant qu'elle ne cesse pas de m'aimer. Elle appréhende la faim; Dieu d'Amour! quelle grossièreté de sentiments,[125] et que c'est répondre mal à ma délicatesse! Je ne l'ai pas appréhendée, moi qui m'y expose si volontiers pour elle,[126] en renonçant à ma fortune, et aux douceurs de la maison de mon père; moi, qui me suis retranché jusqu'au nécessaire, pour satisfaire ses petites humeurs et ses caprices. Elle m'adore, dit-elle. Si tu m'adorais, ingrate, je sais bien de qui tu aurais pris des conseils;[127] tu ne m'aurais pas quitté, du moins, sans me dire adieu. C'est à moi qu'il faut demander quelles peines cruelles on sent, à se séparer de ce qu'on adore. Il faudrait avoir perdu l'esprit, pour s'y exposer volontairement.

Mes plaintes furent interrompues, par une visite à laquelle je ne m'attendais pas. Ce fut celle de Lescaut. Bourreau! lui dis-je, en mettant l'épée à la main, où est Manon? qu'en as-tu fait? Ce mouvement l'effraya: il me répondit que si c'était ainsi que je le recevais, lorsqu'il venait me rendre compte du service le plus considérable qu'il eût pu me rendre, il allait se retirer et ne remettrait jamais le pied chez moi. Je courus à la porte de la chambre, que je fermai soigneusement. Ne t'imagine pas, lui dis-je en me tournant vers lui, que tu puisses me prendre encore une fois pour dupe, et me tromper par des fables. Il faut défendre ta vie, ou me faire retrouver Manon. Là! que vous êtes vif! répartit-il; c'est l'unique sujet qui m'amène. Je viens vous annoncer un bonheur auquel vous ne pensez pas, et pour lequel vous reconnaîtrez peut-être que vous m'avez quelque obligation. Je voulus être éclairci sur-le-champ.

Il me raconta que Manon, ne pouvant soutenir la crainte de la misère, et surtout l'idée d'être obligée tout d'un coup à la réforme de notre équipage,[128] l'avait prié de lui procurer la connaissance de M. de G... M... qui passait pour un homme généreux. Il n'eut garde de me dire que le conseil était venu de lui, ni qu'il eût préparé les voies, avant que de l'y conduire. Je l'y ai menée ce matin, continua-t-il, et cet honnête homme a été si charmé de son mérite, qu'il l'a invitée d'abord à lui tenir compagnie à sa maison de campagne, où il est allé passer quelques jours. Moi, ajouta Lescaut, qui ai pénétré tout d'un coup de quel avantage cela pouvait être pour vous,[129] je lui ai fait entendre adroitement que Manon avait essuyé des pertes considérables; et j'ai tellement piqué sa générosité, qu'il a commencé par lui faire un présent de deux cents pistoles. Je lui ai dit que cela était honnête pour le présent; mais que l'avenir amènerait, à ma sœur, de grands besoins; qu'elle s'était chargée d'ailleurs du soin d'un jeune frère, qui nous était resté sur les bras après la mort de nos père et mère, et que s'il la croyait digne de son estime, il ne la laisserait pas souffrir, dans ce pauvre enfant, qu'elle regardait comme la moitié d'elle-même. Ce récit n'a pas manqué de l'attendrir. Il s'est engagé à louer une maison commode, pour vous et pour Manon, car c'est vous-même, qui êtes ce pauvre petit frère orphelin; il a promis de vous meubler proprement, et de vous fournir tous les mois quatre cents bonnes livres, qui en feront, si je compte bien, quatre mille huit cents à la fin de chaque année. Il a laissé ordre à son intendant, avant que de partir pour sa campagne, de chercher une maison, et de la tenir prête pour son retour. Vous reverrez alors Manon, qui m'a chargé de vous embrasser mille fois pour elle, et de vous assurer qu'elle vous aime plus que jamais.

Je m'assis, en rêvant à cette bizarre disposition de mon sort. Je me trouvai dans un partage de sentiments, et par conséquent dans une incertitude si difficile à terminer, que je demeurai longtemps sans répondre à quantité de questions, que Lescaut me faisait l'une sur l'autre. Ce fut dans ce moment que l'honneur et la vertu me firent sentir encore les pointes du remords, et que je jetai les yeux en soupirant, vers Amiens, vers la maison de mon père, vers Saint Sulpice, et vers tous les lieux où j'avais vécu dans l'innocence. Par quel immense espace n'étais-je pas séparé de cet heureux état! Je ne le voyais plus que de loin, comme une ombre, qui s'attirait encore mes regrets et mes désirs, mais trop faible pour exciter mes efforts. Par quelle fatalité, disais-je, suis-je devenu si criminel! L'amour est une passion innocente; comment s'est-il changé, pour moi, en une source de misères et de désordres? Qui m'empêchait de vivre tranquille et vertueux avec Manon? Pourquoi ne l'épousais-je point, avant que d'obtenir rien de son amour? Mon père, qui m'aimait si tendrement, n'y aurait-il pas consenti, si je l'en eusse pressé avec des instances légitimes? Ah! mon père l'aurait chérie lui-même, comme une fille charmante, trop digne d'être la femme de son fils;[130] je serais heureux avec l'amour de Manon, avec l'affection de mon père, avec l'estime des honnêtes gens, avec les biens de la fortune, et la tranquillité de la vertu. Revers funeste! Quel est l'infâme personnage qu'on vient ici me proposer? Quoi, j'irai partager... mais y a-t-il à balancer, si c'est Manon qui l'a réglé, et si je la perds sans cette complaisance? M. Lescaut, m'écriai-je, en fermant les yeux, comme pour écarter de si chagrinantes réflexions, si vous avez eu dessein de me servir, je vous rends grâces. Vous auriez pu prendre une voie plus honnête; mais c'est une chose finie, n'est-ce pas? ne pensons donc plus qu'à profiter de vos soins, et à remplir votre projet. Lescaut, à qui ma colère, suivie d'un fort long silence, avait causé de l'embarras, fut ravi de me voir prendre un parti tout différent de celui qu'il avait appréhendé sans doute; il n'était rien moins que brave, et j'en eus de meilleures preuves dans la suite.[131] Oui, oui, se hâta-t-il de me répondre, c'est un fort bon service que je vous ai rendu, et vous verrez que nous en tirerons plus d'avantage que vous ne vous y attendez. Nous concertâmes de quelle manière nous pourrions prévenir les défiances que M. de G... M... pouvait concevoir de notre fraternité, en me voyant plus grand, et un peu plus âgé peut-être qu'il ne se l'imaginait. Nous ne trouvâmes point d'autre moyen, que de prendre devant lui un air simple et provincial, et de lui faire croire que j'étais dans le dessein d'entrer dans l'état ecclésiastique,[132] et que j'allais pour cela tous les jours au collège. Nous résolûmes aussi que je me mettrais fort mal, la première fois que je serais admis à l'honneur de le saluer. Il revint à la ville, trois ou quatre jours après. Il conduisit lui-même Manon, dans la maison que son intendant avait eu soin de préparer. Elle fit avertir aussitôt Lescaut de son retour; et celui-ci m'en ayant donné avis, nous nous rendîmes tous deux chez elle. Le vieil amant en était déjà sorti.

Malgré la résignation avec laquelle je m'étais soumis à ses volontés, je ne pus réprimer le murmure de mon cœur en la revoyant. Je lui parus triste et languissant. La joie de la retrouver ne l'emportait pas tout à fait, sur le chagrin de son infidélité. Elle, au contraire, paraissait transportée du plaisir de me revoir. Elle me fit des reproches de ma froideur. Je ne pus m'empêcher de laisser échapper les noms de perfide et d'infidèle, que j'accompagnai d'autant de soupirs. Elle me railla d'abord de ma simplicité;[133] mais lorsqu'elle vit mes regards s'attacher toujours tristement sur elle, et la peine que j'avais à digérer un changement si contraire à mon humeur et à mes désirs, elle passa seule dans son cabinet. Je la suivis, un moment après. Je l'y trouvai tout en pleurs. Je lui demandai ce qui les causait. Il t'est bien aisé de le voir, me dit-elle; comment veux-tu que je vive, si ma vue n'est plus propre qu'à te causer un air sombre et chagrin? Tu ne m'as pas fait une seule caresse, depuis une heure que tu es ici, et tu as reçu les miennes avec la majesté du Grand Turc au Sérail.

Ecoutez, Manon, lui répondis-je en l'embrassant, je ne puis vous cacher que j'ai le cœur mortellement affligé. Je ne parle point à présent des alarmes où votre fuite imprévue m'a jeté, ni de la cruauté que vous avez eue de m'abandonner sans un mot de consolation, après avoir passé la nuit dans un autre lit que moi. Le charme de votre présence m'en ferait bien oublier davantage. Mais croyez-vous que je puisse penser sans soupirs, et même sans larmes, continuai-je en versant quelques-unes, à la triste et malheureuse vie que vous voulez que je mène dans cette maison? Laissons ma naissance et mon honneur à part; ce ne sont plus des raisons si faibles, qui doivent entrer en concurrence avec un amour tel que le mien; mais cet amour même, ne vous imaginez-vous pas qu'il gémit de se voir si mal récompensé, ou plutôt traité si cruellement, par une ingrate et dure maîtresse?... Elle m'interrompit: tenez, dit-elle, mon Chevalier, il est inutile de me tourmenter par des reproches, qui me percent le cœur, lorsqu'ils viennent de vous. Je vois ce qui vous blesse. J'avais espéré que vous consentiriez au projet que j'avais fait pour rétablir un peu notre fortune, et c'était pour ménager votre délicatesse[134] que j'avais commencé à l'exécuter sans votre participation; mais j'y renonce puisque vous ne l'approuvez pas. Elle ajouta qu'elle ne me demandait qu'un peu de complaisance, pour le reste du jour; qu'elle avait déjà reçu deux cents pistoles de son vieil amant, et qu'il lui avait promis de lui apporter le soir un beau collier de perles, avec d'autres bijoux, et par-dessus cela, la moitié de la pension annuelle qu'il lui avait promise. Laissez-moi seulement le temps, me dit-elle, de recevoir ses présents; je vous jure qu'il ne pourra se vanter, des avantages que je lui ai donnés sur moi, car je l'ai remis jusqu'à présent à la ville.[135] Il est vrai qu'il m'a baisé plus d'un million de fois les mains;[136] il est juste qu'il paye ce plaisir, et ce ne sera point trop que cinq ou six mille francs, en proportionnant le prix à ses richesses et à son âge.

Sa résolution me fut beaucoup plus agréable, que l'espérance des 5000 livres. J'eus lieu de reconnaître que mon cœur n'avait point encore perdu tout sentiment d'honneur, puisqu'il était satisfait d'échapper à l'infamie.[137] Mais j'étais né pour les courtes joies et les longues douleurs. La Fortune ne me délivra d'un précipice, que pour me faire tomber dans un autre. Lorsque j'eus marqué à Manon, par mille caresses, combien je me croyais heureux de son changement, je lui dis qu'il fallait en instruire M. Lescaut, afin que nos mesures se prissent de concert. Il en murmura d'abord; mais les quatre ou cinq mille livres d'argent comptant le firent entrer gaîment dans nos vues. Il fut donc réglé que nous nous trouverions tous à souper avec M. de G... M...., et cela pour deux raisons: l'une, pour nous donner le plaisir d'une scène agréable, en me faisant passer pour un écolier, frère de Manon; l'autre, pour empêcher ce vieux libertin de s'émanciper trop avec ma maîtresse,[138] par le droit qu'il croirait s'être acquis en payant si libéralement d'avance. Nous devions nous retirer, Lescaut et moi, lorsqu'il monterait à la chambre où il comptait de passer la nuit; et Manon, au lieu de le suivre, nous promit de sortir, et de la venir passer avec moi. Lescaut se chargea du soin d'avoir exactement un carrosse à la porte.

L'heure du souper étant venue, M. de G... M... ne se fit pas attendre longtemps. Lescaut était avec sa sœur, dans la salle. Le premier compliment du vieillard fut d'offrir à sa belle, un collier, des bracelets, et des pendants de perles, qui valaient au moins mille écus. Il lui compta ensuite, en beaux louis d'or, la somme de deux mille quatre cents livres, qui faisaient la moitié de la pension. Il assaisonna son présent de quantité de douceurs, dans le goût de la vieille Cour. Manon ne put lui refuser quelques baisers; c'était autant de droits qu'elle acquérait, sur l'argent qu'il lui mettait entre les mains.[139] J'étais à la porte, où je prêtais l'oreille, en attendant que Lescaut m'avertît d'entrer.

Il vint me prendre par la main, lorsque Manon eut serré l'argent et les bijoux; et me conduisant vers M. de G... M... il m'ordonna de lui faire la révérence. J'en fis deux ou trois des plus profondes. Excusez, Monsieur, lui dit Lescaut, c'est un enfant fort neuf. Il est bien éloigné, comme vous voyez, d'avoir les airs de Paris; mais nous espérons qu'un peu d'usage le façonnera. Vous aurez l'honneur de voir ici souvent Monsieur, ajouta-t-il, en se tournant vers moi; faites bien votre profit d'un si bon modèle. Le vieil amant parut prendre plaisir à me voir. Il me donna deux ou trois petits coups sur la joue, en me disant que j'étais un joli garçon, mais qu'il fallait être sur mes gardes à Paris, où les jeunes gens se laissent aller facilement à la débauche. Lescaut l'assura que j'étais naturellement si sage, que je ne parlais que de me faire prêtre, et que tout mon plaisir était à faire de petites chapelles.[140] Je lui trouve l'air de Manon, reprit le vieillard, en me haussant le menton avec la main. Je répondis d'un air niais: Monsieur, c'est que nos deux chairs se touchent de bien proche; aussi, j'aime ma sœur Manon comme un autre moi-même. L'entendez-vous? dit-il à Lescaut, il a de l'esprit.[141] C'est dommage que cet enfant-là n'ait pas un peu plus de monde.[142] Ho, Monsieur, repris-je, j'en ai vu beaucoup chez nous dans les églises, et je crois bien que j'en trouverai, à Paris, de plus sots que moi. Voyez, ajouta-t-il, cela est admirable pour un enfant de province. Toute notre conversation fut à peu près du même goût, pendant le souper. Manon, qui était badine, fut sur le point, plusieurs fois, de gâter tout par ses éclats de rire. Je trouvai l'occasion, en soupant, de lui raconter sa propre histoire, et le mauvais sort qui le menaçait. Lescaut et Manon tremblaient pendant mon récit, surtout lorsque je faisais son portrait au naturel; mais l'amour-propre l'empêcha de s'y reconnaître, et je l'achevai si adroitement qu'il fut le premier à le trouver fort risible. Vous verrez que ce n'est pas sans raison, que je me suis étendu sur cette ridicule scène. Enfin l'heure du sommeil étant arrivée, il parla d'amour et d'impatience.[143] Nous nous retirâmes, Lescaut et moi. On le conduisit à sa chambre; et Manon, étant sortie sous prétexte d'un besoin, nous vint joindre à la porte. Le carrosse, qui nous attendait trois ou quatre maisons plus bas, s'avança pour nous recevoir. Nous nous éloignâmes, en un instant, du quartier.

Quoiqu'à mes propres yeux, cette action fût une véritable friponnerie, ce n'était pas la plus injuste que je crusse avoir à me reprocher. J'avais plus de scrupule, sur l'argent que j'avais acquis au jeu.[144] Cependant nous profitâmes aussi peu de l'un que de l'autre, et le Ciel permit que la plus légère de ces deux injustices fût la plus rigoureusement punie.

M. de G... M... ne tarda pas longtemps à s'apercevoir qu'il était dupé. Je ne sais s'il fit, dès le soir même, quelques démarches pour nous découvrir; mais il eut assez de crédit pour n'en pas faire longtemps d'inutiles, et nous assez d'imprudence, pour compter trop sur la grandeur de Paris, et sur l'éloignement qu'il y avait de notre quartier au sien. Non seulement il fut informé de notre demeure, et de nos affaires présentes, mais il apprit aussi qui j'étais, la vie que j'avais menée à Paris, l'ancienne liaison avec B..., la tromperie qu'elle lui avait faite; en un mot, toutes les parties scandaleuses de notre histoire. Il prit là-dessus la résolution de nous faire arrêter, et de nous traiter moins comme des criminels, que comme de fieffés libertins.[145] Nous étions encore au lit, lorsqu'un exempt de police entra dans notre chambre, avec une demi-douzaine de gardes.[146] Ils se saisirent d'abord de notre argent, ou plutôt de celui de Monsieur de G... M...; et nous ayant fait lever brusquement, il nous conduisirent à la porte, où nous trouvâmes deux carrosses, dans l'un desquels la pauvre Manon fut enlevée sans explication, et moi traîné dans l'autre à Saint Lazare. Il faut avoir éprouvé de tels revers, pour juger du désespoir qu'ils peuvent causer. Nos gardes eurent la dureté de ne me pas permettre d'embrasser Manon, ni de lui dire une parole. J'ignorai longtemps ce qu'elle était devenue. Ce fut sans doute un bonheur pour moi, de ne l'avoir pas su d'abord; car une catastrophe si terrible m'aurait fait perdre le sens, et peut-être la vie.

Ma malheureuse maîtresse fut donc enlevée, à mes yeux, et menée dans une retraite que j'ai horreur de nommer.[147] Quel sort pour une créature toute charmante, qui eût occupé le premier trône du monde, si tous les hommes eussent eu mes yeux et mon cœur! On ne l'y traita pas barbarement; mais elle fut resserrée dans une étroite prison, seule, et condamnée à remplir tous les jours une certaine tâche de travail,[148] comme une condition nécessaire pour obtenir quelque dégoûtante nourriture. Je n'appris ce triste détail que longtemps après, lorsque j'eus essuyé moi-même plusieurs mois d'une rude et ennuyeuse pénitence. Mes gardes ne m'ayant point averti non plus du lieu où ils avaient ordre de me conduire, je ne connus mon destin qu'à la porte de S. Lazare. J'aurais préféré la mort, dans ce moment, à l'état où je me crus prêt de tomber. J'avais de terribles idées de cette maison.[149] Ma frayeur augmenta, lorsqu'en entrant, les gardes visitèrent une seconde fois mes poches, pour s'assurer qu'il ne me restait, ni armes, ni moyen de défense.[150] Le Supérieur parut à l'instant; il était prévenu sur mon arrivée. Il me salua avec beaucoup de douceur. Mon père, lui dis-je, point d'indignités. Je perdrai mille vies, avant que d'en souffrir une. Non, non, Monsieur, me répondit-il; vous prendrez une conduite sage, et nous serons contents l'un de l'autre. Il me pria de monter dans une chambre haute. Je le suivis sans résistance. Les archers nous accompagnèrent jusqu'à la porte; et le Supérieur, y étant entré avec moi, leur fit signe de se retirer.

Je suis donc votre prisonnier, lui dis-je! Eh bien, mon père, que prétendez-vous faire de moi? Il me dit qu'il était charmé de me voir prendre un ton raisonnable; que son devoir serait de travailler à m'inspirer le goût de la vertu et de la religion, et le mien, de profiter de ses exhortations et de ses conseils; que pour peu que je voulusse répondre aux attentions qu'il aurait pour moi, je ne trouverais que du plaisir dans ma solitude. Ah! du plaisir, repris-je; vous ne savez pas, mon Père, l'unique chose qui est capable de m'en faire goûter! Je le sais, reprit-il; mais j'espère que votre inclination changera. Sa réponse me fit comprendre qu'il était instruit de mes aventures, et peut-être de mon nom. Je le priai de m'éclaircir. Il me dit naturellement qu'on l'avait informé de tout.

Cette connaissance fut le plus rude de tous mes châtiments. Je me mis à verser un ruisseau de larmes, avec toutes les marques d'un affreux désespoir. Je ne pouvais me consoler d'une humiliation, qui allait me rendre la fable de toutes les personnes de ma connaissance, et la honte de ma famille.[151] Je passai ainsi huit jours dans le plus profond abattement, sans être capable de rien entendre, ni de m'occuper d'autre chose que de mon opprobre. Le souvenir même de Manon n'ajoutait rien à ma douleur. Il n'y entrait, du moins, que comme un sentiment qui avait précédé cette nouvelle peine; et la passion dominante de mon âme était la honte et la confusion.[152] Il y a peu de personnes, qui connaissent la force de ces mouvements particuliers du cœur.

Le commun des hommes n'est sensible qu'à cinq ou six passions, dans le cercle desquelles leur vie se passe, et où toutes leurs agitations se réduisent. Otez-leur l'amour et la haine, le plaisir et la douleur, l'espérance et la crainte, ils ne sentent plus rien. Mais les personnes d'un caractère plus noble peuvent être remuées de mille façons différentes; il semble qu'elles aient plus de cinq sens, et qu'elles puissent recevoir des idées et des sensations qui passent les bornes ordinaires de la nature. Et comme elles ont un sentiment de cette grandeur, qui les élève au-dessus du vulgaire, il n'y a rien dont elles soient plus jalouses. De là vient qu'elles souffrent si impatiemment le mépris et la risée, et que la honte est une de leurs plus violentes passions.[153]

J'avais ce triste avantage à S. Lazare. Ma tristesse parut si excessive au Supérieur, qu'en appréhendant les suites, il crut devoir me traiter avec beaucoup de douceur et d'indulgence. Il me visitait deux ou trois fois le jour. Il me prenait souvent avec lui, pour faire un tour de jardin, et son zèle s'épuisait en exhortations et en avis salutaires. Je les recevais avec douceur. Je lui marquais même de la reconnaissance. Il en tirait l'espoir de ma conversion. Vous êtes d'un naturel si doux et si aimable, me dit-il un jour, que je ne puis comprendre les désordres dont on vous accuse. Deux choses m'étonnent; l'une, comment avec de si bonnes qualités vous avez pu vous livrer à l'excès du libertinage; et l'autre, que j'admire encore plus, comment vous recevez si volontiers mes conseils et mes instructions, après avoir vécu plusieurs années dans l'habitude du désordre. Si c'est repentir, vous êtes un exemple signalé des miséricordes du Ciel; si c'est bonté naturelle, vous avez du moins un excellent fond de caractère, qui me fait espérer que nous n'aurons pas besoin de vous retenir ici longtemps, pour vous ramener à une vie honnête et réglée. Je fus ravi de lui voir cette opinion de moi. Je résolus de l'augmenter, par une conduite qui pût le satisfaire entièrement; persuadé que c'était le plus sûr moyen d'abréger ma prison. Je lui demandai des livres. Il fut surpris que m'ayant laissé le choix de ceux que je voulais lire, je me déterminai pour quelques auteurs sérieux. Je feignis de m'appliquer à l'étude avec le dernier attachement, et je lui donnai ainsi, dans toutes les occasions, des preuves du changement qu'il désirait.

Cependant il n'était qu'extérieur. Je dois le confesser à ma honte; je jouai, à S. Lazare, un personnage d'hypocrite. Au lieu d'étudier, quand j'étais seul, je ne m'occupais qu'à gémir de ma destinée. Je maudissais ma prison, et la tyrannie qui m'y retenait. Je n'eus pas plutôt quelque relâche, du côté de cet accablement où m'avait jeté la confusion, que je retombai dans les tourments de l'amour. L'absence de Manon, l'incertitude de son sort, la crainte de ne la revoir jamais, étaient l'unique objet de mes tristes méditations. Je me la figurais dans les bras de G... M...; car c'était la pensée que j'avais eue d'abord; et loin de m'imaginer qu'il lui eût fait le même traitement qu'à moi, j'étais persuadé qu'il ne m'avait fait éloigner, que pour la posséder tranquillement.[154] Je passais ainsi des jours et des nuits, dont la longueur me paraissait éternelle. Je n'avais d'espérance, que dans le succès de mon hypocrisie. J'observais soigneusement le visage et le discours du Supérieur, pour m'assurer de ce qu'il pensait de moi; et je me faisais une étude de lui plaire, comme à l'arbitre de ma destinée. Il me fut aisé de reconnaître que j'étais parfaitement dans ses bonnes grâces. Je ne doutai plus qu'il ne fût disposé à me rendre service. Je pris un jour la hardiesse de lui demander, si c'était de lui que mon élargissement dépendait. Il me dit qu'il n'en était pas absolument le maître; mais que sur son témoignage, il espérait que M. de G... M..., à la sollicitation duquel M. le Lieutenant Général de Police m'avait fait renfermer, consentirait à me rendre la liberté. Puis-je me flatter, repris-je doucement, que deux mois de prison, que j'ai déjà essuyés, lui paraîtront une expiation suffisante! Il me promit de lui en parler, si je le souhaitais. Je le priai instamment de me rendre ce bon office. Il m'apprit, deux jours après, que G... M... avait été si touché du bien qu'il avait entendu de moi, que non seulement il paraissait être dans le dessein de me laisser voir le jour, mais qu'il avait même marqué beaucoup d'envie de me connaître plus particulièrement, et qu'il se proposait de me rendre une visite dans ma prison.[155] Quoique sa présence ne pût m'être agréable, je la regardai comme un acheminement prochain à ma liberté.

Il vint effectivement à Saint Lazare. Je lui trouvai l'air plus grave et moins sot, qu'il ne l'avait eu dans la maison de Manon. Il me tint quelques discours de bon sens, sur ma mauvaise conduite. Il ajouta, pour justifier apparemment ses propres désordres, qu'il était permis à la faiblesse des hommes de se procurer certains plaisirs que la nature exige, mais que la friponnerie et les artifices honteux méritaient d'être punis. Je l'écoutai, avec un air de soumission dont il parut satisfait. Je ne m'offensai pas même de lui entendre lâcher quelques railleries sur ma fraternité avec Lescaut et Manon, et sur les petites chapelles, dont il supposait, me dit-il, que j'avais dû faire un grand nombre à Saint Lazare, puisque je trouvais tant de plaisir à cette pieuse occupation. Mais il lui échappa, malheureusement pour lui et pour moi-même, de me dire que Manon en aurait fait aussi, sans doute, de fort jolies à l'Hôpital. Malgré le frémissement que le nom d'Hôpital me causa, j'eus encore le pouvoir de le prier, avec douceur, de s'expliquer. Hé oui, reprit-il, il y a deux mois qu'elle apprend la sagesse à l'Hôpital Général, et je souhaite qu'elle en ait tiré autant de profit, que vous à Saint Lazare.

Quand j'aurais eu une prison éternelle, ou la mort même présente à mes yeux, je n'aurais pas été le maître de mon transport, à cette affreuse nouvelle. Je me jetai sur lui, avec une si furieuse rage, que j'en perdis la moitié de mes forces.[156] J'en eus assez néanmoins pour le renverser par terre, et pour le prendre à la gorge. Je l'étranglais; lorsque le bruit de sa chute, et quelques cris aigus, que je lui laissais à peine la liberté de pousser, attirèrent le Supérieur et plusieurs religieux dans ma chambre. On le délivra de mes mains. J'avais presque perdu moi-même la force et la respiration. O Dieu! m'écriai-je, en poussant mille soupirs; justice du Ciel! faut-il que je vive un moment, après une telle infamie? Je voulus me jeter encore, sur le barbare qui venait de m'assassiner. On m'arrêta. Mon désespoir, mes cris et mes larmes passaient toute imagination. Je fis des choses si étonnantes, que tous les assistants, qui en ignoraient la cause, se regardaient les uns les autres avec autant de frayeur que de surprise. M. de G... M... rajustait pendant ce temps-là sa perruque et sa cravate;[157] et dans le dépit d'avoir été si maltraité, il ordonnait au Supérieur de me resserrer plus étroitement que jamais, et de me punir par tous les châtiments qu'on sait être propres à Saint Lazare. Non, Monsieur, lui dit le Supérieur; ce n'est point avec une personne de la naissance de M. le Chevalier, que nous en usons de cette manière.[158] Il est si doux, d'ailleurs, et si honnête, que j'ai peine à comprendre qu'il se soit porté à cet excès sans de fortes raisons. Cette réponse acheva de déconcerter M. de G... M... Il sortit, en disant qu'il saurait faire plier, et le Supérieur, et moi, et tous ceux qui oseraient lui résister.

Le Supérieur, ayant ordonné à ses religieux de le conduire, demeura seul avec moi. Il me conjura de lui apprendre promptement d'où venait ce désordre. O mon père! lui dis-je, en continuant de pleurer comme un enfant, figurez-vous la plus horrible cruauté, imaginez-vous la plus détestable de toutes les barbaries, c'est l'action que l'indigne G... M... a eu la lâcheté de commettre. Oh! il m'a percé le cœur. Je n'en reviendrai jamais. Je veux vous raconter tout,[159] ajoutai-je en sanglotant. Vous êtes bon, vous aurez pitié de moi. Je lui fis un récit abrégé de la longue et insurmontable passion que j'avais pour Manon, de la situation florissante de notre fortune avant que nous eussions été dépouillés par nos propres domestiques, des offres que G... M... avait faites à ma maîtresse, de la conclusion de leur marché et de la manière dont il avait été rompu. Je lui représentai les choses, à la vérité, du côté le plus favorable pour nous: voilà, continuai-je, de quelle source est venu le zèle de M. de G... M... pour ma conversion. Il a eu le crédit de me faire ici renfermer, par un pur motif de vengeance. Je lui pardonne: mais, mon Père, ce n'est pas tout; il a fait enlever cruellement la plus chère moitié de moi-même; il l'a fait mettre honteusement à l'Hôpital; il a eu l'impudence de me l'annoncer aujourd'hui de sa propre bouche. A l'Hôpital, mon Père! O Ciel! ma charmante maîtresse, ma chère reine à l'Hôpital, comme la plus infâme de toutes les créatures! Où trouverai-je assez de force, pour ne pas mourir de douleur et de honte! Le bon Père, me voyant dans cet excès d'affliction, entreprit de me consoler. Il me dit qu'il n'avait jamais compris mon aventure, de la manière dont je la racontais; qu'il avait su, à la vérité, que je vivais dans le désordre, mais qu'il s'était figuré que ce qui avait obligé M. de G... M... d'y prendre intérêt, était quelque liaison d'estime et d'amitié avec ma famille; qu'il ne s'en était expliqué à lui-même que sur ce pied; que ce que je venais de lui apprendre mettrait beaucoup de changement dans mes affaires, et qu'il ne doutait point que le récit fidèle qu'il avait dessein d'en faire à M. le Lieutenant Général de Police ne pût contribuer à ma liberté. Il me demanda ensuite pourquoi je n'avais pas encore pensé à donner de mes nouvelles à ma famille, puisqu'elle n'avait point eu de part à ma captivité. Je satisfis à cette objection, par quelques raisons prises de la douleur que j'avais appréhendé de causer à mon père et de la honte que j'en aurais ressentie moi-même. Enfin il me promit d'aller de ce pas chez le Lieutenant de Police; ne fût-ce, ajouta-t-il, que pour prévenir quelque chose de pis, de la part de M. de G... M... qui est sorti de cette maison fort mal satisfait, et qui est assez considéré pour se faire redouter.

J'attendis le retour du Père, avec toutes les agitations d'un malheureux qui touche au moment de sa sentence. C'était pour moi un supplice inexprimable, de me représenter Manon à l'Hôpital. Outre l'infamie de cette demeure, j'ignorais de quelle manière elle y était traitée; et le souvenir de quelques particularités,[160] que j'avais entendues de cette maison d'horreur, renouvelait à tous moments mes transports. J'étais tellement résolu de la secourir, à quelque prix et par quelque moyen que ce pût être, que j'aurais mis le feu à S. Lazare, s'il m'eût été impossible d'en sortir autrement. Je réfléchis donc sur les voies que j'avais à prendre, s'il arrivait que le Lieutenant Général de Police continuât de m'y retenir malgré moi. Je mis mon industrie à toutes les épreuves; je parcourus toutes les possibilités. Je ne vis rien qui pût m'assurer d'une évasion certaine, et je craignis d'être renfermé plus étroitement, si je faisais une tentative malheureuse. Je me rappelai le nom de quelques amis, de qui je pouvais espérer du secours; mais quel moyen de leur faire savoir ma situation? Enfin, je crus avoir formé un plan si adroit, qu'il pourrait réussir; et je remis à l'arranger encore mieux après le retour du Père Supérieur, si l'inutilité de sa démarche me le rendait nécessaire. Il ne tarda point à revenir. Je ne vis pas, sur son visage, les marques de joie qui accompagnent une bonne nouvelle. J'ai parlé, me dit-il, à M. le Lieutenant Général de Police, mais je lui ai parlé trop tard. M. de G... M... l'est allé voir en sortant d'ici, et l'a si fort prévenu contre vous, qu'il était sur le point de m'envoyer de nouveaux ordres, pour vous resserrer davantage.

Cependant, lorsque je lui ai appris le fond de vos affaires, il a paru s'adoucir beaucoup; et riant un peu de l'incontinence du vieux M. de G... M... il m'a dit qu'il fallait vous laisser ici six mois, pour le satisfaire; d'autant mieux, a-t-il dit, que cette demeure ne saurait vous être inutile. Il m'a recommandé de vous traiter honnêtement, et je vous réponds que vous ne vous plaindrez point de mes manières.

Cette explication du bon Supérieur fut assez longue, pour me donner le temps de faire une sage réflexion. Je conçus que je m'exposerais à renverser mes desseins, si je lui marquais trop d'empressement pour ma liberté. Je lui témoignai, au contraire, que dans la nécessité de demeurer, c'était une douce consolation pour moi d'avoir quelque part à son estime. Je le priai ensuite, sans affectation, de m'accorder une grâce, qui n'était de nulle importance pour personne, et qui servirait beaucoup à ma tranquillité; c'était de faire avertir un de mes amis, un saint ecclésiastique qui demeurait à Saint Sulpice, que j'étais à Saint Lazare, et de permettre que je reçusse quelquefois sa visite. Cette faveur me fut accordée sans délibérer. C'était mon ami Tiberge dont il était question; non que j'espérasse, de lui, les secours nécessaires pour ma liberté; mais je voulais l'y faire servir comme un instrument éloigné, sans qu'il en eût même connaissance.[161] En un mot, voici mon projet: je voulais écrire à Lescaut, et le charger, lui et nos amis communs, du soin de me délivrer. La première difficulté était de lui faire tenir ma lettre; ce devait être l'office de Tiberge. Cependant, comme il le connaissait pour le frère de ma maîtresse, je craignais qu'il n'eût peine à se charger de cette commission. Mon dessein était de renfermer ma lettre à Lescaut dans une autre lettre, que je devais adresser à un honnête homme de ma connaissance, en le priant de rendre promptement la première à son adresse; et comme il était nécessaire que je visse Lescaut, pour nous accorder dans nos mesures, je voulais lui marquer de venir à Saint Lazare, et de demander à me voir sous le nom de mon frère aîné, qui était venu exprès à Paris pour prendre connaissance de mes affaires. Je remettais à convenir, avec lui, des moyens qui nous paraîtraient les plus expéditifs et les plus sûrs. Le P. Supérieur fit avertir Tiberge, du désir que j'avais de l'entretenir. Ce fidèle ami ne m'avait pas tellement perdu de vue, qu'il ignorât mon aventure; il savait que j'étais à Saint Lazare, et peut-être n'avait-il pas été fâché de cette disgrâce, qu'il croyait capable de me ramener au devoir. Il accourut aussitôt à ma chambre.

Notre entretien fut plein d'amitié. Il voulut être informé de mes dispositions. Je lui ouvris mon cœur sans réserve, excepté sur le dessein de ma fuite. Ce n'est pas à vos yeux, cher ami, lui dis-je, que je veux paraître ce que je ne suis point. Si vous avez cru trouver ici un ami sage et réglé dans ses désirs, un libertin réveillé par les châtiments du Ciel, en un mot un cœur dégagé de l'amour et revenu des charmes de sa Manon, vous avez jugé trop favorablement de moi. Vous me revoyez tel que vous me laissâtes il y a quatre mois; toujours tendre, et toujours malheureux par cette fatale tendresse, dans laquelle je ne me lasse point de chercher mon bonheur.

Il me répondit que l'aveu que je faisais, me rendait inexcusable: qu'on voyait bien des pécheurs, qui s'enivraient du faux bonheur du vice, jusqu'à le préférer hautement à celui de la vertu; mais que c'était du moins à des images de bonheur qu'ils s'attachaient, et qu'ils étaient les dupes de l'apparence: mais que de reconnaître, comme je le faisais, que l'objet de mes attachements n'était propre qu'à me rendre coupable et malheureux, et de continuer à me précipiter volontairement dans l'infortune et dans le crime, c'était une contradiction d'idées et de conduite, qui ne faisait pas honneur à ma raison.

Tiberge! repris-je, qu'il vous est aisé de vaincre, lorsqu'on n'oppose rien à vos armes! Laissez-moi raisonner à mon tour. Pouvez-vous prétendre que ce que vous appelez le bonheur de la vertu, soit exempt de peines, de traverses et d'inquiétudes? Quel nom donnerez-vous à la prison, aux croix, aux supplices et aux tortures des tyrans? Direz-vous, comme font les mystiques, que ce qui tourmente le corps est un bonheur pour l'âme? Vous n'oseriez le dire, c'est un paradoxe insoutenable. Ce bonheur, que vous relevez tant, est donc mêlé de mille peines; ou pour parler plus juste, ce n'est qu'un tissu de malheurs, au travers desquels on tend à la félicité. Or si la force de l'imagination fait trouver du plaisir dans ces maux mêmes, parce qu'ils peuvent conduire à un terme heureux qu'on espère, pourquoi traitez-vous de contradictoire et d'insensée, dans ma conduite, une disposition toute semblable? J'aime Manon; je tends au travers de mille douleurs à vivre heureux et tranquille auprès d'elle. La voie par où je marche est malheureuse, mais l'espérance d'arriver à mon terme y répand toujours de la douceur; et je me croirai trop bien payé, par un moment passé avec elle, de tous les chagrins que j'essuie pour l'obtenir.[162] Toutes choses me paraissent donc égales, de votre côté et du mien; ou s'il y a quelque différence, elle est encore à mon avantage, car le bonheur que j'espère est proche, et l'autre est éloigné; le mien est de la nature des peines, c'est-à-dire, sensible au corps; et l'autre est d'une nature inconnue, qui n'est certaine que par la foi.

Tiberge parut effrayé de ce raisonnement. Il recula de deux pas, en me disant de l'air le plus sérieux, que non seulement ce que je venais de dire blessait le bon sens, mais que c'était un malheureux sophisme d'impiété et d'irréligion: car cette comparaison, ajouta-t-il, du terme de vos peines avec celui qui est proposé par la religion, est une idée des plus libertines et des plus monstrueuses.

J'avoue, repris-je, qu'elle n'est pas juste; mais prenez-y garde, ce n'est pas sur elle que porte mon raisonnement. J'ai eu dessein d'expliquer ce que vous regardez comme une contradiction, dans la persévérance d'un amour malheureux; et je crois avoir fort bien prouvé que si c'en est une, vous ne sauriez vous en sauver plus que moi. C'est à cet égard seulement que j'ai traité les choses d'égales, et je soutiens encore qu'elles le sont. Répondrez-vous que le terme de la vertu est infiniment supérieur à celui de l'amour? Qui refuse d'en convenir? Mais est-ce de quoi il est question? Ne s'agit-il pas de la force qu'ils ont, l'un et l'autre, pour faire supporter les peines? Jugeons-en par l'effet. Combien trouve-t-on de déserteurs de la sévère vertu, et combien en trouverez-vous peu de l'amour? Répondrez-vous encore que s'il y a des peines dans l'exercice du bien, elles ne sont pas infaillibles et nécessaires; qu'on ne trouve plus de tyrans ni de croix, et qu'on voit quantité de personnes vertueuses mener une vie douce et tranquille? Je vous dirai de même qu'il y a des amours paisibles et fortunés; et ce qui fait encore une différence qui m'est extrêmement avantageuse, j'ajouterai que l'amour, quoiqu'il trompe assez souvent, ne promet du moins que des satisfactions et des joies, au lieu que la religion veut qu'on s'attende à une pratique triste et mortifiante. Ne vous alarmez pas, ajoutai-je en voyant son zèle prêt à se chagriner. L'unique chose que je veux conclure ici, c'est qu'il n'y a point de plus mauvaise méthode pour dégoûter un cœur de l'amour, que de lui en décrier les douceurs, et de lui promettre plus de bonheur dans l'exercice de la vertu. De la manière dont nous sommes faits, il est certain que notre félicité consiste dans le plaisir; je défie qu'on s'en forme une autre idée: or le cœur n'a pas besoin de se consulter longtemps, pour sentir que de tous les plaisirs, les plus doux sont ceux de l'amour.[163] Il s'aperçoit bientôt qu'on le trompe, lorsqu'on lui en promet ailleurs de plus charmants; et cette tromperie le dispose à se défier des promesses les plus solides. Prédicateurs, qui voulez me ramener à la vertu, dites-moi qu'elle est indispensablement nécessaire; mais ne me déguisez pas qu'elle est sévère et pénible. Etablissez bien que les délices de l'amour sont passagères, qu'elles sont défendues, qu'elles seront suivies par d'éternelles peines; et ce qui fera peut-être encore plus d'impression sur moi, que plus elles sont douces et charmantes, plus le Ciel sera magnifique à récompenser un si grand sacrifice; mais confessez qu'avec des cœurs tels que nous les avons, elles sont ici-bas nos plus parfaites félicités.

Cette fin de mon discours rendit sa bonne humeur à Tiberge. Il convint qu'il y avait quelque chose de raisonnable dans mes pensées. La seule objection qu'il ajouta fut de me demander, pourquoi je n'entrais pas du moins dans mes propres principes, en sacrifiant mon amour à l'espérance de cette rémunération, dont je me faisais une si grande idée. O cher ami! lui répondis-je, c'est ici que je reconnais ma misère et ma faiblesse; hélas oui, c'est mon devoir d'agir comme je raisonne! mais l'action est-elle en mon pouvoir? De quels secours n'aurais-je pas besoin pour oublier les charmes de Manon?[164] Dieu me pardonne, reprit Tiberge, je pense que voici encore un de nos Jansénistes.[165] Je ne sais ce que je suis, répliquai-je, et je ne vois pas trop clairement ce qu'il faut être; mais je n'éprouve que trop la vérité de ce qu'ils disent.

Cette conversation servit du moins à renouveler la pitié de mon ami. Il comprit qu'il y avait plus de faiblesse que de malignité dans mes désordres. Son amitié en fut plus disposée, dans la suite, à me donner des secours, sans lesquels j'aurais péri infailliblement de misère. Cependant je ne lui fis pas la moindre ouverture, du dessein que j'avais de m'échapper de S. Lazare. Je le priai seulement de se charger de ma lettre. Je l'avais préparée, avant qu'il fût venu, et je ne manquai point de prétextes pour colorer la nécessité où j'étais d'écrire. Il eut la fidélité de la porter exactement, et Lescaut reçut, avant la fin du jour, celle qui était pour lui.

Il me vint voir le lendemain, et il passa heureusement sous le nom de mon frère. Ma joie fut extrême, en l'apercevant dans ma chambre. J'en fermai la porte avec soin. Ne perdons pas un seul moment, lui dis-je; apprenez-moi d'abord des nouvelles de Manon, et donnez-moi ensuite un bon conseil pour rompre mes fers. Il m'assura qu'il n'avait pas vu sa sœur, depuis jour qui avait précédé mon emprisonnement; qu'il n'avait appris son sort et le mien, qu'à force d'informations et de soins; que s'étant présenté deux ou trois fois à l'Hôpital, on lui avait refusé la liberté de lui parler. Malheureux G... M... m'écriai-je, que tu me le paieras cher!

Pour ce qui regarde votre délivrance, continua Lescaut, c'est une entreprise moins facile que vous ne pensez. Nous passâmes hier la soirée, deux de mes amis et moi, à observer toutes les parties extérieures de cette maison, et nous jugeâmes que vos fenêtres étant sur une cour entourée de bâtiments, comme vous nous l'aviez marqué, il y aurait bien de la difficulté à vous tirer de là. Vous êtes d'ailleurs au troisième étage, et nous ne pouvons introduire ici, ni cordes, ni échelles. Je ne vois donc nulle ressource du côté du dehors. C'est dans la maison même, qu'il faudrait imaginer quelque artifice. Non, repris-je; j'ai tout examiné, surtout depuis que ma clôture est un peu moins rigoureuse, par l'indulgence du Supérieur. La porte de ma chambre ne se ferme plus avec la clef; j'ai la liberté de me promener dans les galeries des religieux; mais tous les escaliers sont bouchés par des portes épaisses, qu'on a soin de tenir fermées la nuit et le jour; de sorte qu'il est impossible que la seule adresse puisse me sauver.[166] Attendez, repris-je, après avoir un peu réfléchi sur une idée qui me parut excellente; pourriez-vous m'apporter un pistolet? Aisément, me dit Lescaut; mais voulez-vous tuer quelqu'un? Je l'assurai que j'avais si peu dessein de tuer, qu'il n'était pas même nécessaire que le pistolet fût chargé. Apportez-le-moi demain, ajoutai-je, et ne manquez pas de vous trouver le soir, à onze heures, vis-à-vis la porte de cette maison, avec deux ou trois de nos amis.[167] J'espère que je pourrai vous y rejoindre. Il me pressa en vain de lui en apprendre davantage. Je lui dis qu'une entreprise, telle que je la méditais, ne pouvait paraître raisonnable qu'après avoir réussi. Je le priai d'abréger sa visite, afin qu'il trouvât plus de facilité à me revoir le lende-main.[168] Il fut admis, avec aussi peu de peine que la première fois. Son air était grave. Il n'y a personne qui ne l'eût pris pour un homme d'honneur.

Lorsque je me trouvai muni de l'instrument de ma liberté, je ne doutai presque plus du succès de mon projet. Il était bizarre et hardi; mais de quoi n'étais-je pas capable, avec les motifs qui m'animaient? J'avais remarqué, depuis qu'il m'était permis de sortir de ma chambre et de me promener dans les galeries, que le portier apportait chaque jour au soir les clefs de toutes les portes au Supérieur, et qu'il regnait ensuite un profond silence dans la maison, qui marquait que tout le monde était retiré. Je pouvais aller sans obstacle, par une galerie de communication, de ma chambre à celle de ce Père. Ma résolution était de lui prendre ses clés, en l'épouvantant avec mon pistolet s'il faisait difficulté de me les donner, et de m'en servir pour gagner la rue. J'en attendis le temps avec impatience. Le portier vint à l'heure ordinaire, c'est-à-dire, un peu après neuf heures. J'en laissai passer encore une, pour m'assurer que tous les religieux et les domestiques étaient endormis. Je partis enfin, avec mon arme, et une chandelle allumée. Je frappai d'abord doucement à la porte du Père, pour l'éveiller sans bruit. Il m'entendit au second coup; et s'imaginant sans doute que c'était quelque religieux qui se trouvait mal et qui avait besoin de secours, il se leva pour m'ouvrir. Il eut néanmoins la précaution de demander, au travers de la porte, qui c'était, et ce qu'on voulait de lui? Je fus obligé de me nommer; mais j'affectai un ton plaintif, pour lui faire comprendre que je ne me trouvais pas bien. Ha! c'est vous, mon cher fils, me dit-il, en ouvrant la porte; qu'est-ce donc qui vous amène si tard? J'entrai dans sa chambre, et l'ayant tiré à l'autre bout, opposé à la porte, je lui déclarai qu'il m'était impossible de demeurer plus longtemps à S. Lazare; que la nuit était un temps commode pour sortir sans être aperçu, et que j'attendais de son amitié qu'il consentirait à m'ouvrir les portes, ou à me prêter ses clés pour les ouvrir moi-même.

Ce compliment devait le surprendre. Il demeura quelque temps à me considérer, sans me répondre. Comme je n'en avais pas à perdre, je repris la parole pour lui dire, que j'étais fort touché de toutes ses bontés, mais que la liberté étant le plus cher de tous les biens, surtout pour moi à qui on la ravissait injustement, j'étais résolu de me la procurer cette nuit même, à quelque prix que ce fût: et de peur qu'il ne lui prît envie d'élever la voix pour appeler du secours, je lui fis voir une honnête raison de silence, que je tenais sous mon juste-au-corps.[169] Un pistolet! me dit-il. Quoi! mon fils, vous voulez m'ôter la vie, pour reconnaître la considération que j'ai eue pour vous? A Dieu ne plaise, lui répondis-je. Vous avez trop d'esprit et de raison, pour me mettre dans cette nécessité; mais je veux être libre; et j'y suis si résolu, que si mon projet manque par votre faute, c'est fait de vous absolument. Mais, mon cher fils! reprit-il d'un air pâle et effrayé, que vous ai-je fait? quelle raison avez-vous de vouloir ma mort? Eh non, répliquai-je avec impatience. Je n'ai pas dessein de vous tuer, si vous voulez vivre. Ouvrez-moi la porte, et je suis le meilleur de vos amis.[170] J'aperçus les clés, qui étaient sur sa table. Je les pris et je le priai de me suivre, en faisant le moins de bruit qu'il pourrait. Il fut obligé de s'y résoudre. A mesure que nous avancions et qu'il ouvrait une porte, il me répétait avec un soupir: Ah! mon fils, ah! qui l'aurait jamais cru! Point de bruit, mon Père, répétais-je de mon côté à tout moment. Enfin nous arrivâmes à une espèce de barrière, qui est avant la grande porte de la rue. Je me croyais déjà libre et j'étais derrière le Père, avec ma chandelle dans une main, et mon pistolet dans l'autre. Pendant qu'il s'empressait d'ouvrir, un domestique, qui couchait dans une petite chambre voisine, entendant le bruit de quelques verrous, se lève et met la tête à sa porte. Le bon Père le crut apparemment capable de m'arrêter. Il lui ordonna, avec beaucoup d'imprudence, de venir à son secours. C'était un puissant coquin, qui s'élança sur moi sans balancer. Je ne le marchandai point; je lui lâchai le coup au milieu de la poitrine. Voilà de quoi vous êtes cause, mon Père, dis-je assez fièrement à mon guide. Mais que cela ne vous empêche point d'achever, ajoutai-je en le poussant vers la dernière porte. Il n'osa refuser de l'ouvrir. Je sortis heureusement, et je trouvai, à quatre pas, Lescaut, qui m'attendait avec deux amis, suivant sa promesse.

Nous nous éloignâmes. Lescaut me demanda s'il n'avait pas entendu tirer un pistolet? C'est votre faute, lui dis-je; pourquoi me l'apportiez-vous chargé?[171] Cependant je le remerciai d'avoir eu cette précaution, sans laquelle j'étais sans doute à S. Lazare pour longtemps. Nous allâmes passer la nuit chez un traiteur,[172] où je me remis un peu de la mauvaise chère que j'avais faite depuis près de trois mois. Je ne pus néanmoins m'y livrer au plaisir. Je souffrais mortellement dans Manon. Il faut la délivrer, dis-je à mes trois amis. Je n'ai souhaité la liberté que dans cette vue. Je vous demande le secours de votre adresse: pour moi, j'y emploierai jusqu'à ma vie. Lescaut, qui ne manquait pas d'esprit et de prudence, me représenta qu'il fallait aller bride en main; que mon évasion de S. Lazare, et le malheur qui m'était arrivé en sortant, causeraient infailliblement du bruit; que le Lieutenant Général de Police me ferait chercher, et qu'il avait les bras longs; enfin que si je ne voulais pas être exposé à quelque chose de pis que S. Lazare, il était à propos de me tenir couvert et renfermé pendant quelques jours, pour laisser au premier feu de mes ennemis le temps de s'éteindre. Son conseil était sage; mais il aurait fallu l'être aussi pour le suivre. Tant de lenteur, et de ménagement ne s'accordait pas avec ma passion. Toute ma complaisance se réduisit à lui promettre, que je passerais le jour suivant à dormir. Il m'enferma dans sa chambre, où je demeurai jusqu'au soir.

J'employai une partie de ce temps, à former des projets et des expédients, pour secourir Manon. J'étais bien persuadé que sa prison était encore plus impénétrable, que n'avait été la mienne. Il n'était pas question de force et de violence, il fallait de l'artifice; mais la Déesse même de l'Invention n'aurait pas su par où commencer. J'y vis si peu de jour, que je remis à considérer mieux les choses, lorsque j'aurais pris quelques informations sur l'arrangement intérieur de l'Hôpital.

Aussitôt que la nuit m'eut rendu la liberté, je priai Lescaut de m'accompagner. Nous liâmes conversation avec un des portiers, qui nous parut homme de bon sens. Je feignis d'être un étranger, qui avait entendu parler avec admiration de l'Hôpital Général, et de l'ordre qui s'y observe. Je l'interrogeai sur les plus minces détails; et de circonstances en circonstances nous tombâmes sur les administrateurs, dont je le priai de m'apprendre les noms et les qualités. Les réponses, qu'il me fit sur ce dernier article, me firent naître une pensée dont je m'applaudis aussitôt, et que je ne tardai point à mettre en œuvre. Je lui demandai, comme une chose essentielle à mon dessein, si ces messieurs avaient des enfants? Il me dit qu'il ne pouvait pas m'en rendre un compte certain, mais que pour M. de T ..., qui était un des principaux, il lui connaissait un fils en âge d'être marié, qui était venu plusieurs fois à l'Hôpital avec son père. Cette assurance me suffisait. Je rompis presque aussitôt notre entretien, et je fis part à Lescaut, en retournant chez lui, du dessein que j'avais conçu. Je m'imagine, lui dis-je, que M. de T... le fils, qui est riche et de bonne famille, est dans un certain goût de plaisirs, comme la plupart des jeunes gens de son âge. Il ne saurait être ennemi des femmes, ni ridicule au point de refuser ses services pour une affaire d'amour. J'ai formé le dessein de l'intéresser à la liberté de Manon. S'il est honnête homme, et qu'il ait des sentiments, il nous accordera son secours par générosité. S'il n'est point capable d'être conduit par ce motif, il fera du moins quelque chose pour une fille aimable; ne fût-ce que par l'espérance d'avoir part à ses faveurs.[173] Je ne veux pas différer de le voir, ajoutai-je, plus longtemps que jusqu'à demain. Je me sens si consolé par ce projet, que j'en tire un bon augure. Lescaut convint lui-même qu'il y avait de la vraisemblance dans mes idées, et que nous pouvions espérer quelque chose par cette voie. J'en passai la nuit moins tristement.

Le matin étant venu, je m'habillai le plus proprement qu'il me fut possible, dans l'état d'indigence où j'étais, et je me fis conduire dans un fiacre à la maison de M. de T... Il fut surpris de recevoir la visite d'un inconnu. J'augurai bien de sa physionomie et de ses civilités.[174] Je m'expliquai naturellement avec lui; et pour échauffer ses sentiments naturels, je lui parlai de ma passion, et du mérite de ma maîtresse, comme de deux choses qui ne pouvaient être égalées que l'une par l'autre. Il me dit que quoiqu'il n'eût jamais vu Manon, il avait entendu parler d'elle, du moins s'il s'agissait de celle qui avait été la maîtresse du vieux G... M... Je ne doutai point qu'il ne fût informé de la part que j'avais eue à cette aventure; et pour le gagner de plus en plus, en me faisant un mérite de ma confiance, je lui racontai le détail de tout ce qui était arrivé à Manon et à moi.[175] Vous voyez, Monsieur, continuai-je, que l'intérêt de ma vie et celui de mon cœur sont maintenant entre vos mains. L'un ne m'est pas plus cher que l'autre. Je n'ai point de réserve avec vous, parce que je suis informé de votre générosité, et que la ressemblance de nos âges me fait espérer qu'il s'en trouvera quelqu'une dans nos inclinations. Il parut fort sensible à cette marque d'ouverture et de candeur. Sa réponse fut celle d'un homme qui a du monde, et des sentiments; ce que le monde ne donne pas toujours, et qu'il fait perdre souvent. Il me dit qu'il mettait ma visite au rang de ses bonnes fortunes, qu'il regarderait mon amitié comme une de ses plus heureuses acquisitions, et qu'il s'efforcerait de la mériter par l'ardeur de ses services. Il ne promit pas de me rendre Manon, parce qu'il n'avait, me dit-il, qu'un crédit médiocre et mal assuré; mais il m'offrit de me procurer le plaisir de la voir, et de faire tout ce qui serait en sa puissance pour la remettre entre mes bras. Je fus plus satisfait de cette incertitude de son crédit, que je ne l'aurais été d'une pleine assurance de remplir tous mes désirs. Je trouvai, dans la modération de ses offres, une marque de franchise dont je fus charmé. En un mot, je me promis tout de ses bons offices. La seule promesse de me faire voir Manon m'aurait fait tout entreprendre pour lui. Je lui marquai quelque chose de ces sentiments, d'une manière qui le persuada aussi que je n'étais pas d'un mauvais naturel. Nous nous embrassâmes avec tendresse, et nous devînmes amis, sans autre raison que la bonté de nos cœurs, et une simple disposition qui porte un homme tendre et généreux à aimer un autre homme qui lui ressemble.[176] Il poussa les marques de son estime bien plus loin; car ayant combiné mes aventures,[177] et jugeant qu'en sortant de S. Lazare je ne devais pas me trouver à mon aise, il m'offrit sa bourse, et il me pressa de l'accepter. Je ne l'acceptai point; mais je lui dis: c'est trop, mon cher Monsieur. Si avec tant de bonté et d'amitié vous me faites revoir ma chère Manon, je vous suis attaché pour toute ma vie. Si vous me rendez tout à fait cette chère creature, je ne croirai pas être quitte en versant tout mon sang pour vous servir.

Nous ne nous séparâmes, qu'après être convenus du temps et du lieu où nous devions nous retrouver. Il eut la complaisance de ne pas me remettre plus loin que l'après-midi du même jour. Je l'attendis dans un café, où il vint me rejoindre vers les quatre heures, et nous prîmes ensemble le chemin de l'Hôpital. Mes genoux étaient tremblants en traversant les cours. Puissance d'amour! disais-je, je reverrai donc l'idole de mon cœur, l'objet de tant de pleurs, et d'inquiétudes! Ciel! conservez-moi assez de vie pour aller jusqu'à elle, et disposez après cela de ma fortune et de mes jours; je n'ai plus d'autre grâce à vous demander.

M. de T... parla à quelques concierges de la maison, qui s'empressèrent de lui offrir tout ce qui dépendait d'eux pour sa satisfaction. Il se fit montrer le quartier où Manon avait sa chambre, et l'on nous y conduisit avec une clé d'une grandeur effroyable, qui servit à ouvrir sa porte. Je demandai au valet qui nous menait, et qui était celui qu'on avait chargé du soin de la servir, de quelle manière elle avait passé le temps dans cette demeure. Il nous dit que c'était une douceur angélique; qu'il n'avait jamais reçu d'elle un mot de dureté; qu'elle avait versé continuellement des larmes, pendant les six premières semaines après son arrivée, mais que depuis quelque temps, elle paraissait prendre son malheur avec plus de patience, et qu'elle était occupée à coudre du matin jusqu'au soir, à la réserve de quelques heures qu'elle employait à la lecture.[178] Je lui demandai encore, si elle avait été entretenue proprement. Il m'assura que le nécessaire du moins ne lui avait jamais manqué.

Nous approchâmes de sa porte. Mon cœur battait violemment. Je dis à M. de T...: entrez seul et prévenez-la sur ma visite, car j'appréhende qu'elle ne soit trop saisie en me voyant tout d'un coup. La porte nous fut ouverte. Je demeurai dans la galerie. J'entendis néanmoins leurs discours. Il lui dit qu'il venait lui apporter un peu de consolation; qu'il était de mes amis, et qu'il prenait beaucoup d'intérêt à notre bonheur. Elle lui demanda, avec le plus vif empressement, si elle apprendrait de lui ce que j'étais devenu. Il lui promit de m'amener à ses pieds, aussi tendre, aussi fidèle qu'elle pouvait le désirer. Quand? reprit-elle. Aujourd'hui même, lui dit-il; ce bienheureux moment ne tardera point; il va paraître à l'instant, si vous le souhaitez. Elle comprit que j'étais à la porte. J'entrai, lors qu'elle y accourait avec précipitation. Nous nous embrassâmes, avec cette effusion de tendresse, qu'une absence de trois mois fait trouver si charmante à de parfaits amants. Nos soupirs, nos exclamations interrompues, mille noms d'amour répétés languissamment de part et d'autre, formèrent, pendant un quart d'heure, une scène qui attendrissait M. de T... Je vous porte envie, me dit-il, en nous faisant asseoir; il n'y a point de sort glorieux, auquel je ne préférasse une maîtresse si belle et si passionnée. Aussi mépriserais-je tous les empires du monde, lui répondis-je, pour m'assurer le bonheur d'être aimé d'elle.[179]

Tout le reste d'une conversation si désirée ne pouvait manquer d'être infiniment tendre. La pauvre Manon me raconta ses aventures, et je lui appris les miennes. Nous pleurâmes amèrement, en nous entretenant de l'état où elle était, et de celui d'où je ne faisais que sortir. M. de T... nous consola, par de nouvelles promesses de s'employer ardemment pour finir nos misères. Il nous conseilla de ne pas rendre cette première entrevue trop longue, pour lui donner plus de facilité à nous en procurer d'autres. Il eut beaucoup de peine à nous faire goûter ce conseil. Manon, surtout, ne pouvait se résoudre à me laisser partir. Elle me fit remettre cent fois sur ma chaise. Elle me retenait par les habits et par les mains. Hélas! dans quel lieu me laissez-vous! disait-elle. Qui peut m'assurer de vous revoir? M. de T... lui promit de la venir voir souvent avec moi. Pour le lieu, ajouta-t-il agréablement, il ne faut plus l'appeler l'Hôpital; c'est Versailles, depuis qu'une personne qui mérite l'empire de tous les cœurs[180] y est renfermée.

Je fis, en sortant, quelques libéralités au valet[181] qui la servait, pour l'engager à lui rendre ses soins avec zèle. Ce garçon avait l'âme moins basse et moins dure que ses pareils.[182] Il avait été témoin de notre entrevue. Ce tendre spectacle l'avait touché. Un louis d'or, dont je lui fis présent, acheva de me l'attacher. Il me prit à l'écart, en descendant dans les cours: Monsieur, me dit-il, si vous me voulez prendre à votre service, ou me donner une honnête récompense, pour me dédommager de la perte de l'emploi que j'occupe ici, je crois qu'il me sera facile de délivrer Mademoiselle Manon. J'ouvris l'oreille à cette proposition; et quoique je fusse dépourvu de tout, je lui fis des promesses fort au-dessus de ses désirs. Je comptais bien qu'il me serait toujours aisé de récompenser un homme de cette étoffe. Sois persuadé, lui dis-je, mon ami, qu'il n'y a rien que je ne fasse pour toi, et que ta fortune est aussi assurée que la mienne. Je voulus savoir quels moyens il avait dessein d'employer. Nul autre, me dit-il, que de lui ouvrir le soir la porte de sa chambre, et de vous la conduire jusqu'à celle de la rue, où il faudra que vous soyez prêt à la recevoir. Je lui demandai s'il n'était point à craindre qu'elle ne fût reconnue, en traversant les galeries et les cours. Il confessa qu'il y avait quelque danger; mais il me dit qu'il fallait bien risquer quelque chose. Quoique je fusse ravi de le voir si résolu, j'appelai M. de T... pour lui communiquer ce projet, et la seule raison qui semblait pouvoir le rendre douteux. Il y trouva plus de difficulté que moi. Il convint qu'elle pouvait absolument s'échapper de cette manière; mais si elle est reconnue, continua-t-il, si elle est arrêtée en fuyant, c'est peut-être fait d'elle pour toujours. D'ailleurs il vous faudrait donc quitter Paris sur-le-champ; car vous ne seriez jamais assez caché aux recherches. On les redoublerait, autant par rapport à vous qu'à elle. Un homme s'échappe aisément, quand il est seul; mais il est presque impossible de demeurer inconnu avec une jolie femme. Quelque solide que me parût ce raisonnement, il ne put l'emporter, dans mon esprit, sur un espoir si proche de mettre Manon en liberté. Je le dis à M. de T... et je le priai de pardonner un peu d'imprudence et de témérité à l'amour. J'ajoutai que mon dessein était en effet de quitter Paris, pour m'arrêter, comme j'avais déjà fait, dans quelque village voisin. Nous convînmes donc, avec le valet, de ne pas remettre son entreprise plus loin qu'au jour suivant; et pour la rendre aussi certaine qu'il était en notre pouvoir, nous résolûmes d'apporter des habits d'homme, dans la vue de faciliter notre sortie. Il n'était pas aisé de les faire entrer; mais je ne manquai pas d'invention pour en trouver le moyen. Je priai seulement M. de T... de mettre le lendemain deux vestes légères l'une sur l'autre, et je me chargeai de tout le reste.

Nous retournâmes le matin à l'Hôpital. J'avais avec moi, pour Manon, du linge, des bas, etc. et par-dessus mon juste-au-corps un surtout, qui ne laissait rien voir de trop enflé dans mes poches. Nous ne fûmes qu'un moment dans sa chambre. M. de T... lui laissa une de ses deux vestes. Je lui donnai mon juste-au-corps, le surtout me suffisant pour sortir. Il ne se trouva rien de manque à son ajustement, excepté la culotte, que j'avais malheureusement oubliée. L'oubli de cette pièce nécessaire nous eût sans doute apprêté à rire,[183] si l'embarras où il nous mettait eût été moins sérieux. J'étais au désespoir qu'une bagatelle de cette nature fût capable de nous arrêter. Cependant je pris mon parti, qui fut de sortir moi-même sans culotte. Je laissai la mienne à Manon. Mon surtout était long, et je me mis, à l'aide de quelques épingles, en état de passer décemment à la porte. Le reste du jour me parut d'une longueur insupportable. Enfin, la nuit étant venue, nous nous rendîmes un peu au-dessous de la porte de l'Hôpital, dans un carrosse. Nous n'y fûmes pas longtemps sans voir Manon paraître, avec son conducteur. Notre portière étant ouverte, ils montèrent tous deux à l'instant. Je reçus ma chère maîtresse dans mes bras. Elle tremblait comme une feuille. Le cocher me demanda où il fallait toucher? Touche au bout du monde, lui dis-je, et mène-moi quelque part, où je ne puisse jamais être séparé de Manon.

Ce transport, dont je ne fus pas le maître, faillit de m'attirer un fâcheux embarras. Le cocher fit réflexion à mon langage; et lorsque je lui dis ensuite le nom de la rue ou nous voulions être conduits, il me répondit qu'il craignait que je ne l'engageasse dans une mauvaise affaire; qu'il voyait bien que ce beau jeune homme, qui s'appelait Manon, était une fille que j'enlevais de l'Hôpital, et qu'il n'était pas d'humeur à se perdre pour l'amour de moi. La délicatesse de ce coquin, n'était qu'une envie de me faire payer la voiture plus cher. Nous étions trop près de l'Hôpital, pour ne pas filer doux. Tais-toi, lui dis-je, il y a un louis d'or à gagner pour toi; il m'aurait aidé, après cela, à brûler l'Hôpital même. Nous gagnâmes la maison où demeurait Lescaut. Comme il était tard, M. de T... nous quitta en chemin, avec promesse de nous revoir le lendemain. Le valet demeura seul avec nous.

Je tenais Manon si étroitement serrée entre mes bras, que nous n'occupions qu'une place dans le carrosse. Elle pleurait de joie, et je sentais ses larmes qui mouillaient mon visage. Mais lorsqu'il fallut descendre pour entrer chez Lescaut, j'eus avec le cocher un nouveau démêlé, dont les suites furent funestes. Je me repentis de lui avoir promis un louis, non seulement parce que le présent était excessif, mais par une autre raison bien plus forte, qui était l'impuissance de le payer. Je fis appeler Lescaut. Il descendit de sa chambre pour venir à la porte. Je lui dis, à l'oreille, dans quel embarras je me trouvais. Comme il était d'une humeur brusque, et nullement accoutumé à ménager un fiacre,[184] il me répondit que je me moquais. Un louis d'or!

ajouta-t-il. Vingt coups de canne à ce coquin-là. J'eus beau lui représenter doucement qu'il allait nous perdre. Il m'arracha ma canne, avec l'air d'en vouloir maltraiter le cocher. Celui-ci, à qui il était peut-être arrivé de tomber quelquefois sous la main d'un garde du corps ou d'un mousquetaire, s'enfuit de peur, avec son carrosse, en criant que je l'avais trompé, mais que j'aurais de ses nouvelles. Je lui répétai inutilement d'arrêter. Sa fuite me causa une extrême inquiétude. Je ne doutai point qu'il n'avertît le commissaire. Vous me perdez, dis-je à Lescaut; je ne serais pas en sûreté chez vous; il faut nous éloigner dans le moment. Je prêtai le bras à Manon pour marcher, et nous sortîmes promptement de cette dangereuse rue. Lescaut nous tint compagnie. C'est quelque chose d'admirable, que la manière dont la Providence enchaîne les événements. A peine avions-nous marché cinq ou six minutes, qu'un homme, dont je ne découvris point le visage, reconnut Lescaut. Il le cherchait sans doute aux environs de chez lui, avec le malheureux dessein qu'il exécuta. C'est Lescaut, dit-il, en lui lâchant un coup de pistolet; il ira souper ce soir avec les anges. Il se déroba aussitôt. Lescaut tomba, sans le moindre mouvement de vie.[185] Je pressai Manon de fuir, car nos secours étaient inutiles à un cadavre, et je craignais d'être arrêté par le guet, qui ne pouvait tarder à paraître. J'enfilai, avec elle et le valet, la première petite rue qui croisait. Elle était si éperdue, que j'avais de la peine à la soutenir. Enfin j'aperçus un fiacre au bout de la rue. Nous y montâmes. Mais lorsque le cocher me demanda où il fallait nous conduire, je fus embarrassé à lui répondre. Je n'avais point d'asile assuré, ni d'ami de confiance à qui j'osasse avoir recours. J'étais sans argent, n'ayant guère plus d'une demi-pistole dans ma bourse. La frayeur et la fatigue avaient tellement incommodé Manon, qu'elle était à demi pâmée près de moi. J'avais d'ailleurs l'imagination remplie du meurtre de Lescaut, et je n'étais pas encore sans appréhension de la part du guet: quel parti prendre? Je me souvins heureusement de l'auberge de Chaillot, où j'avais passé quelques jours, avec Manon, lorsque nous étions allés dans ce village pour y demeurer. J'espérai non seulement d'y être en sûreté, mais d'y pouvoir vivre quelque temps sans être pressé de payer. Mène-nous à Chaillot, dis-je au cocher. Il refusa d'y aller si tard, à moins d'une pistole; autre sujet d'embarras. Enfin nous convînmes de six francs: c'était toute la somme qui restait dans ma bourse.

Je consolais Manon, en avançant; mais au fond, j'avais le désespoir dans le cœur. Je me serais donné mille fois la mort, si je n'eusse pas eu, dans mes bras, le seul bien qui m'attachait à la vie. Cette seule pensée me remettait. Je la tiens du moins, disais-je; elle m'aime, elle est à moi: Tiberge a beau dire, ce n'est pas là un fantôme de bonheur.[186] Je verrais périr tout l'univers sans y prendre intérêt; pourquoi! parce que je n'ai plus d'affection de reste. Ce sentiment était vrai; cependant, dans le temps que je faisais si peu de cas des biens du monde, je sentais que j'aurais eu besoin d'en avoir du moins une petite partie, pour mépriser encore plus souverainement tout le reste. L'amour est plus fort que l'abondance, plus fort que les trésors et les richesses, mais il a besoin de leur secours; et rien n'est plus désespérant pour un amant délicat, que de se voir ramené par là, malgré lui, à la grossièreté des âmes les plus basses.

Il était onze heures, quand nous arrivâmes à Chaillot. Nous fûmes reçus à l'auberge, comme des personnes de connaissance. On ne fut pas surpris de voir Manon en habit d'homme, parce qu'on est accoutumé, à Paris et aux environs, de voir prendre aux femmes toutes sortes de formes. Je la fis servir aussi proprement, que si j'eusse été dans la meilleure fortune. Elle ignorait que je fusse mal en argent. Je me gardai bien de lui en rien apprendre, étant résolu de retourner seul à Paris le lendemain, pour chercher quelque remède à cette fâcheuse espèce de maladie.

Elle me parut pâle et maigrie, en soupant. Je ne m'en étais point aperçu à l'Hôpital; parce que la chambre, où je l'avais vue, n'était pas des plus claires. Je lui demandai si ce n'était point encore un effet de la frayeur qu'elle avait eue, en voyant assassiner son frère. Elle m'assura que quelque touchée qu'elle fût de cet accident, sa pâleur ne venait que d'avoir essuyé pendant trois mois mon absence.[187] Tu m'aimes donc extrêmement! lui répondis-je. Mille fois plus que je ne puis dire, reprit-elle. Tu ne me quitteras donc plus jamais?, ajoutai-je. Non, jamais, répliqua-t-elle, et cette assurance fut confirmée par tant de caresses et de serments, qu'il me parut impossible, en effet, qu'elle pût jamais les oublier. J'ai toujours été persuadé qu'elle était sincère; quelle raison aurait-elle eue de se contrefaire jusqu'à ce point? Mais elle était encore plus volage; ou plutôt elle n'était plus rien, et elle ne se reconnaissait pas elle-même, lorsqu'ayant devant les yeux des femmes qui vivaient dans l'abondance, elle se trouvait dans la pauvreté et dans le besoin. J'étais à la veille d'en avoir une dernière preuve,[188] qui a surpassé toutes les autres, et qui a produit la plus étrange aventure, qui soit jamais arrivée à un homme de ma naissance et de ma fortune.

Comme je la connaissais de cette humeur, je me hâtai le lendemain d'aller à Paris. La mort de son frère, et la nécessité d'avoir du linge et des habits pour elle et pour moi, étaient de si bonnes raisons, que je n'eus pas besoin de prétextes. Je sortis de l'auberge, avec le dessein, dis-je à Manon et à mon hôte, de prendre un carrosse de louage; mais c'était une gasconnade. La nécessité m'obligeant d'aller à pied, je marchai fort vite jusqu'au Cours-la-Reine, où j'avais le dessein de m'arrêter. Il fallait bien prendre un moment de solitude et de tranquillité pour m'arranger, et prévoir ce que j'allais faire à Paris.

Je m'assis sur l'herbe. J'entrai dans une mer de raisonnements et de réflexions, qui se réduisirent peu à peu à trois principaux articles. J'avais besoin d'un secours présent, pour un nombre infini de nécessités présentes. J'avais à chercher quelque voie, qui pût du moins m'ouvrir des espérances pour l'avenir; et ce qui n'était pas de moindre importance, j'avais des informations et des mesures à prendre, pour la sûreté de Manon et pour la mienne. Après m'être épuisé en projets et en combinaisons sur ces trois chefs, je jugeai encore à propos d'en retrancher les deux derniers. Nous n'étions pas mal à couvert, dans une chambre de Chaillot; et pour les besoins futurs, je crus qu'il serait temps d'y penser lorsque j'aurais satisfait aux présents.

Il était donc question de remplir actuellement ma bourse. M. de T... m'avait offert généreusement la sienne; mais j'avais une extrême répugnance à le remettre moi-même sur cette matière. Quel personnage, que d'aller exposer sa misère à un étranger, et de le prier de nous faire part de son bien! Il n'y a qu'une âme lâche qui en soit capable, par une bassesse qui l'empêche d'en sentir l'indignité; ou un chrétien humble, par un excès de générosité[189] qui le rend supérieur à cette honte. Je n'étais ni un homme lâche, ni un bon chrétien; j'aurais donné la moitié de mon sang, pour éviter cette humiliation. Tiberge, disais-je, le bon Tiberge me refusera-t-il ce qu'il aura le pouvoir de me donner? Non, il sera touché de ma misère; mais il m'assassinera par sa morale. Il faudra essuyer ses reproches, ses exhortations, ses menaces; il me fera acheter ses secours si cher, que je donnerais encore une partie de mon sang, plutôt que de m'exposer à cette scène fâcheuse, qui me laissera du trouble et des remords. Bon, reprenais-je; il faut donc renoncer à tout espoir, puisqu'il ne me reste point d'autre voie, et que je suis si éloigné de m'arrêter à ces deux-là, que je verserais plus volontiers la moitié de mon sang que d'en prendre une, c'est-à-dire, tout mon sang plutôt que de les prendre toutes deux. Oui, mon sang tout entier, ajoutai-je après une réflexion d'un moment; je le donnerais plus volontiers, sans doute, que de me réduire à de basses supplications. Mais il s'agit bien ici de mon sang. Il s'agit de la vie et de l'entretien de Manon; il s'agit de son amour, et de sa fidélité. Qu'ai-je à mettre en balance avec elle? Je n'y ai rien mis jusqu'à présent. Elle me tient lieu de gloire, de bonheur, et de fortune.[190] Il y a bien des choses, sans doute, que je donnerais ma vie pour obtenir ou pour éviter; mais estimer une chose, plus que ma vie, n'est pas une raison pour l'estimer autant que Manon. Je ne fus pas longtemps à me déterminer, après ce raisonnement. Je continuai mon chemin, résolu d'aller d'abord chez Tiberge, et de là chez M. de T...

En entrant à Paris, je pris un fiacre, quoique je n'eusse pas de quoi le payer: je comptais sur les secours que j'allais solliciter. Je me fis conduire au Luxembourg, d'où j'envoyai avertir Tiberge que j'étais à l'attendre. Il satisfit mon impatience, par sa promptitude. Je lui appris l'extrémité de mes besoins, sans nul détour. Il me demanda si les cent pistoles que je lui avais rendues me suffiraient; et sans m'opposer un seul mot de difficulté, il me les alla chercher dans le moment, avec cet air ouvert, et ce plaisir à donner, qui n'est connu que de l'amour et de la véritable amitié. Quoique je n'eusse pas eu le moindre doute du succès de ma demande, je fus surpris de l'avoir obtenue à si bon marché, c'est-à-dire, sans qu'il m'eût querellé sur mon impénitence. Mais je me trompais, en me croyant tout à fait quitte de ses reproches; car lorsqu'il eut achevé de me compter son argent et que je me préparais à le quitter, il me pria de faire avec lui un tour d'allée. Je ne lui avais point parlé de Manon. Il ignorait qu'elle fût en liberté; ainsi sa morale ne tomba que sur ma fuite téméraire de Saint Lazare, et sur la crainte où il était, qu'au lieu de profiter des leçons de sagesse que j'y avais reçues, je ne reprisse le train du désordre. Il me dit qu'étant allé pour me visiter à Saint Lazare, le lendemain de mon évasion, il avait été frappé au delà de toute expression, en apprenant la manière dont j'en étais sorti; qu'il avait eu là-dessus un entretien avec le Supérieur; que ce bon Père n'était pas encore remis de son effroi; qu'il avait eu néanmoins la générosité de déguiser à M. le Lieutenant Général de Police les circonstances de mon départ, et qu'il avait empêché que la mort du portier ne fût connue au dehors: que je n'avais donc, de ce côté-là, nul sujet d'alarme; mais que s'il me restait le moindre sentiment de sagesse, je profiterais de cet heureux tour, que le Ciel donnait à mes affaires; que je devais commencer par écrire à mon père, et me remettre bien avec lui; et que si je voulais suivre une fois son conseil, il était d'avis que je quittasse Paris, pour retourner dans le sein de ma famille.

J'écoutai son discours jusqu'à la fin. Il y avait là, bien des choses satisfaisantes. Je fus ravi, premièrement, de n'avoir rien à craindre du côté de S. Lazare. Les rues de Paris me redevenaient un pays libre. En second lieu, je m'applaudis de ce que Tiberge n'avait pas la moindre idée de la délivrance de Manon, et de son retour avec moi. Je remarquais même qu'il avait évité de me parler d'elle, dans l'opinion apparemment qu'elle me tenait moins au cœur, puisque je paraissais si tranquille sur son sujet.[191] Je résolus, sinon de retourner dans ma famille, du moins d'écrire à mon père, comme il me le conseillait, et de lui témoigner que j'étais disposé à rentrer dans l'ordre de mes devoirs et de ses volontés. Mon espérance était de l'engager à m'envoyer de l'argent, sous prétexte de faire mes exercices à l'Académie; car j'aurais eu peine à lui persuader que je fusse dans la disposition de retourner à l'état ecclésiastique. Et dans le fond je n'avais nul éloignement pour ce que je voulais lui promettre. J'étais bien aise, au contraire, de m'appliquer à quelque chose d'honnête et de raisonnable, autant que ce dessein pourrait s'accorder avec mon amour. Je faisais mon compte de vivre avec ma maîtresse, et de faire en même temps mes exercices. Cela était fort compatible. Je fus si satisfait de toutes ces idées, que je promis à Tiberge de faire partir, le jour même, une lettre pour mon père. J'entrai effectivement dans un bureau d'écriture, en le quittant; et j'écrivis, d'une manière si tendre et si soumise, qu'en relisant ma lettre, je me flattai d'obtenir quelque chose du cœur paternel.

Quoique je fusse en état de prendre et de payer un fiacre apres avoir quitté Tiberge, je me fis un plaisir de marcher fièrement à pied, en allant chez M. de T... Je trouvais de la joie dans cet exercice de ma liberté, pour laquelle mon ami m'avait assuré qu'il ne me restait rien à craindre. Cependant il me revint tout d'un coup à l'esprit que ses assurances ne regardaient que S. Lazare, et que j'avais outre cela l'affaire de l'Hôpital sur les bras; sans compter la mort de Lescaut, dans laquelle j'étais mêlé du moins comme témoin. Ce souvenir m'effraya si vivement, que je me retirai dans la première allée, d'où je fis appeler un carrosse. J'allai droit chez M. de T..., que je fis rire de ma frayeur. Elle me parut risible à moi-même, lorsqu'il m'eut appris que je n'avais rien à craindre du côté de l'Hôpital, ni de celui de Lescaut. Il me dit que dans la pensée qu'on pourrait le soupçonner d'avoir eu part à l'enlèvement de Manon, il était allé le matin, à l'Hôpital, et qu'il avait demandé à la voir, en feignant d'ignorer ce qui était arrivé; qu'on était si éloigné de nous accuser, ou lui, ou moi, qu'on s'était empressé au contraire de lui apprendre cette aventure, comme une étrange nouvelle, et qu'on admirait qu'une fille aussi jolie que Manon eût pris le parti de fuir avec un valet;[192] qu'il s'était contenté de répondre froidement qu'il n'en était pas surpris, et qu'on fait tout pour la liberté. Il continua de me raconter qu'il était allé de là chez Lescaut, dans l'espérance de m'y trouver avec ma charmante maîtresse; que l'hôte de la maison, qui était un carrossier, lui avait protesté qu'il n'avait vu, ni elle, ni moi; mais qu'il n'était pas étonnant que nous n'eussions point paru chez lui, si c'était pour Lescaut que nous devions y venir, parce que nous aurions sans doute appris qu'il venait d'être tué, à peu près dans le même temps. Sur quoi, il n'avait pas refusé d'expliquer ce qu'il savait de la cause et des circonstances de cette mort. Environ deux heures auparavant, un garde du corps, des amis de Lescaut, l'était venu voir, et lui avait proposé de jouer. Lescaut avait gagné si rapidement, que l'autre s'était trouvé cent écus de moins en une heure, c'est-à-dire tout son argent. Ce malheureux, qui se voyait sans un sou, avait prié Lescaut de lui prêter la moitié de la somme qu'il avait perdue; et sur quelques difficultés nées à cette occasion, ils s'étaient querellés avec une animosité extrême. Lescaut avait refusé de sortir, pour mettre l'épée à la main, et l'autre avait juré, en le quittant, de lui casser la tête; ce qu'il avait exécuté le soir même. M. de T... eut l'honnêteté d'ajouter qu'il avait été fort inquiet par rapport à nous, et qu'il continuait de m'offrir ses services. Je ne balançai point à lui apprendre le lieu de notre retraite. Il me pria de trouver bon qu'il allât souper avec nous.

Comme il ne me restait qu'à prendre du linge et des habits pour Manon, je lui dis que nous pouvions partir à l'heure même, s'il voulait avoir la complaisance de s'arrêter un moment, avec moi, chez quelques marchands. Je ne sais s'il crut que je lui faisais cette proposition, dans la vue d'intéresser sa générosité, ou si ce fut par le simple mouvement d'une belle âme; mais ayant consenti à partir aussitôt, il me mena chez les marchands qui fournissaient sa maison: il me fit choisir plusieurs étoffes, d'un prix plus considérable que je ne me l'étais proposé; et lorsque je me disposais à les payer, il défendit absolument, aux marchands, de recevoir un sou de moi. Cette galanterie[193] se fit de si bonne grâce, que je crus pouvoir en profiter sans honte. Nous prîmes ensemble le chemin de Chaillot, où j'arrivai avec moins d'inquiétude que je n'en étais parti.

Le Chevalier des Grieux ayant employé plus d'une heure à ce récit, je le priai de prendre un peu de relâche, et de nous tenir compagnie à souper. Notre attention lui fit juger que nous l'avions écouté avec plaisir. Il nous assura que nous trouverions quelque chose encore de plus intéressant, dans la suite de son histoire; et lorsque nous eûmes fini de souper, il continua dans ces termes.

Fin de la Première Partie.

Seconde Partie

Ma présence et les politesses de M. T..., dissipèrent tout ce qui pouvait rester de chagrin à Manon. Oublions nos terreurs passées, ma chère âme, lui dis-je en arrivant, et recommençons à vivre plus heureux que jamais. Après tout, l'Amour est un bon maître. La Fortune ne saurait nous causer autant de peines, qu'il nous fait goûter de plaisirs. Notre souper fut une vraie scène de joie. J'étais plus fier et plus content, avec Manon et mes cent pistoles, que le plus riche partisan[194] de Paris avec ses trésors entassés. Il faut compter ses richesses, par les moyens qu'on a de satisfaire ses désirs. Je n'en avais pas un seul à remplir. L'avenir même me causait peu d'embarras. J'étais presque sûr que mon père ne ferait pas difficulté de me donner de quoi vivre honorablement à Paris, parce qu'étant dans ma vingtième année, j'entrais en droit d'exiger ma part du bien de ma mère. Je ne cachai point, à Manon, que le fond de mes richesses n'était que de cent pistoles. C'était assez pour attendre tranquillement une meilleure fortune, qui semblait ne me pouvoir manquer, soit par mes droits naturels, ou par les ressources du jeu.

Ainsi, pendant les premières semaines, je ne pensai qu'à jouir de ma situation; et la force de l'honneur, autant qu'un reste de ménagement pour la police, me faisant remettre de jour en jour à renouer avec les associés de l'Hôtel de T..., je me réduisis à jouer dans quelques assemblées moins décriées, où la faveur du sort m'épargna l'humiliation d'avoir recours à l'industrie. J'allais passer, à la ville, une partie de l'après-midi, et je revenais souper à Chaillot, accompagné fort souvent de M. de T..., dont l'amitié croissait de jour en jour pour nous. Manon trouva des ressources contre l'ennui. Elle se lia, dans le voisinage, avec quelques jeunes personnes que le printemps y avait ramenées. La promenade et les petits exercices de leur sexe faisaient alternativement leur occupation.[195] Une partie de jeu, dont elles avaient réglé les bornes, fournissait aux frais de la voiture. Elles allaient prendre l'air au Bois de Boulogne; et le soir, à mon retour, je retrouvais Manon plus belle, plus contente, et plus passionnée que jamais.

Il s'éleva néanmoins quelques nuages, qui semblèrent menacer l'édifice de mon bonheur. Mais ils furent nettement dissipés; et l'humeur folâtre de Manon rendit le dénouement si comique, que je trouve encore de la douceur dans un souvenir, qui me représente sa tendresse et les agréments de son esprit.

Le seul valet, qui composait notre domestique, me prit un jour à l'écart, pour me dire avec beaucoup d'embarras, qu'il avait un secret d'importance à me communiquer. Je l'encourageai à parler librement. Après quelques détours, il me fit entendre qu'un seigneur étranger semblait avoir pris beaucoup d'amour pour Mademoiselle Manon. Le trouble de mon sang se fit sentir dans toutes mes veines. En a-t-elle pour lui? interrompis-je plus brusquement que la prudence ne permettait pour m'éclaircir. Ma vivacité l'effraya. Il me répondit, d'un air inquiet, que sa pénétration n'avait pas été si loin: mais qu'ayant observé, depuis plusieurs jours, que cet étranger venait assidûment au Bois de Boulogne, qu'il y descendait de son carrosse, et que s'engageant seul dans les contre-allées, il paraissait chercher l'occasion de voir ou de rencontrer Mademoiselle, il lui était venu à l'esprit de faire quelque liaison avec ses gens, pour apprendre le nom de leur maître: qu'ils le traitaient de Prince italien, et qu'ils le soupçonnaient eux-mêmes de quelque aventure galante; qu'il n'avait pu se procurer d'autres lumières, ajouta-t-il en tremblant, parce que le Prince, étant alors sorti du bois, s'était approché familièrement de lui, et lui avait demandé son nom; après quoi, comme s'il eût deviné qu'il était à notre service, il l'avait félicité d'appartenir à la plus charmante personne du monde.

J'attendais impatiemment la suite de ce récit. Il le finit par des excuses timides, que je n'attribuai qu'à mes imprudentes agitations. Je le pressai en vain de continuer sans déguisement. Il me protesta qu'il ne savait rien de plus, et que ce qu'il venait de me raconter étant arrivé le jour précédent, il n'avait pas revu les gens du Prince. Je le rassurai, non seulement par des éloges, mais par une honnête récompense; et sans lui marquer la moindre défiance de Manon, je lui recommandai d'un ton plus tranquille, de veiller sur toutes les démarches de l'étranger.

Au fond, sa frayeur me laissa de cruels doutes.[196] Elle pouvait lui avoir fait supprimer une partie de la vérité. Cependant, après quelques réflexions, je revins de mes alarmes, jusqu'à regretter d'avoir donné cette marque de faiblesse. Je ne pouvais faire un crime à Manon d'être aimée. Il y avait beaucoup d'apparence qu'elle ignorait sa conquête: et quelle vie allais-je mener, si j'étais capable d'ouvrir si facilement l'entrée de mon cœur à la jalousie?[197] Je retournai à Paris le jour suivant, sans avoir formé d'autre dessein que de hâter le progrès de ma fortune en jouant plus gros jeu, pour me mettre en état de quitter Chaillot, au premier sujet d'inquiétude. Le soir, je n'appris rien de nuisible à mon repos. L'étranger avait reparu au Bois de Boulogne; et prenant droit de ce qui s'y était passé la veille, pour se rapprocher de mon confident, il lui avait parlé de son amour, mais dans des termes qui ne supposaient aucune intelligence avec Manon. Il l'avait interrogé sur mille détails. Enfin, il avait tenté de le mettre dans ses interêts par des promesses considérables; et tirant une lettre, qu'il tenait prête, il lui avait offert inutilement quelques louis d'or, pour la rendre à sa maîtresse.

Deux jours se passèrent, sans aucun autre incident. Le troisième fut plus orageux. J'appris, en arrivant de la ville assez tard, que Manon, pendant sa promenade, s'était écartée un moment de ses compagnes; et que l'étranger, qui la suivait à peu de distance, s'étant approché d'elle, au signe qu'elle lui en avait fait, elle lui avait remis une lettre, qu'il avait reçue avec des transports de joie. Il n'avait eu le temps de les exprimer, qu'en baisant amoureusement les caractères, parce qu'elle s'était aussitôt dérobée. Mais elle avait paru d'une gaieté extraordinaire, pendant le reste du jour; et depuis qu'elle était rentrée au logis, cette humeur ne l'avait pas abandonnée. Je frémis, sans doute, à chaque mot. Es-tu bien sûr, dis-je tristement à mon valet, que tes yeux ne t'aient pas trompé? Il prit le Ciel à témoin de sa bonne foi. Je ne sais à quoi les tourments de mon cœur m'auraient porté, si Manon, qui m'avait entendu rentrer, ne fût venue au-devant de moi, avec un air d'impatience, et des plaintes de ma lenteur. Elle n'attendit point ma réponse, pour m'accabler de caresses; et lorsqu'elle se vit seule avec moi, elle me fit des reproches fort vifs, de l'habitude que je prenais de revenir si tard. Mon silence lui laissant la liberté de continuer, elle me dit que depuis trois semaines je n'avais pas passé une journée entière avec elle; qu'elle ne pouvait soutenir de si longues absences; qu'elle me demandait du moins un jour, par intervalles; et que dès le lendemain, elle voulait me voir près d'elle, du matin au soir. J'y serai, n'en doutez pas, lui répondis-je d'un ton assez brusque. Elle marqua peu d'attention pour mon chagrin; et dans le mouvement de sa joie, qui me parut en effet d'une vivacité singulière, elle me fit mille peintures plaisantes de la manière dont elle avait passé le jour. Etrange fille! me disais-je à moi-même: que dois-je attendre de ce prélude? L'aventure de notre première séparation me revint à l'esprit. Cependant je croyais voir dans le fond de sa joie et de ses caresses, un air de vérité, qui s'accordait avec les apparences.[198]

Il ne me fut pas difficile de rejeter la tristesse, dont je ne pus me défendre pendant notre souper, sur une perte que je me plaignis d'avoir faite au jeu. J'avais regardé comme un extrême avantage, que l'idée de ne pas quitter Chaillot le jour suivant, fût venue d'elle-même. C'était gagner du temps pour mes délibérations. Ma présence éloignait toutes sortes de craintes pour le lendemain; et si je ne remarquais rien, qui m'obligeât de faire éclater mes découvertes, j'étais déjà résolu de transporter, le jour d'après, mon établissement à la ville, dans un quartier où je n'eusse rien à démêler avec les Princes. Cet arrangement me fit passer une nuit plus tranquille: mais il ne m'ôtait pas la douleur, d'avoir à trembler pour une nouvelle infidélité.

A mon réveil, Manon me déclara que pour passer le jour dans notre appartement, elle ne prétendait pas que j'en eusse l'air plus négligé, et qu'elle voulait que mes cheveux fussent accommodés de ses propres mains. Je les avais fort beaux. C'était un amusement qu'elle s'était donné plusieurs fois. Mais elle y apporta plus de soins, que je ne lui en avais jamais vu prendre. Je fus obligé, pour la satisfaire, de m'asseoir devant sa toilette, et d'essuyer toutes les petites recherches qu'elle imagina pour ma parure. Dans le cours de son travail, elle me faisait tourner souvent le visage vers elle; et s'appuyant des deux mains sur mes épaules, elle me regardait avec une curiosité avide. Ensuite, exprimant sa satisfaction, par un ou deux baisers, elle me faisait reprendre ma situation pour continuer son ouvrage. Ce badinage nous occupa jusqu'à l'heure du dîner. Le goût qu'elle y avait pris m'avait paru si naturel, et sa gaieté sentait si peu l'artifice, que ne pouvant concilier des apparences si constantes avec le projet d'une noire trahison, je fus tenté plusieurs fois de lui ouvrir mon cœur, et de me décharger d'un fardeau qui commençait à me peser. Mais je me flattais, à chaque instant, que l'ouverture viendrait d'elle; et je m'en faisais d'avance un délicieux triomphe.

Nous rentrâmes dans son cabinet. Elle se mit à rajuster mes cheveux, et ma complaisance me faisait céder à toutes ses volontés; lorsqu'on vint l'avertir que le Prince de ... demandait à la voir. Ce nom m'échauffa jusqu'au transport. Quoi donc! m'écriai-je en la repoussant. Qui? Quel Prince? Elle ne répondit point à mes questions. Faites-le monter, dit-elle froidement au valet; et se tournant vers moi: cher amant! toi que j'adore, reprit-elle d'un ton enchanteur, je te demande un moment de complaisance. Un moment. Un seul moment. Je t'en aimerai mille fois plus. Je t'en saurai gré toute ma vie.[199]

L'indignation et la surprise me lièrent la langue. Elle répétait ses instances, et je cherchais des expressions pour les rejeter avec mépris. Mais, entendant ouvrir la porte de l'antichambre, elle empoigna d'une main, mes cheveux, qui étaient flottants sur mes épaules, elle prit de l'autre son miroir de toilette; elle employa toute sa force pour me traîner dans cet état jusqu'à la porte du cabinet; et l'ouvrant du genou, elle offrit à l'étranger, que le bruit semblait avoir arrêté au milieu de la chambre, un spectacle qui ne dut pas lui causer peu d'étonnement. Je vis un homme fort bien mis, mais d'assez mauvaise mine. Dans l'embarras où je le jetait cette scène, il ne laissa pas de faire une profonde révérence. Manon ne lui donna pas le temps d'ouvrir la bouche. Elle lui présenta son miroir: Voyez, Monsieur, lui dit-elle, regardez-vous bien, et rendez-moi justice. Vous me demandez de l'amour. Voici l'homme que j'aime, et que j'ai juré d'aimer toute ma vie. Faites la comparaison vous-même. Si vous croyez lui pouvoir disputer mon cœur, apprenez-moi donc sur quel fondement; car, je vous déclare qu'aux yeux de votre servante très humble, tous les Princes d'Italie ne valent pas un des cheveux que je tiens.

Pendant cette folle harangue qu'elle avait apparemment méditée, je faisais des efforts inutiles pour me dégager; et prenant pitié d'un homme de considération, je me sentais porté à réparer ce petit outrage par mes politesses.

Mais s'étant remis assez facilement, sa réponse, que je trouvai un peu grossière, me fit perdre cette disposition. Mademoiselle, Mademoiselle, lui dit-il avec un sourire forcé, j'ouvre en effet les yeux, et je vous trouve bien moins novice que je ne me l'étais figuré.[200] Il se retira aussitôt, sans jeter les yeux sur elle, en ajoutant d'une voix plus basse, que les femmes de France ne valaient pas mieux que celles d'Italie. Rien ne m'invitait, dans cette occasion, à lui faire prendre une meilleure idée du beau sexe.

Manon quitta mes cheveux, se jeta dans un fauteuil, et fit retentir la chambre de longs éclats de rire. Je ne dissimulerai pas que je fus touché, jusqu'au fond du cœur, d'un sacrifice que je ne pouvais attribuer qu'à l'amour. Cependant la plaisanterie me parut excessive. Je lui en fis des reproches. Elle me raconta que mon rival, après l'avoir obsédée pendant plusieurs jours, au Bois de Boulogne, et lui avoir fait deviner ses sentiments par des grimaces, avait pris le parti de lui en faire une déclaration ouverte, accompagnée de son nom et de tous ses titres, dans une lettre qu'il lui avait fait remettre par le cocher qui la conduisait avec ses compagnes; qu'il lui promettait, au delà des monts, une brillante fortune et des adorations éternelles; qu'elle était revenue à Chaillot, dans la résolution de me communiquer cette aventure; mais, qu'ayant conçu que nous en pouvions tirer de l'amusement, elle n'avait pu résister à son imagination; qu'elle avait offert au Prince italien, par une réponse flatteuse, la liberté de la voir chez elle, et qu'elle s'était fait un second plaisir de me faire entrer dans son plan, sans m'en avoir fait naître le moindre soupçon. Je ne lui dis pas un mot, des lumières qui m'étaient venues par une autre voie; et l'ivresse de l'amour triomphant me fit tout approuver.[201]

J'ai remarqué, dans toute ma vie, que le Ciel a toujours choisi, pour me frapper de ses plus rudes châtiments, le temps où ma fortune me semblait le mieux établie. Je me croyais si heureux, avec l'amitié de M. de T... et la tendresse de Manon, qu'on n'aurait pu me faire comprendre que j'eusse à craindre quelque nouveau malheur. Cependant il s'en préparait un si funeste, qu'il m'a réduit à l'état où vous m'avez vu à Passy, et par degrés à des extrémités si déplorables, que vous aurez peine à croire mon récit fidèle.

Un jour, que nous avions M. de T... à souper, nous entendîmes le bruit d'un carrosse, qui s'arrêtait à la porte de l'hôtellerie. La curiosité nous fit désirer de savoir, qui pouvait arriver à cette heure. On nous dit que c'était le jeune G... M..., c'est-à-dire le fils de notre plus cruel ennemi, de ce vieux débauché, qui m'avait mis à S. Lazare, et Manon à l'Hôpital. Son nom me fit monter la rougeur au visage. C'est le Ciel qui me l'amène, dis-je à M. de T..., pour le punir de la lâcheté de son père. Il ne m'échappera pas, que nous n'ayons mesuré nos épées. M. de T... qui le connaissait, et qui était même de ses meilleurs amis, s'efforça de me faire prendre d'autres sentiments pour lui.[202] Il m'assura que c'était un jeune homme très aimable, et si peu capable d'avoir eu part à l'action de son père, que je ne le verrais pas moi-même un moment, sans lui accorder mon estime et sans désirer la sienne. Après avoir ajouté mille choses, à son avantage, il me pria de consentir qu'il allât lui proposer de venir prendre place avec nous, et de s'accommoder du reste de notre souper. Il prévint l'objection du péril où c'était exposer Manon, que de découvrir sa demeure au fils de notre ennemi, en protestant, sur son honneur et sur sa foi, que lorsqu'il nous connaîtrait, nous n'aurions point de plus zélé défenseur. Je ne fis difficulté de rien, après de telles assurances. M. de T... ne nous l'amena point, sans avoir pris un moment pour l'informer qui nous étions. Il entra d'un air, qui nous prévint effectivement en sa faveur. Il m'embrassa. Nous nous assîmes. Il admira Manon, moi, tout ce qui nous appartenait, et il mangea d'un appétit qui fit honneur à notre souper. Lorsqu'on eut desservi, la conversation devint plus sérieuse. Il baissa les yeux, pour nous parler de l'excès où son père s'était porté contre nous. Il nous fit les excuses les plus soumises. Je les abrège, nous dit-il, pour ne pas renouveler un souvenir qui me cause trop de honte. Si elles étaient sincères dès le commencement, elles le devinrent bien plus dans la suite; car il n'eut pas passé une demi-heure dans cet entretien, que je m'aperçus de l'impression que les charmes de Manon faisaient sur lui. Ses regards et ses manières s'attendrirent par degrés. Il ne laissa rien échapper néanmoins dans ses discours; mais, sans être aidé de la jalousie, j'avais trop d'expérience en amour pour ne pas discerner ce qui venait de cette source. Il nous tint compagnie pendant une partie de la nuit, et il ne nous quitta qu'après s'être félicité de notre connaissance, et nous avoir demandé la permission de venir nous renouveler quelquefois l'offre de ses services. Il partit le matin avec M. de T..., qui se mit avec lui dans son carrosse.

Je ne me sentais, comme j'ai dit, aucun penchant à la jalousie. J'avais plus de crédulité que jamais pour les serments de Manon. Cette charmante créature était si absolument maîtresse de mon âme, que je n'avais pas un seul petit sentiment qui ne fût de l'estime et de l'amour. Loin de lui faire un crime, d'avoir plu au jeune G... M..., j'étais ravi de l'effet de ses charmes, et je m'applaudissais d'être aimé d'une fille que tout le monde trouvait aimable. Je ne jugeai pas même à propos de lui communiquer mes soupçons. Nous fûmes occupés, pendant quelques jours, du soin de faire ajuster ses habits, et à délibérer si nous pouvions aller à la Comédie sans appréhender d'être reconnus. M. de T... revint nous voir avant la fin de la semaine: nous le consultâmes là-dessus. Il vit bien qu'il fallait dire oui, pour faire plaisir à Manon. Nous résolûmes d'y aller le même soir avec lui.

Cependant cette résolution ne put s'exécuter; car m'ayant tiré aussitôt en particulier, je suis, me dit-il, dans le dernier embarras depuis que je ne vous ai vu, et la visite que je vous fais aujourd'hui en est une suite. G... M... aime votre maîtresse. Il m'en a fait confidence. Je suis son intime ami, et disposé en tout à le servir; mais je ne suis pas moins le vôtre. J'ai considéré que ses intentions sont injustes, et je les ai condamnées. J'aurais gardé son secret, s'il n'avait dessein d'employer, pour plaire, que les voies communes; mais il est bien informé de l'humeur de Manon. Il a su, je ne sais d'où, qu'elle aime l'abondance et les plaisirs; et comme il jouit déjà d'un bien considérable, il m'a déclaré qu'il veut la tenter d'abord par un très gros présent, et par l'offre de dix mille livres de pension. Toutes choses égales, j'aurais peut-être eu beaucoup plus de violence à me faire pour le trahir: mais la justice s'est jointe en votre faveur à l'amitié; d'autant plus qu'ayant été la cause imprudente de sa passion, en l'introduisant ici, je suis obligé de prévenir les effets du mal que j'ai causé.[203]

Je remerciai M. de T... d'un service de cette importance, et je lui avouai avec un parfait retour de confiance, que le caractère de Manon était tel que G... M... se le figurait; c'est-à-dire, qu'elle ne pouvait supporter le nom de la pauvreté. Cependant, lui dis-je, lorsqu'il n'est question que du plus ou du moins, je ne la crois pas capable de m'abandonner pour un autre. Je suis en état de ne la laisser manquer de rien, et je compte que ma fortune va croître de jour en jour. Je ne crains qu'une chose, ajoutai-je, c'est que G... M... ne se serve de la connaissance qu'il a de notre demeure, pour nous rendre quelque mauvais office. M. de T... m'assura que je devais être sans appréhension de ce côté-là; que G... M... était capable d'une folie amoureuse, mais qu'il ne l'était point d'une bassesse; que s'il avait la lâcheté d'en commettre une, il serait le premier, lui qui parlait, à l'en punir, et à réparer par là le malheur qu'il avait eu d'y donner occasion. Je vous suis obligé de ce sentiment, repris-je; mais le mal serait fait, et le remède fort incertain. Ainsi le parti le plus sage est de le prévenir, en quittant Chaillot pour prendre une autre demeure. Oui, reprit M. de T..., mais vous aurez peine à le faire aussi promptement qu'il faudrait; car G... M... doit être ici à midi: il me le dit hier, et c'est ce qui m'a porté à venir si matin, pour vous informer de ses vues. Il peut arriver à tout moment.

Un avis si pressant me fit regarder cette affaire d'un œil plus sérieux. Comme il me semblait impossible d'éviter la visite de G... M... et qu'il me le serait aussi, sans doute, d'empêcher qu'il ne s'ouvrît à Manon, je pris le parti de la prévenir moi-même sur le dessein de ce nouveau rival. Je m'imaginai que me sachant instruit des propositions qu'il lui ferait, et les recevant à mes yeux, elle aurait assez de force pour les rejeter. Je découvris ma pensée à M. de T... qui me répondit que cela était extrêmement délicat.[204] Je l'avoue, lui dis-je; mais toutes les raisons qu'on peut avoir, d'être sûr d'une maîtresse, je les ai de compter sur l'affection de la mienne. Il n'y aurait que la grandeur des offres qui pût l'éblouir; et je vous ai dit qu'elle ne connaît point l'intérêt. Elle aime ses aises, mais elle m'aime aussi; et dans la situation où sont mes affaires, je ne saurais croire qu'elle me préfère le fils d'un homme qui l'a mise à l'Hôpital. En un mot, je persistai dans mon dessein; et m'étant retiré à l'écart avec Manon, je lui déclarai naturellement tout ce que je venais d'apprendre.

Elle me remercia de la bonne opinion que j'avais d'elle, et elle me promit de recevoir les offres de G... M... d'une manière qui lui ôterait l'envie de les renouveler. Non, lui dis-je, il ne faut pas l'irriter par une brusquerie. Il peut nous nuire. Mais tu sais assez, toi, friponne, ajoutai-je en riant, comment te défaire d'un amant désagréable, ou incommode.[205] Elle reprit, après avoir un peu rêvé: il me vient un dessein admirable, s'écria-t-elle, et je suis toute glorieuse de l'invention. G... M... est le fils de notre plus cruel ennemi; il faut nous venger du père, non pas sur le fils, mais sur sa bourse. Je veux l'écouter, accepter ses présents, et me moquer de lui. Le projet est joli, lui dis-je; mais tu ne songes pas, mon pauvre enfant, que c'est le chemin qui nous a conduits droit à l'Hôpital. J'eus beau lui représenter le péril de cette entreprise; elle me dit qu'il ne s'agissait que de bien prendre nos mesures, et elle répondit à toutes mes objections. Donnez-moi un amant qui n'entre point aveuglément dans tous les caprices d'une maîtresse adorée, et je conviendrai que j'eus tort de céder si facilement. La résolution fut prise de faire une dupe de G... M...; et par un tour bizarre de mon sort, il arriva que je devins la sienne.[206]

Nous vîmes paraître son carrosse vers les onze heures. Il nous fit des compliments fort recherchés, sur la liberté qu'il prenait de venir dîner avec nous. Il ne fut pas surpris de trouver M. de T..., qui lui avait promis la veille de s'y rendre aussi, et qui avait feint quelques affaires pour se dispenser de venir dans la même voiture. Quoiqu'il n'y eût pas un seul de nous qui ne portât la trahison dans le cœur, nous nous mîmes à table avec un air de confiance et d'amitié. G... M... trouva aisément l'occasion de déclarer ses sentiments à Manon. Je ne dus pas lui paraître gênant; car je m'absentai exprès, pendant quelques minutes. Je m'aperçus, à mon retour, qu'on ne l'avait pas désespéré par un excès de rigueur. Il était de la meilleure humeur du monde. J'affectai de le paraître aussi; il riait intérieurement de ma simplicité, et moi de la sienne. Pendant tout l'après-midi, nous fûmes l'un pour l'autre une scène fort agréable. Je lui ménageai encore, avant son départ, un moment d'entretien particulier avec Manon; de sorte qu'il eut lieu de s'applaudir de ma complaisance, autant que de la bonne chère.

Aussitôt qu'il fut monté en carrosse avec M. de T... Manon accourut à moi les bras ouverts, et m'embrassa en éclatant de rire. Elle me répéta ses discours et ses propositions, sans y changer un mot. Ils se réduisaient à ceci: Il l'adorait. Il voulait partager avec elle quarante mille livres de rente dont il jouissait déjà, sans compter ce qu'il attendait après la mort de son père. Elle allait être maîtresse de son cœur et de sa fortune; et pour gage de ses bienfaits, il était prêt à lui donner un carrosse, un hôtel meublé, une femme de chambre, trois laquais, et un cuisinier. Voilà un fils, dis-je à Manon, bien autrement généreux que son pere. Parlons de bonne foi, ajoutai-je; cette offre ne vous tente-t-elle point? Moi? répondit-elle, en ajustant à sa pensée deux vers de Racine:

> Moi! vous me soupçonnez de cette perfidie?
> Moi! je pourrais souffrir un visage odieux,
> Qui rappelle toujours l'Hôpital à mes yeux?

Non, repris-je, en continuant la parodie;

> J'aurais peine à penser que l'Hôpital, Madame,
> Fût un trait dont l'Amour l'eût gravé dans votre âme.[207]

Mais c'en est un bien séduisant qu'un hôtel meublé, avec un carrosse et trois laquais; et l'Amour en a peu d'aussi forts. Elle me protesta que son cœur était à moi pour toujours, et qu'il ne recevrait jamais d'autres traits que les miens. Les promesses qu'il m'a faites, me dit-elle, sont un aiguillon de vengeance, plutôt qu'un trait d'amour. Je lui demandai si elle était dans le dessein d'accepter l'hôtel, et le carrosse. Elle me répondit qu'elle n'en voulait qu'à son argent. La difficulté était d'obtenir l'un sans l'autre. Nous résolûmes d'attendre l'entière explication du projet de G... M..., dans une lettre qu'il avait promis de lui écrire. Elle la reçut en effet le lendemain, par un laquais sans livrée, qui se procura fort adroitement l'occasion de lui parler sans témoins. Elle lui dit d'attendre sa réponse, et elle vint m'apporter aussitôt sa lettre. Nous l'ouvrîmes ensemble. Outre les lieux communs de tendresse, elle contenait le détail des promesses de mon rival. Il ne bornait point sa dépense. Il s'engageait à lui compter dix mille francs, en prenant possession de l'hôtel,[208] et à réparer tellement les diminutions de cette somme, qu'elle l'eût toujours devant elle en argent comptant.[209] Le jour de l'inauguration n'était pas reculé trop loin. Il ne lui en demandait que deux pour les préparatifs, et il lui marquait le nom de la rue, et de l'hôtel, où il lui promettait de l'attendre l'après-midi du second jour, si elle pouvait se dérober de mes mains. C'était l'unique point, sur lequel il la conjurait de le tirer d'inquiétude: il paraissait sûr de tout le reste; mais il ajoutait que si elle prévoyait de la difficulté à m'échapper, il trouverait le moyen de rendre sa fuite aisée.[210]

G... M... était plus fin que son père. Il voulait tenir sa proie, avant que de compter ses espèces. Nous délibérâmes sur la conduite que Manon avait à tenir. Je fis encore des efforts pour lui ôter cette entreprise de la tête, et je lui en représentai tous les dangers. Rien ne fut capable d'ébranler sa résolution. Elle fit une courte réponse à G... M..., pour l'assurer qu'elle ne trouverait pas de difficulté à se rendre à Paris le jour marqué, et qu'il pouvait l'attendre avec certitude. Nous réglâmes ensuite que je partirais sur-le-champ, pour aller louer un nouveau logement dans quelque village, de l'autre côté de Paris, et que je transporterais avec moi notre petit équipage; que le lendemain après-midi, qui était le temps de son assignation, elle se rendrait de bonne heure à Paris; qu'après avoir reçu les présents de G... M... elle le prierait instamment de la conduire à la Comédie; qu'elle prendrait avec elle tout ce qu'elle pourrait porter de la somme, et qu'elle chargerait du reste, mon valet, qu'elle voulait mener avec elle. C'était toujours le même qui l'avait délivrée de l'Hôpital, et qui nous était infiniment attaché. Je devais me trouver, avec un fiacre, à l'entrée de la rue S. Andre des Arcs, et l'y laisser vers les sept heures, pour m'avancer dans l'obscurité à la porte de la Comédie. Manon me promettait d'inventer des prétextes, pour sortir un instant de sa loge, et de l'employer à descendre pour me rejoindre. L'exécution du reste était facile. Nous aurions regagné mon fiacre en un moment, et nous serions sortis de Paris par le Faubourg S. Antoine, qui était le chemin de notre nouvelle demeure.

Ce dessein, tout extravagant qu'il était, nous parut assez bien arrangé. Mais il y avait, dans le fond, une folle imprudence à s'imaginer, que quand il eût réussi le plus heureusement du monde, nous eussions jamais pu nous mettre à couvert des suites. Cependant nous nous exposâmes avec la plus téméraire confiance. Manon partit avec Marcel; c'est ainsi que se nommait notre valet. Je la vis partir avec douleur. Je lui dis en l'embrassant: Manon ne me trompez point; me serez-vous fidèle? Elle se plaignit tendrement de ma défiance, et elle me renouvela tous ses serments.

Son compte était d'arriver à Paris sur les trois heures. Je partis après elle. J'allai me morfondre, le reste de l'après-midi, dans le café de Féré, au Pont S. Michel. J'y demeurai jusqu'à la nuit. J'en sortis alors pour prendre un fiacre, que je postai suivant notre projet, à l'entrée de la rue S. André des Arcs; ensuite je gagnai à pied la porte de la Comédie. Je fus surpris de n'y pas trouver Marcel, qui devait être à m'attendre. Je pris patience pendant une heure, confondu dans une foule de laquais, et l'œil ouvert sur tous les passants. Enfin, sept heures étant sonnées, sans que j'eusse rien aperçu qui eût rapport à nos desseins, je pris un billet de parterre, pour aller voir si je découvrirais Manon et G... M... dans les loges. Ils n'y étaient, ni l'un, ni l'autre. Je retournai à la porte, où je passai encore un quart d'heure, transporté d'impatience et d'inquiétude. N'ayant rien vu paraître, je rejoignis mon fiacre, sans pouvoir m'arrêter à la moindre résolution. Le cocher, m'ayant aperçu, vint quelques pas au-devant de moi, pour me dire, d'un air mystérieux, qu'une jolie demoiselle m'attendait depuis une heure dans le carrosse; qu'elle m'avait demandé, à des signes qu'il avait bien reconnus, et qu'ayant appris que je devais revenir, elle avait dit qu'elle ne s'impatienterait point à m'attendre. Je me figurai aussitôt que c'était Manon. J'approchai. Mais je vis un joli petit visage qui n'était pas le sien. C'était une étrangère, qui me demanda d'abord si elle n'avait pas l'honneur de parler à M. le Chevalier des Grieux? Je lui dis que c'était mon nom. J'ai une lettre à vous rendre, reprit-elle, qui vous instruira du sujet qui m'amène, et par quel rapport j'ai l'avantage de connaître votre nom. Je la priai de me donner le temps de la lire, dans un cabaret voisin. Elle voulut me suivre, et elle me conseilla de demander une chambre à part. De qui vient cette lettre? lui dis-je en montant: elle me remit à la lecture.

Je reconnus la main de Manon. Voici à peu près ce qu'elle me marquait: G... M... l'avait reçue avec politesse et une magnificence au delà de toutes ses idées. Il l'avait comblée de présents. Il lui faisait envisager un sort de reine. Elle m'assurait néanmoins qu'elle ne m'oubliait pas, dans cette nouvelle splendeur; mais que n'ayant pu faire consentir G... M... à la mener ce soir à la Comédie, elle remettait à un autre jour le plaisir de me voir; et que pour me consoler un peu, de la peine qu'elle prévoyait que cette nouvelle pouvait me causer, elle avait trouvé le moyen de me procurer une des plus jolies filles de Paris, qui serait la porteuse de son billet. *Signé,* votre fidèle amante, MANON LESCAUT.[211]

Il y avait quelque chose de si cruel et de si insultant pour moi dans cette lettre, que demeurant suspendu quelque temps entre la colère et la douleur, j'entrepris de faire un effort, pour oublier éternellement mon ingrate et parjure maîtresse. Je jetai les yeux sur la fille qui était devant moi. Elle était extrêmement jolie; et j'aurais souhaité qu'elle l'eût été assez, pour me rendre parjure et infidèle à mon tour. Mais je n'y trouvai point ces yeux fins et languissants, ce port divin, ce teint de la composition de l'Amour, enfin ce fond inépuisable de charmes, que la nature avait prodigués à la perfide Manon. Non, non, lui dis-je en cessant de la regarder; l'ingrate, qui vous envoie, savait fort bien qu'elle vous faisait faire une démarche inutile. Retournez à elle, et dites-lui de ma part qu'elle jouisse de son crime, et qu'elle en jouisse s'il se peut sans remords. Je l'abandonne sans retour, et je renonce en même temps à toutes les femmes, qui ne sauraient être aussi aimables qu'elle, et qui sont, sans doute, aussi lâches et d'aussi mauvaise foi. Je fus alors sur le point de descendre, et de me retirer sans prétendre davantage à Manon; et la jalousie mortelle qui me déchirait le cœur se déguisant en une morne et sombre tranquillité, je me crus d'autant plus proche de ma guérison, que je ne sentais nul de ces mouvements violents dont j'avais été agité dans les mêmes occasions. Hélas! j'étais la dupe de l'amour, autant que je croyais l'être de G... M... et de Manon.

Cette fille, qui m'avait apporté la lettre, me voyant prêt à descendre l'escalier, me demanda ce que je voulais donc qu'elle rapportât à M. de G... M... et à la dame qui était avec lui? Je rentrai dans la chambre, à cette question; et par un changement incroyable à ceux qui n'ont jamais senti de passions violentes,[212] je me trouvai tout d'un coup, de la tranquillité où je croyais être, dans un transport terrible de fureur. Va, lui dis-je, rapporte au traître G... M... et à sa perfide maîtresse le désespoir où ta maudite lettre m'a jeté; mais apprends-leur qu'il n'en riront pas longtemps, et que je les poignarderai tous deux de ma propre main. Je me jetai sur une chaise. Mon chapeau tomba d'un côté, et ma canne de l'autre. Deux ruisseaux de larmes amères commencèrent à couler de mes yeux. L'accès de rage, que je venais de sentir, se changea dans une profonde douleur. Je ne fis plus que pleurer, en poussant des gémissements et des soupirs. Approche, mon enfant, approche, m'écriai-je en parlant à la jeune fille; approche, puisque c'est toi qu'on envoie pour me consoler. Dis-moi si tu sais des consolations contre la rage et le désespoir, contre l'envie de se donner la mort à soi-même, après avoir tué deux perfides qui ne méritent pas de vivre. Oui, approche, continuai-je, en voyant qu'elle faisait vers moi quelques pas timides et incertains. Viens essuyer mes larmes: viens rendre la paix à mon cœur, viens me dire que tu m'aimes, afin que je m'accoutume à l'être d'une autre que de mon infidèle. Tu es jolie, je pourrai peut-être t'aimer à mon tour. Cette pauvre enfant, qui n'avait pas seize ou dix-sept ans, et qui paraissait avoir plus de pudeur que ses pareilles,[213] était extraordinairement surprise d'une si étrange scène. Elle s'approcha néanmoins, pour me faire quelques caresses; mais je l'écartai aussitôt, en la repoussant de mes mains. Que veux-tu de moi? lui dis-je. Ha! tu es une femme, tu es d'un sexe que je déteste, et que je ne puis plus souffrir. La douceur de ton visage me menace encore de quelque trahison. Va-t'en, et laisse-moi seul ici. Elle me fit une révérence, sans oser rien dire, et elle se tourna pour sortir. Je lui criai de s'arrêter; mais apprends-moi du moins, repris-je, pourquoi, comment, à quel dessein tu as été envoyée ici? Comment as-tu découvert mon nom, et le lieu où tu pouvais me trouver?

Elle me dit qu'elle connaissait de longue main M. de G... M...; qu'il l'avait envoyé chercher à cinq heures, et qu'ayant suivi le laquais qui l'avait avertie, elle était allée dans une grande maison, où elle l'avait trouvé qui jouait au piquet avec une jolie dame, et qu'ils l'avaient chargée tous deux de me rendre la lettre qu'elle m'avait apportée, après lui avoir appris qu'elle me trouverait dans un carrosse au bout de la rue S. André. Je lui demandai s'ils ne lui avaient rien dit de plus. Elle me répondit, en rougissant, qu'ils lui avaient fait espérer que je la prendrais pour me tenir compagnie. On t'a trompée, lui dis-je. Ma pauvre fille, on t'a trompée. Tu es une femme. Il te faut un homme. Mais il t'en faut un qui soit riche et heureux, et ce n'est pas ici que tu le peux trouver.

Retourne, retourne à M. de G... M... Il a tout ce qu'il faut pour être aimé des belles. Il a des hôtels meublés et des équipages à donner. Pour moi, qui n'ai que de l'amour et de la constance à offrir, les femmes méprisent ma misère, et font leur jouet de ma simplicité.

J'ajoutai mille choses, ou tristes, ou violentes, suivant que les passions qui m'agitaient tour à tour cédaient ou emportaient le dessus. Cependant, à force de me tourmenter, mes transports diminuèrent assez pour faire place à quelques réflexions. Je comparai cette dernière infortune à celles que j'avais déjà essuyées dans le même genre, et je ne trouvai pas qu'il y eût plus à désespérer que dans les premières. Je connaissais Manon: pourquoi m'affliger tant, d'un malheur que j'avais dû prévoir?[214] Pourquoi ne pas m'employer plutôt à chercher du remède? il était encore temps. Je devais du moins n'y pas épargner mes soins, si je ne voulais avoir à me reprocher, d'avoir contribué par ma négligence à mes propres peines. Je me mis là-dessus à considérer tous les moyens, qui pouvaient m'ouvrir un chemin à l'espérance.

Entreprendre de l'arracher avec violence des mains de G... M..., c'était un parti désespéré, qui n'était propre qu'à me perdre, et qui n'avait pas la moindre apparence de succès. Mais il me semblait que si j'eusse pu me procurer le moindre entretien avec elle, j'aurais gagné infailliblement quelque chose sur son cœur. J'en connaissais si bien tous les endroits sensibles! J'étais si sûr d'être aimé d'elle! Cette bizarrerie même, de m'avoir envoyé une jolie fille pour me consoler, j'aurais parié qu'elle venait de son invention, et que c'était un effet de sa compassion pour mes peines.[215] Je résolus d'employer toute mon industrie pour la voir. Parmi quantité de voies, que j'examinai l'une après l'autre, je m'arrêtai à celle-ci: M. de T... avait commencé à me rendre service avec trop d'affection, pour me laisser le moindre doute de sa sincérité et de son zèle. Je me proposai d'aller chez lui sur-le-champ, et de l'engager à faire appeler G... M... sous le prétexte d'une affaire importante. Il ne me fallait qu'une demi-heure, pour parler à Manon. Mon dessein était de me faire introduire dans sa chambre même, et je crus que cela me serait aisé dans l'absence de G... M... Cette résolution m'ayant rendu plus tranquille, je payai libéralement la jeune fille, qui était encore avec moi; et pour lui ôter l'envie de retourner chez ceux qui me l'avaient envoyée, je pris son adresse, en lui faisant espérer que j'irais passer la nuit avec elle. Je montai dans mon fiacre, et je me fis conduire à grand train chez M. de T... Je fus assez heureux pour l'y trouver. J'avais eu, là-dessus, de l'inquiétude en chemin. Un mot le mit au fait de mes peines, et du service que je venais lui demander. Il fut si étonné d'apprendre que G... M... avait pu séduire Manon, qu'ignorant que j'avais eu part moi-même à mon malheur,[216] il m'offrit généreusement de rassembler tous ses amis, pour employer leurs bras et leurs épées à la délivrance de ma maîtresse. Je lui fis comprendre que cet éclat pouvait être pernicieux à Manon et à moi. Réservons notre sang, lui dis-je, pour l'extrémité. Je médite une voie plus douce et dont je n'espère pas moins de succès. Il s'engagea, sans exception, à faire tout ce que je demanderais de lui; et lui ayant répété qu'il ne s'agissait que de faire avertir G... M... qu'il avait à lui parler, et de le tenir dehors une heure ou deux, il partit aussitôt avec moi pour me satisfaire.

Nous cherchâmes de quel expédient il pourrait se servir, pour l'arrêter si longtemps. Je lui conseillai de lui écrire d'abord un billet simple, daté d'un cabaret, par lequel il le prierait de s'y rendre aussitôt, pour une affaire si importante, qu'elle ne pouvait souffrir de délai. J'observerai, ajoutai-je, le moment de sa sortie, et je m'introduirai sans peine dans la maison, n'y étant connu que de Manon, et de Marcel, qui est mon valet. Pour vous, qui serez pendant ce temps-là avec G... M..., vous pourrez lui dire que cette affaire importante, pour laquelle vous souhaitez de lui parler, est un besoin d'argent; que vous venez de perdre le vôtre au jeu, et que vous avez joué beaucoup plus sur votre parole, avec le même malheur. Il lui faudra du temps pour vous mener à son coffre-fort, et j'en aurai suffisamment pour exécuter mon dessein.

M. de T... suivit cet arrangement de point en point. Je le laissai dans un cabaret, où il écrivit promptement sa lettre. J'allai me placer à quelques pas de la maison de Manon. Je vis arriver le porteur du message, et G... M... sortir à pied, un moment après, suivi d'un laquais. Lui ayant laissé le temps de s'éloigner de la rue, je m'avançai à la porte de mon infidèle; et malgré toute ma colère, je frappai avec le respect qu'on a pour un temple. Heureusement, ce fut Marcel qui vint m'ouvrir. Je lui fis signe de se taire. Quoique je n'eusse rien à craindre des autres domestiques, je lui demandai tout bas s'il pouvait me conduire dans la chambre où était Manon, sans que je fusse aperçu.[217] Il me dit que cela était aisé, en montant doucement par le grand escalier. Allons donc promptement, lui dis-je, et tâche d'empêcher, pendant que j'y serai, qu'il n'y monte personne. Je pénétrai sans obstacle jusqu'à l'appartement.

Manon était occupée à lire.[218] Ce fut là, que j'eus lieu d'admirer le caractère de cette étrange fille. Loin d'être effrayée, et de paraître timide en m'apercevant, elle ne donna que ces marques légères de surprise, dont on n'est pas le maître à la vue d'une personne qu'on croit éloignée: Ha! c'est vous, mon amour, me dit-elle en venant m'embrasser avec sa tendresse ordinaire.[219] Bon Dieu! que vous êtes hardi! qui vous aurait attendu aujourd'hui dans ce lieu? Je me dégageai de ses bras; et loin de répondre à ses caresses, je la repoussai avec dédain, et je fis deux ou trois pas en arrière pour m'éloigner d'elle. Ce mouvement ne laissa pas de la déconcerter. Elle demeura dans la situation où elle était, et elle jeta les yeux sur moi, en changeant de couleur.[220] J'étais dans le fond si charmé de la revoir, qu'avec tant de justes sujets de colère, j'avais à peine la force d'ouvrir la bouche pour la quereller. Cependant mon cœur saignait, du cruel outrage qu'elle m'avait fait. Je le rappelais vivement à ma mémoire, pour exciter mon dépit; et je tâchais de faire briller, dans mes yeux, un autre feu que celui de l'amour. Comme je demeurai quelque temps en silence, et qu'elle remarqua mon agitation, je la vis trembler; apparemment par un effet de sa crainte.

Je ne pus soutenir ce spectacle. Ah! Manon, lui dis-je d'un ton tendre, infidèle et parjure Manon! par où commencerai-je à me plaindre? Je vous vois pâle et tremblante; et je suis encore si sensible à vos moindres peines, que je crains de vous affliger trop par mes reproches. Mais Manon, je vous le dis; j'ai le cœur percé de la douleur de votre trahison. Ce sont là des coups qu'on ne porte point à un amant, quand on n'a pas résolu sa mort. Voici la troisième fois, Manon; je les ai bien comptées; il est impossible que cela s'oublie. C'est à vous de considérer à l'heure même, quel parti vous voulez prendre; car mon triste cœur n'est plus à l'épreuve d'un si cruel traitement. Je sens qu'il succombe, et qu'il est prêt à se fendre de douleur. Je n'en puis plus, ajoutai-je en m'asseyant sur une chaise; j'ai à peine la force de parler et de me soutenir.

Elle ne me répondit point; mais lorsque je fus assis, elle se laissa tomber à genoux, et elle appuya sa tête sur les miens, en cachant son visage de mes mains. Je sentis en un instant qu'elle les mouillait de ses larmes.[221] Dieux! de quels mouvements n'étais-je point agité! Ah! Manon, Manon, repris-je avec un soupir, il est bien tard de me donner des larmes, lorsque vous avez causé ma mort. Vous affectez une tristesse que vous ne sauriez sentir. Le plus grand de vos maux est sans doute ma présence, qui a toujours été importune à vos plaisirs. Ouvrez les yeux, voyez qui je suis; on ne verse pas des pleurs si tendres pour un malheureux qu'on a trahi, et qu'on abandonne cruellement.[222] Elle baisait mes mains sans changer de posture. Inconstante Manon, repris-je encore; fille ingrate et sans foi, où sont vos promesses et vos serments? Amante mille fois volage et cruelle, qu'as-tu fait de cet amour que tu me jurais encore aujourd'hui? Juste Ciel! ajoutai-je, est-ce ainsi qu'une infidèle se rit de vous, après vous avoir attesté si saintement?[223] C'est donc le parjure qui est récompensé! Le désespoir et l'abandon sont pour la constance et la fidélité.

Ces paroles furent accompagnées d'une réflexion si amère, que j'en laissai échapper malgré moi quelques larmes.[224] Manon s'en aperçut, au changement de ma voix. Elle rompit enfin le silence. Il faut bien que je sois coupable, me dit-elle tristement, puisque j'ai pu vous causer tant de douleur et d'émotion; mais que le Ciel me punisse si j'ai cru l'être, ou si j'ai eu la pensée de le devenir! Ce discours me parut si dépourvu de sens et de bonne foi, que je ne pus me défendre d'un vif mouvement de colère. Horrible dissimulation!

m'écriai-je. Je vois mieux que jamais que tu n'es qu'une coquine et une perfide. C'est à présent que je connais ton misérable caractère. Adieu, lâche créature, continuai-je en me levant; j'aime mieux mourir mille fois, que d'avoir désormais le moindre commerce avec toi. Que le Ciel me punisse moi-même, si je t'honore jamais du moindre regard. Demeure avec ton nouvel amant, aime-le, déteste-moi, renonce à l'honneur, au bon sens;[225] je m'en ris, tout m'est égal.

Elle fut si épouvantée de ce transport, que demeurant à genoux près de la chaise d'où je m'étais levé, elle me regardait en tremblant et sans oser respirer. Je fis encore quelques pas vers la porte, en tournant la tête, et tenant les yeux fixés sur elle. Mais il aurait fallu que j'eusse perdu tous sentiments d'humanité, pour m'endurcir contre tant de charmes. J'étais si éloigné d'avoir cette force barbare, que passant tout d'un coup à l'extrémité opposée, je retournai vers elle, ou plutôt, je m'y précipitai sans réflexion. Je la pris entre mes bras. Je lui donnai mille tendres baisers. Je lui demandai pardon de mon emportement. Je confessai que j'étais un brutal, et que je ne méritais pas le bonheur d'être aimé d'une fille comme elle. Je la fis asseoir, et m'étant mis à genoux à mon tour, je la conjurai de m'écouter en cet état. Là, tout ce qu'un amant soumis et passionné peut imaginer de plus respectueux et de plus tendre, je le renfermai en peu de mots dans mes excuses. Je lui demandai en grâce de prononcer qu'elle me pardonnait. Elle laissa tomber ses bras sur mon cou, en disant que c'était elle-même qui avait besoin de ma bonté, pour me faire oublier les chagrins qu'elle me causait, et qu'elle commençait à craindre avec raison que je ne goûtasse point ce qu'elle avait à me dire pour se justifier. Moi! interrompis-je aussitôt, ah! je ne vous demande point de justification. J'approuve tout ce que vous avez fait. Ce n'est point à moi d'exiger des raisons de votre conduite. Trop content, trop heureux, si ma chère Manon ne m'ôte point la tendresse de son cœur! Mais, continuai-je, en réfléchissant sur l'état de mon sort, toute-puissante Manon! vous qui faites à votre gré mes joies et mes douleurs! après vous avoir satisfait par mes humiliations et par les marques de mon repentir,[226] ne me sera-t-il point permis de vous parler de ma tristesse et de mes peines? Apprendrai-je de vous ce qu'il faut que je devienne aujourd'hui, et si c'est sans retour que vous allez signer ma mort, en passant la nuit avec mon rival?

Elle fut quelque temps à méditer sa réponse. Mon Chevalier, me dit-elle, en reprenant un air tranquille;[227] si vous vous étiez d'abord expliqué si nettement, vous vous seriez épargné bien du trouble, et à moi une scène bien affligeante. Puisque votre peine ne vient que de votre jalousie, je l'aurais guérie, en m'offrant à vous suivre sur-le-champ au bout du monde. Mais je me suis figuré que c'était la lettre que je vous ai écrite sous les yeux de M. de G... M... et la fille que nous vous avons envoyée, qui causaient votre chagrin.

J'ai cru que vous auriez pu regarder ma lettre comme une raillerie, et cette fille, en vous imaginant qu'elle était allée vous trouver de ma part, comme une déclaration que je renonçais à vous pour m'attacher à G... M... C'est cette pensée, qui m'a jetée tout d'un coup dans la consternation; car, quelque innocente que je fusse, je trouvais, en y pensant, que les apparences ne m'étaient pas favorables. Cependant, continua-t-elle, je veux que vous soyez mon juge, après que je vous aurai expliqué la vérité du fait.

Elle m'apprit alors tout ce qui lui était arrivé, depuis qu'elle avait trouvé G... M... qui l'attendait dans le lieu où nous étions. Il l'avait reçue effective-ment comme la première princesse du monde.[228] Il lui avait montré tous les appartements,[229] qui étaient d'un goût et d'une propreté admirable. Il lui avait compté dix mille livres dans son cabinet, et il y avait ajouté quelques bijoux, parmi lesquels étaient le collier et les bracelets de perles qu'elle avait déjà eues de son père. Il l'avait menée de là dans un salon qu'elle n'avait pas encore vu, où elle avait trouvé une collation exquise. Il l'avait fait servir par les nouveaux domestiques qu'il avait pris pour elle, en leur ordonnant de la regarder désormais comme leur maîtresse; enfin il lui avait fait voir le carrosse, les chevaux et tout le reste de ses présents; après quoi il lui avait proposé une partie de jeu, pour attendre le souper.[230] Je vous avoue, continua-t-elle, que j'ai été frappée de cette magnificence. J'ai fait réflexion que ce serait dommage de nous priver tout d'un coup de tant de biens, en me contentant d'emporter dix mille francs et les bijoux; que c'était une fortune toute faite pour vous et pour moi, et que nous pourrions vivre agréablement aux dépens de G... M... Au lieu de lui proposer la Comédie, je me suis mis dans la tête de le sonder sur votre sujet, pour pressentir quelles facilités nous aurions à nous voir, en supposant l'exécution de mon système. Je l'ai trouvé d'un caractère fort traitable. Il m'a demandé ce que je pensais de vous, et si je n'avais pas eu quelque regret à vous quitter. Je lui ai dit que vous étiez si aimable, et que vous en aviez toujours usé si honnêtement avec moi, qu'il n'était pas naturel que je puisse vous haïr. Il a confessé que vous aviez du mérite, et qu'il s'était senti porté à désirer votre amitié. Il a voulu savoir de quelle manière je croyais que vous prendriez mon départ, surtout lorsque vous viendriez à savoir que j'étais entre ses mains. Je lui ai répondu que la date de notre amour était déjà si ancienne, qu'il avait eu le temps de se refroidir un peu; que vous n'étiez pas d'ailleurs fort à votre aise, et que vous ne regarderiez peut-être pas ma perte comme un grand malheur, parce qu'elle vous déchargerait d'un fardeau qui vous pesait sur les bras.[231] J'ai ajouté qu'étant tout à fait convaincue que vous agiriez pacifiquement, je n'avais pas fait difficulté de vous dire que je venais à Paris pour quelques affaires; que vous y aviez consenti, et qu'y étant venu vous-même, vous n'aviez pas paru extrêmement inquiet, lorsque je vous avais quitté. Si je croyais, m'a-t-il dit, qu'il fût d'humeur à bien vivre avec moi, je serais le premier à lui offrir mes services et mes civilités.[232] Je l'ai assuré que du caractère dont je vous connaissais, je ne doutais point que vous n'y répondissiez honnêtement; surtout, lui ai-je dit, s'il pouvait vous servir dans vos affaires, qui étaient fort dérangées depuis que vous étiez mal avec votre famille. Il m'a interrompue, pour me protester qu'il vous rendrait tous les services qui dépendraient de lui; et que si vous vouliez même vous embarquer dans un autre amour, il vous procurerait une jolie maîtresse,[233] qu'il avait quittée pour s'attacher à moi. J'ai applaudi à son idée, ajouta-t-elle, pour prévenir plus parfaitement tous ses soupçons; et me confirmant de plus en plus dans mon projet, je ne souhaitais que de pouvoir trouver le moyen de vous en informer, de peur que vous ne fussiez trop alarmé lorsque vous me verriez manquer à notre assignation. C'est dans cette vue, que je lui ai proposé de vous envoyer cette nouvelle maîtresse dès le soir même, afin d'avoir une occasion de vous écrire; j'étais obligée d'avoir recours à cette adresse, parce que je ne pouvais espérer qu'il me laissât libre un moment. Il a ri de ma proposition. Il a appelé son laquais, et lui ayant demandé s'il pourrait retrouver sur-le-champ son ancienne maîtresse, il l'a envoyé de côté et d'autre pour la chercher. Il s'imaginait que c'était à Chaillot, qu'il fallait qu'elle allât vous trouver; mais je lui ai appris qu'en vous quittant, je vous avais promis de vous rejoindre à la Comédie; ou que si quelque raison m'empêchait d'y aller, vous vous étiez engagé à m'attendre dans un carrosse au bout de la rue S. André; qu'il valait mieux par conséquent vous envoyer là votre nouvelle amante, ne fût-ce que pour vous empêcher de vous y morfondre pendant toute la nuit.[234] Je lui ai dit encore qu'il était à propos de vous écrire un mot, pour vous avertir de cet échange, que vous auriez peine à comprendre sans cela. Il y a consenti; mais j'ai été obligée d'écrire en sa présence, et je me suis bien gardée de m'expliquer trop ouvertement dans ma lettre.[235] Voilà, ajouta Manon, de quelle manière les choses se sont passées. Je ne vous déguise rien, ni de ma conduite, ni de mes desseins.[236] La jeune fille est venue, je l'ai trouvée jolie, et comme je ne doutais point que mon absence ne vous causât de la peine, c'était sincèrement que je souhaitais qu'elle pût servir à vous désennuyer quelques moments; car la fidélité que je souhaite de vous est celle du cœur. J'aurais été ravie de pouvoir vous envoyer Marcel; mais je n'ai pu me procurer un moment, pour l'instruire de ce que j'avais à vous faire savoir. Elle conclut enfin son récit, en m'apprenant l'embarras où G... M... s'était trouvé en recevant le billet de M. de T... Il a balancé, me dit-elle, s'il devait me quitter, et il m'a assuré que son retour ne tarderait point. C'est ce qui fait que je ne vous vois point ici sans inquiétude, et que j'ai marqué de la surprise à votre arrivée.

J'écoutai ce discours avec beaucoup de patience. J'y trouvais assurément quantité de traits cruels et mortifiants pour moi; car le dessein de son infidélité était si clair, qu'elle n'avait pas même eu le soin de me le déguiser. Elle ne pouvait espérer que G... M... la laissât, toute la nuit, comme une vestale. C'était donc avec lui, qu'elle comptait de la passer. Quel aveu pour un amant! Cependant je considérai que j'étais cause en partie de sa faute, par la connaissance que je lui avais donnée d'abord des sentiments que G... M... avait pour elle, et par la complaisance que j'avais eue d'entrer aveuglément dans le plan téméraire de son aventure.[237] D'ailleurs, par un tour naturel de génie qui m'est particulier,[238] je fus touché de l'ingénuité de son récit, et de cette manière bonne et ouverte, avec laquelle elle me racontait jusqu'aux circonstances dont j'étais le plus offensé. Elle pèche sans malice, disais-je en moi-même. Elle est légère et imprudente; mais elle est droite et sincère. Ajoutez que l'amour suffisait seul, pour me fermer les yeux sur toutes ses fautes.[239] J'étais trop satisfait de l'espérance de l'enlever le soir même à mon rival. Je lui dis néanmoins: Et la nuit, avec qui l'auriez-vous passée? Cette question, que je lui fis tristement, l'embarrassa. Elle ne me répondit que par des mais, et des si interrompus. J'eus pitié de sa peine; et rompant ce discours, je lui déclarai naturellement que j'attendais d'elle qu'elle me suivît à l'heure même. Je le veux bien, me dit-elle; mais vous n'approuvez donc pas mon projet?[240] Ha! n'est-ce pas assez, repartis-je, que j'approuve tout ce que vous avez fait jusqu'à présent? Quoi! nous n'emporterons pas même les dix mille francs? répliqua-t-elle. Il me les a donnés. Ils sont à moi. Je lui conseillai d'abandonner tout, et de ne penser qu'à nous éloigner promptement; car quoiqu'il y eût à peine une demi-heure que j'étais avec elle, je craignais le retour de G... M... Cependant, elle me fit de si pressantes instances, pour me faire consentir à ne pas sortir les mains vides, que je crus lui devoir accorder quelque chose, après avoir tant obtenu d'elle.

Dans le temps que nous nous préparions au départ, j'entendis frapper à la porte de la rue. Je ne doutai nullement que ce ne fût G... M...; et dans le trouble où cette pensée me jeta, je dis à Manon que c'était un homme mort s'il paraissait. Effectivement je n'étais pas assez revenu de mes transports, pour me modérer à sa vue. Marcel finit ma peine, en m'apportant un billet qu'il avait reçu pour moi à la porte. Il était de M. de T... Il me marquait que G... M... étant allé lui chercher de l'argent à sa maison, il profitait de son absence, pour me communiquer une pensée fort plaisante: qu'il lui semblait que je ne pouvais me venger plus agréablement de mon rival, qu'en mangeant son souper, et en couchant, cette nuit même, dans le lit qu'il espérait d'occuper avec ma maîtresse;[241] que cela lui paraissait assez facile, si je pouvais m'assurer de trois ou quatre hommes, qui eussent assez de résolution pour l'arrêter dans la rue, et de fidélité pour le garder à vue jusqu'au lendemain; que pour lui, il promettait de l'amuser encore, une heure pour le moins, par des raisons qu'il tenait prêtes pour son retour. Je montrai ce billet à Manon, et je lui appris de quelle ruse je m'étais servi pour m'introduire librement chez elle. Mon invention et celle de M. de T... lui parurent admirables. Nous en rîmes à notre aise, pendant quelques moments. Mais lorsque je lui parlai de la dernière comme d'un badinage, je fus surpris qu'elle insistât sérieusement à me la proposer, comme une chose dont l'idée la ravissait. En vain lui demandai-je où elle voulait que je trouvasse, tout d'un coup, des gens propres à arrêter G... M... et à le garder fidèlement. Elle me dit qu'il fallait du moins tenter, puisque M. de T... nous garantissait encore une heure; et pour réponse à mes autres objections, elle me dit que je faisais le tyran, et que je n'avais pas de complaisance pour elle. Elle ne trouvait rien de si joli que ce projet. Vous aurez son couvert à souper, me répétait-elle, vous coucherez dans ses draps; et demain de grand matin vous enlèverez sa maîtresse et son argent. Vous serez bien vengé du père et du fils.[242]

Je cédai à ses instances, malgré les mouvements secrets de mon cœur, qui semblaient me présager une catastrophe malheureuse. Je sortis, dans le dessein de prier deux ou trois gardes du corps, avec lesquels Lescaut m'avait mis en liaison, de se charger du soin d'arrêter G... M... Je n'en trouvai qu'un au logis; mais c'était un homme entreprenant qui n'eut pas plutôt su de quoi il était question, qu'il m'assura du succès: il me demanda seulement dix pistoles, pour récompenser trois soldats aux gardes, qu'il prit la résolution d'employer, en se mettant à leur tête. Je le priai de ne pas perdre de temps. Il les assembla, en moins d'un quart d'heure. Je l'attendais à sa maison; et lorsqu'il fut de retour avec ses associés, je le conduisis moi-même au coin d'une rue, par laquelle G... M... devait nécessairement rentrer dans celle de Manon. Je lui recommandai de ne le pas maltraiter, mais de le garder si étroitement jusqu'à sept heures du matin, que je pusse être assuré qu'il ne lui échapperait pas. Il me dit que son dessein était de le conduire à sa chambre, et de l'obliger à se déshabiller, ou même à se coucher dans son lit, tandis que lui et ses trois braves passeraient la nuit à boire et à jouer. Je demeurai avec eux, jusqu'au moment où je vis paraître G... M...; et je me retirai alors quelques pas au-dessous, dans un endroit obscur, pour être témoin d'une scène si extraordinaire. Le garde du corps l'aborda, le pistolet au poing, et lui expliqua civilement qu'il n'en voulait ni à sa vie, ni à son argent; mais que s'il faisait la moindre difficulté de le suivre, ou s'il jetait le moindre cri, il allait lui brûler la cervelle. G... M... le voyant soutenu par trois soldats, et craignant sans doute la bourre du pistolet, ne fit pas de résistance. Je le vis emmener comme un mouton. Je retournai aussitôt chez Manon; et pour ôter tout soupçon aux domestiques, je lui dis, en entrant, qu'il ne fallait pas attendre M. de G... M... pour souper; qu'il lui était survenu des affaires qui le retenaient malgré lui, et qu'il m'avait prié de venir lui en faire ses excuses, et souper avec elle; ce que je regardais comme une grande faveur, auprès d'une si belle dame. Elle seconda fort adroitement mon dessein. Nous nous mîmes à table. Nous y prîmes un air grave, pendant que les laquais demeurèrent à nous servir. Enfin, les ayant congédiés, nous passâmes une des plus charmantes soirées de notre vie. J'ordonnai en secret à Marcel de chercher un fiacre, et de l'avertir de se trouver le lendemain à la porte, avant six heures du matin.[243] Je feignis de quitter Manon vers minuit; mais étant rentré doucement, par le secours de Marcel, je me préparai à occuper le lit de G... M..., comme j'avais rempli sa place à table. Pendant ce temps-là, notre mauvais génie travaillait à nous perdre. Nous étions dans le délire du plaisir, et le glaive était suspendu sur nos têtes. Le fil qui le soutenait allait se rompre. Mais pour faire mieux entendre toutes les circonstances de notre ruine, il faut en éclaircir la cause.

G... M... était suivi d'un laquais, lorsqu'il avait été arrêté par le garde du corps. Ce garçon, effrayé de l'aventure de son maître, retourna en fuyant sur ses pas; et la première démarche qu'il fit pour le secourir, fut d'aller avertir le vieux G... M... de ce qui venait d'arriver. Une si fâcheuse nouvelle ne pouvait manquer de l'alarmer beaucoup. Il n'avait que ce fils, et sa vivacité était extrême pour son âge. Il voulut savoir d'abord, du laquais, tout ce que son fils avait fait l'après-midi; s'il s'était querellé avec quelqu'un, s'il avait pris part au démêlé d'un autre, s'il s'était trouvé dans quelque maison suspecte. Celui-ci, qui croyait son maître dans le dernier danger, et qui s'imaginait ne devoir plus rien ménager pour lui procurer du secours, découvrit tout ce qu'il savait de son amour pour Manon, et de la dépense qu'il avait faite pour elle; la manière dont il avait passé l'après-midi dans sa maison jusqu'aux environs de neuf heures, sa sortie, et le malheur de son retour. C'en fut assez pour faire soupçonner, au vieillard, que l'affaire de son fils était une querelle d'amour. Quoiqu'il fût au moins dix heures et demie du soir, il ne balança point à se rendre aussitôt chez M. le Lieutenant de Police. Il le pria de faire donner des ordres particuliers à toutes les escouades du guet; et lui en ayant demandé une pour se faire accompagner, il courut lui-même vers la rue où son fils avait été arrêté: il visita tous les endroits de la ville où il espérait de le pouvoir trouver; et n'ayant pu découvrir ses traces, il se fit conduire enfin à la maison de sa maîtresse, où il se figura qu'il pouvait être retourné.

J'allais me mettre au lit, lorsqu'il arriva. La porte de la chambre étant fermée, je n'entendis point frapper à celle de la rue; mais il entra, suivi de deux archers, et s'étant informé inutilement de ce qu'était devenu son fils, il lui prit envie de voir sa maîtresse, pour tirer d'elle quelque lumière. Il monte à l'appartement, toujours accompagné de ses archers. Nous étions prêts à nous mettre au lit; il ouvre la porte, et il nous glace le sang par sa vue. O Dieu! c'est le vieux G... M... dis-je à Manon. Je saute sur mon épée. Elle était malheureusement embarrassée dans mon ceinturon.[244] Les archers, qui virent mon mouvement, s'approchèrent aussitôt pour me la saisir. Un homme en chemise est sans résistance. Ils m'ôtèrent tous les moyens de me défendre. G... M... quoique troublé par ce spectacle, ne tarda point à me reconnaître. Il remit encore plus aisément Manon. Est-ce une illusion! nous dit-il gravement: ne vois-je point le Chevalier des Grieux et Manon Lescaut? J'étais si enragé de honte et de douleur, que je ne lui fis pas de réponse. Il parut rouler, pendant quelque temps, diverses pensées dans sa tête; et comme si elles eussent allumé tout d'un coup sa colère, il s'écria, en s'adressant à moi: Ah! malheureux, je suis sûr que tu as tué mon fils! Cette injure me piqua vivement. Vieux scélérat, lui répondis-je avec fierté, si j'avais eu à tuer quelqu'un de ta famille, c'est par toi que j'aurais commencé. Tenez-le bien, dit-il aux archers. Il faut qu'il me dise des nouvelles de mon fils; je le ferai pendre demain, s'il ne m'apprend tout à l'heure ce qu'il en a fait. Tu me feras pendre? repris-je. Infâme! ce sont tes pareils qu'il faut chercher au gibet.[245] Apprends que je suis d'un sang plus noble et plus pur que le tien. Oui, ajoutai-je, je sais ce qui est arrivé à ton fils; et si tu m'irrites davantage, je le ferai étrangler avant qu'il soit demain, et je te promets le même sort apres lui.

Je commis une imprudence, en lui confessant que je savais où était son fils; mais l'excès de ma colère me fit faire cette indiscrétion. Il appela aussitôt cinq ou six autres archers, qui l'attendaient à la porte, et il leur ordonna de s'assurer de tous les domestiques de la maison. Ha! Monsieur le Chevalier, reprit-il d'un ton railleur, vous savez où est mon fils, et vous le ferez étrangler, dites-vous? Comptez que nous y mettrons bon ordre. Je sentis aussitôt la faute que j'avais commise. Il s'approcha de Manon, qui était assise sur le lit en pleurant; il lui dit quelques galanteries ironiques, sur l'empire qu'elle avait sur le père et sur le fils, et sur le bon usage qu'elle en faisait. Ce vieux monstre d'incontinence voulut prendre quelques familiarités avec elle. Garde-toi de la toucher, m'écriai-je; il n'y aurait rien de sacré qui te pût sauver de mes mains. Il sortit en laissant trois archers dans la chambre, auxquels il ordonna de nous faire prendre promptement nos habits.

Je ne sais quels étaient alors ses desseins sur nous. Peut-être eussions-nous obtenu la liberté, en lui apprenant où était son fils. Je méditais, en m'habillant, si ce n'était pas le meilleur parti. Mais s'il était dans cette disposition en quittant notre chambre, elle était bien changée lorsqu'il y revint. Il était allé interroger les domestiques de Manon, que les archers avaient arrêtés. Il ne put rien apprendre de ceux qu'elle avait reçus de son fils; mais lorsqu'il sut que Marcel nous avait servis auparavant, il résolut de le faire parler, en l'intimidant par des menaces.

C'était un garçon fidèle, mais simple et grossier. Le souvenir de ce qu'il avait fait à l'Hôpital pour délivrer Manon, joint à la terreur que G... M... lui inspirait, fit tant d'impression sur son esprit faible, qu'il s'imagina qu'on allait le conduire à la potence ou sur la roue. Il promit de découvrir tout ce qui était venu à sa connaissance, si l'on voulait lui sauver la vie. G... M... se persuada là-dessus qu'il y avait quelque chose, dans nos affaires, de plus sérieux et de plus criminel qu'il n'avait eu lieu jusque-là de se le figurer. Il offrit à Marcel, non seulement la vie, mais des récompenses pour sa confession. Ce malheureux lui apprit une partie de notre dessein, sur lequel nous n'avions pas fait difficulté de nous entretenir devant lui, parce qu'il devait y entrer pour quelque chose. Il est vrai qu'il ignorait entièrement les changements que nous y avions faits à Paris;[246] mais il avait été informé, en partant de Chaillot, du plan de l'entreprise et du rôle qu'il y devait jouer. Il lui déclara donc que notre vue était de duper son fils, et que Manon devait recevoir, ou avait déjà reçu dix mille francs, qui selon notre projet, ne retourneraient jamais aux héritiers de la maison de G... M...

Après cette découverte, le vieillard emporté remonta brusquement dans notre chambre. Il passa, sans parler, dans le cabinet, où il n'eut pas de peine à trouver la somme et les bijoux. Il revint à nous avec un visage enflammé; et nous montrant ce qu'il lui plut de nommer notre larcin,[247] il nous accabla de reproches outrageants. Il fit voir de près, à Manon, le collier de perles et les bracelets: les reconnaissez-vous? lui dit-il, avec un souris moqueur. Ce n'était pas la première fois que vous les eussiez vus. Les mêmes sur ma foi. Ils étaient de votre goût, ma belle; je me le persuade aisément. Les pauvres enfants! ajouta-t-il. Ils sont bien aimables en effet l'un et l'autre; mais ils sont un peu fripons.[248] Mon cœur crevait de rage, à ce discours insultant. J'aurais donné, pour être libre un moment... Juste Ciel! que n'aurais-je pas donné![249] Enfin, je me fis violence pour lui dire, avec une modération qui n'était qu'un raffinement de fureur; finissons, Monsieur, ces insolentes railleries. De quoi est-il question? voyons, que prétendez-vous faire de nous? Il est question, M. le Chevalier, me répondit-il, d'aller de ce pas au Châtelet. Il fera jour demain; nous verrons plus clair dans nos affaires, et j'espère que vous me ferez la grâce, à la fin, de m'apprendre où est mon fils.

Je compris, sans beaucoup de réflexions, que c'était une chose d'une terrible conséquence pour nous, d'être une fois renfermés au Châtelet.[250] J'en prévis, en tremblant, tous les dangers. Malgré toute ma fierté, je reconnus qu'il fallait plier sous le poids de ma fortune, et flatter mon plus cruel ennemi pour en obtenir quelque chose par la soumission. Je le priai, d'un ton honnête, de m'écouter un moment.[251] Je me rends justice, Monsieur, lui dis-je. Je confesse que la jeunesse m'a fait commettre de grandes fautes, et que vous en êtes assez blessé pour vous plaindre. Mais si vous connaissez la force de l'amour; si vous pouvez juger de ce que souffre un malheureux jeune homme à qui l'on enlève tout ce qu'il aime, vous me trouverez peut-être pardonnable d'avoir cherché le plaisir d'une petite vengeance, ou du moins, vous me croirez assez puni par l'affront que je viens de recevoir. Il n'est besoin, ni de prison, ni de supplice, pour me forcer de vous découvrir où est M. votre fils. Il est en sûreté. Mon dessein n'a pas été de lui nuire, ni de vous offenser. Je suis prêt à vous nommer le lieu où il passe tranquillement la nuit, si vous me faites la grâce de nous accorder la liberté. Ce vieux tigre, loin d'être touché de ma prière, me tourna le dos en riant. Il lâcha seulement quelques mots, pour me faire comprendre qu'il savait notre dessein jusqu'à l'origine. Pour ce qui regardait son fils, il ajouta brutalement qu'il se retrouverait assez, puisque je ne l'avais pas assassiné. Conduisez-les au petit Châtelet, dit-il aux archers, et prenez garde que le Chevalier ne vous échappe. C'est un rusé, qui s'est déjà sauvé de S. Lazare.

Il sortit, et me laissa dans l'état que vous pouvez vous imaginer. O Ciel! m'écriai-je, je recevrai avec soumission tous les coups qui viennent de ta main; mais qu'un malheureux coquin ait le pouvoir de me traiter avec cette tyrannie, c'est ce qui me réduit au dernier désespoir. Les archers nous prièrent de ne pas les faire attendre plus longtemps. Ils avaient un carrosse à la porte. Je tendis la main à Manon, pour descendre. Venez, ma chère reine, lui dis-je, venez vous soumettre à toute la rigueur de notre sort. Il plaira peut-être au Ciel, de nous rendre quelque jour plus heureux.

Nous partîmes dans le même carrosse. Elle se mit dans mes bras. Je ne lui avais pas entendu prononcer un mot, depuis le premier moment de l'arrivée de G... M...; mais se trouvant seule alors avec moi, elle me dit mille tendresses, en se reprochant d'être la cause de mon malheur. Je l'assurai que je ne me plaindrais jamais de mon sort, tant qu'elle ne cesserait pas de m'aimer. Ce n'est pas moi qui suis à plaindre, continuai-je. Quelques mois de prison ne m'effraient nullement, et je préférerai toujours le Châtelet à S. Lazare. Mais c'est pour toi, ma chère âme, que mon cœur s'intéresse. Quel sort pour une créature si charmante! Ciel! comment traitez-vous, avec tant de rigueur, le plus parfait de vos ouvrages! Pourquoi ne sommes-nous pas nés, l'un et l'autre, avec des qualités conformes à notre misère? Nous avons reçu de l'esprit, du goût, des sentiments. Hélas! quel triste usage en faisons-nous? tandis que tant d'âmes basses, et dignes de notre sort, jouissent de toutes les faveurs de la Fortune![252] Ces réflexions me pénétraient de douleur. Mais ce n'était rien, en comparaison de celles qui regardaient l'avenir; car je séchais de crainte pour Manon. Elle avait déjà été à l'Hôpital; et quand elle en fût sortie par la bonne porte,[253] je savais que les rechutes en ce genre étaient d'une conséquence extrêmement dangereuse. J'aurais voulu lui exprimer mes frayeurs. J'appréhendais de lui en causer trop. Je tremblais pour elle, sans oser l'avertir du danger, et je l'embrassais en soupirant, pour l'assurer du moins, de mon amour, qui était presque le seul sentiment que j'osasse exprimer.

Manon, lui dis-je, parlez sincèrement, m'aimerez-vous toujours?[254] Elle me répondit qu'elle était bien malheureuse que j'en pusse douter. Hé bien, repris-je, je n'en doute point, et je veux braver tous nos ennemis avec cette assurance. J'emploierai ma famille pour sortir du Châtelet; et tout mon sang ne sera utile à rien, si je ne vous en tire pas aussitôt que je serai libre.

Nous arrivâmes à la prison. On nous mit, chacun, dans un lieu séparé. Ce coup me fut moins rude, parce que je l'avais prévu. Je recommandai Manon au concierge, en lui apprenant que j'étais un homme de quelque distinction, et lui promettant une récompense considérable. J'embrassai ma chère maîtresse, avant que de la quitter. Je la conjurai de ne pas s'affliger excessivement, et de ne rien craindre, tant que je serais au monde. Je n'étais pas sans argent. Je lui en donnai une partie; et je payai au concierge, sur ce qui me restait, un mois de grosse pension d'avance pour elle et pour moi.[255]

Mon argent eut un fort bon effet. On me mit dans une chambre proprement meublée, et l'on m'assura que Manon en avait une pareille. Je m'occupai, aussitôt, des moyens de hâter ma liberté. Il était clair qu'il n'y avait rien d'absolument criminel dans mon affaire; et supposant même que le dessein de notre vol fût prouvé par la déposition de Marcel, je savais fort bien qu'on ne punit point les simples volontés. Je résolus d'écrire promptement à mon père, pour le prier de venir en personne à Paris. J'avais bien moins de honte, comme je l'ai déjà dit, d'être au Châtelet qu'à S. Lazare. D'ailleurs, quoique je conservasse tout le respect dû à l'autorité paternelle, l'âge et l'expérience avaient diminué beaucoup ma timidité. J'écrivis donc, et l'on ne fit pas difficulté, au Châtelet, de laisser sortir ma lettre. Mais c'était une peine que j'aurais pu m'épargner, si j'avais su que mon père devait arriver le lendemain à Paris.

Il avait reçu celle que je lui avais écrite huit jours auparavant. Il en avait ressenti une joie extrême; mais de quelque espérance que je l'eusse flatté au sujet de ma conversion, il n'avait pas cru devoir s'arrêter tout à fait à mes promesses. Il avait pris le parti de venir s'assurer de mon changement par ses yeux, et de régler sa conduite sur la sincérité de mon repentir.[256] Il arriva, le lendemain de mon emprisonnement. Sa première visite fut celle qu'il rendit à Tiberge, à qui je l'avais prié d'adresser sa réponse. Il ne put savoir de lui, ni ma demeure, ni ma condition présente. Il en apprit seulement mes principales aventures, depuis que je m'étais échappé de Saint Sulpice. Tiberge lui parla fort avantageusement des dispositions que je lui avais marquées pour le bien, dans notre dernière entrevue. Il ajouta qu'il me croyait entièrement dégagé de Manon; mais qu'il était surpris, néanmoins, que je ne lui eusse pas donné de mes nouvelles depuis huit jours. Mon père n'était pas dupe. Il comprit qu'il y avait quelque chose qui échappait à la pénétration de Tiberge, dans le silence dont il se plaignait, et il employa tant de soins pour découvrir mes traces, que deux jours après son arrivée, il apprit que j'étais au Châtelet. Avant que de recevoir sa visite, à laquelle j'étais fort éloigné de m'attendre sitôt, je reçus celle de M. le Lieutenant Général de Police; ou, pour expliquer les choses par leur nom, je subis l'interrogatoire. Il me fit quelques reproches; mais ils n'étaient, ni durs, ni désobligeants. Il me dit, avec douceur, qu'il plaignait ma mauvaise conduite; que j'avais manqué de sagesse en me faisant un ennemi tel que M. de G... M...; qu'à la vérité il était aisé de remarquer qu'il y avait, dans mon affaire, plus d'imprudence et de légèreté que de malice; mais que c'était néanmoins la seconde fois que je me trouvais sujet à son tribunal, et qu'il avait espéré que je fusse devenu plus sage, après avoir pris deux ou trois mois de leçons à S. Lazare. Charmé d'avoir à faire à un juge raisonnable, je m'expliquai avec lui d'une manière si respectueuse et si modérée, qu'il parut extrêmement satisfait de mes réponses. Il me dit que je ne devais pas me livrer trop au chagrin, et qu'il se sentait disposé à me rendre service, en faveur de ma naissance et de ma jeunesse. Je me hasardai à lui recommander Manon, et à lui faire l'éloge de sa douceur et de son bon naturel. Il me répondit, en riant, qu'il ne l'avait point encore vue; mais qu'on la représentait comme une dangereuse personne. Ce mot excita tellement ma tendresse, que je lui dis mille choses passionnées pour la défense de ma pauvre maîtresse; et je ne pus m'empêcher même de répandre quelques larmes. Il ordonna qu'on me reconduisît à ma chambre. Amour, Amour! s'écria ce grave magistrat en me voyant sortir, ne te réconcilieras-tu jamais avec la sagesse?

J'étais à m'entretenir tristement de mes idées, et à réfléchir sur la conversation que j'avais eue avec M. le Lieutenant Général de Police, lorsque j'entendis ouvrir la porte de ma chambre: c'était mon père. Quoique je dusse être à demi préparé à cette vue, puisque je m'y attendais quelques jours plus tard, je ne laissai pas d'en être frappé si vivement, que je me serais précipité au fond de la terre, si elle s'était entr'ouverte à mes pieds. J'allai l'embrasser, avec toutes les marques d'une extrême confusion. Il s'assit, sans que ni lui, ni moi, eussions encore ouvert la bouche.

Comme je demeurais debout, les yeux baissés, et la tête découverte; asseyez-vous, Monsieur, me dit-il gravement, asseyez-vous. Grâce au scandale de votre libertinage et de vos friponneries, j'ai découvert le lieu de votre demeure. C'est l'avantage d'un mérite tel que le vôtre, de ne pouvoir demeurer caché. Vous allez à la renommée, par un chemin infaillible. J'espère que le terme en sera bientôt la Grève, et que vous aurez, effectivement la gloire d'y être exposé à l'admiration de tout le monde.[257]

Je ne répondis rien. Il continua: qu'un père est malheureux, lorsqu'après avoir aimé tendrement un fils, et n'avoir rien épargné pour en faire un honnête homme, il n'y trouve à la fin qu'un fripon qui le déshonore! On se console d'un malheur de fortune: le temps l'efface, et le chagrin diminue: mais quel remède contre un mal qui augmente tous les jours, tel que les désordres d'un fils vicieux, qui a perdu tous sentiments d'honneur! Tu ne dis rien, malheureux, ajouta-t-il: voyez cette modestie contrefaite, et cet air de douceur hypocrite; ne le prendrait-on pas pour le plus honnête homme de sa race?

Quoique je fusse obligé de reconnaître que je méritais une partie de ces outrages, il me parut néanmoins que c'était les porter à l'excès. Je crus qu'il m'était permis d'expliquer naturellement ma pensée. Je vous assure, Monsieur, lui dis-je, que la modestie où vous me voyez devant vous, n'est nullement affectée: c'est la situation naturelle d'un fils bien né, qui respecte infiniment son père, et surtout un père irrité. Je ne prétends pas non plus passer pour l'homme le plus réglé de notre race. Je me connais digne de vos reproches; mais je vous conjure d'y mettre un peu plus de bonté, et de ne pas me traiter comme le plus infâme de tous les hommes. Je ne mérite pas des noms si durs. C'est l'amour, vous le savez, qui a causé toutes mes fautes. Fatale passion! Hélas! n'en connaissez-vous pas la force, et se peut-il que votre sang, qui est la source du mien, n'ait jamais ressenti les mêmes ardeurs?[258] L'amour m'a rendu trop tendre, trop passionné, trop fidèle, et peut-être trop complaisant pour les désirs d'une maîtresse toute charmante; voilà mes crimes.[259] En voyez-vous là quelqu'un qui vous déshonore? Allons, mon cher père, ajoutai-je tendrement; un peu de pitié pour un fils, qui a toujours été plein de respect et d'affection pour vous, qui n'a pas renoncé comme vous pensez à l'honneur et au devoir, et qui est mille fois plus à plaindre que vous ne sauriez vous l'imaginer. Je laissai tomber quelques larmes, en finissant ces paroles.

Un cœur de père est le chef-d'œuvre de la nature; elle y règne, pour ainsi parler, avec complaisance, et elle en règle elle-même tous les ressorts. Le mien, qui était avec cela homme d'esprit et de goût, fut si touché du tour que j'avais donné à mes excuses, qu'il ne fut pas le maître de me cacher ce changement. Viens, mon pauvre Chevalier, me dit-il, viens m'embrasser; tu me fais pitié. Je l'embrassai. Il me serra d'une manière, qui me fit juger de ce qui se passait dans son cœur. Mais quel moyen prendrons-nous donc, reprit-il, pour te tirer d'ici? Explique-moi toutes tes affaires sans déguisement. Comme il n'y avait rien après tout, dans le gros de ma conduite, qui pût me déshonorer absolument,[260] du moins en la mesurant sur celle des jeunes gens d'un certain monde, et qu'une maîtresse ne passe point pour une infamie dans le siècle où nous sommes, non plus qu'un peu d'adresse à s'attirer la fortune du jeu, je fis sincèrement à mon père le détail de la vie que j'avais menée. A chaque faute dont je lui faisais l'aveu, j'avais soin de joindre des exemples célèbres, pour en diminuer la honte. Je vis avec une maîtresse, lui disais-je, sans être lié par les cérémonies du mariage: M. le Duc de... en entretien deux, aux yeux de tout Paris; M. de... en a une depuis dix ans, qu'il aime avec une fidélité qu'il n'a jamais eue pour sa femme. Les deux tiers des honnêtes gens de France se font honneur d'en avoir. J'ai usé de quelque supercherie au jeu: M. le Marquis de... et le Comte de... n'ont point d'autres revenus: M. le Prince de... et M. le Duc de... sont les chefs d'une bande de Chevaliers du même Ordre. Pour ce qui regardait mes desseins sur la bourse des deux G... M..., j'aurais pu prouver aussi facilement que je n'étais pas sans modèles; mais il me restait trop d'honneur pour ne pas me condamner moi-même, avec tous ceux dont j'aurais pu me proposer l'exemple: de sorte que je priai mon père de pardonner cette faiblesse aux deux violentes passions qui m'avaient agité, la vengeance et l'amour. Il me demanda si je pouvais lui donner quelques ouvertures sur les plus courts moyens d'obtenir ma liberté, et d'une manière qui pût lui faire éviter l'éclat. Je lui appris les sentiments de bonté que le Lieutenant Général de Police avait pour moi. Si vous trouvez quelques difficultes, lui dis-je, elles ne peuvent venir que de la part des G... M...: ainsi, je crois qu'il serait à propos que vous prissiez la peine de les voir. Il me le promit. Je n'osai le prier de solliciter pour Manon.[261] Ce ne fut point un défaut de hardiesse, mais un effet de la crainte où j'étais de le révolter par cette proposition, et de lui faire naître quelque dessein funeste à elle et à moi. Je suis encore à savoir, si cette crainte n'a pas causé mes plus grandes infortunes, en m'empêchant de tenter les dispositions de mon père, et de faire des efforts pour lui en inspirer de favorables à ma malheureuse maîtresse. J'aurais peut-être excité encore une fois sa pitié. Je l'aurais mis en garde, contre les impressions qu'il allait recevoir trop facilement du vieux G... M... Que sais-je! Ma mauvaise destinée l'aurait peut-être emporté sur tous mes efforts; mais je n'aurais eu qu'elle du moins, et la cruauté de mes ennemis,[262] à accuser de mon malheur.

En me quittant, mon père alla faire une visite à M. de G... M... Il le trouva avec son fils, à qui le garde du corps avait honnêtement rendu la liberté. Je n'ai jamais su les particularités de leur conversation; mais il ne m'a été que trop facile d'en juger par ses mortels effets. Ils allèrent ensemble, je dis les deux pères, chez M. le Lieutenant Général de Police, auquel ils demandèrent deux grâces: l'une, de me faire sortir sur-le-champ du Châtelet; l'autre, d'enfermer Manon pour le reste de ses jours, ou de l'envoyer en Amérique. On commençait, dans le même temps, à embarquer quantité de gens sans aveu, pour le Mississipi. M. le Lieutenant Général de Police leur donna sa parole, de faire partir Manon par le premier vaisseau. M. de G... M... et mon père vinrent aussitôt m'apporter ensemble la nouvelle de ma liberté. M. de G... M... me fit un compliment civil sur le passé; et m'ayant félicité sur le bonheur que j'avais, d'avoir un tel père, il m'exhorta à profiter désormais de ses leçons et de ses exemples. Mon père m'ordonna de lui faire des excuses, de l'injure prétendue que j'avais faite à sa famille, et de le remercier de s'être employé avec lui pour mon élargissement. Nous sortîmes ensemble, sans avoir dit un mot de ma maîtresse. Je n'osai même parler d'elle, aux guichetiers, en leur présence. Hélas! mes tristes recommandations eussent été bien inutiles! L'ordre cruel était venu, en même temps que celui de ma délivrance. Cette fille infortunée fut conduite une heure après, à l'Hôpital, pour y être associée à quelques malheureuses, qui étaient condamnées à subir le même sort. Mon père m'ayant obligé de le suivre, à la maison où il avait pris sa demeure, il était presque six heures du soir lorsque je trouvai le moment de me dérober de ses yeux, pour retourner au Châtelet. Je n'avais dessein que de faire tenir quelques rafraîchissements à Manon, et de la recommander au concierge; car je ne me promettais pas que la liberté de la voir me fût accordée. Je n'avais point encore eu le temps, non plus, de réfléchir aux moyens de la délivrer.

Je demandai à parler au concierge. Il avait été content de ma libéralité et de ma douceur; de sorte qu'ayant quelque disposition à me rendre service, il me parla du sort de Manon, comme d'un malheur dont il avait beaucoup de regret, parce qu'il pouvait m'affliger. Je ne compris point ce langage. Nous nous entretînmes quelques moments sans nous entendre. A la fin, s'apercevant que j'avais besoin d'une explication, il me la donna, telle que j'ai déjà eu horreur de vous la dire, et que j'ai encore de la répéter. Jamais apoplexie violente ne causa d'effet plus subit et plus terrible.[263] Je tombai, avec une palpitation de cœur si douloureuse, qu'à l'instant que je perdis la connaissance, je me crus délivré de la vie pour toujours. Il me resta même quelque chose de cette pensée, lorsque je revins à moi. Je tournai mes regards vers toutes les parties de la chambre, et sur moi-même, pour m'assurer si je portais encore la malheureuse qualité d'homme vivant. Il est certain qu'en ne suivant que le mouvement naturel qui fait chercher à se délivrer de ses peines, rien ne pouvait me paraître plus doux que la mort, dans ce moment de désespoir et de consternation. La religion même ne pouvait me faire envisager rien de plus insupportable après la vie, que les convulsions cruelles dont j'étais tourmenté. Cependant, par un miracle propre à l'amour, je retrouvai bientôt assez de force pour remercier le Ciel de m'avoir rendu la connaissance et la raison. Ma mort n'eût été utile qu'à moi. Manon avait besoin de ma vie pour la délivrer, pour la secourir, pour la venger. Je jurai de m'y employer sans ménagement.

Le concierge me donna toute l'assistance que j'eusse pu attendre du meilleur de mes amis. Je reçus ses services avec une vive reconnaissance. Hélas! lui dis-je, vous êtes donc touché de mes peines! Tout le monde m'abandonne. Mon père même est sans doute un de mes plus cruels persécuteurs. Personne n'a pitié de moi. Vous seul, dans le séjour de la dureté et de la barbarie, vous marquez de la compassion pour le plus misérable de tous les hommes! Il me conseillait de ne point paraître dans la rue, sans être un peu remis du trouble où j'étais. Laissez, laissez, répondis-je en sortant; je vous reverrai plus tôt que vous ne pensez. Préparez-moi le plus noir de vos cachots; je vais travailler à le mériter. En effet, mes premières résolutions n'allaient à rien moins[264] qu'à me défaire des deux G... M... et du Lieutenant Général de Police, et fondre ensuite à main armée sur l'Hôpital, avec tous ceux que je pourrais engager dans ma querelle. Mon père lui-même eût à peine été respecté, dans une vengeance qui me paraissait si juste; car le concierge ne m'avait pas caché que lui, et G... M... étaient les auteurs de ma perte. Mais lorsque j'eus fait quelques pas dans les rues, et que l'air eut un peu rafraîchi mon sang et mes humeurs, ma fureur fit place peu à peu à des sentiments plus raisonnables. La mort de nos ennemis eût été d'une faible utilité pour Manon, et elle m'eût exposé sans doute à me voir ôter tous les moyens de la secourir. D'ailleurs aurais-je eu recours à un lâche assassinat![265] Quelle autre voie pouvais-je m'ouvrir à la vengeance? Je recueillis toutes mes forces et tous mes esprits pour travailler d'abord à la délivrance de Manon, remettant tout le reste après le succès de cette importante entreprise. Il me restait peu d'argent. C'était néanmoins un fondement nécessaire, par lequel il fallait commencer. Je ne voyais que trois personnes de qui j'en pusse attendre; M. de T..., mon père, et Tiberge. Il y avait peu d'apparence d'obtenir quelque chose des deux derniers, et j'avais honte de fatiguer l'autre par mes importunités. Mais ce n'est point dans le désespoir, qu'on garde des ménagements. J'allai sur-le-champ au Séminaire de S. Sulpice, sans m'embarrasser si j'y serais reconnu. Je fis appeler Tiberge. Ses premières paroles me firent comprendre qu'il ignorait encore mes dernières aventures. Cette idée me fit changer le dessein que j'avais, de l'attendrir par la compassion. Je lui parlai, en général, du plaisir que j'avais eu de revoir mon père; et je le priai ensuite de me prêter quelque argent, sous prétexte de payer, avant mon départ de Paris, quelques dettes que je souhaitais de tenir inconnues. Il me présenta aussitôt sa bourse. Je pris cinq cents francs, sur six cents que j'y trouvai. Je lui offris mon billet;[266] il était trop généreux pour l'accepter.

Je tournai de là chez M. de T... Je n'eus point de réserve avec lui. Je lui fis l'exposition de mes malheurs, et de mes peines; il en savait déjà jusqu'aux moindres circonstances, par le soin qu'il avait eu de suivre l'aventure du jeune G... M... Il m'écouta néanmoins, et il me plaignit beaucoup. Lorsque je lui demandai ses conseils, sur les moyens de délivrer Manon, il me répondit tristement, qu'il y voyait si peu de jour, qu'à moins d'un secours extraordinaire du Ciel, il fallait renoncer à l'espérance; qu'il avait passé exprès à l'Hôpital, depuis qu'elle y était renfermée; qu'il n'avait pu obtenir lui-même la liberté de la voir; que les ordres du Lieutenant Général de Police étaient de la dernière rigueur, et que pour comble d'infortune la malheureuse bande où elle devait entrer, était destinée à partir le surlendemain du jour où nous étions. J'étais si consterné de son discours, qu'il eût pu parler une heure, sans que j'eusse pensé à l'interrompre. Il continua de me dire, qu'il n'était point allé voir au Châtelet, pour se donner plus de facilité à me servir, lorsqu'on le croirait sans liaison avec moi; que depuis quelques heures que j'en étais sorti, il avait eu le chagrin d'ignorer où je m'étais retiré,[267] et qu'il avait souhaité de me voir promptement, pour me donner le seul conseil dont il semblait que je pusse espérer du changement dans le sort de Manon; mais un conseil dangereux, auquel il me priait de cacher éternellement qu'il eût part;[268] c'était de choisir quelques braves, qui eussent le courage d'attaquer les gardes de Manon, lorsqu'ils seraient sortis de Paris avec elle. Il n'attendit point que je lui parlasse de mon indigence. Voilà cent pistoles, me dit-il, en me présentant une bourse, qui pourront vous être de quelque usage. Vous me les remettrez, lorsque la fortune aura rétabli vos affaires. Il ajouta que si le soin de sa réputation lui eût permis d'entreprendre lui-même la délivrance de ma maîtresse, il m'eût offert son bras et son épée.

Cette excessive genérosité me toucha jusqu'aux larmes. J'employai, pour lui marquer ma reconnaissance, toute la vivacité que mon affliction me laissait de reste. Je lui demandai s'il n'y avait rien à espérer par la voie des intercessions, auprès du Lieutenant Général de Police. Il me dit qu'il y avait pensé; mais qu'il croyait cette ressource inutile, parce qu'une grâce de cette nature ne pouvait se demander sans motif, et qu'il ne voyait pas bien quel motif on pouvait employer pour se faire un intercesseur d'une personne grave et puissante; que si l'on pouvait se flatter de quelque chose, de ce côté-là, ce ne pouvait être qu'en faisant changer de sentiment à M. de G... M... et à mon père, et en les engageant à prier eux-mêmes M. le Lieutenant Général de Police de révoquer sa sentence. Il m'offrit de faire tous ses efforts pour gagner le jeune G... M..., quoiqu'il le crût un peu refroidi à son égard, par quelques soupçons qu'il avait conçus de lui à l'occasion de notre affaire; et il m'exhorta à ne rien omettre, de mon côté, pour fléchir l'esprit de mon père.

Ce n'était pas une légère entreprise pour moi; je ne dis pas seulement par la difficulté que je devais naturellement trouver à le vaincre, mais par une autre raison, qui me faisait même redouter ses approches; je m'étais dérobé de son logement contre ses ordres, et j'étais fort résolu de n'y pas retourner, depuis que j'avais appris la triste destinée de Manon. J'appréhendais avec sujet qu'il ne me fît retenir malgré moi, et qu'il ne me reconduisît de même en province. Mon frère aîné avait usé autrefois de cette méthode. Il est vrai que j'étais devenu plus âgé; mais l'âge était une faible raison contre la force. Cependant je trouvais une voie qui me sauvait du danger; c'était de le faire appeler dans un endroit public, et de m'annoncer à lui sous un autre nom. Je pris aussitôt ce parti. M. de T... s'en alla chez G... M... et moi au Luxembourg, d'où j'envoyai avertir mon père, qu'un gentilhomme de ses serviteurs était à l'attendre. Je craignais qu'il n'eût quelque peine à venir, parce que la nuit approchait. Il parut néanmoins peu après, suivi de son laquais. Je le priai de prendre une allée où nous puissions être seuls. Nous fîmes cent pas, pour le moins, sans parler. Il s'imaginait bien, sans doute, que tant de préparations ne s'étaient pas faites sans un dessein d'importance. Il attendait ma harangue, et je la méditais.

Enfin j'ouvris la bouche. Monsieur, lui dis-je en tremblant, vous êtes un bon père. Vous m'avez comblé de grâces, et vous m'avez pardonné un nombre infini de fautes. Aussi le Ciel m'est-il témoin, que j'ai pour vous tous les sentiments du fils le plus tendre et le plus respectueux. Mais il me semble... que votre rigueur... Hé bien, ma rigueur, interrompit mon père, qui trouvait sans doute que je parlais lentement pour son impatience. Ah! Monsieur, repris-je, il me semble que votre rigueur est extrême, dans le traitement que vous avez fait à la malheureuse Manon. Vous vous en êtes rapporté à M. de G... M... Sa haine vous l'a représentée sous les plus noires couleurs. Vous vous êtes formé d'elle une affreuse idée. Cependant c'est la plus douce et la plus aimable créature qui fut jamais. Que n'a-t-il plu au Ciel, de vous inspirer l'envie de la voir un moment! Je ne suis pas plus sûr qu'elle est charmante, que je le suis qu'elle vous l'aurait paru. Vous auriez pris parti pour elle. Vous auriez détesté les noirs artifices de G... M... Vous auriez eu compassion d'elle et de moi. Hélas! J'en suis sûr. Votre cœur n'est pas insensible. Vous vous seriez laissé attendrir. Il m'interrompit encore, voyant que je parlais avec une ardeur qui ne m'aurait pas permis de finir sitôt. Il voulut savoir, à quoi j'avais dessein d'en venir, par un discours si passionné. A vous demander la vie, répondis-je, que je ne puis conserver un moment, si Manon part une fois pour l'Amérique. Non, non, me dit-il d'un ton sévère; j'aime mieux te voir sans vie, que sans sagesse et sans honneur.[269] N'allons donc pas plus loin, m'écriai-je en l'arrêtant par le bras; ôtez-la moi, cette vie odieuse et insupportable; car dans le désespoir où vous me jetez, la mort sera une faveur pour moi. C'est un présent digne de la main d'un père.

Je ne te donnerais que ce que tu mérites, répliqua-t-il. Je connais bien des pères, qui n'auraient pas attendu si longtemps pour être eux-mêmes tes bourreaux; mais c'est ma bonté excessive qui t'a perdu.

Je me jetai à ses genoux: Ah! s'il vous en reste encore, lui dis-je en les embrassant, ne vous endurcissez donc pas contre mes pleurs. Songez que je suis votre fils... Hélas! souvenez-vous de ma mère. Vous l'aimiez si tendrement! Auriez-vous souffert qu'on l'eût arrachée de vos bras? Vous l'auriez défendue jusqu'à la mort. Les autres n'ont-ils pas un cœur comme vous? Peut-on être barbare, après avoir une fois éprouvé ce que c'est que la tendresse et la douleur?

Ne me parle pas davantage de ta mère, reprit-il d'une voix irritée; ce souvenir échauffe mon indignation. Tes désordres la feraient mourir de douleur, si elle eût assez vécu pour les voir. Finissons cet entretien, ajouta-t-il; il m'importune, et ne me fera point changer de résolution. Je retourne au logis. Je t'ordonne de me suivre. Le ton sec et dur, avec lequel il m'intima cet ordre, me fit trop comprendre que son cœur était inflexible. Je m'éloignai de quelques pas, dans la crainte qu'il ne lui prît envie de m'arrêter de ses propres mains. N'augmentez pas mon désespoir, lui dis-je, en me forçant de vous désobéir. Il est impossible que je vous suive. Il ne l'est pas moins que je vive, après la dureté avec laquelle vous me traitez. Ainsi je vous dis un éternel adieu. Ma mort, que vous apprendrez bientôt, ajoutai-je tristement, vous fera peut-être reprendre pour moi des sentiments de père.[270] Comme je me tournais pour le quitter: Tu refuses donc de me suivre? s'écria-t-il avec une vive colère. Va, cours à ta perte. Adieu fils ingrat et rebelle. Adieu, lui dis-je dans mon transport, adieu, père barbare et dénaturé.

Je sortis aussitôt du Luxembourg. Je marchai dans les rues comme un furieux, jusqu'à la maison de M. de T... Je levais, en marchant, les yeux et les mains pour invoquer toutes les puissances célestes. O Ciel! disais-je, serez-vous aussi impitoyable que les hommes? je n'ai plus de secours à attendre que de vous. M. de T... n'était point encore retourné chez lui; mais il revint, après que je l'y eus attendu quelques moments. Sa négociation n'avait pas réussi mieux que la mienne. Il me le dit d'un visage abattu. Le jeune G... M..., quoique moins irrité que son père contre Manon et contre moi, n'avait pas voulu entreprendre de le solliciter en notre faveur.[271] Il s'en était défendu, par la crainte qu'il avait lui-même de ce vieillard vindicatif, qui s'était déjà fort emporté contre lui, en lui reprochant ses desseins de commerce avec Manon. Il ne me restait donc que la voie de la violence, telle que M. de T... m'en avait tracé le plan; j'y réduisis toutes mes espérances. Elles sont bien incertaines, lui dis-je; mais la plus solide et la plus consolante pour moi est celle de périr du moins dans l'entreprise. Je le quittai, en le priant de me secourir par ses vœux; et je ne pensai plus qu'à m'associer des camarades, à qui je pusse communiquer une étincelle de mon courage et de ma résolution.

Le premier, qui s'offrit à mon esprit, fut le même garde du corps, que j'avais employé pour arreter G... M... J'avais dessein aussi d'aller passer la nuit dans sa chambre, n'ayant pas eu l'esprit assez libre, pendant l'après-midi, pour me procurer un logement. Je le trouvai seul. Il eut de la joie, de me voir sorti du Châtelet. Il m'offrit affectueusement ses services. Je lui expliquai ceux qu'il pouvait me rendre. Il avait assez de bon sens pour en apercevoir toutes les difficultés; mais il fut assez généreux pour entreprendre de les surmonter. Nous employâmes une partie de la nuit, à raisonner sur mon dessein. Il me parla des trois soldats aux gardes, dont il s'était servi dans la dernière occasion, comme de trois braves à l'épreuve. M. de T... m'avait informé exactement du nombre des archers, qui devaient conduire Manon; ils n'étaient que six. Cinq hommes hardis et résolus suffisaient pour donner l'épouvante à ces misérables, qui ne sont point capables de se défendre honorablement, lorsqu'ils peuvent éviter le péril du combat par une lâcheté. Comme je ne manquais point d'argent, le garde du corps me conseilla de ne rien épargner, pour assurer le succès de notre attaque. Il nous faut des chevaux, me dit-il, avec des pistolets, et chacun notre mousqueton. Je me charge de prendre demain le soin de ces préparatifs. Il faudra aussi trois habits communs pour nos soldats, qui n'oseraient paraître dans une affaire de cette nature, avec l'uniforme du régiment. Je lui mis, entre les mains, les cent pistoles que j'avais reçues de M. de T... Elles furent employées, le lendemain, jusqu'au dernier sol. Les trois soldats passèrent en revue devant moi. Je les animai par de grandes promesses; et pour leur ôter toute défiance, je commençai par leur faire présent, à chacun, de dix pistoles. Le jour de l'exécution étant venu, j'en envoyai un de grand matin à l'Hôpital, pour s'instruire, par ses propres yeux, du moment auquel les archers partiraient avec leur proie. Quoique je n'eusse pris cette précaution que par un excès d'inquiétude et de prévoyance, il se trouva qu'elle avait été absolument nécessaire. J'avais compté sur quelques fausses informations qu'on m'avait données[272] de leur route, et m'étant persuadé que c'était à La Rochelle que cette déplorable troupe devait être embarquée, j'aurais perdu mes peines à l'attendre sur le chemin d'Orléans. Cependant je fus informé, par le rapport du soldat aux gardes, qu'elle prenait le chemin de Normandie, et que c'était du Havre de Grâce qu'elle devait partir pour l'Amérique.

Nous nous rendîmes aussitôt à la Porte S. Honoré, observant de marcher par des rues différentes. Nous nous réunîmes au bout du faubourg. Nos chevaux étaient frais. Nous ne tardâmes point à découvrir les six gardes, et les deux misérables voitures que vous vîtes à Passy, il y a deux ans. Ce spectacle faillit de m'ôter la force et la connaissance. O Fortune, m'écriai-je, Fortune cruelle! accorde-moi ici, du moins, la mort ou la victoire.[273] Nous tînmes conseil un moment, sur la manière dont nous ferions notre attaque. Les archers n'étaient guère plus de quatre cents pas devant nous, et nous pouvions les couper en passant au travers d'un petit champ, autour duquel le grand chemin tournait. Le garde du corps fut d'avis de prendre cette voie, pour les surprendre en fondant tout d'un coup sur eux. J'approuvai sa pensée, et je fus le premier à piquer mon cheval. Mais la Fortune avait rejeté impitoyablement mes vœux. Les archers, voyant cinq cavaliers accourir vers eux, ne doutèrent point que ce ne fût pour les attaquer. Ils se mirent en défense, en préparant leurs baïonnettes et leurs fusils, d'un air assez résolu. Cette vue, qui ne fit que nous animer le garde du corps et moi, ôta tout d'un coup le courage à nos trois lâches compagnons. Ils s'arrêtèrent comme de concert, et s'étant dit entre eux quelques mots que je n'entendis point, ils tournèrent la tête de leurs chevaux, pour reprendre le chemin de Paris à bride abattue. Dieux! me dit le garde du corps, qui paraissait aussi éperdu que moi de cette infâme désertion, qu'allons-nous faire? nous ne sommes que deux. J'avais perdu la voix, de fureur et d'étonnement. Je m'arrêtai, incertain si ma première vengeance ne devait pas s'employer à la poursuite et au châtiment des lâches qui m'abandonnaient. Je les regardais fuir, et je jetais les yeux de l'autre côté sur les archers. S'il m'eût été possible de me partager, j'aurais fondu tout à la fois sur ces deux objets de ma rage, je les dévorais tous ensemble. Le garde du corps, qui jugeait de mon incertitude, par le mouvement égaré de mes yeux, me pria d'écouter son conseil. N'étant que deux, me dit-il, il y aurait de la folie à attaquer six hommes aussi bien armés que nous, et qui paraissent nous attendre de pied ferme. Il faut retourner à Paris, et tâcher de réussir mieux dans le choix de nos braves. Les archers ne sauraient faire de grandes journées, avec deux pesantes voitures; nous les rejoindrons demain sans peine.

Je fis un moment de réflexion sur ce parti; mais, ne voyant de tous côtés que des sujets de désespoir, je pris une résolution véritablement désespérée. Ce fut de remercier mon compagnon de ses services; et loin d'attaquer les archers, je résolus d'aller, avec soumission, les prier de me recevoir dans leur troupe, pour accompagner Manon avec eux jusqu'au Havre de Grâce, et passer ensuite au delà des mers avec elle. Tout le monde me persécute ou me trahit, dis-je au garde du corps. Je n'ai plus de fond à faire sur personne. Je n'attends plus rien, ni de la fortune, ni du secours des hommes. Mes malheurs sont au comble; il ne me reste plus que de m'y soumettre. Ainsi je ferme les yeux à toute espérance. Puisse le Ciel récompenser votre générosité! Adieu, je vais aider mon mauvais sort à consommer ma ruine, en y courant moi-même volontairement. Il fit inutilement ses efforts pour m'engager à retourner à Paris. Je le priai de me laisser suivre mes résolutions, et de me quitter sur-le-champ; de peur que les archers ne continuassent de croire que notre dessein était de les attaquer.

J'allai seul vers eux, d'un pas lent, et le visage si consterné, qu'ils ne durent rien trouver d'effrayant dans mes approches. Ils se tenaient néanmoins en défense. Rassurez-vous, Messieurs, leur dis-je, en les abordant: je ne vous apporte point la guerre, je viens vous demander des grâces. Je les priai de continuer leur chemin sans défiance; et je leur appris, en marchant, les faveurs que j'attendais d'eux. Ils consultèrent ensemble, de quelle manière ils devaient recevoir cette ouverture. Le chef de la bande prit la parole pour les autres. Il me répondit, que les ordres qu'ils avaient de veiller sur leurs captives étaient d'une extrême rigueur; que je lui paraissais néanmoins si joli homme,[274] que lui et ses compagnons se relâcheraient un peu de leur devoir; mais que je devais comprendre, qu'il fallait qu'il m'en coûtât quelque chose. Il me restait environ quinze pistoles; je leur dis naturellement en quoi consistait le fond de ma bourse. Hé bien, me dit l'archer, nous en userons généreusement. Il ne vous coûtera qu'un écu par heure, pour entretenir celle de nos filles qui vous plaira le plus; c'est le prix courant de Paris.[275] Je ne leur avais pas parlé de Manon en particulier, parce que je n'avais pas dessein qu'ils connussent ma passion. Ils s'imaginèrent d'abord que ce n'était qu'une fantaisie de jeune homme, qui me faisait chercher un peu de passe-temps avec ces créatures; mais lorsqu'ils crurent s'être aperçus que j'étais amoureux, ils augmentèrent tellement le tribut, que ma bourse se trouva épuisée en partant de Mante, où nous avions couché, le jour que nous arrivâmes à Passy.

Vous dirai-je quel fut le déplorable sujet de mes entretiens avec Manon, pendant cette route, ou quelle impression sa vue fit sur moi, lorsque j'eus obtenu des gardes la liberté d'approcher de son chariot?[276] Ah! les expressions ne rendent jamais qu'à demi les sentiments du cœur:[277] mais figurez-vous ma pauvre maîtresse[278] enchaînée par le milieu du corps, assise sur quelques poignées de paille, la tête appuyée languissamment sur un côté de la voiture, le visage pâle, et mouillé d'un ruisseau de larmes, qui se faisaient un passage au travers de ses paupières, quoiqu'elle eût continuellement les yeux fermés. Elle n'avait pas même eu la curiosité de les ouvrir, lorsqu'elle avait entendu le bruit de ses gardes, qui craignaient d'être attaqués. Son linge était sale et dérangé, ses mains délicates exposées à l'injure de l'air;[279] enfin, tout ce composé charmant, cette figure capable de ramener l'univers à l'idolâtrie, paraissait dans un désordre et un abattement inexprimable.[280] J'employai quelque temps à la considérer, en allant à cheval à côté du chariot. J'étais si peu à moi-même, que je fus sur le point plusieurs fois de tomber dangereusement. Mes soupirs, et mes exclamations fréquentes, m'attirèrent d'elle quelques regards. Elle me reconnut, et je remarquai que dans le premier mouvement, elle tenta de se précipiter hors de la voiture pour venir à moi;[281] mais, étant retenue par sa chaîne, elle retomba dans sa première attitude. Je priai les archers d'arrêter un moment, par compassion; ils y consentirent par avarice. Je quittai mon cheval, pour m'asseoir auprès d'elle. Elle était si languissante et si affaiblie, qu'elle fut longtemps sans pouvoir se servir de sa langue, ni remuer ses mains.[282] Je les mouillais pendant ce temps-là de mes pleurs; et ne pouvant proférer moi-même une seule parole, nous étions l'un et l'autre dans une des plus tristes situations dont il y ait jamais eu d'exemple. Nos expressions ne le furent pas moins, lorsque nous eûmes retrouvé la liberté de parler. Manon parla peu; il semblait que la honte, et la douleur eussent altéré les organes de sa voix; le son en était faible et tremblant. Elle me remercia de ne l'avoir pas oubliée, et de la satisfaction que je lui accordais, dit-elle en soupirant, de me voir du moins encore une fois, et de me dire le dernier adieu. Mais, lorsque je l'eus assurée que rien n'était capable de me séparer d'elle, et que j'étais disposé à la suivre jusqu'à l'extrémité du monde, pour prendre soin d'elle, pour la servir, pour l'aimer, et pour attacher inséparablement ma misérable destinée à la sienne, cette pauvre fille se livra à des sentiments si tendres et si douloureux, que j'appréhendai quelque chose, pour sa vie, d'une si violente émotion.[283] Tous les mouvements de son âme semblaient se réunir dans ses yeux. Elle les tenait fixés sur moi. Quelquefois elle ouvrait la bouche, sans avoir la force d'achever quelques mots qu'elle commençait. Il lui en échappait néanmoins quelques-uns. C'étaient des marques d'admiration sur mon amour, de tendres plaintes de son excès, des doutes qu'elle pût être assez heureuse pour m'avoir inspiré une passion si parfaite, des instances pour me faire renoncer au dessein de la suivre, et chercher ailleurs un bonheur digne de moi, qu'elle me disait que je ne pouvais espérer avec elle.[284]

En dépit du plus cruel de tous les sorts, je trouvais ma félicité dans ses regards, et dans la certitude que j'avais de son affection. J'avais perdu, à la vérité, tout ce que le reste des hommes estime; mais j'étais maître du cœur de Manon, le seul bien que j'estimais.[285] Vivre en Europe, vivre en Amérique; que m'importait-il en quel endroit vivre, si j'étais sûr d'y être heureux en y vivant avec ma maîtresse? Tout l'univers n'est-il pas la patrie de deux amants fidèles? Ne trouvent-ils pas l'un dans l'autre, père, mère, parents, amis, richesses, et félicité? Si quelque chose me causait de l'inquiétude, c'était la crainte de voir Manon exposée aux besoins de l'indigence. Je me supposais déjà, avec elle, dans une région inculte et habitée par des sauvages. Je suis bien sûr, disais-je, qu'il ne saurait y en avoir d'aussi cruels que G... M... et mon père. Ils nous laisseront du moins vivre en paix. Si les relations qu'on en fait sont fidèles,[286] ils suivent les lois de la nature. Ils ne connaissent, ni les fureurs de l'avarice, qui possèdent G... M..., ni les idées fantastiques de l'honneur, qui m'ont fait un ennemi de mon père.[287] Ils ne troubleront point deux amants, qu'ils verront vivre avec autant de simplicité qu'eux. J'étais donc tranquille de ce côté-là. Mais je ne me formais point des idées romanesques, par rapport aux besoins communs de la vie. J'avais éprouvé trop souvent qu'il y a des nécessités insupportables, surtout pour une fille délicate, qui est accoutumée à une vie commode et abondante. J'étais au désespoir d'avoir épuisé inutilement ma bourse, et que le peu d'argent, qui me restait, fût encore sur le point de m'être ravi par la friponnerie des archers. Je concevais qu'avec une petite somme, j'aurais pu espérer, non seulement de me soutenir quelque temps contre la misère en Amérique, où l'argent était rare;

mais d'y former même quelque entreprise pour un établissement durable. Cette considération me fit naître la pensée d'écrire à Tiberge, que j'avais toujours trouvé si prompt à m'offrir les secours de l'amitié. J'écrivis, dès la première ville où nous passâmes. Je ne lui apportai point d'autre motif, que le pressant besoin dans lequel je prévoyais que je me trouverais au Havre de Grâce, où je lui confessais que j'étais allé conduire Manon. Je lui demandais cent pistoles. Faites-les moi tenir au Havre, lui disais-je, par le maître de la poste. Vous voyez bien que c'est la dernière fois que j'importune votre affection, et que ma malheureuse maîtresse m'étant enlevée pour toujours, je ne puis la laisser partir sans quelques soulagements, qui adoucissent son sort et mes mortels regrets.[288]

Les archers devinrent si intraitables, lorsqu'ils eurent découvert la violence de ma passion, que redoublant continuellement le prix de leurs moindres faveurs, ils me réduisirent bientôt à la dernière indigence. L'amour, d'ailleurs, ne me permettait guère de ménager ma bourse. Je m'oubliais du matin au soir, près de Manon; et ce n'était plus par heure que le temps m'était mesuré; c'était par la longueur entière des jours. Enfin, ma bourse étant tout à fait vide, je me trouvai exposé aux caprices et à la brutalité de six misérables, qui me traitaient avec une hauteur insupportable. Vous en fûtes témoin à Passy. Votre rencontre fut un heureux moment de relâche, qui me fut accordé par la fortune. Votre pitié, à la vue de mes peines, fut ma seule recommandation auprès de votre cœur généreux. Le secours, que vous m'accordâtes libérale-ment, servit à me faire gagner le Havre, et les archers tinrent leur promesse, avec plus de fidélité que je ne l'espérais.

Nous arrivâmes au Havre. J'allai d'abord à la poste. Tiberge n'avait point encore eu le temps de me répondre. Je m'informai exactement, quel jour je pouvais attendre sa lettre? Elle ne pouvait arriver que deux jours après; et par une étrange disposition de mon mauvais sort, il se trouva que notre vaisseau devait partir, le matin de celui auquel j'attendais l'ordinaire. Je ne puis vous représenter mon désespoir. Quoi? m'écriai-je, dans le malheur même, il faudra toujours que je sois distingué par des excès? Manon répondit: Hélas! une vie si malheureuse mérite-t-elle le soin que nous en prenons? Mourons au Havre, mon cher Chevalier. Que la mort finisse tout d'un coup nos misères. Irons-nous les traîner dans un pays inconnu, où nous devons nous attendre sans doute à d'horribles extrémités, puisqu'on a voulu m'en faire un supplice? Mourons, me répéta-t-elle; ou du moins donne-moi la mort, et va chercher un autre sort dans les bras d'une amante plus heureuse.[289] Non, non, lui dis-je; c'est pour moi un sort digne d'envie, que d'être malheureux avec vous. Son discours me fit trembler. Je jugeai qu'elle était accablée de ses maux. Je m'efforçai de prendre un air plus tranquille, pour lui ôter ces funestes pensées de mort et de désespoir. Je résolus de tenir la même conduite à l'avenir; et j'ai éprouvé, dans la suite, que rien n'est plus capable d'inspirer du courage à une femme, que l'intrépidité d'un homme qu'elle aime.[290]

Lorsque j'eus perdu l'espérance de recevoir du secours de Tiberge, je vendis mon cheval. L'argent que j'en tirai, joint à ce qui me restait encore de vos libéralités, me composa la petite somme de dix-sept pistoles. J'en employai sept, à l'achat de quelques soulagements nécessaires à Manon; et je serrai les dix autres avec soin, comme le fondement de notre fortune et de nos espérances en Amérique. Je n'eus point de peine à me faire recevoir dans le vaisseau. On cherchait alors de jeunes gens, qui fussent disposés à se joindre volontairement à la colonie. Le passage et la nourriture me furent accordés gratis. La poste de Paris devant partir le lendemain, j'y laissai une lettre pour Tiberge. Elle était touchante, et capable de l'attendrir sans doute au dernier point, puisqu'elle lui fit prendre une résolution,[291] qui ne pouvait venir que d'un fond infini de tendresse et de générosité pour un ami malheureux.

Nous mîmes à la voile. Le vent ne cessa point de nous être favorable. J'obtins du capitaine un lieu à part, pour Manon et moi. Il eut la bonté de nous regarder d'un autre œil, que le commun de nos misérables associés. Je l'avais pris en particulier dès le premier jour; et pour m'attirer de lui quelque considération, je lui avais découvert une partie de mes infortunes. Je ne crus pas me rendre coupable d'un mensonge honteux, en lui disant que j'étais marié à Manon.[292] Il feignit de le croire, et il m'accorda sa protection. Nous en reçûmes des marques, pendant toute la navigation. Il eut soin de nous faire nourrir honnêtement; et les égards qu'il eut pour nous, servirent à nous faire respecter des compagnons de notre misère. J'avais une attention continuelle à ne pas laisser souffrir la moindre incommodité à Manon. Elle le remarquait bien; et cette vue, jointe au vif ressentiment de l'étrange extrémité où je m'étais réduit pour elle, la rendait si tendre et si passionnée, si attentive aussi à mes plus légers besoins, que c'était entre elle et moi une perpétuelle émulation de services et d'amour.[293] Je ne regrettais point l'Europe. Au contraire, plus nous avancions vers l'Amérique, plus je sentais mon cœur s'élargir et devenir tranquille. Si j'eusse pu m'assurer de n'y pas manquer des nécessités absolues de la vie, j'aurais remercié la fortune, d'avoir donné un tour si favorable à nos malheurs.

Après une navigation de deux mois, nous abordâmes enfin au rivage désiré. Le pays ne nous offrit rien d'agréable à la première vue. C'étaient des campagnes stériles et inhabitées, où l'on voyait à peine quelques roseaux et quelques arbres dépouillés par le vent. Nulle trace d'hommes, ni d'animaux. Cependant, le capitaine ayant fait tirer quelques pièces de notre artillerie, nous ne fûmes pas longtemps sans apercevoir une troupe de citoyens du nouvel Orléans, qui s'approchèrent de nous avec de vives marques de joie.

Nous n'avions pas découvert la ville. Elle est cachée, de ce côté-là, par une petite colline. Nous fûmes reçus comme des gens descendus du Ciel. Ces pauvres habitants s'empressaient, pour nous faire mille questions sur l'état de la France et sur les différentes provinces où ils étaient nés. Ils nous embrassaient comme leurs frères, et comme de chers compagnons qui venaient partager leur misère et leur solitude. Nous prîmes le chemin de la ville avec eux; mais nous fûmes surpris de découvrir, en avançant, que ce qu'on nous avait vanté jusqu'alors comme une bonne ville, n'était qu'un assemblage de quelques pauvres cabanes. Elles étaient habitées par cinq ou six cents personnes. La maison du Gouverneur nous parut un peu distinguée par sa hauteur, et par sa situation. Elle est défendue par quelques ouvrages de terre, autour desquels règne un large fossé.[294]

Nous fûmes d'abord présentés à lui. Il s'entretint longtemps en secret avec le capitaine; et revenant ensuite à nous, il considéra, l'une après l'autre, toutes les filles qui étaient arrivées par le vaisseau. Elles étaient au nombre de trente; car nous en avions trouvé au Havre une autre bande, qui s'était jointe à la nôtre. Le Gouverneur, les ayant longtemps examinées, fit appeler divers jeunes gens de la ville, qui languissaient dans l'attente d'une épouse. Il donna les plus jolies aux principaux, et le reste fut tiré au sort. Il n'avait point encore parlé à Manon; mais lorsqu'il eut ordonné aux autres de se retirer, il nous fit demeurer, elle et moi. J'apprends du capitaine, nous dit-il, que vous êtes mariés, et qu'il vous a reconnus sur la route pour deux personnes d'esprit et de mérite. Je n'entre point dans les raisons qui ont causé votre malheur; mais s'il est vrai que vous ayez autant de savoir-vivre que votre figure me le promet, je n'épargnerai rien pour adoucir votre sort, et vous contribuerez vous-mêmes à me faire trouver quelque agrément dans ce lieu sauvage et désert. Je lui répondis, de la manière que je crus la plus propre à confirmer l'idee qu'il avait de nous. Il donna quelques ordres, pour nous faire préparer un logement dans la ville, et il nous retint à souper avec lui. Je lui trouvai beaucoup de politesse, pour un chef de malheureux bannis. Il ne nous fit point de questions en public,[295] sur le fond de nos aventures. La conversation fut générale; et malgré notre tristesse nous nous efforçâmes, Manon et moi, de contribuer à la rendre agréable.

Le soir, il nous fit conduire au logement qu'on nous avait préparé. Nous trouvâmes une misérable cabane, composée de planches et de boue,[296] qui consistait en deux ou trois chambres de plain-pied, avec un grenier au-dessus. Il y avait fait mettre cinq ou six chaises, et quelques commodités nécessaires à la vie. Manon parut effrayée, à la vue d'une si triste demeure. C'était pour moi qu'elle s'affligeait, beaucoup plus que pour elle-même. Elle s'assit, lorsque nous fûmes seuls, et elle se mit à pleurer amèrement. J'entrepris d'abord de la consoler. Mais lorsqu'elle m'eut fait entendre que c'était moi seul qu'elle plaignait, et qu'elle ne considérait dans nos malheurs communs que ce que j'avais à souffrir, j'affectai de montrer assez de courage, et même assez de joie pour lui en inspirer. De quoi me plaindrais-je?, lui dis-je: je possède tout ce que je désire. Vous m'aimez, n'est-ce pas? Quel autre bonheur me suis-je jamais proposé? Laissons au Ciel le soin de notre fortune. Je ne la trouve pas si désespérée. Le Gouverneur est un homme civil: il nous a marqué de la considération; il ne permettra pas que nous manquions du nécessaire. Pour ce qui regarde la pauvreté de notre cabane, et la grossièreté de nos meubles, vous avez pu remarquer qu'il y a peu de personnes ici qui paraissent mieux logées et mieux meublées que nous: et puis tu es une chimiste[297] admirable, ajoutai-je en l'embrassant; tu transformes tout en or.

Vous serez donc la plus riche personne de l'univers, me répondit-elle; car s'il n'y eut jamais d'amour tel que le vôtre, il est impossible aussi d'être aimé plus tendrement que vous l'êtes. Je me rends justice, continua-t-elle. Je sens bien que je n'ai jamais mérité ce prodigieux attachement que vous avez pour moi. Je vous ai causé des chagrins, que vous n'avez pu me pardonner sans une bonté extrême. J'ai été légère et volage; et même en vous aimant éperdument, comme j'ai toujours fait, je n'étais qu'une ingrate. Mais vous ne sauriez croire combien je suis changée. Mes larmes, que vous avez vues couler si souvent depuis notre départ de France, n'ont pas eu une seule fois mes malheurs pour objet. J'ai cessé de les sentir, aussitôt que vous avez commencé à les partager. Je n'ai pleuré que de tendresse et de compassion pour vous. Je ne me console point, d'avoir pu vous chagriner un moment dans ma vie. Je ne cesse point de me reprocher mes inconstances, et de m'attendrir, en admirant de quoi l'amour vous a rendu capable, pour une malheureuse qui n'en était pas digne, et qui ne payerait pas bien de tout son sang, ajouta-t-elle avec une abondance de larmes, la moitié des peines qu'elle vous a causées.[298]

Ses pleurs, son discours, et le ton dont elle le prononça, firent sur moi une impression si étonnante, que je crus sentir une espèce de division dans mon âme.[299] Prends garde, lui dis-je, prends garde, ma chère Manon. Je n'ai point assez de force pour supporter des marques si vives de ton affection; je ne suis point accoutumé à ces excès de joie. O Dieu! m'écriai-je, je ne vous demande plus rien. Je suis assuré du cœur de Manon; il est tel que je l'ai souhaité pour être heureux; je ne puis plus cesser de l'être à présent.[300] Voilà ma félicité bien établie. Elle l'est, reprit-elle, si vous la faites dépendre de moi, et je sais bien où je puis compter aussi de trouver toujours la mienne. Je me couchai avec ces charmantes idées, qui changèrent ma cabane en un palais digne du premier roi du monde. L'Amérique me parut un lieu de délices après cela. C'est au nouvel Orléans qu'il faut venir, disais-je souvent à Manon, quand on veut goûter les vraies douceurs de l'amour. C'est ici qu'on s'aime sans intérêt, sans jalousie, sans inconstance. Nos compatriotes y viennent chercher de l'or; ils ne s'imaginent pas que nous y avons trouvé des trésors bien plus estimables.[301]

Nous cultivâmes soigneusement l'amitié du Gouverneur. Il eut la bonté, quelques semaines après notre arrivée, de me donner un petit emploi qui vint à vaquer dans le fort.[302] Quoiqu'il ne fût pas bien distingué, je l'acceptai comme une faveur du Ciel. Il me mettait en état de vivre, sans être à charge à personne. Je pris un valet pour moi, et une servante pour Manon. Notre petite fortune s'arrangea. J'étais réglé dans ma conduite. Manon ne l'était pas moins. Nous ne laissions point échapper l'occasion de rendre service et de faire du bien à nos voisins. Cette disposition officieuse, et la douceur de nos manières, nous attirèrent la confiance et l'affection de toute la colonie.[303] Nous fûmes en peu de temps si considérés, que nous passions pour les premières personnes de la ville après le Gouverneur.

L'innocence de nos occupations, et la tranquillité où nous étions continuellement, servirent à nous faire rappeler insensiblement des idées de religion. Manon n'avait jamais été une fille impie. Je n'étais pas non plus de ces libertins outrés, qui font gloire d'ajouter l'irréligion à la dépravation des mœurs. L'amour et la jeunesse avaient causé tous nos désordres.[304] L'expérience commençait à nous tenir lieu d'âge; elle fit sur nous le même effet que les annees. Nos conversations, qui étaient toujours réfléchies, nous mirent insensiblement dans le goût d'un amour vertueux. Je fus le premier, qui proposai ce changement à Manon. Je connaissais les principes de son cœur. Elle était droite, et naturelle dans tous ses sentiments; qualité qui dispose toujours à la vertu.[305] Je lui fis comprendre qu'il manquait une chose à notre bonheur: c'est, lui dis-je, de le faire approuver du Ciel. Nous avons l'âme trop belle, et le cœur trop bien fait l'un et l'autre, pour vivre volontairement dans l'oubli du devoir. Passe d'y avoir vécu en France, où il nous était également impossible de cesser de nous aimer, et de nous satisfaire par une voie légitime: mais en Amérique, où nous ne dépendons que de nous-mêmes, où nous n'avons plus à ménager les lois arbitraires du rang et de la bienséance, où l'on nous croit même mariés; qui empêche que nous ne le soyons bientôt effectivement, et que nous n'annoblissions notre amour par des serments que la religion autorise? Pour moi, ajoutai-je, je ne vous offre rien de nouveau en vous offrant mon cœur et ma main; mais je suis prêt à vous en renouveler le don au pied d'un autel. Il me parut que ce discours la pénétrait de joie. Croiriez-vous, me répondit-elle, que j'y ai pensé mille fois, depuis que nous sommes en Amérique? La crainte de vous déplaire m'a fait renfermer ce désir dans mon cœur. Je n'ai point la présomption d'aspirer à la qualité de votre épouse.[306] Ah! Manon, répliquai-je, tu serais bientôt celle d'un roi, si le Ciel m'avait fait naître avec une couronne. Ne balançons plus. Nous n'avons nul obstacle à redouter.[307] J'en veux parler dès aujourd'hui au Gouverneur, et lui avouer que nous l'avons trompé jusqu'à ce jour. Laissons craindre aux amants vulgaires, ajoutai-je, les chaînes indissolubles du mariage. Ils ne les craindraient pas, s'ils étaient sûrs, comme nous, de porter toujours celles de l'amour. Je laissai Manon au comble de la joie, après cette résolution.

Je suis persuadé qu'il n'y a point d'honnête homme au monde, qui n'eût approuvé mes vues dans les circonstances où j'étais; c'est-à-dire, asservi fatalement à une passion que je ne pouvais vaincre, et combattu par des remords que je ne devais point étouffer. Mais se trouvera-t-il quelqu'un qui accuse mes plaintes d'injustice, si je gémis de la rigueur du Ciel à rejeter un dessein que je n'avais formé que pour lui plaire?[308] Hélas! que dis-je, à le rejeter? Il l'a puni comme un crime. Il m'avait souffert avec patience, tandis que je marchais aveuglément dans la route du vice; et ses plus rudes châtiments m'étaient réservés, lorsque je commencerais à retourner à la vertu. Je crains de manquer de force, pour achever le récit du plus funeste événement qui fût jamais.

J'allai chez le Gouverneur, comme j'en étais convenu avec Manon, pour le prier de consentir à la cérémonie de notre mariage. Je me serais bien gardé d'en parler, à lui, ni à personne, si j'eusse pu me promettre que son aumônier, qui était alors le seul prêtre de la ville, m'eût rendu ce service sans sa participation; mais n'osant espérer qu'il voulût s'engager au silence, j'avais pris le parti d'agir ouvertement. Le Gouverneur avait un neveu, nommé Synnelet, qui lui était extrêmement cher. C'était un homme de trente ans, brave, mais emporté et violent. Il n'était point marié. La beauté de Manon l'avait touché, dès le jour de notre arrivée; et les occasions sans nombre qu'il avait eues de la voir, pendant neuf ou dix mois, avaient tellement enflammé sa passion, qu'il se consumait en secret pour elle. Cependant, comme il était persuadé, avec son oncle et toute la ville, que j'étais réellement marié, il s'était rendu maître de son amour, jusqu'au point de n'en laisser rien éclater; et son zèle s'était même déclaré pour moi, dans plusieurs occasions de me rendre service. Je le trouvai avec son oncle, lorsque j'arrivai au fort. Je n'avais nulle raison, qui m'obligeât de lui faire un secret de mon dessein; de sorte que je ne fis point difficulté de m'expliquer en sa présence. Le Gouverneur m'écouta avec sa bonté ordinaire. Je lui racontai une partie de mon histoire, qu'il entendit avec plaisir; et lorsque je le priai d'assister à la cérémonie que je méditais, il eut la générosité de s'engager à faire toute la dépense de la fête. Je me retirai fort content.

Une heure après, je vis entrer l'aumônier chez moi. Je m'imaginai qu'il venait me donner quelques instructions sur mon mariage; mais, après m'avoir salué froidement, il me déclara, en deux mots, que M. le Gouverneur me défendait d'y penser, et qu'il avait d'autres vues sur Manon. D'autres vues sur Manon! lui dis-je avec un mortel saisissement de cœur; et quelles vues donc, M. l'Aumônier? Il me répondit, que je n'ignorais pas que M. le Gouverneur était le maître; que Manon ayant été envoyée de France pour la colonie, c'était à lui à disposer d'elle; qu'il ne l'avait pas fait jusqu'alors, parce qu'il la croyait mariée; mais qu'ayant appris de moi-même qu'elle ne l'était point, il jugeait à propos de la donner à M. Synnelet, qui en était amoureux. Ma vivacité l'emporta sur ma prudence. J'ordonnai fièrement à l'aumônier de sortir de ma maison, en jurant que le Gouverneur, Synnelet, et toute la ville ensemble, n'oseraient porter la main sur ma femme, ou ma maîtresse, comme ils voudraient l'appeler.

Je fis part aussitôt, à Manon, du funeste message que je venais de recevoir. Nous jugeâmes que Synnelet avait séduit l'esprit de son oncle, depuis mon retour, et que c'était l'effet de quelque dessein médité depuis longtemps. Ils étaient les plus forts. Nous nous trouvions dans le nouvel Orléans, comme au milieu de la mer; c'est-à-dire, séparés du reste du monde par des espaces immenses. Où fuir! dans un pays inconnu, désert, ou habité par des bêtes féroces, et par des sauvages aussi barbares qu'elles.[309] J'étais estimé dans la ville; mais je ne pouvais espérer d'émouvoir[310] assez le peuple en ma faveur, pour en espérer un secours proportionné au mal. Il eût fallu de l'argent; j'étais pauvre. D'ailleurs le succès d'une émotion populaire était incertain; et si la fortune nous eût manqué, notre malheur serait devenu sans remède. Je roulais toutes ces pensées dans ma tête. J'en communiquais une partie à Manon. J'en formais de nouvelles, sans écouter sa réponse. Je prenais un parti; je le rejetais pour en prendre un autre. Je parlais seul, je répondais tout haut à mes pensées; enfin j'étais dans une agitation que je ne saurais comparer à rien, parce qu'il n'y en eut jamais d'égale. Manon avait les yeux sur moi. Elle jugeait, par mon trouble, de la grandeur du péril; et tremblant pour moi, plus que pour elle-même, cette tendre fille n'osait pas même ouvrir la bouche pour m'exprimer ses craintes. Après une infinité de réflexions, je m'arrêtai à la résolution d'aller trouver le Gouverneur, pour m'efforcer de le toucher par des considérations d'honneur, et par le souvenir de mon respect et de son affection. Manon voulut s'opposer à ma sortie. Elle me disait, les larmes aux yeux: Vous allez à la mort. Ils vont vous tuer. Je ne vous reverrai plus. Je veux mourir avant vous. Il fallut beaucoup d'efforts, pour la persuader de la nécessité où j'étais de sortir, et de celle qu'il y avait pour elle de demeurer au logis. Je lui promis qu'elle me reverrait dans un instant. Elle ignorait, et moi aussi, que c'était sur elle-même que devait tomber toute la colère du Ciel, et la rage de nos ennemis.

Je me rendis au fort. Le Gouverneur était avec son aumônier. Je m'abaissai, pour le toucher, à des soumissions qui m'auraient fait mourir de honte, si je les eusse faites pour toute autre cause. Je le pris par tous les motifs, qui doivent faire une impression certaine sur un cœur qui n'est pas celui d'un tigre féroce et cruel. Ce barbare ne fit à mes plaintes que deux réponses, qu'il répéta cent fois: Manon, me dit-il, dépendait de lui. Il avait donné sa parole à son neveu. J'étais résolu de me modérer jusqu'à l'extrémité. Je me contentai de lui dire que je le croyais trop de mes amis pour vouloir ma mort, à laquelle je consentirais plutôt qu'à la perte de ma maîtresse.[311]

Je fus trop persuadé, en sortant, que je n'avais rien à espérer de cet opiniâtre vieillard, qui se serait damné mille fois pour son neveu. Cependant je persistai dans le dessein de conserver jusqu'à la fin un air de modération; résolu, si l'on en venait aux excès d'injustice, de donner à l'Amérique une des plus sanglantes et des plus horribles scènes que l'amour ait jamais produites. Je retournais chez moi, en méditant sur ce projet; lorsque le sort, qui voulait hâter ma ruine, me fit rencontrer Synnelet. Il lut, dans mes yeux, une partie de mes pensées. J'ai dit qu'il était brave;[312] il vint à moi. Ne me cherchez-vous pas? me dit-il. Je connais que mes desseins vous offensent, et j'ai bien prévu qu'il faudrait se couper la gorge avec vous. Allons voir qui sera le plus heureux. Je lui répondis qu'il avait raison, et qu'il n'y avait que ma mort qui pût finir nos différends. Nous nous écartâmes d'une centaine de pas hors de la ville. Nos épées se croisèrent. Je le blessai, et je le désarmai presque en même temps. Il fut si enragé de son malheur, qu'il refusa de me demander la vie et de renoncer à Manon. J'avais peut-être droit de lui ôter tout d'un coup l'un et l'autre; mais un sang généreux ne se dément jamais.[313] Je lui jetai son épée. Recommençons, lui dis-je, et songez que c'est sans quartier. Il m'attaqua avec une furie inexprimable. Je dois confesser que je n'étais pas fort dans les armes, n'ayant eu que trois mois de salle à Paris. L'amour conduisait mon epée. Synnelet ne laissa pas de me percer le bras d'outre en outre; mais je le pris sur le temps,[314] et je lui fournis un coup si vigoureux, qu'il tomba à mes pieds sans mouvement.

Malgré la joie que donne la victoire après un combat mortel, je réfléchis aussitôt sur les conséquences de cette mort. Il n'y avait pour moi, ni grâce, ni délai de supplice à espérer. Connaissant, comme je faisais, la passion du Gouverneur pour son neveu, j'étais certain que ma mort ne serait pas différée d'une heure, après la connaissance de la sienne. Quelque pressante que fût cette crainte, elle n'était pas la plus forte cause de mon inquiétude. Manon, l'intérêt de Manon, son péril et la nécessité de la perdre, me troublaient jusqu'à répandre de l'obscurité sur mes yeux, et à m'empêcher de reconnaître le lieu où j'étais. Je regrettai le sort de Synnelet; une prompte mort me semblait le seul remède de mes peines. Cependant ce fut cette pensée même, qui me fit rappeler vivement mes esprits, et qui me rendit capable de prendre une résolution. Quoi! je veux mourir, m'écriai-je, pour finir mes peines? Il y en a donc, que j'appréhende plus que la perte de ce que j'aime? Ah! souffrons jusqu'aux plus cruelles extrémités pour secourir ma maîtresse; et remettons à mourir, apres les avoir souffertes inutilement. Je repris le chemin de la ville. J'entrai chez moi. J'y trouvai Manon à demi morte, de frayeur et d'inquiétude. Ma présence la ranima. Je ne pouvais lui déguiser le terrible accident qui venait de m'arriver. Elle tomba sans connaissance entre mes bras, au récit de la mort de Synnelet et de ma blessure. J'employai plus d'un quart d'heure à lui faire retrouver le sentiment.[315]

J'étais à demi-mort moi-même. Je ne voyais pas le moindre jour à sa sûreté, ni à la mienne. Manon, que ferons-nous! lui dis-je, lorsqu'elle eut repris un peu de force. Hélas, qu'allons-nous faire? Il faut nécessairement que je m'éloigne. Voulez-vous demeurer dans la ville? Oui, demeurez-y. Vous pouvez encore y être heureuse; et moi je vais, loin de vous, chercher la mort parmi les sauvages, ou entre les griffes des bêtes féroces. Elle se leva malgré sa faiblesse. Elle me prit par la main, pour me conduire vers la porte. Fuyons ensemble, me dit-elle; ne perdons pas un instant. Le corps de Synnelet peut avoir été trouvé par hasard, et nous n'aurions pas le temps de nous éloigner. Mais, chère Manon! repris-je tout éperdu, dites-moi donc où nous pouvons aller. Voyez-vous quelque ressource? Ne vaut-il pas mieux que vous tâchiez de vivre ici sans moi, et que je porte volontairement ma tête au Gouverneur?[316] Cette proposition ne fit qu'augmenter son ardeur à partir. Il fallut la suivre. J'eus encore assez de présence d'esprit, en sortant, pour prendre quelques liqueurs fortes que j'avais dans ma chambre, et toutes les provisions que je pus faire entrer dans mes poches.[317] Nous dîmes à nos domestiques, qui étaient dans la chambre voisine, que nous partions pour la promenade du soir; nous avions cette coutume tous les jours; et nous nous éloignâmes de la ville, plus promptement que la délicatesse de Manon ne semblait le permettre.

Quoique je ne fusse pas sorti de mon irrésolution, sur le lieu de notre retraite, je ne laissais pas d'avoir deux espérances, sans lesquelles j'aurais préféré la mort à l'incertitude de ce qui pouvait arriver à Manon. J'avais acquis assez de connaissance du pays, depuis près de dix mois que j'étais en Amérique, pour ne pas ignorer de quelle manière on apprivoisait les sauvages. On pouvait se mettre entre leurs mains, sans courir à une mort certaine. J'avais même appris quelques mots de leur langue, et quelques-unes de leurs coutumes, dans les diverses occasions que j'avais eues de les voir. Avec cette triste ressource, j'en avais une autre du côté des Anglais, qui ont comme nous des établissements dans cette partie du Nouveau Monde. Mais j'étais effrayé de l'éloignement. Nous avions à traverser, jusqu'à leurs colonies, de stériles campagnes de plusieurs journées de largeur, et quelques montagnes si hautes et si escarpées, que le chemin en paraissait difficile aux hommes les plus grossiers et les plus vigoureux. Je me flattais, néanmoins, que nous pourrions tirer parti de ces deux ressources; des sauvages pour aider à nous conduire, et des Anglais pour nous recevoir dans leurs habitations.

Nous marchâmes aussi longtemps que le courage de Manon put la soutenir, c'est-à-dire, environ deux lieues; car cette amante incomparable refusa constamment de s'arrêter plus tôt.[318] Accablée enfin de lassitude, elle me confessa qu'il lui était impossible d'avancer davantage. Il était déjà nuit. Nous nous assîmes au milieu d'une vaste plaine, sans avoir pu trouver un arbre pour nous mettre à couvert. Son premier soin fut de changer le linge de ma blessure, qu'elle avait pansée elle-même avant notre départ. Je m'opposai en vain à ses volontés. J'aurais achevé de l'accabler mortellement, si je lui eusse refusé la satisfaction de me croire à mon aise et sans danger, avant que de penser à sa propre conservation. Je me soumis durant quelques moments à ses désirs. Je reçus ses soins en silence, et avec honte. Mais lorsqu'elle eut satisfait sa tendresse, avec quelle ardeur la mienne ne prit-elle pas son tour! Je me dépouillai de tous mes habits, pour lui faire trouver la terre moins dure, en les étendant sous elle. Je la fis consentir, malgré elle, à me voir employer à son usage tout ce que je pus imaginer de moins incommode. J'échauffai ses mains par mes baisers ardents, et par la chaleur de mes soupirs. Je passai la nuit entière à veiller près d'elle, et à prier le Ciel de lui accorder un sommeil doux et paisible. O Dieu! que mes vœux étaient vifs et sincères! et par quel rigoureux jugement aviez-vous résolu de ne les pas exaucer?[319]

Pardonnez, si j'achève en peu de mots un récit qui me tue. Je vous raconte un malheur qui n'eut jamais d'exemple. Toute ma vie est destinée à le pleurer. Mais quoique je le porte sans cesse dans ma mémoire, mon âme semble reculer d'horreur, chaque fois que j'entreprends de l'exprimer.

Nous avions passé tranquillement une partie de la nuit. Je croyais ma chère maîtresse endormie, et je n'osais pousser le moindre souffle, dans la crainte de troubler son sommeil. Je m'aperçus dès le point du jour, en touchant ses mains, qu'elle les avait froides et tremblantes. Je les approchai de mon sein, pour les échauffer. Elle sentit ce mouvement; et faisant un effort pour saisir les miennes, elle me dit, d'une voix faible, qu'elle se croyait à sa dernière heure. Je ne pris d'abord ce discours que pour un langage ordinaire dans l'infortune, et je n'y répondis que par les tendres consolations de l'amour. Mais ses soupirs fréquents, son silence à mes interrogations, le serrement de ses mains, dans lesquelles elle continuait de tenir les miennes, me firent connaître que la fin de ses malheurs approchait. N'exigez point de moi que je vous décrive mes sentiments, ni que je vous rapporte ses dernières expressions. Je la perdis; je reçus d'elle des marques d'amour au moment même qu'elle expirait; c'est tout ce que j'ai la force de vous apprendre, de ce fatal et déplorable événement.

Mon âme ne suivit pas la sienne. Le Ciel ne me trouva point sans doute assez rigoureusement puni. Il a voulu que j'aie traîné, depuis, une vie languissante et misérable. Je renonce volontairement à la mener jamais plus heureuse.

Je demeurai, plus de vingt-quatre heures, la bouche attachée sur le visage et sur les mains de ma chère Manon. Mon dessein était d'y mourir; mais je fis réflexion, au commencement du second jour, que son corps serait exposé, après mon trépas, à devenir la pâture des bêtes sauvages. Je formai la résolution de l'enterrer, et d'attendre la mort sur sa fosse. J'étais déjà si proche de ma fin, par l'affaiblissement que le jeûne et la douleur m'avaient causé, que j'eus besoin de quantité d'efforts pour me tenir debout. Je fus obligé de recourir aux liqueurs que j'avais apportées. Elles me rendirent autant de force qu'il en fallait, pour le triste office que j'allais exécuter. Il ne m'était pas difficile d'ouvrir la terre, dans le lieu où je me trouvais. C'était une campagne couverte de sable. Je rompis mon épée, pour m'en servir à creuser; mais j'en tirai moins de secours que de mes mains. J'ouvris une large fosse. J'y plaçai l'idole de mon cœur, après avoir pris soin de l'envelopper de tous mes habits, pour empêcher le sable de la toucher.[320] Je ne la mis dans cet état, qu'après l'avoir embrassée mille fois, avec toute l'ardeur d'un parfait amour. Je m'assis encore près d'elle. Je la considérai longtemps. Je ne pouvais me résoudre à fermer la fosse. Enfin, mes forces recommençant à s'affaiblir, et craignant d'en manquer tout à fait avant la fin de mon entreprise, j'ensevelis pour toujours, dans le sein de la terre, ce qu'elle avait porté de plus parfait et de plus aimable. Je me couchai ensuite sur la fosse, le visage tourné vers le sable; et fermant les yeux, avec le dessein de ne les ouvrir jamais, j'invoquai le secours du Ciel, et j'attendis la mort avec impatience. Ce qui vous paraîtra difficile à croire, c'est que pendant tout l'exercice de ce lugubre ministère, il ne sortit point une larme de mes yeux, ni un soupir de ma bouche. La consternation profonde où j'étais, et le dessein déterminé de mourir, avaient coupé le cours à toutes les expressions du désespoir et de la douleur. Aussi, ne demeurai-je pas longtemps dans la posture où j'étais sur la fosse, sans perdre le peu de connaissance et de sentiment qui me restait.

Après ce que vous venez d'entendre, la conclusion de mon histoire est de si peu d'importance, qu'elle ne mérite pas la peine que vous voulez bien prendre à l'écouter. Le corps de Synnelet ayant été rapporté à la ville, et ses plaies visitées avec soin, il se trouva, non seulement qu'il n'était pas mort, mais qu'il n'avait pas même reçu de blessure dangereuse. Il apprit à son oncle de quelle manière les choses s'étaient passées entre nous, et sa générosité le porta sur-le-champ à publier les effets de la mienne. On me fit chercher; et mon absence, avec Manon, me fit soupçonner d'avoir pris la fuite. Il était trop tard, pour envoyer sur mes traces; mais le lendemain et le jour suivant furent employés à me poursuivre. On me trouva, sans apparence de vie, sur la fosse de Manon; et ceux qui me découvrirent en cet état, me voyant presque nu, et sanglant de ma blessure, ne doutèrent point que je n'eusse été volé et assassiné. Ils me portèrent à la ville. Le mouvement du transport réveilla mes sens. Les soupirs que je poussai, en ouvrant les yeux, et en gémissant de me retrouver parmi les vivants, firent connaître que j'étais encore en état de recevoir du secours. On m'en donna de trop heureux. Je ne laissai pas d'être renfermé dans une étroite prison. Mon procès fut instruit; et comme Manon ne paraissait point, on m'accusa de m'être défait d'elle, par un mouvement de rage et de jalousie. Je racontai naturellement ma pitoyable aventure. Synnelet, malgré les transports de douleur où ce récit le jeta, eut la générosité de solliciter ma grâce. Il l'obtint. J'étais si faible, qu'on fut obligé de me transporter de la prison dans mon lit, où je fus retenu pendant trois mois par une violente maladie. Ma haine pour la vie ne diminuait point. J'invoquais continuellement la mort, et je m'obstinai longtemps à rejeter tous les remèdes. Mais le Ciel, après m'avoir puni avec tant de rigueur, avait dessein de me rendre utiles mes malheurs et ses châtiments. Il m'éclaira de ses lumières, qui me firent rappeler des idées dignes de ma naissance et de mon éducation. La tranquillité ayant commencé à renaître un peu dans mon âme, ce changement fut suivi de près par ma guérison. Je me livrai entièrement aux inspirations de l'honneur, et je continuai de remplir mon petit emploi, en attendant les vaisseaux de France, qui vont une fois chaque année, dans cette partie de l'Amérique. J'étais résolu de retourner dans ma patrie, pour y réparer, par une vie sage et réglée, le scandale de ma conduite. Synnelet avait pris soin de faire transporter le corps de ma chère maîtresse dans un lieu honorable.[321]

Ce fut environ six semaines après mon rétablissement, que me promenant seul un jour sur le rivage, je vis arriver un vaisseau, que des affaires de commerce amenaient au nouvel Orléans. J'étais attentif au débarquement de l'équipage. Je fus frappé d'une surprise extrême, en reconnaissant Tiberge parmi ceux qui s'avançaient vers la ville. Ce fidèle ami me remit de loin, malgré les changements que la tristesse avait faits sur mon visage. Il m'apprit que l'unique motif de son voyage avait été le désir de me voir, et de m'engager à retourner en France; qu'ayant reçu la lettre que je lui avais écrite du Havre, il s'y était rendu en personne, pour me porter les secours que je lui demandais;[322] qu'il avait ressenti la plus vive douleur en apprenant mon départ, et qu'il serait parti sur-le-champ pour me suivre, s'il eût trouvé un vaisseau prêt à faire voile: qu'il en avait cherché pendant plusieurs mois dans divers ports, et qu'en ayant enfin rencontré un à S. Malo, qui levait l'ancre pour la Martinique, il s'y était embarqué, dans l'espérance de se procurer de là un passage facile au nouvel Orléans; que le vaisseau malouin ayant été pris en chemin par des corsaires espagnols, et conduit dans une de leurs îles, il s'était échappé par adresse; et qu'après diverses courses, il avait trouvé l'occasion du petit bâtiment qui venait d'arriver, pour se rendre heureusement près de moi.[323]

Je ne pouvais marquer trop de reconnaissance pour un ami si généreux et si constant. Je le conduisis chez moi. Je le rendis le maître de tout ce que je possédais. Je lui appris tout ce qui m'était arrivé, depuis mon départ de France: et pour lui causer une joie à laquelle il ne s'attendait pas, je lui déclarai que les semences de vertu, qu'il avait jetées autrefois dans mon cœur, commençaient à produire des fruits dont il allait être satisfait. Il me protesta qu'une si douce assurance le dédommageait de toutes les fatigues de son voyage.

Nous avons passé deux mois ensemble, au nouvel Orléans, pour attendre l'arrivée des vaisseaux de France; et nous étant enfin mis en mer, nous prîmes terre, il y a quinze jours, au Havre de Grâce. J'écrivis à ma famille en arrivant. J'ai appris, par la réponse de mon frère aîné, la triste nouvelle de la mort de mon père, à laquelle je tremble, avec trop de raison, que mes égarements n'aient contribué.[324] Le vent étant favorable pour Calais, je me suis embarqué aussitôt; dans le dessein de me rendre, à quelques lieues de cette ville, chez un gentilhomme de mes parents, où mon frère m'écrit qu'il doit attendre mon arrivée.

Fin de la Seconde Partie.

TEXTUAL NOTES

1. **Ut jam nunc dicat...omittat:** see Horace, *De Arte Poetica*, 43-4: '...that he should say straightaway what ought to be said straightaway and postpone and leave aside for the moment a great many things'.

2. **un exemple terrible de la force des passions:** A useful moral alibi for a novel in which the main character makes great efforts to create sympathy for a view of love as the source of those values of sensibility, for which it would be quite understandable that a man might abandon Christian notions of virtue and morality or the aristocratic code of honour.

3. **volontairement:** The choice of vocabulary in this sentence is morally weighted so as to pin responsibility on to Des Grieux for his own actions; 'volontairement', 'refuse', préfère', 'vouloir' etc. imply that Renoncour is not ultimately impressed by the rhetoric of self-justification that his story lends itself to, when it seeks to attribute his actions to external factors such as fate. For other uses of 'volontairement', see pp. 48, 98.

4. **avec toutes les qualités dont se forme le plus brillant mérite:** These include a prepossessing, not to say handsome, appearance (see pp. 16, 29, and 33); and intelligence (see pp. 7-8, 21, 22). His innately noble qualities are duly noted by all those with whom Des Grieux will come into contact – from the Man of Quality, to Tiberge, the Superior at Saint-Lazare and M. de T....

5. **qui prévoit ses malheurs, sans vouloir les éviter:** See especially Des Grieux's words at the time of the reunion with Manon at Saint-Sulpice (p. 23); or later, in more sombre mood, when reacting to the plan for revenge on young G... M... (p. 83).

6. **remèdes:** such as his father's (p. 18) or Tiberge's advice (e.g. p. 33). The ultimate *remedium amoris* which Des Grieux, in a less obsessive frame of mind, could have chosen not to resist, is the decision of the fathers and the authorities to have Manon deported.

7. **bons sentiments:** This could be taken to refer to the moral unease or aristocratic squeamishness which accompanies his acquiescing in plans that offend his conscience or the code of behaviour he has inherited from his class (pp. 32, 37-8, 60), but it is worth noting that not all his 'actions mauvaises' – the killing of the janitor at Saint-Lazare, for instance – are preceded by anguished reflection of this sort.

8. **instruire [le public] en l'amusant:** Yet another Horatian precept:

114

literature is to be 'dulce et utile': cp. *De Arte Poetica*, 343-4.

9. Horace et Boileau: Cp. Horace, *Satires*, II, vi, 72-6, and Boileau, *Epître* VI, 153-8.

10. un traité de morale, réduit agréablement en exercice: Is it? For a sceptical view of the logic of these arguments and the practicability of the moral exemplum, consult Sylviane Albertan-Coppola, *Abbé Prévost: Manon Lescaut* (PUF, Etudes littéraires, 1995) pp. 75-6. Raymond Picard has already suggested (Abbé Prévost, *Histoire du Chevalier des Grieux et de Manon Lescaut*, eds Deloffre et Picard [Garnier, 1965; henceforth referred to as D-P] p. cliv), that 'il n'est pas facile de faire le partage de ce qui est à éviter, de ce qui est indifférent, et de ce qui est à imiter, dans l'exemple que fournit l'histoire du Chevalier'. Passion can be shown to be dangerous in its effects, but can it be condemned if it is made glamorous by its tragic intensity and the heroism it induces? The clearest moral lesson to emerge from Des Grieux's narrative is that those who wish to deploy opportunistic and self-interested arguments in self-defence should take more care to conceal them if they wish to keep face with the reader – unless, like the author who clearly lurks behind the laconic pose of Renoncour, they can carry it off, as in the last paragraph of the 'Avis', with a show of ironic offhandedness (or of true self-awareness).

11. Nota...caractères: And yet the 1753 edition 'U', with its perfunctory errata at the end of one volume – 'ce magnifique ouvrage' (D-P, p. 253) – still contains a considerable number of misprints. The chief addition in 1753 was the episode of the 'prince italien', which, by producing an apparent conflict with the heroine's behaviour towards the young G... M..., helps perpetuate the myth of the 'enigma' of Manon.

12. Je suis obligé...mon départ pour l'Espagne: The timetable of the *Mémoires* (dates in volumes III and V) allows us to assume the first meeting occurred in January/February 1715, and the second in mid-1716. This might create problems for an eighteenth-century reader who believed that what he had before him were real-life memoirs. Any contemporary would be aware that transportations to the Mississippi colony (Louisiana), of the sort which involved Manon, in reality only took off in the years 1719-20 (see our text, p. 91: 'On commençait, dans le même temps, à embarquer quantité de gens sans aveu, pour le Mississipi'). Details of the uniform of the 'archers' arresting beggars for the convoys – which included the 'bandoulière' mentioned on p. 4 – were officially determined by a royal decree as late as 3 May 1720. That Renoncour's first encounter with Des Grieux was in early 1715 is indirectly supported by the reference to 'M. le Prince de R... qui demeurait alors [i.e. 1714] à Clagny' (our text, p. 33; see D-P, p. 64, note 1). Manon's transportation must therefore come improbably early. *Manon Lescaut* makes contemporary allusions which encourage its ascription to a longer period of time than the internal chronology of the novel will permit. There cannot be a gap of five years between the card-sharping and the deportation.

13. ce qui excite la curiosité de ces bons paysans: It is *concerned* curiosity and consternation which inspire 'tous les habitants en alarme', typified by the reaction of the old lady. The guard is trying to distract attention away from his socially unpopular role.

14. l'enlaidissaient si peu: Litotes. Even if he dresses up his reactions to 'cette belle fille', 'cette belle personne', as those of the quintessentially 'honnête homme', Renoncour is impressed by her physical beauty, as are all men who see her, with the sole exception of Tiberge whose sexual preference must lie elsewhere.

15. l'Hôpital: L'Hôpital de la Salpêtrière housed, among others, prostitutes and women condemned for immorality. They wore a dress of coarse woollen cloth, and clogs, and they were subjected to forced labour and could be whipped. The fearsome reputation of the building helps explain Des Grieux's extravagant reaction on learning from M. de G... M... that Manon was being held there (pp. 44-5), although since she had been imprisoned as a result of a 'lettre de cachet', she was lodged in the 'Correction' section where the regime was less severe. Her transferral from the Petit Châtelet back to the Hôpital (p. 92) signals that she is a deportee for the New World, since it was from among the ranks of its inmates, as well as – for a time – from the mendicant population, that new colonists were forcibly recruited.

16. son frère: A theme on which Prévost rings the changes: pp. 27, 37, 40, 47, 50. See Jean Sgard, *L'abbé Prévost: Labyrinthes de la mémoire*, (PUF, 1986) pp. 157-8.

17. Je n'ai jamais vu de plus vive image de la douleur: Sympathy and a shared sensibility are already implied in the parallel *tournures* employed by the Man of Quality as well as by Des Grieux in the first part of their conversation: superlative expressions and 'si' + adverb/adjective + 'que' are particularly in evidence.

18. sans se faire connaître...demeurer inconnu: Des Grieux does not want to advertise the social disgrace of a young aristocrat deserting his family to accompany into exile a woman whose deportation his father had helped arrange.

19. ce que ces misérables n'ignorent point: The guard is concealing the truth: he knows very well that he is Manon's lover, not her brother, since as Des Grieux goes on to point out, the 'archers' have already cashed in on his obsessive love. The revelation of this concealment of the truth elicits the reader's sympathy for the aristocratic victim of 'avarice' (that is, rapaciousness), who has twice been robbed, and sidetracks any scrutiny of the question of the legality of Des Grieux's behaviour. Yet the victim has lived off the easily manipulable himself, we discover (p. 33). Quick to detect bad faith in others, Des Grieux, we assume, will be in a position to recognise and avoid self-interested argument when he comes to tell his story.

20. l'adresse: Synonyms are 'ruse', 'finesse', 'subtilité'. This can only refer to the manner in which he extracted money from Tiberge in the bid to rescue Manon (p. 93).

21. Quoiqu'il parût...en le finissant: After an impressive-sounding opening address in which the rhetorical exploitation of pathos is visibly at the service of a self-defensive and self-pitying attitude (even the horse has to be 'un *mauvais* cheval'), Des Grieux here benefits doubly – from the indication of his stoically restrained tone of voice *and* of his sensibility. Instant hyperbole can be rebarbative; it is only later, when carried along by the rhythm of his increasing agitation, the reader has experienced these events through Des Grieux's eyes in the extended account (pp. 92ff.), that he properly appreciates his psychological need to employ such extreme language in the initial summary.

22. le moindre jour: 'Light' in the sense of 'light at the end of the tunnel', i.e. grounds for hope.

23. Voici quelque argent...accepter: The contradiction between the indulgent attitude of Renoncour at Passy and the much more critical views expressed by him in the 'Avis' is less of a problem than one critic implies [see V. Mylne, *Manon Lescaut*, (Edward Arnold, 1972) pp. 17-18]. It is quite possible to distinguish between the good Samaritan, caught up in the moment and offering a helping hand out of natural benevolence, and the more censorious preface-writer who has heard and recounted the full story and is sitting back in his armchair, lips pursed and fingers touching, taking a cautionary overview. The different attitude taken by Renoncour at different times focuses the reader's attention on what there is in Des Grieux's story and in his self-presentation that might lead him similarly to restrain any initial uncritical sympathy generated by the pathos of the situation described.

24. Je lui donnai quatre louis d'or: The 'louis d'or' was worth 34 francs (or livres) in 1719 – see D-P, p. 14, note 3 – and 24 francs in 1715; the 'pistole' 10 francs and the 'écu' 3 francs. Assuming that one franc (or livre) would be very roughly equivalent to £9 or £10 at current values gives some startling figures for the various transactions in the novel, especially when one considers that the annual income of a reasonably well-off bourgeois was about five thousand francs. See J. Sgard, *Prévost romancier* (José Corti, 1989) p. 273, note 80, and Sgard's article 'L'échelle des revenus', in *Dix-Huitième Siècle*, 14, (1982) pp. 425-33. See also the latter's 1995 Garnier-Flammarion edition of *Manon Lescaut*, pp. 14-16, and his footnote 8, p. 14.

25. le caractère incompréhensible des femmes: A woman who has been imprisoned in the Hôpital could very well be a prostitute, so Manon's modesty, twice noted, seems paradoxical. We are being prepared for the 'enigma of Manon' as seen through Des Grieux's uncomprehending eyes; we only discover later (pp. 99-100) that her demeanour here must be the residual effect of overwhelming shame and a powerful awareness of her social downfall which she experienced during the first part of the transportation.

26. J'arrivais de Londres...mon élève: The change in Renoncour's circumstances might make a difference to his reception of the full story that Des Grieux will tell him. See R.A. Francis, *Prévost: Manon Lescaut* (Grant & Cutler, 1993) pp. 10-11.

27. remis: 'recognised'.

28. Je lui fis mille caresses: 'I showed him every kindness'.

29. Je veux vous apprendre...me plaindre: Two sentences which form a very stylised chiasmus (a: malheurs/peines; b: désordres/faiblesses; b: condamnant; c: plaindre). This arrangement alone ensures that the first and last phrases stand out as the more important; plainly for Des Grieux the outside terms are the operative ones. The emphasis of his second sentence neatly and irrevocably reverses that of the first.

30. son récit, auquel je ne mêlerai, jusqu'à la fin, rien qui ne soit de lui: Apart from the final paragraph of the first part, evidently. This comment was presumably written before any decisions on the format of the book (the division into two parts) had been taken.

31. une vie si sage et si réglée: Des Grieux believes himself capable of reverting to this, following his return from America: see p. 112: 'J'étais résolu de retourner dans ma patrie, pour y réparer, par une vie sage et réglée, le scandale de ma conduite'. Quite what this will entail, and how successful he will be, can only be guessed at. We do know that this future life is to be partly spent preparing for publication a commentary on the fourth book of the Aeneid (the story of Dido and Aeneas), drafted at the time of his earlier enforced retreat to the family home when Manon took up with M. de B... (see p. 19). A commentary on a book which describes a lover's notorious desertion will surely revive all the bitter-sweet memories of the past. The first requisite for a 'vie sage et réglée' is peace of mind.

32. j'ai l'humeur naturellement douce et tranquille: Except when his temperament is transformed by love (cp. pp. 17-18, 44-5, 51, 57, 85, 92-3, for example) – a prerogative of the God of Love (see p. 9). Since it is society and the social round which are seen as a source of agitation and corruption, references to tranquillity are frequently linked with virtuous behaviour or intentions: see pp. 12, 38, 105.

33. J'achevai mes exercices publics: Pupils in their final year at the well-patronised Jesuit collège d'Amiens had to defend a theological or philosophical thesis in public, amounting to a *viva voce* examination. The 'exercice public' or public disputation in which candidates for the baccalauréat at the Paris Faculty of Theology engaged as part of their training (see p. 22) was a more exacting version of this. For an ironic use of the term see *Les Liaisons dangereuses*, Lettre 151.

34. l'Ordre de Malte: It was the lesser sons of the nobility in particular who adhered to the Order and who became fully fledged military Knights of St. John, once they had finished their studies. They took the three monastic vows and pledged to defend pilgrims to the Holy Land.

35. l'Académie: A school where young noblemen were taught horse-riding and swordsmanship (along with music and dance, and mathematics), and which Des Grieux, as a trainee Knight of Malta, would be expected to attend. Having exchanged the Académie in Paris for a seminary, a school of card-sharping, and then a prison, he eventually considers enrolling there to finish his training, provided he can live with Manon (p. 61), but this temporary plan comes to nothing. The 'trois mois de salle', mentioned in the description of the duel with Synnelet (p. 108), must have been at another establishment.

36. Si j'eusse alors suivi ses conseils...un ingrat qui s'en offensait et qui les traitait d'importunités: With 'précipice', 'naufrage', and 'fruit' the metaphors come thick and fast, as Prévost conveys Des Grieux's strained attempt to give his *mea culpa* some real weight and colour. Is this not just the Chevalier's socially acceptable, *bien-pensant* packaging to a story with a message about the nobility of passion? Whether we say that this section is a recognition of nothing more than a *dérogation* from his social responsibilities or the admission of a *moral* fault, it is an apparent acceptance of a failing on his part. In fact we learn that he was willing to abandon his good name and career for love, and to justify it at the time as a mechanically determined compulsion. Does he now, as he launches himself into his life-story, think he had a genuine choice in the matter, and that he made the wrong choice? Surely not, for even retrospectively he is convinced that no God-given grace is sufficient to enable man to resist passion. Beating his breast in public in this manner is simply an aspect of the *captatio benevolentiae* of the audience. If we later discover that the man who has apparently learnt a salutary lesson is the man who still believes in a theology of pleasure, then we may be even more tempted to consider that the initial presentation has been laid on for special effect only. At an early stage Prévost is alerting the reader to the need to maintain a critical distance, and to assemble a full picture before accepting the validity of Des Grieux's dynamic but unselfconscious rhetoric (being critically on the *qui-vive* should not mean we refuse to acknowledge that Des Grieux's motivation for spin-doctoring and special pleading is, humanly speaking, very understandable in the circumstances).

The suggestion that Tiberge 'n'a point recueilli d'autre fruit de ses soins que le chagrin de les voir inutiles', like a similar statement (p. 11), presumably does not imply (?) that Des Grieux has discounted as a necessary white lie the assurance he gave his friend, when they met in America, that his efforts had not been in vain (see p. 113).

37. Elle me parut si charmante: The conventions of the 18th-century novel preclude long visual descriptions, but since it is plain from the text that the mere sight of Manon is enough to make all the available men fall in love with her, we might have expected a few revealing details to account for her siren-like quality. In 18th-century French 'charmante', the most frequently used epithet in the text to describe Manon, is a strong adjective with much of its literal sense still attached – not the dead cliché it has become. It suggests not so much her tawdry, vamp-like attractions as, literally, the irresistible Circean spell she casts over men. Des Grieux of course has no need to describe Manon to his interlocutor, when Renoncour has already seen her at Passy, though he might wish to paint a picture of her in better circumstances. What we are given overall is not a realistic portrait to which a nineteenth-century French author might have devoted at least a paragraph or two, but an impassioned lyrical impression of a woman who is the very incarnation of Love (see pp. 22, 74, 99). It comes from a man who invites his audience to recall the physical details themselves, if they wish to, precise memories of a subject who is now dead being too painful to be given; a man who would prefer them to think in terms of the powerful emotional effect produced by this bewitching but imprecise apparition, resurrected like a ghost, and casting a spell from beyond the grave.

38. sans paraître embarrassée: Manon, it appears, is accustomed to men paying her attentions, and being 'expérimentée' she understands straightaway the impression she has made on Des Grieux.

39. pour être religieuse: We cannot be sure that if Manon were really being sent to a convent by parents (who, it has to be said, remain remarkably invisible for the rest of the book) then she would be chaperoned by her father or the parish priest, would not herself be permitted to carry money on her person (if it was to contribute to her dowry), and would be expecting to be met by a nun from the convent. It is permissible to have doubts about her story, even though Sgard, in his latest edition of *Manon*, has none (G-F Flammarion, 1995, pp. 15, 17); but is it not too much of an imaginative leap to make to say that Manon is more likely to be a young woman 'en route pour Paris avec le projet d'y faire carrière galante', accompanied by the manservant whom she has debauched? (see François Germain, 'Quelques mensonges de Manon', *Mélanges littéraires François Germain*, ed. par la Section de

Littérature Française de la Faculté de Lettres et Philosophie de Dijon (1979) pp. 15-28 [p. 18]).

40. son penchant au plaisir...les miens: It is not necessary to decide whether this is a euphemistic way of referring to loose morals, or whether Des Grieux is implying that she had an unfortunate propensity to follow in the baggage train of those men who had plentiful funds to keep her amused and in the style to which she became accustomed. No doubt the two are connected in his eyes and the rich lovers on whom Manon was economically dependent could be seen as an endless source of the pleasures of high living, and of sensual, if not emotional, indulgence. It is curious that the Chevalier only becomes aware after her death, when thinking retrospectively about events, that Manon had had sexual experience before she met him. This seems to be the case if during the affair he continually demands fidelity from her as though, as her first lover, he had first claim upon her, and if he is unable to see himself as one of the middle rank in a line of lovers. Even a naïve young man would surely know on the first night whether his partner were a virgin or not. Des Grieux's accusation that it is this 'penchant au plaisir...qui a causé dans la suite tous ses malheurs et les miens' is unfair. It is his own capacity for staging emotional scenes which dictates the action when it comes to the ultimately disastrous alterations to the schemes for outmanœuvring the two G... M...

41. tant de hardiesse...des prodiges: There is a contrast here between Des Grieux's boldness which is inspired by love, and Manon's natural cunning (calling him her cousin) which is not. This Renaisssance commonplace about love is later brought in to account for the Chevalier's deception of Tiberge over the elopement with Manon (see p. 11). The cliché is further validated by Des Grieux's ingenuity in planning for Manon's escape from the Hôpital, when 'la Déesse même de l'Invention n'aurait pas su par où commencer' (p. 52-3). Manon's 'conversion' in the New World (p. 104) is the final 'prodige' effected by love. Commenting on Danceny's simplicity, Valmont in *Les Liaisons dangereuses* ironically subverts the commonplace: 'et puis, qu'on dise que l'amour rend ingénieux! il abrutit au contraire ceux qu'il domine' (Lettre 133).

42. Ma belle inconnue savait bien...âge: Again an insinuation that Manon is 'expérimentée'. What experience with an older lover has led her, conjecturally, to make the comparison?

43. quelque chose de plus cher que la vie: This elegant but obvious euphemism suggests not only that the thing which she values more than her life is her freedom, soon to be claimed by the convent. It could also carry the innuendo that she will sacrifice her virginity to the man who will rescue her from her present predicament. It is for the reader to decide whether this is the argument of a pretentious prostitute looking for a pick-up, or that of a desperate woman about to become the victim of a society which, as Diderot's *La Religieuse* shows, tended to see convents as a convenient social dustbin for those who, without good reason, were deemed to have brought disgrace on the family.

44. Argus: Unlike his mythological eponym, Io's hundred-eyed guardian, this particular 'vigilant watcher' (the elopement will demonstrate) is very easy to deceive. The manservant is so unfamiliar with members of the family he serves that he cannot recognise that Manon's pretence of having come across her cousin is just a convenient lie to win time with Des Grieux to plot to escape from his clutches – but then perhaps the servant has not met all the cousins.

45. Manon Lescaut: Even her name seems to place her socially. Manon is a popular affectionate diminutive of Marie or Marianne.

46. Je *crus* apercevoir: (My italics); A strong indication of his naivety. Yet Des Grieux sometimes takes his retrospective cynicism too far: see the aside 'perfides larmes' (p. 14). Manon is clearly not putting on an act when weeping at that point, but genuinely torn between the practicalities of the situation (the need to go gold-digging) and nostalgia for the relationship with a partner she has not been subtle enough to retain.

47. étant d'une naissance commune: This is a woman with expensive 'aristocratic' tastes, a talent for mimicking the language of high-flown sentiment and a certain culture: she is able to parody Racine, for example (see p. 72), and there are two references in the novel to her private reading. In the 1731 edition of *Manon Lescaut* the label defining her status is: 'n'étant point de qualité, quoique d'assez bonne maison' (D-P, p. 215, variant 'b' ref. to p. 22 of the text in that edition). Des Grieux is patently one of 'the quality' – this is the basis of his proud claim to old G... M... that if condemned to death he would have the right to decapitation, not hanging (p. 85). Yet he might reasonably expect to persuade his father that a marriage with a cultured woman 'd'assez bonne maison' was not necessarily out of the question. Without wishing to accuse Prévost of snobbery, it could be that the change in Manon's status reflects the author's desire to appeal to the prejudices of his aristocratic readership and to provide them with what they would regard as an infallible, final and all-encompassing explanation of her apparently fickle, erratic behaviour – 'étant d'une naissance *commune*'. The problem is that as a result of this small change to the text, Prévost's aristocratic protagonist is left puzzlingly enlightened in his social attitudes. Des Grieux must have realised that Manon was 'd'une naissance commune' within a short time of meeting her and her brother. Curiously, he never makes any *class* judgements about her morals of any sort (hypocritical or not). Even though he is well aware that his family had proof of Manon's demeaning part in the escapade with M. de B..., he appears to remain convinced (until p. 105 at least), that his father would only have had to know her to allow him to marry her (compare p. 12 with p. 38), or to concede to her the privileges of his class (arbitrary release from the threat of deportation, for example, p. 95). The blindness of love, no doubt. Tiberge, on the other hand, assumes as early as his escape from Saint-Lazare that his friend has forgotten a woman who is beneath him and who has been reclaimed by the system (p. 61).

48. Elle était à sa fenêtre: Cp. p. 24 (B...) and p. 26 (Lescaut).

49. Je rapporterai dans la suite...trompé: See p. 20. These projections into the future form the story will take are deployed every so often to keep the audience/readers on tenterhooks and to whet their appetite for more. Usually this is an effective technique, even if it only introduces a brief moment of stock-taking in a *mouvementé* narrative (see the sword of Damocles image, p. 84), but especially when there is no overt announcement of what is to come, or a piece of information is tantalisingly withheld (p. 42). Only on one occasion does the projection seem ill-conceived, particularly since it does not take account of later additions (see p. 59).

50. elle sut me persuader...moi: Another indication, like 'je *crus* apercevoir qu'elle n'était pas moins émue que moi' (p. 10), that looking back, he believes Manon to have been manipulating, playing on his feelings and deceiving him with no more than a pretence of feeling herself. This is certainly true of the beginning of the relationship, but not true of later. He is prepared to do anything himself for freedom (see pp. 50-2, when he threatens the Superior at Saint-Lazare with a pistol), but does not like to acknowledge that Manon's determination to escape claustration might have led her to adopt the same attitude.

51. a pu: Classic usage for 'aurait pu'. Cp. p. 76, 'avais dû' for 'aurais dû'.

52. Terrible changement! ...récompenses de l'amour: There seems to be some sort of false perspective in this passage, almost as if Manon were not dead and he were still in a position to bemoan her infidelities. The 'now' of 'ce qui fait mon désespoir' seems to be the present moment of the deserted lover who has just received yet another rebuff. But since Renoncour does not yet know that Manon *is* dead this dramatic presentation is not a problem. He can remember that this is the man who assured him the last time he saw him that 'je l'aime avec une passion si violente, qu'elle me rend le plus infortuné de tous les hommes' (p. 5), and surmise that Manon has deserted him and remained in America with another lover. Or he can take it that Manon has died and Des Grieux is hinting that he now recognises that constancy beyond death is just a source of endless suffering. Creating uncertainty in Renoncour's mind about the precise situation Des Grieux finds himself in and what has happened to Manon is a good tactic because it keeps him eagerly listening to the story. It has to be admitted, however, that 'l'Homme de qualité' expressed no overt interest in learning of Manon's fate at the start of his story (see p. 7). Moreover if there is a false perspective then perhaps it is dictated by the prospect of having shortly to describe Manon's first infidelity.

53. Nous prîmes...célèbre fermier général: The rue V... where Manon and Des Grieux find lodgings when they first come to Paris, assumed to be that centre of financial speculation, the rue Vivienne, where Law bought six houses and established the bank which became the royal bank in 1718, was already famous in 1713 and the 'fermier général' *M*elchior de *B*lair lived there – was he the model for M. de B...?

54. Cependant, comme la débauche n'avait nulle part à ma conduite etc.: A similar claim precedes the decision to marry officially in America (see p. 105). Manon's attitude to the marriage is more realistic than Des Grieux's. In presuming that his father will be opposed and try to separate them she recognises the unbridgeable social gap between the lovers, but it is also implied that she may be negotiating with M. de B...

55. ayant été désabusé...consentement: Des Grieux has therefore consulted the local curé in Paris who has told him that he does not meet the six-months residence qualification for the priest to consent to a marriage of minors which would, moreover, automatically entail disinheritance.

56. ajustements: 'clothes'.

57. Etant venue m'ouvrir, je lui demandai: Old-fashioned syntax where the participle can refer to a person other than the subject of the main verb.

58. répondait: 'gave access to'.

59. je fus prêt...de retourner au logis: 'prêt de' for modern 'prêt à' or 'près de'.

60. je vis tomber des larmes de ses beaux yeux: The first sign of Manon's realisation that he holds a special place in her heart. She is already regretting a decision made on hardheaded financial grounds to accept M. de B...'s terms and agree to the exchange. Until they arrive in America, 'greluchonnage' (see D-C, p. xciv, n. 3) is always her preferred option. Cp. Franco Piva, 'Une clé de lecture pour *Manon Lescaut*', in *CAIEF*, 46 (May, 1994) p. 335:

> il est, en effet, fort difficile de voir dans ces 'larmes', de même que dans le 'sentiment doux et languissant' que Des Grieux cueille dans le regard de la jeune fille, les marques d'une fiction hypocrite et perfide inventée froidement pour se libérer de l'encombrant et désormais inutile chevalier.

61. avec la précaution de faire coucher les trois laquais dans ma chambre: The plan for revenge on young G... M... includes a reworking of this idea: see pp. 82-3.

62. il me dit...inconnue: His father is not concerned with the morality of his son's behaviour but purely with the social impropriety of not taking a mistress from among his own class. In describing Manon as 'inconnue' his father does not have in mind the circumstances of the first meeting of Manon and Des Grieux – he means socially unknown, 'not one of us', in the same way that Monsieur B..., who has lost his aristocratic particle, is 'un homme ...de qui...je ne suis pas connu' (p. 17). Of all the banter about the young lovers ('fidèle maitresse', 'C'est grand dommage etc.', 'huit [jours] pour lier une parfaite connaissance avec ta maîtresse') the irony of 'ta princesse' (ibid.) is particularly biting.

63. l'Ordre de Malte: Its members were supposed to be celibate.

64. c'est par un zèle désintéressé pour mon service...enlever: Not recognising the rival lover, the Superior at Saint-Lazare makes a false assumption about old G... M... which runs parallel: see p. 45-6: 'Il me dit... qu'il avait su, à la vérité, que je vivais dans le désordre, mais qu'il s'était figuré que ce qui avait obligé M. de G... M... d'y prendre intérêt, était quelque liaison d'estime et d'amitié avec ma famille...'.

65. te prendre sans vert: 'to catch you unawares'.

66. Tu sais vaincre...conquêtes: Comparisons between the seducer and the great military commanders of history are normally meant to reinforce the ego of the former. Don Juan compares himself to Hannibal, Caesar and Don John of Austria after the Battle of Lepanto; Lovelace and Valmont see themselves as Alexander; and Valmont, after his successful campaign against the Présidente, declares 'je crains, à présent, de m'être amolli comme Annibal dans les délices de Capoue' (*Les Liaisons dangereuses*, Lettre 125). The reference here is close enough to one Des Grieux's father knows his son will recognise, since Livy Books 21 and 22 were on the curriculum. Maharbal is reputed to have said to Hannibal: 'vincere scis, sed victoria uti nescis' – 'you know how to conquer but you do not know how to take advantage of your victory' (Book 22, 51).

67. Je me jetai à ses genoux...par un poison: Threats of stabbing reoccur later (p. 75). Manon's explanations at Saint-Sulpice (see p. 24) support the idea that M. de B... 'n'a pas gagné le cœur de Manon'. Unlike Lovelace with Clarissa, B... has not needed to resort to a 'poison' – ipecac or opium, for example – for Manon is addicted to another drug, 'plaisir', while being simultaneously ashamed of her addiction. She only starts to fall seriously in love with Des Grieux when she sees herself betraying him for her own gratification alone.

68. je ne l'estimais plus...créatures?: Hence the vision of the ideal life that Des Grieux glimpses shortly before he decides to train for the priesthood initially excludes the disquieting presence of the woman who has betrayed him, for rationally he cannot desire what he does not esteem: see p. 20. But then, as here, she returns to haunt his thoughts, for the heart can indeed desire what it despises and there are no sacrifices that honour or religion can force on love. When Manon proves her capacity for fidelity by refusing the Italian prince the Chevalier can momentarily rediscover lost esteem (see p. 69); then finally in America, when Manon apologises for her past infidelities, esteem and love are truly reconciled, and the demands of honour and religion would have been placated if the projected marriage had not been thwarted.

69. Je fis un commentaire amoureux sur le quatrième livre de l'Enéide...fidèle Didon: In a reversal of the normal sex roles Des Grieux regrets, like some deflowered virgin, the day he met Manon and lost his innocence (p. 8) and can see himself as the deserted Dido. Manon becomes the breadwinner, literally and metaphorically wears the trousers (p. 57), drags Des Grieux by the hair to confront the 'prince italien' after he has submitted to a session of feminine pampering (p. 67), and with male logic distinguishes between fidelity of the heart and fidelity of the body (p. 81). By the time the lovers encounter problems in America, however, Manon has been transformed into both the idealised object of a love cult, and a submissive woman who loses her nerve.

70. courir à la solitude: i.e. to join an enclosed order. Perhaps Tiberge, too, has dreamed of the ideal existence where 'pour n'avoir rien à désirer dans la plus charmante solitude, il y fallait être avec Des Grieux' (cp. p. 21), but if his friend is determined to re-enter society after his period of enforced seclusion, he will perhaps find the more 'mondain' occupation of a secular cleric more attractive.

71. il y avait passé six semaines à me chercher inutilement: It is hard to attach any special significance to this in a novel where hyperboles of duration are commonly linked with feelings. Perhaps Tiberge is less prone to exaggeration than Des Grieux. Cp. p. 55: 'pendant un quart d'heure' – realistically, more than enough time to run out of sighs, exclamations and endearments? In the tragic circumstances of Manon's death, however, the reader is less likely to keep an eye on the clock, especially when Prévost has made some changes which sustain the verisimilitude of Des Grieux's account. Cp. p. 111: 'plus de vingt-quatre heures' and the original version in D-P, p. 242, (variant 'c' ref. to their p. 200), where he remains embracing the body of the dead Manon for two days and two nights.

72. une forte envie de renoncer comme lui à tous les plaisirs du siècle: The 'solitude' Des Grieux goes on to conjure up in the next paragraph of the text is not that of an enclosed order such as Tiberge considered joining. It is a fantasy vision of the cultured, retiring life of an 'abbé'. For a different view, see Voltaire *Lettres philosophiques*, Cinquième lettre, end paragraph.

73. La piété se mêla aussi dans mes considérations: 'Aussi' would indicate that becoming a priest is first and foremost a response to flattery, a career where he can easily live up to the self-image others impose upon him. Little wonder, then, that it only takes a highly-charged affecting scene for the Man of Feeling to trade away his career prospects. See p. 24: 'pour moi, je sentis, dans ce moment, que j'aurais sacrifié pour Manon tous les évêchés du monde chrétien', where the grandiose notion of his potential importance in the ecclesiastical hierarchy is part of the emotional hyperbole.

74. à la fin d'un si sage arrangement...il y fallait être avec Manon: Des Grieux should therefore be conscious that he had no real vocation for the priesthood.

75. mon nom fut couché sur la feuille des bénéfices: 'I was enrolled on the list of vacant livings to be awarded'. This ought to be a guarantee of income since it entitled the eventual beneficiary to receive a large part of the revenues of an abbey or parish without having to exercise any office or take up residence there.

76. quand je pense...sans ressentir le moindre remords: At this point, (and particularly in the section beginning on p. 27), Prévost has expressly created the conditions for the reader to feel justified in adopting a sharply critical response to the story-teller's intrusions into his narrative, and to his present as well as to his past blindness. Seemingly able to detect the self-delusion or naivety of his earlier self, both in the presentation of Manon's emotional manipulation at the beginning of the story ('je *crus* apercevoir [p. 10], for instance) and in what he says here about his preference for Saint Augustine, it is the retrospective narrator who provides the reader with the ammunition to accuse him of a lack of true self-knowledge. A modicum of serious introspection would have enabled Des Grieux – had he had time to think, as he rhetorically busked his story – to realise that a decision taken lightly, with mental reservations, or never properly taken at all, is a decision easily overturned. It is a misnomer to talk of 'la *sainteté* de[s résolutions] qui m'avaient conduit à Saint Sulpice' (my italics) when the whole thrust of his account of events is to suggest that he was led to the priesthood without a true vocation, after suffering rejection, as a response to flattery, and inspired by an absurd, rather worldly *contemptus mundi* still permeated by thoughts of Manon. Moreover what does he have to apologise for at the beginning of his story, as regards ignoring Tiberge's advice and revoking his plan to become a priest (see the *mea culpa* of p. 8), if the real culprit is here revealed to be Providence, and the agent of his predicament a failure of divine help in the form of the grace to resist passion? And later, when he receives Manon's first letter, how can he credibly affirm that: 'Je ne l'ai pas appréhendée [la faim], moi qui m'y expose *si volontiers* pour elle, en renonçant à ma fortune' (p. 36, my italics), if the decision taken at Saint-Sulpice had been anything but a matter of free-will? (see p. 23).

When we put separate pieces of it side-by-side, this ad hoc rhetoric does not make any overall consistent sense. Nor is there any serious debate at this point about astrological determinism and the availability of grace: it is just that everything, big ideas included, is grist to Des Grieux's rhetorical mill, the purpose of which is self-exculpation and the denial of personal responsibility for acts which are presented as done under duress.

77. Je me croyais absolument délivré des faiblesses de l'amour...par Manon: A moment of reflection would have led him to realise that if his thoughts not long previously kept returning to Manon and if he had to force himself not to take soundings to find out about her life in Paris, this was a false impression.

78. je n'ai jamais pu démêler lequel de ces deux sentiments: Des Grieux would like to win the reader's respect for his *rational detachment*, as well as lay out his credentials as a man of sensitivity in the moving scene of reconciliation which follows. By giving the audience reason to suspect that he cannot detect, even retrospectively, Manon's actual infidelity with old G... M... (see p. 40) or M. de T...'s attraction to her, he convicts himself of gross naivety. Yet he wishes to create the impression that looking back on events he is clear-eyed and cynical enough not to give credit necessarily to Manon's touching assurances, in the meeting at the seminary, of her heart-felt repentance for the infidelity (p. 23). (How can she have meant them if she subsequently betrayed him, unless her fickleness outweighed her sincerity?: cp. p. 59.) The demonstration is somewhat gratuitous if he is to go on to show that although apparently emotionally swayed by them at Saint-Sulpice (cp. 'Où trouver un barbare, qu'un repentir si vif et si tendre n'eût pas touché!', p. 24), by a short time later he had quite discounted them in any case (see pp. 27, 32).

79. aimable: 'worthy of being loved'.

80. Elle me dit...sans lui dire une parole: Manon instinctively knows that the best form of defence is attack. Her notion of the comparative seriousness of the offences looks to be rather distorted by the rhetoric of self-defence. Has she perhaps learnt about 'pathetic' argument from living with Des Grieux?

81. une délectation: A theological technical term used by Pascal, Bossuet and Fénelon, synonymous with pleasure.

82. elle s'engagea à la fidélité...de quelles pertes ne serai-je pas

consolé par ton amour!: Des Grieux's later conversation with Tiberge at Saint-Lazare develops these ideas, particularly the view of the shackled will, in a full explanation of his value-system which amounts to a veritable lover's philosophy of life (pp. 48-9). M. de T... agrees with Des Grieux (p. 55), and during the transportation (p. 100) and when in America Manon repents of her infidelities, it seems that happiness is finally within his grasp (see p. 104).

The preference for life with Manon over a career as a priest is presented not as a free choice but as an irresistible emotional response to Manon's pledges of fidelity. It is ironic that what provoked this once-and-for-all commitment from Des Grieux – Manon's guarantee of future faithfulness – is only another example of one of the many forms of verbal expediency which his self-excusing narrative indulges in: sadly Des Grieux is hoist with his own petard. In this talk of undying fidelity she is simply mouthing the language of her social betters, feeling that this is the sort of thing that aristocratic lovers say and the kind of assurance that a high-born sensitive soul requires to hear. After all, we know that no matter how special are her feelings for her lover, fidelity is not, in her eyes, as it is with Des Grieux, the *sine qua non* of their love (see the letter she writes to him at the time of the involvement with old M. de G... M... [p. 36] or the brutal talk of 'la fidélité du cœur' during the episode with the latter's son [p. 81]). Manon is genuinely contrite about her 'perfidie', not because she recognises infidelity as a crime against Love (it is only in America that she will come to that understanding). It is because it has led to her losing the man she realises she cherishes above all others, owing to a simple inability to manœuvre B... into accepting terms which would have permitted her surreptitiously to set up a 'ménage à trois'.

83. sans autre dessein que de tirer de lui quelque somme considérable... commodément: The evidence from later developments that 'greluchonnage' is indeed the arrangement she favours (see pp. 36, 80) is an inducement for the reader to abandon the suspicion that she is here spuriously post-rationalising what had been in reality a quite ruthless decision to desert Des Grieux for a man who could make her a better offer.

84. Un coup d'épée...le sang: Ironically it was the sober-sided Tiberge who, by reminding her of the past she regretted, created the romantic turning-point for the reunion.

85. ne suivant que le mouvement de son cœur...si elle ne me trouvait pas disposé à lui pardonner: The suspect nature of Manon's promises to remain faithful to Des Grieux in the future has been remarked upon (note 82). The 'prince italien' episode illustrates her particular aptitude for staging a scene for effect. Yet there is no clue in the text from which it can be safely inferred that the entire interview at Saint-Sulpice is a show of pretence emotions put on by Manon to manipulate Des Grieux into taking her back because B... has lost interest in her and may be about to relinquish her.

86. Où trouver un barbare...touché: 'Barbare' is a favourite adjective to explain a 'sensible' attitude adopted or anathematise someone impervious to appeals to feeling (see pp. 14, 79, 95, 96, 108).

87. et remettre à nous arranger dans un lieu plus sûr: 'postpone discussion (of measures to be taken) until we were in a safer place'.

88. tempérament raisonnable: The 'Petit Robert' dictionary on p. 1937 quotes this very passage to illustrate the use of 'tempérament' in the now dated sense of 'compromise': '*Vieilli*. Solution mesurée, moyen terme. "Nous trouvâmes un tempérament raisonnable, qui fut de louer une maison" (Abbé PRÉVOST).'

89. Soixante mille francs...deux pistoles: The Deloffre-Picard edition (pp. 49-50, footnote 5) calculates that Des Grieux intends to spend half his 'income' on transport and, if we include the considerable cost of hiring coaches, at least two-thirds on entertainment. One vital change which, for the sake of *vraisemblance*, Prévost made to his original version was to reduce projected gambling losses from 100 francs per week (accounting for most of their budget) to 20 francs (see D-P, p. 220, variant 'a' ref. to p. 50). There are detailed discussions of the many references to sums of money in the novel in Pierre Malandain's edition (pp. 209-13), and in J. Sgard's recent edition of *Manon Lescaut* (GF-Flammarion, 1995, pp. 14-16).

90. Cet arrangement...constamment: Des Grieux accepts the proposal to live off the proceeds of Manon's previous lover without turning a hair. The man is only a 'fermier général', a 'nouveau riche', and there is plenty more where that came from.... Soul-searching about the compatibility with honour and virtue of sponging off others puts in an appearance where the arrangement would threaten his exclusive love (see p. 37-8).

91. Manon avait un frère...dans la même rue que nous: 'Gardes du corps' guaranteed the king's security, which gave them immunity from prosecution, and consequently a deserved reputation for lawlessness. They wore a blue coat, red jacket, red breeches and stockings, and a sash of white silk, trimmed with silver braid.

'Quant au guignon dont Des Grieux se juge victime, il se réduit à deux vols que d'autres chances compensent largement' – says Charles Mauron, in a somewhat rhetorical underestimation (p. 114 of '*Manon Lescaut* et le mélange des genres', in *L'abbé Prévost: Actes du colloque d'Aix-en-Provence 20 et 21 décembre 1963*, [Editions Ophrys, 1965]). Chance events and encounters include the renting of an apartment in the same street where B... lived; the first theft at Chaillot; the setting sail for America before help can arrive from Tiberge; the unlucky meetings, firstly with Manon's brother (who battens on their declining fortunes, so that the loss after the fire happens at the worst possible moment), and secondly with the young G... M.... Events such as these do give some credence to Des Grieux's general complaints against Fate (the second theft, where ironically the servants seem to have profited from the example of their masters does not). However they cannot entirely remove the impression Prévost wishes to create that this is a man who needs the pretext of predestination or blind love or youth, or the post-rationalisation that the end (the preservation of his relationship with Manon) justifies the means, however unsavoury, in order to explain away his weakness.

92. il savait une partie des aventures de sa sœur: 'Une *partie* des aventures de sa sœur' suggests that Lescaut must have heard of Manon's life with B... and that Des Grieux is making a mental distinction between the escapade with B... and his own honourable relationship with her. Indeed but for his facial expression which hints at mockery ('d'un air riant') this would appear to be recognised by Lescaut as a valid one if he tells Manon:

> qu'il l'avait crue dans le désordre, et que cette opinion avait allumé sa colère; mais que s'étant informé qui j'étais, d'un de nos domes-tiques, il avait appris de moi des choses si avantageuses, qu'elles lui faisaient désirer de bien vivre avec nous.   (p. 26)

Later, however, Lescaut makes a remark which implies that he knows nothing of any previous adventure of his sister:

> Il me confessa...que sa sœur ayant une fois violé les lois de son sexe, quoiqu'en faveur de l'homme qu'il aimait le plus [i.e. Des Grieux] il ne s'était réconcilié avec elle, que dans l'espérance de tirer parti de sa mauvaise conduite.   (p. 29)

If Des Grieux is correct to surmise that Lescaut *does* know of Manon's past, then the *garde du corps* has to be lying in his claim that Des Grieux was her first lover. One of the two of them must be concealing the truth.

How could a man like Lescaut be supposed to have any real concern for family honour, as seems to be the case from his verbal assault here on Manon? Is it not more likely that Lescaut is simply annoyed to discover that his sister has abandoned a valuable source of income, namely B...? Then, having learnt from the servant that Des Grieux is 'quality' and that there is an apparently unending money supply, he decides to make his peace with the lovers and to tap into it for his own benefit.

93. finir tous mes maux par la mort: Des Grieux means to impress the audience with the depth of his obsession with Manon, proved by his prepar-edness to consider suicide at the thought of losing her to another (cf. p. 18), but may have succeeded in giving the reader a sense that he is a weak man, prone to hysterical and theatrical over-reactions. Manon's invitation to suicide (when the transportation convoy arrives at Le Havre) is compelling because the situation is genuinely desperate (p. 101).

94. Je crus...que...je pourrais fournir assez honnêtement à son entretien: This is one of the most puzzling phrases in the novel. Even in the context of what Des Grieux goes on to say about the providential arrangement of society, this 'quite honourable' way seems to exclude cheating at cards – surely an unlikely activity to decide upon if through an inspiration described as 'heaven-sent' (?), and one which he regards as unjust (p. 41). Instead, he may be alluding to the possibility that he might use his wits more lawfully to make money by private tuition, no doubt in some family of recently enobled 'nouveaux riches'. Des Grieux would thus join the ranks of: 'd'autres [qui] servent à l'instruction [des grands] etc.' (p. 28). But since this plan to become a tutor is never mentioned again, it must have been window-dressing to make the whole idea of living off the rich and the great appear more palatable. Des Grieux had no doubt already grasped the fact that the best way to dupe the well-heeled is by card-sharping, the most profitable method to guarantee income and thus help retain Manon, but throwing up the smoke-screen of the legitimate alternative neatly distracted his conscience from the true implications. There is to be no disguising those from the later audience, since 'industrie', here meaning 'nous', reminds us inevitably of the 'Ligue de l'Industrie' of later (p. 33).

Alternatively, since Des Grieux subsequently (p. 90) regards trickery at cards as socially acceptable and relatively undishonourable, does this language perhaps indicate that he did unflichingly confront what his choice in reality entailed? After all, 'industrie' can mean 'skill' in a bad sense (see p. 64), 'faveur du hasard' irresistibly evokes playing with stakes, and the 'assez' of 'assez honnêtement' could be being employed in the attenuating sense of 'fairly' rather than in the reinforcing sense of 'quite'.

If this is so, then Des Grieux, while no doubt mentally maintaining, out of self-respect, a certain distance from 'les petits', might be ready to align himself with 'les uns [qui] prennent part aux richesses des grands, en servant à leurs plaisirs; ils en font des dupes'. The proportionately longer part of the section on society (on tutors) in that case illustrates another form of profiting from stupidity – educating to no effect – which does not need to contain a suggestion of a possible future role for him. His choice of the phrase 'Le Ciel me fit naître une idée...' we are invited to identify as a retrospective self-deception, buttressing the spurious excuse of the time that his card-sharping scheme was reconciliable with the designs of Providence (cp. 'La Providence ...n'a-t-elle pas arrangé les choses fort sagement?'). Even when looking back, he cannot detect the element of self-interest in his own argument, cannot see that his notion of how to survive in society by exploiting the stupid rich so as to subsidise his life with Manon amounted to excusing his card-sharping plans by regarding them as in the scheme of things that God or Providence has sanctioned. The Chevalier, Prévost invites us to assume, lacks true self-knowledge. He claims not to be a free-thinker (p. 105) but he resorts barefacedly to a Christian colouring of a rather un-Christian argument.

95. La Providence...n'a-t-elle pas arrangé les choses fort sagement?: For the probable source of the speculation in the following section of the text – in *L'Infortuné Napolitain...* of 1704 – see Jean Sgard, *Prévost romancier*, (José Corti, 1989), pp. 109-10. The Providence Des Grieux evoked approvingly, essentially to justify the injustice of cheating others at cards, he will later reproach for a wrong done to him – the refusal to endorse his plans to marry Manon in America (p. 106). That same unseen agency, which (see p. 28) we find him blessing for leading him into injustice, he criticises later for unjustly judging the relative culpability of his actions and punishing him for the wrong crime (p. 41).

96. Les uns prennent part aux richesses des grands...dupes: When, following this analysis (itself based perhaps on the object lesson of the thieves at the Chaillot fire), Manon is on the point of cashing in on her rich lover old M. de G... M... to support her love life with Des Grieux, and when the servants, similarly, decamp with the gambling profits, thereby defining their masters as the 'stupid rich' of whom he spoke, he finds the idea offensive or regrettable, not providential.

97. Il me répondit...de quoi j'étais capable: This is essentially the same argument that Des Grieux has just used, put in negative terms. The proposals from Lescaut which follow are intended to seem such extreme forms of exploitation and such a threat to Des Grieux's exclusive love for Manon that by comparison card-sharping looks positively virtuous.

98. je m'étais figuré...celui où vous êtes maintenant: i.e. 'I imagined that you wished to associate yourself with an honourable man, not gain an accomplice in a scheme to pander for Manon'.

99. sa sœur ayant une fois violé les lois de son sexe...sa mauvaise conduite: If Manon is indeed 'expérimentée' before she meets her noble lover, and if her brother knows it, we are being asked to regard as Lescaut's fraudulent self-defensive cover for dishonourable behaviour his insinuation that Des Grieux, being responsible for her moral dereliction, can hardly object if he, Lescaut, wishes to take advantage of it. We are supposed to see Lescaut as essentially a scoundrel because of his acts and Des Grieux as essentially noble and virtuous despite them, but the defining difference is birth and class.

100. J'avais lieu d'appréhender...quelque amant plus riche et plus heureux: Des Grieux's anxiety, based on Lescaut's talk of 'un seigneur, si libéral sur le chapitre des plaisirs etc.' (p. 28), is strategically positioned so that later, even though the Chevalier presents no corroboration for his presumption of Lescaut's hand in the matter, we will take it that it is indeed the latter who originates the proposal that his sister should go off with old G... M... after the second theft. The projected manipulation of the 'vieux voluptueux' reconciles Manon's desire to retain Des Grieux as her 'greluchon' (which she must force her brother to respect) and Lescaut's to make money (see p. 37).

101. Il me vint plusieurs fois à l'esprit d'écrire à mon père...il me traiterait beaucoup plus rigoureusement: At times Des Grieux correctly identifies his own hypocrisy and apologises for it (pp. 43-4). At others, as here, he is more preoccupied with passing judgement on the impracticability of a projected variety. Occasionally he utilises the retrospective viewpoint to create extra hypocrisies of which he seems completely unaware.

102. Rien n'est plus admirable...une douce influence: Are these the thoughts he had in his mind at the time? All this is a kind of hypocritical self-deception, a piece of self-interested argument dragged in to protect himself, or if, as seems likely, it is a truly retrospective remark, to protect the Man of Quality, from the truth of what he really intends to do – namely to capitalise crudely on Tiberge's devotion. It is not 'bonté' or 'compassion' alone that he wants, but money, and it must be money, not empty kind words that he has counted on obtaining, if, as he says, 'Je parlai [à Manon] de notre malheur de Chaillot, comme d'une bagatelle, qui ne devait pas l'alarmer' (p. 30). His very body language – 'J'y courus avec impatience' (to meet Tiberge), ibid. – betrays that he is impatient not for the unworldly advice and sympathy he talked about, but to exploit the occasion to touch his friend for hard cash. Yet when the decision to go ahead with the plan to cheat at cards is taken, it is presented as though it came out of the needs of the moment and had no necessary connection with the interview with Tiberge.

103. Je regardai comme un effet de la protection du Ciel...Tiberge: Once again it is *Providence* which supposedly induced him to think of requesting help from Tiberge. He turned to Tiberge as a virtuous alternative to the unscrupulous prostitution of Manon, the gigolo role which Lescaut dreamed up and the deception of his father, without noting that he was in effect intent on extracting money from his friend in order to finance another deception, and ironically the virtuous friend became, unknowingly, a party to unvirtuous behaviour. It was only when the money was handed over that his conscience pricked him (p. 32), but why regret a course of action set in train by Providence? The retrospective stance provides an opportunity for him to lend some weight to the show of repentance with which he began his story, and acknowledge openly his responsibility for using an honest man to subsidise dishonest schemes, but he does not take it because he must remain ambivalent about the morality of cheating at cards, and he still cannot meaningfully apologise for the love which justifies everything.

104. Je lui dis que...son affection: *Oratio obliqua*, as well as inappropriate hyperbolic language ('Rien n'est plus admirable...'), create a critical detachment in the reader, which contributes to the detection of further manipulation. It is impossible for Des Grieux to indicate how he won over Tiberge and made him ready to help him, without betraying how insincere apologies and lip-hommage to conventional moral judgements were part of the soft-soap. It suited him to say this to Tiberge, just as it suits him to pose as a reformed man, blaming himself, not Fate or Manon as he usually does, as a tactic to win over his listener's sympathies at the beginning of his story.

105. Je la lui représentai...de les prévoir: Compare with the extra-narrative rhetorical question (p. 21), 'S'il est vrai etc.': evidently this is still part of the creed, even retrospectively. This self-interested argument about Fate is rendered unconvincing to the reader as a result of the indirect form in which it is reported ('*Je la lui représentai* [ma passion] comme un de ces coups particuliers du destin' [my italics] holds up the idea for inspection with a pair of syntactical tongs), the obtrusively elegant use of rhetorical balance ('aussi impossible à la vertu etc.'), and the glaring contradiction with the pretension not to be downplaying his faults. Des Grieux cannot see the contradiction, and is not conscious of what his true motivation had been.

106. je m'imagine que...quelque argent: Tiberge, his sympathies awakened by Des Grieux's direct address which the reader only receives in the form of reported speech, is reduced to following his friend's example, and works hard to find a convenient but all too specious argument which preserves his friendship without offending his conscience.

107. ni capable d'être éblouie par le faste des grandes dépenses: Des Grieux is speaking in the full knowledge of Manon's change of plan to the original idea of taking young G... M...'s money and walking out on him. Has he forgotten her second letter, which on the face of it looks like proof that she is indeed 'éblouie par le faste des grandes dépenses' when the expenditure is undertaken on her behalf? Presumably not. Obviously, then, he accepted her explanation of it and of what her intentions had been – 'son système' (pp. 79-81) – and indeed he does talk of the naïve candour of her story: 'je fus touché de l'ingénuité de son récit' (p. 82).

108. Quoiqu'elle m'aimât tendrement...les douceurs de l'amour: Cp. the first letter: 'Je te jure, mon cher Chevalier, que tu es l'idole de mon cœur, et qu'il n'y a que toi au monde, que je puisse aimer de la façon dont je t'aime' (p. 36).

109. Je résolus...de me priver plutôt de mille choses nécessaires... superflu: The longest period he could have spent reducing his own expenditure is the few days devoted to learning how to cheat at cards, since he is instantaneously so successful at that (the early days of their relationship in Paris do not count – Manon took charge of everyday living expenses). Yet when he receives her letter explaining the need to go gold-digging, he complains exaggeratedly: 'je...me suis retranché jusqu'au nécessaire, pour satisfaire ses petites humeurs et ses caprices' (p. 36).

110. Manon était une créature d'un caractère extraordinaire... cruelle nécessité: There is repetition of the concern about Manon's unreliability (p. 32), though we already know this is Des Grieux's view (p. 27), and Lescaut is approached again (p. 32-3 after p. 28). This, together with the determination to tighten his own purse strings – irrelevant if he has already determined to become a successful card-sharper – suggests that another sequence of events, starting from scratch, is afoot, where decisions are taken not in a positive frame of mind inspired by the workings of Providence, but under the duress of 'une cruelle nécessité'. However if he does consult Lescaut a second time despite regretting having talked to him (p. 29), it is patently obvious that he is only following through his original plan, and that what it produces is his responsibility.

111. ayant quelque chose, dans la physionomie, qui sentait l'honnête homme, personne ne se défierait de mes artifices: When appearances are so deceptive there is little to choose between Des Grieux, presented as 'un de ses parents' (p. 33), and his 'brother' Lescaut (see p. 50). Can any moral distinction be drawn between their respective behaviour? Prévost contrives that Lescaut dies a coward after refusing a duel and Des Grieux survives an honourable duel with Synnelet, so that the reader can more easily differentiate.

112. J'acquis surtout beaucoup d'habileté...quantité d'honnêtes joueurs: 'Faire une volte-face': either to flip over a card which is face up, or to act as banker; 'filer la carte': when dealing, to locate by touch particular cards in the pack and distribute the bad ones to one's opponent; 'escamoter': either to make a card disappear or to palm and conceal a stake already on the table.

113. Sa morale ne finissait point...à ma fortune: Tiberge's moral strictures are probably reinforced as much by his unwillingness to betray Des Grieux's whereabouts to his father as by unconscious jealousy of his friend's preferred partner. He has not yet guessed how he is earning his money, and it is Manon whom he identifies as the morally corrupting influence and a spendthrift, while seeing the liaison with her as socially demeaning.

114. je lui savais bon gré de son zèle... accorder fort bien une maîtresse avec un bénéfice: Des Grieux does not have to specify that it is Tiberge's virtuous character and intense friendship with him which inspires his zealous advice. As if almost instinctively he detected an element of personal affront in Tiberge's attitude, he chaffs him lightheartedly with a scandalous suggestion about the private lives of bishops. 'Un grand nombre d'évêques' is still a provocative exaggeration, despite the attenuation of the original version of the text (see D-P, p. 222, ref. to p. 65, variant 'b'). Less relaxed about his father's criticism, he develops similar arguments at greater length in the interview at Châtelet (see pp. 90-91)

115. Adieu, ingrat et faible ami: His father rejects him in similar terms (see p. 96). If Tiberge has by now belatedly guessed at his indirect involvement in the Chevalier's suspect activities through his initial loan, this, as well as the ignoring of his advice, would account for the bitter tone.

116. Puissent vos criminels plaisirs s'évanouir...à vous servir: In the event, all of his wishes are eventually granted. Des Grieux, following Manon's death, is left deserted, divested of the 'criminal' pleasures of sensuality and with no funds apart from what his 'petit emploi...dans le fort' brings in, and Tiberge arrives to rescue his bosom friend and bring him back to civilisation and to the paths of virtue. But the anathema pronounced here is not so final as it sounds, and it does not prevent him from offering help immediately he is appealed to, and being willing to assume without good evidence that Des Grieux has surmounted his passion (see pp. 61, 88).

117. Je remarque...les plus malheureuses circonstances de ma vie: See p. 112.

118. Dieux ! pourquoi nommer le monde un lieu de misères...de nature à durer toujours?: Evidently the story-teller still believes what he told Tiberge: 'confessez qu'avec des cœurs tels que nous les avons, elles [les délices d'amour] sont ici-bas nos plus parfaites félicités' (p. 49). This somewhat undermines the credibility of statements such as this: 'Si j'eusse alors suivi [les] conseils [de Tiberge], j'aurais toujours été sage et heureux' (p. 8)!

119. un état dont il ne nous a jamais été possible de nous relever: Des Grieux seems momentarily to have forgotten about the good times he describes at the beginning of the 'seconde partie', unless he is implying that having been sent to prison they will forever be socially marginalised.

120. Nous sommes perdus, me dit-elle, les larmes aux yeux: Does her reaction also suggest terror that the 'penchant au plaisir' could be about to take over mechanically and threaten her love?

121. Cet honorable marché: Various ironies in this part of the text assume that the supreme value is love, and that anything which threatens it, moral or otherwise, can be mocked or disposed of in similar language: cp. 'fautes...justifiées par une si belle cause', 'harangue apostolique' (p. 34).

122. La faim...je rendrais quelque jour le dernier soupir, en croyant en pousser un d'amour: A melodramatic remark, agreed, but effective in that, unbeknown to Manon, it contains a certain foreshadowing of her own death, which succeeds the 'méprise', this time of Des Grieux:

elle me dit, d'une voix faible, qu'elle se croyait à sa dernière heure. Je ne pris d'abord ce discours que pour un langage ordinaire dans l'infortune, et je n'y répondis que par les tendres consolations de l'amour. Mais ses soupirs fréquents, son silence à mes interrogations, le serrement de ses mains, dans lesquelles elle continuait de tenir les miennes, me firent connaître que la fin de ses malheurs approchait.... Je la perdis; *je reçus d'elle des marques d'amour au moment même qu'elle expirait.*   (p. 110, my italics)

123. Je te jure...la nécessité de te quitter: Manon's second letter is summarised in indirect speech, with only the (in context) most hurtful phrase, the signing-off line 'votre fidèle amante, MANON LESCAUT', being reported word-for-word, whereas her first letter is given direct. Evidently it is less painful to recall. He does, however, accept her complex explanation for the form the second letter took.

124. Heureux, s'il n'y fût pas entré encore plus d'amour: It would be disconcerting for the reader to find that within the space of a page or two the retrospective view had moved quite seamlessly, from the sort of presentation which only values pleasure and love (p. 34: 'quelle autre félicité voudrait-on se proposer...?'), and deploys irony to underpin the point that love is the supreme value (see Textual Note 121), to a very much more moralistic colouring. However 'Heureux, s'il n'y fût entré encore plus d'amour!' (p. 36) is probably intended by Prévost to be conceived of not so much as the retrospective viewpoint of the (expedient) moralist, such as we find at the beginning of the story, as that of the outraged lover who looks back on his weakness and can see the consequences of his tolerance. There is not necessarily such a wide gulf between the condemnation of passion and the condemnation of crimes against love; both can unite in execration of the guilty parties, and the beginning of the book shows how easy is the transition from pious breast-beating to 'perfides larmes!'

125. quelle grossièreté de sentiments: 'Malheur à qui va tomber dans mes filets etc' is perhaps a better example. If Manon has experienced real penury at some point prior to meeting Des Grieux, he is not in a position to criticise her choice of argument, nor the best person to make an imaginative effort to understand. As regards 'grossièreté de sentiments', Des Grieux's own response to the primitive nature of their American accommodation springs to mind: 'et puis tu es une chimiste admirable; tu transformes tout en or' (p. 104). Were it not for Manon's gracious assumption that he is talking about the metaphorical gold of their love for one another, this hyperbolic compliment, with its unfortunate connotations, looks like an ironic reference to her ability to attract rich lovers, an invitation to her to return to prostitution, even.

126. moi qui m'y expose si volontiers pour elle: How so? Love is no longer a fatal compulsion?

127. je sais bien de qui tu aurais pris des conseils: Viz. not from your brother, but from me.

128. la réforme de notre équipage: Quoting Furetière writing in 1684, Petit Robert explains 'équipage' thus: 'II 2° *Vx.* "Provision de ce qui est nécessaire pour voyager ou s'entretenir honorablement, soit de valets, chevaux, carrosses, habits, armes" (FURET.) V. Train.' It therefore seems unnecessary to restrict the sense of the phrase in the way that D-C does (p. 70, note 2), making Manon's reasons for turning to G... M... more frivolous: 'c'est-à-dire renoncer purement et simplement à la voiture'.

129. de quel avantage cela pouvait être pour vous: Presumably Manon, in consideration of the débâcle of the arrangements with B... that she originally envisaged, has insisted on the need to negotiate provisions which will permit the eventual covert setting up of a 'ménage à trois'. Lescaut, who likes to pretend that Des Grieux is 'l'homme qu'il aim[e] le plus' (p. 29), claims the credit for the manœuvres himself, and the pose of altruistic friendship is to be seen as a contrast with the straightforward talk of the 'true friend', Tiberge.

130. Mon père...la femme de son fils: Self-deception. Even if we grant that Manon's refusal (p. 12) could have sprung from a desire not to add extra obstacles to the deal with B... rather than from any justifiable belief that his father would not find a woman 'd'une naissance commune' a socially acceptable match, Des Grieux *père* would surely have opposed his son's marrying a woman whose family wanted her out of harm's way in a convent. In America, when looking back on events, Des Grieux is quite clear that it is 'les lois arbitraires du rang et de la bienséance' which have rendered the marriage out of the question in French society (p. 105). Perhaps it has taken the final interview with his father to make that so obvious.

131. il n'était rien moins que brave...dans la suite: This seems to be a reference to Lescaut's cowardly refusal of a duel in a quarrel over cards (see p. 62). When Lescaut is actively furthering the Chevalier's cause the viewpoint is somewhat different (see p. 52): 'Lescaut, qui ne manquait pas d'esprit et de prudence'.

132. lui faire croire que j'étais dans le dessein d'entrer dans l'état ecclésiastique: Is this a *mise en abîme* of Des Grieux's situation at Saint-Sulpice? He pretends to be a priest when really he is in love with Manon.

133. simplicité: 'ingenuousness'. Surely Des Grieux is worldly-wise enough to distinguish between fidelity of the body and that of the heart? Obviously she regards her pledges at Saint-Sulpice as aristocratic lovers' endearments, but when she sees he is serious and that he regards himself as her owner (the Turk in the seraglio image) she is ready to indulge his obsession once again, and to assure him that 'je l'ai remis [G... M...] jusqu'à la ville' (p. 39).

134. pour ménager votre délicatesse: Manon does not notice the contradiction between her phrasing 'ménager votre délicatesse', which is surely an indirect admission of an infidelity contemplated or carried out, and the claim to have put off her new lover until they returned from the country to the town. Why conceal a plan and then delay when the outcome is already decided?

135. je l'ai remis jusqu'à présent jusqu'à la ville: i.e. 'I have put off sleeping with him so far (and made him wait) until we return to town'.

136. Il est vrai qu'il m'a baisé plus d'un million de fois les mains: Though Manon is undeniably quick-witted enough to be able to invent, or cite, a physiological reason for the delay (cf. 'Manon, étant sortie sous prétexte d'un besoin', p. 41), her assertion that she has spent several days in G... M...'s country house without yet being obliged to sleep with him is hard to believe. It may be just opportunistic comment aimed to win back the respect of her lover who can envisage the same pattern repeating itself as with M. de B... (Certainly M. de T..., for one, does not seem to have any doubts later about Manon's previous status as acting mistress of G... M... [p. 53] despite the latter's public stance of being the defender of public morals [p. 41].) If she openly admits to her lover: 'c'était pour ménager votre délicatesse que j'avais commencé à exécuter [ce projet] sans votre participation', then it looks as though such an unrealistic assurance is just another requirement of Des Grieux's 'délicatesse', trotted out to order. Germain, no doubt, has a shrewd idea of what is going on:

> un marché a été conclu, et il n'y a aucune raison d'en retarder l'échéance. Mais la jalousie de Desgrieux, quelques jours plus tard, bouleverse ce projet. Quand Manon le retrouve à Paris, il lui faut constater qu'il n'acceptera jamais de la partager. Aux yeux de Manon c'est un enfantillage. Mais, pour ne pas chagriner Desgrieux, et parce qu'elle veut dissiper tout à fait la jalousie de son amant, il faut qu'elle le persuade alors que tout est resté platonique entre elle et G. M. Le délai imposé par Manon ne peut avoir de sens qu'à titre retrospectif, comme mensonge de complaisance et de pitié. De fait, c'est après avoir décidé de rompre qu'elle se flatte d'avoir remis G. M. à Paris.

(This quotation is taken from 'Quelques mensonges de Manon', p. 20.) Manon, in renouncing the idea of a 'ménage à trois', not only defers to Des Grieux's scruples but also provides supporting proof of her readiness to accept, for the moment at least, the value system which he constructs around his exclusive love.

137. mon cœur...était satisfait d'échapper à l'infamie: Comparing with p. 90 where the word also appears (rather than with p. 45, where it is simply hyperbolic), the definition of 'infamie' is for an aristocrat to be the paramour or 'greluchon' of a woman kept by, and shared with, a rich voluptuary who is apparently 'de naissance commune' himself (see. p. 85).

138. pour empêcher ce vieux libertin de s'émanciper trop avec ma maîtresse: The second reason given must be invented by Manon and her brother purely for the consumption of Des Grieux, if she has in fact already slept with her old libertine. A later comment of the Chevalier about the young G... M...'s suborning of Manon – 'G... M... était plus fin que son père. Il voulait tenir sa proie, avant que de compter ses espèces' (p. 72) – may indicate Des Grieux's continuing misunderstanding about the past, and the effectiveness of her cover-up.

139. c'était autant de droits qu'elle acquérait, sur l'argent qu'il lui mettait entre les mains: The narrator's view coincides with Manon's words 'il est juste qu'il paye ce plaisir...' (p. 39) – a sign that he has swallowed the story of her resistance to the desires of G... M...?

140. faire de petites chapelles: The meaning according to D-P (p. 77, note 1) is: 'construire de petits reposoirs ou de petits autels ornés de fleurs', with a connotation of naive unworldly behaviour, but perhaps 'tell my beads' is a pithier equivalent. It is possible that even in 18th-century French the phrase could be double-edged, self-consciously ironic, even, since 'chapelle' sometimes refers to an exclusive, secretive group of people: hence (?) 'tell my beads/cabal' (i.e. 'plot against you!'). However no support for a secondary ironic meaning can be found in entries under 'chapelle' in contemporary dictionaries such as those of Richelet, Furetière or the French Academy.

141. il a de l'esprit: By showing signs of possessing the mental capacity (cp. p. 103: 'deux personnes d'esprit et de mérite') to turn a fine phrase, Manon's 'young brother' has, in G... M...'s eyes, redeemed himself for the unfashionable clothes and for the un-Parisian, awkward and too deep bowing with which he introduced himself: the conventional French salutation was by now evidently less ceremonious than it had been in Louis XIV's time, though still too much for the English Quaker in Voltaire's *Lettres philosophiques, première lettre*. Ironically the old man's words are truer than he realises. Des Grieux is making play of his wit in a way G... M... does not recognise, since he cannot follow the 'double entendre' in 'nos deux chairs se touchent de bien proche'.

142. monde: here means 'the social graces' (cp. p. 54). Des Grieux pretends to be so rustic that he is not familiar with that sense, but only understands the word to mean 'people': hence 'j'en ai vu beaucoup chez nous'. But G... M..., not having identified wit where it really is, now locates it where it is not supposed to be intended, and thinks his interpretation of 'monde' is word-play: 'cela est admirable pour un enfant de province'.

143. il parla d'amour et d'impatience: From the way he remembers G... M...'s comment Des Grieux must think that Manon has indeed successfully resisted the old man's advances so far. The first version of the text is both less elegantly euphemistic and conveys sexual frustration less clearly: 'l'heure de se coucher étant arrivée, il proposa à Manon d'aller au lit' (1731 variant).

144. Quoiqu'à mes propres yeux...l'argent que j'avais acquis au jeu: This assessment, which we might initially assume to be based on the consideration that the victim is a 'vieux voluptueux' (p. 35), and that stealing from him is therefore the lesser misdemeanour, is supported by Des Grieux's reluctance to return to his old gambling cronies at the beginning of the 'Seconde partie': 'la force de l'honneur, autant qu'un reste de ménagement pour la police, me faisant remettre de jour en jour à renouer avec les associés de l'Hôtel de T...' (p. 64). Yet the explanation of his life which he offers his father at the Châtelet prison produces the following gloss:

> Comme il n'y avait rien après tout, dans le gros de ma conduite, qui pût me déshonorer absolument, du moins en la mesurant sur celle des jeunes gens d'un certain monde, et qu'une maîtresse ne passe point pour une infamie dans le siècle où nous sommes, non plus qu'un peu d'adresse à s'attirer la fortune du jeu, je fis sincèrement à mon père le détail de la vie que j'avais menée. (p. 90)

(The curious implication seems to be that he would have lied or suppressed the truth if his conscience was not clear, but it is only clear because he swallows his own rhetoric.) Such a comment is followed by this:

> Pour ce qui regardait mes desseins sur la bourse des deux G... M..., j'aurais pu prouver...que je n'étais pas sans modèles; mais il me restait trop d'honneur pour ne pas me condamner moi-même, avec tous ceux dont j'aurais pu me proposer l'exemple: de sorte que je priai mon père de pardonner cette faiblesse aux deux violentes passions qui m'avaient agité, la vengeance et l'amour. (p. 91)

Card-sharping and stealing are the two terms in both contexts. In the one case he regards cheating at cards as the greater crime; in the other, theft as more dishonourable than card-sharping. The inconsistency cannot be explained by saying that the first quotation gives the view held at the time, the last two the retrospective view, because 'le Ciel permit que la plus légère de ces deux injustices' (p. 41) is patently the viewpoint of the speaker as he tells his story; the two views seem to be inextricably mingled, moreover there is nothing to indicate conscious disagreement with an opinion of the past. In the first case the value judgement enables Des Grieux to shift the responsibility for having to pay the price for his misdeeds onto an external agency, and subtly diminishes the seriousness of an injustice attributable to him, by bringing in the larger notion of a failure of Divine Justice; in the latter it allows him to adjust, chameleon-like, to the code of honour of his father, which decrees that theft is more low-class than the aristocratic practice of 'remedying Fortune' at the card-table. The author has thus created an opportunity for the reader to see how Des Grieux has been trapped by his own rhetoric; the two excerpts pinpoint the relativity of his language to the demands of the moment. If Des Grieux is inconsistent on the relative culpability of stealing and cheating at cards, then Prévost must be asking us to consider whether we can trust his views on the broader issues of his love affair and its justification.

145. de fieffés libertins: 'consummately immoral individuals'. G... M... obtains a 'lettre de cachet' which allows him to have Manon and her lover arrested and dispatched to the appropriate prisons. La Salpêtrière was where prostitutes and women arraigned by their husbands and convicted of loose living were kept under lock and key, and Saint-Lazare, a House of Correction, where young reprobates and priests of lax morals were subjected to an enforced evangelisation by an order of 'lazaristes' founded by Saint Vincent de Paul. On the occasion of their second imprisonment the two lovers are sent to the Petit-Châtelet for suspected theft.

146. un exempt de police...avec une demi-douzaine de gardes: Compare with p. 84, when G... M... comes searching for his son.

147. une retraite que j'ai horreur de nommer: The story-teller reserves the right to sustain the interest of the audience by keeping them in suspense, releasing information in his own time for dramatic effect later (p. 44). This is much more effective than the 1731 first version of the text: 'Ma malheureuse maîtresse fut donc conduite à l'Hôpital' (D-P, p. 225, variant 'a' ref. to their p. 79).

148. une certaine tâche de travail: In Pasquier's illustration of the reunion of the lovers in the Hôpital (for the 1753 edition of the novel), Manon, in her haste to embrace Des Grieux, has allowed the woollen stockings she was knitting on four needles to fall from her lap to the floor. Before the Chevalier enters her cell her valet has told him: 'qu'elle était occupée à coudre du matin jusqu'au soir, à la réserve de quelques heures qu'elle employait à la lecture' (p. 55).

149. J'avais de terribles idées de cette maison: It had a reputation for 'not sparing the rod' as far as the inmates were concerned. That is why Des Grieux's first words to the Superior are: 'point d'indignités' ('please, no humiliation'), as if he expects he will be beaten.

150. les gardes visitèrent une seconde fois mes poches...moyen de défense: Cp. pp. 15 and 84-5.

151. Cette connaissance...la honte de ma famille: Compare with Des Grieux's much more moderate reaction to the discovery that the servants and the inn-keeper at Saint-Denis understand his family regard his elopement as a matter of dishonour: 'Je feignais de ne rien entendre, et je me laissais voir le moins qu'il m'était possible' (p. 16). They are not people of his class, and their attitude is sympathetic.

152. la passion dominante de mon âme était la honte et la confusion: This is the single occasion on which shame is more powerful than love. Normally love outweighs any such sensation, and Des Grieux's intercession with the governor of New Orleans to be allowed to marry Manon illustrates this best (see p. 107).

153. les personnes d'un caractère plus noble...la honte est *une* de leurs plus violentes passions: The ideas seem to be short-circuiting and the emphasis is a little uncertain. Des Grieux wants to win medals for his supersensitivity as a lover *and* as a man of honour.

154. pour la posséder tranquillement: In imagining this as a possible outcome of G... M...'s infatuation with Manon, Des Grieux is mistakenly applying the lesson of the B... affair. This is understandable, given the similarity between the circumstances which accompany the two imprisonments – the frisking being an example. In fact the old man is more intent on revenge on the two lovers who duped him, as is proved by his application of the phrase 'faire de petites chapelles' to Manon: (p. 44): they have both 'ganged up' on him.

155. il paraissait être dans le dessein de me laisser voir le jour...il se proposait de me rendre une visite dans ma prison: G... M... would appear to be content that he has extracted his revenge, though not averse to a little rubbing of salt in the wound. The effect of Des Grieux's assault on him on being informed of where Manon has been sent, together with the discovery of the Chevalier's involvement in young G... M...'s disappearance, is to arouse such implacable resentment in the man that Des Grieux's father is no doubt obliged to pull rank on him to have his son released from the Châtelet (p. 91).

156. Je me jetai sur lui...la moitié de mes forces: This extreme reaction would seem more appropriate if G... M... had told him Manon was living with him, as he had feared might be the case (pp. 43-4). But what Des Grieux cannot tolerate is another man's classification of his 'malheureuse maîtresse' as a whore – through the very prison to which he had had her sent: 'O Ciel! ma charmante maîtresse, ma chère reine à l'Hôpital, comme la plus infâme de toutes les créatures!' (p. 45). Returning love (p. 43) is joining forces with his preoccupation with his own honour (pp. 42-3) and extending it to include an overwhelming and unrestrainable concern about *her* damaged reputation and possible treatment. R.A. Francis comments:

> Such a passage encapsulates the problem raised by intense emotion. Des Grieux the rhetorician evidently thinks it is in his interest to record all these details; his shrewdness in observing his audience's reaction in the midst of his fury suggests an element of theatricality in his tantrum.
>
> 'The Abbé Prévost's first-person narrators' *SVEC*, (1993) p. 156

157. M. de G... M... rajustait pendant ce temps-là sa perruque et sa cravate: Des Grieux has a narrator's eye for the revealing detail of almost comic indignity, and he is quite prepared to illustrate his own discomfiture, as well as that of others. Compare with his reception of Manon's second letter:

> Va, lui dis-je, rapporte au traître G... M... et à sa perfide maîtresse le désespoir où ta maudite lettre m'a jeté; mais apprends-leur qu'il n'en riront pas longtemps, et que je les poignarderai tous deux de ma propre main. Je me jetai sur une chaise. Mon chapeau tomba d'un côté, et ma canne de l'autre   (p. 75)

or with the episode of the forgotten breeches which nearly endanger the success of Manon's escape from the Hôpital (p. 57), and could tip drama into bathos. Des Grieux's decision to accompany Manon into exile, pitched on the level of high tragedy, is juxtaposed with the ignoble detail of paying to see Manon at the current rate for a Paris prostitute (pp. 98-9). Raymond Picard comments revealingly on Prévost's purpose:

> Il y a ici une étonnante spéculation: il s'agit de charger une situation tragique du plus grand poids de vérité plate, ridicule, ou même répugnante, qu'elle puisse supporter sans se défaire.... Dans *l'Histoire du Chevalier des Grieux*, realité vulgaire et noblesse tragique coexistent, sans que la vulgarité se dissimule ni que la tragédie se fêle. Mais la tension est grande entre ces forces contraires qui agissent tour à tour – ou ensemble – sur la sensibilité du lecteur.
>
> (D-P, p. cxxxix, p. cxli)

158. ce n'est point avec une personne de la naissance de M. le Chevalier, que nous en usons de cette manière: The Superior rather tartly reminds G... M... of his place in the social pecking order. This remark is indirect confirmation that Des Grieux's contemptuous allusion to G... M...'s 'roturier' status (p. 85) is based on the facts, despite the expedient apology his father later forces out of him: 'Mon père m'ordonna de lui faire des excuses, de l'injure prétendue que j'avais faite à sa famille' (pp. 91-2).

159. Je veux vous raconter tout: And yet (a few lines later): 'Je lui représentai les choses, à la vérité, du côté le plus favorable pour nous', that is to say, suppressing or doctoring the truth about how he made his money. Des Grieux might reasonably assume that the 'whole story' the Superior has been told (p. 42) could not possibly have included anything more than hearsay and suspicion on that aspect – after all, he had not been publicly exposed as a card-sharper.

160. quelques particularités: Poor diet and beatings.

161. je voulais l'y faire servir comme un instrument éloigné, sans qu'il en eût même connaissance: Des Grieux has no difficulty explaining his motivation where there is nothing overtly criminal to conceal – though Tiberge would be incensed to discover that he was to be ultimately the instrument of *Manon's* freedom, just as, through the loan, he had unintentionally had a hand in allowing Des Grieux to accumulate his ill-gotten gains. Contrast with the Chevalier's convenient blindness about unscrupulously using Tiberge earlier to finance his entry to a card-cheating circle.

162. J'aime Manon...pour l'obtenir: Later Des Grieux adapts the religious parallel by regarding those 'chagrins' at their most extreme as worse than the Christian Hell for the unvirtuous (p. 92). The validity of his analysis here would appear to be substantiated by what he says during the conversation about the emotional 'gold' of deep and binding feelings which the lovers begin to unearth in America, after Manon passes through her 'hell' of social ostracism and comes to learn from the example of his dedication (pp. 104-5). 'Voilà ma félicité bien établie' he exclaims (p. 104). Unfortunately it can only last as long as Manon lives (see pp. 110-11).

163. de tous les plaisirs, les plus doux sont ceux de l'amour: As with fatalism and the idea of providence, the retrospective view tends to reinforce, not correct, the beliefs of the younger Des Grieux. See p. 34: 'Quelle autre félicité voudrait-on se proposer...?'

164. De quels secours...Manon: i.e. 'grace'. Compare with the extranarratorial rhetorical question with which Des Grieux prepares his audience for what is to happen at the seminary when Manon comes to visit him: 'S'il est vrai que etc.' (p. 21). The similarity confirms that now, after the death of Manon, he may well be 'éclair[é] de[s] lumières [du Ciel], qui [lui] firent rappeler des idées dignes de [s]a naissance et de [s]on éducation' (p. 112), but even when looking back on his experience, he is not prepared to recant from the transparently expedient, self-serving arguments which he used at the time (at Saint-Sulpice and here in Saint-Lazare) to justify a failure of the will and deny himself a free choice.

165. un de nos Jansénistes: Cp. 'Tout ce qu'on dit de la liberté, à S. Sulpice, est une chimère', (p. 23). In the orthodox view man has a free choice between good and evil; the Jansenists regarded Fallen Man as unerringly inclined towards evil (the love of the creature, not the Creator), and, for his salvation, in need of efficacious grace given by God to the Elect who were predestined to receive it not through any merit of their own. Jansenists denied the freedom of the will to accept or reject grace, which they tended to see as a purely gratuitous gift from God, not to be won by prayer or good works. According to P. Hazard, *Etudes critiques sur Manon Lescaut* (Chicago, 1929, pp. 66-7), the first proposition of Cornelius Jansen was this:

> Quelques commandements de Dieu sont impossibles aux justes à raison de leurs forces présentes, quelque volonté qu'ils aient et quelques efforts qu'ils fassent; et la grâce par laquelle ces commandements seraient possibles leur manque.

Does Des Grieux at this point become genuinely aware in a Jansenist way of being a 'délaissé de Dieu', unable to resist his passions without the arbitrarily bestowed divine gift of grace – or is he jesuitically using whatever argument, religious or otherwise, comes to hand to conceal his failings and score points against Tiberge? If we believe the former to be likely, then, like Anne Loddegaard ('Lecture janséniste de *Manon Lescaut*', in *Revue Romane*, 25, 1 [1990] pp. 92-115), we will wish to link this passage with the 1731 first version of the Chevalier's 'conversion' described at the end of his story, where he has clearly been finally granted the grace he needs. Prévost originally wrote:

> Le Ciel...m'éclaira des lumières de sa grâce et m'inspira le dessein de retourner à lui par les voies de la pénitence. La tranquillité ayant commencé à renaître un peu dans mon âme, ce changement fut suivi de près par ma guérison, je me livrai entièrement aux exercices de la piété...   (D-P, p. 243, variant 'c' ref. to their p. 202)

This leaves us with the bizarre spectacle of a Jansenist convert who now knows himself to be one of the Elect, whose life should be irrevocably and immeasurably transformed, nevertheless retrospectively defending in an un-Pascalian manner, with an indulgence born of nostalgia, a rather apolaustic view of human nature (p. 34), and wholly omitting, moreover, to criticise the 'morale laxiste' embedded in the very worldly view of honour he propounds in conversation with his father at the Châtelet (pp. 90-91). It is worth remembering that Des Grieux's main purpose in the interview (pp. 47-9) is not to expound argument vitally important to a man preyed upon by his conscience, but to distract Tiberge with an intellectual debate, thus diverting his attention away from the main business of the day, which is to make him unwittingly the bearer of a letter that will lead to the recovery of the lovers' freedom and permit them to carry on as before.

166. il est impossible que la seule adresse puisse me sauver: 'I shall certainly need more than ingenuity, to slip out unnoticed'.

167. deux ou trois de nos amis: Who 'nos amis' can be is not specified. Are they some gambling cronies of Des Grieux, or some friends of Lescaut whom he had brought to the 'maison garnie' (p. 33) in the days of wine and roses?

168. Je le priai d'abréger sa visite...le lendemain: The repetition of this request by M. de T..., when they go to visit Manon in the Hôpital (p. 55), draws the reader's attention to the parallel difficulties of escape for both lovers; the double appearance of versions of the axiom 'on fait tout pour la liberté', pp. 51 and 62, is yet another parallel. If it also in a small way induces readers to anticipate similar violence in the attempt to spring Manon, our expectations are not initially fulfilled, and we have to wait for the assassination of Lescaut for a roughly similar pattern to emerge.

169. juste-au-corps: The 'justaucorps' was a kind of jerkin or frock-coat worn by the nobility.

170. Ouvrez-moi la porte, et je suis le meilleur de vos amis: A Conan Doyle-like quality, sometimes racy, sometimes enigmatic, overtakes Prévost's narration at certain points to good effect, counterbalancing the occasional over-long passages of reported speech (such as, towards the end of the first part of the novel, the rather leaden *oratio obliqua* presentation of exactly all the information Des Grieux needs), and leaving the reader eager to read on: compare with pp. 6-7, and 14-15.

171. C'est votre faute...chargé?: 'Ainsi un homme est tué; il y a deux responsables, et aucun d'eux n'est celui qui a tiré, bien que ce dernier ait agi en pleine connaissance de cause' (R. Picard, 'Signification de Manon Lescaut', D-P, p. cvii). However it is feasible that Des Grieux did not know he had a pistol loaded with a ball, not just a blank. If he had checked the state of the barrel of his flint-lock he might have been able to see the wadding of the charge, but obviously not the ball.

172. chez un traiteur: The modern sense is 'caterer', the old meaning (as here) 'inn-keeper'.

173. ne fût-ce que par l'espérance d'avoir part à ses faveurs: Is it the case that even when judged from within his own value-system Des Grieux does not come up to the mark? With the Chevalier, love and his entrapment in passionate reasoning explain and justify a lot of things; yet can he claim to be continually under its thrall and paying suitable tribute to the God (or Goddess) which rules him, if his shame in Saint-Lazare makes him relegate Manon's sufferings to second place in his thoughts for a time, and if he is prepared to go so far as to blame Manon in order to exculpate himself in his father's eyes, during the conversation they have in the Petit-Châtelet? (p. 90). Here the same man who demonstrates such extravagant jealousy at the thought of Manon being shared by other men is ready mentally to pander for M. de T..., so to speak, simply because a desperate situation demands the adoption of risky measures.

174. J'augurai bien de sa physionomie et de ses civilités : Like Renoncour (pp. 5 and 7), Des Grieux judges people by their appearance and social airs and graces – despite knowing that appearances can be deceptive (see p. 50). This raises the interesting possibility that he is mistaken about M. de T... There are hints in the text (to which we shall return) that T... is an unsuccessful sexual opportunist, posing as a man of honour and a disinterested friend. At certain points in the text specific hypotheses may be constructed about his hidden motivation.

175. je lui racontai le détail de tout ce qui était arrivé à Manon et à moi: Where it is a question of gaining an ally in the bid to rescue Manon, Des Grieux no longer possesses the capacity to feel shame (cp. p. 42) and shows no reticence in volunteering a version of events with which to impress M. de T... But then T..., as well as being a hot-blooded young man, is under no illusion that G... M... was acting as the disinterested defender of public morals in having the two jailed as 'de fieffés libertins' (p. 41), for he knows that the old man was Manon's lover. Hence Des Grieux is correct to assume he will receive a favourable hearing from him.

176. nous devînmes amis...aimer un autre homme qui lui ressemble: There is evidence that Des Grieux is naive at times in his oversight (see p. 15, where his first thought is to suspect Tiberge; or p. 62). In the passage we commented upon above (pp. 27ff.) he is incapable, even retrospectively, of discerning his own motivation. Has he misread *T...'s* reasons for becoming acquainted with the couple, despite anticipating the sexual interest T... might have? (p. 53). (This would make the remark he makes on young G... M...'s infatuation with Manon unconsciously ironic: 'j'avais trop d'expérience en amour pour ne pas discerner ce qui venait de cette source' [p. 69].) Moreover it seems that Des Grieux wishes mentally to set aside the self-interested motivation he himself had for interesting M. de T... in Manon's plight.

177. ayant combiné mes aventures: 'combiner' has the sense of 'to review in sequence'.

178. elle était occupée à coudre...quelques heures qu'elle employait à la lecture: Not necessarily a sign that Manon is becoming more domesticated and adopting more 'womanly' habits in preparation for her wifely role in America, but one of the tasks imposed as forced labour on inmates of the Hôpital, rather like sewing mail sacks used to be until recent times in British prisons. The tranquil acceptance of her lot, after six weeks (realistically) of intermittent tears, means that the theory that she withers away and dies in America – essentially because she has been deprived of the life-blood of her social contacts and pleasures – can be no more than a hypothesis.

179. il n'y a point de sort glorieux...aimé d'elle: Is this hyperbolic expression of M. de T...'s sensibility in fact a double bluff?

180. une personne qui mérite l'empire de tous les cœurs: A rather servile piece of royalist blandiloquence which does not seem to have done Prévost any good, if the first French edition of *Manon Lescaut* was put on the Vatican's *Index librorum prohibitorum*, and the new 1735 edition seized on grounds of immorality and for being of a Jansenist tendency (see Roger Mathé, *Manon Lescaut* [Hatier, 1970], pp. 15, 18).

181. quelques libéralités au valet: It takes Prévost a further 17 pages before he decides to give the valet a name (p. 73). This can be taken as a sign of Des Grieux's aristocratic forgetfulness about detail deemed insignificant.

182. Ce garçon avait l'âme moins basse et moins dure que ses pareils: Rather like the 'vieille femme (p. 4), the inn-keeper and servants at Saint-Denis (pp. 15-16), and the 'concierge' at the Châtelet (pp. 92-3). Sensibility is thus not the preserve of the nobility. However it cannot be entirely relied on if there is usually a reference to a reinforcing bribe (as here, or on p. 88 and p. 92). Its disadvantage in Marcel's case is a certain impressionability which leaves him open to manipulation by old G... M...'s carrot-and-stick technique (pp. 85-6). Having served his purpose as faithful and incorruptible spy in the 'prince italien' affair (see pp. 65-6), as Manon's manservant in the affaire with G... M... *fils*, and finally, and ingloriously, in its resolution (pp. 85-6), Marcel, after one further mention of a deposition he has signed for the 'vieux voluptueux' (p. 88), disappears from view, as befits his lowly status, without further explanation. In all of this, of course, the *unconscious* class assumptions of Des Grieux are very much on view.

183. apprêté à rire: 'given us cause for laughter'. Cp. modern French 'prêter à rire'.

184. ménager un fiacre: in 18th-century French 'fiacre' could refer either to the coachman or to the coach.

185. Lescaut tomba, sans le moindre mouvement de vie: Des Grieux, understandably in the circumstances, does not stop to check for signs of life. Later his failure to verify whether Synnelet is in fact dead after the duel over Manon has unconscionable consequences: the decision to flee New Orleans together (p. 109) leads to Manon's death.

186. ce n'est pas là un fantôme de bonheur: See pp. 47ff. (Tiberge talks of the 'faux bonheur du vice').

187. quelque touchée qu'elle fût de cet accident...mon absence: Because of the concessive form in which it is put, Manon's acknowledgement of her brother's death seems like lip service paid to conventional feelings. Love manifestly takes precedence over family feelings in the case of both lovers, not the Chevalier alone. Cp. p. 93: 'Mon père lui-même eût à peine été respecté etc.', and pp. 95-6.

188. elle ne se reconnaissait pas elle-même...une dernière preuve: Manon's motives for temporarily leaving Des Grieux and going with young G... M... have nothing to do with an awareness of her relative poverty. The beginning of the 'Seconde partie' finds Manon quite content to have 'devant les yeux' a circle of women friends with whom to gamble for small stakes at cards; Des Grieux cannot have concealed from her that he was due to inherit '[s]a part du bien de [s]a mère' (p. 64). There is no prospect of the sort of destitution they were left in after the second theft. Also, 'à la veille d'en avoir une dernière preuve' is misleading if we consider that Manon is on the eve of refusing the 'prince italien'.

189. générosité: 'nobility of soul'.

190. Qu'ai-je à mettre en balance avec elle?...Elle me tient lieu de gloire, de bonheur, et de fortune: Cp. p. 23. Des Grieux has made an irrevocable choice at Saint-Sulpice, so all this calculation, inevitably decided by a lover's subjective mathematics (which rubs off on to Manon [see p. 104]), is something of a charade.

191. je paraissais si tranquille sur son sujet: Tiberge has naïvely put out of his mind Des Grieux's philosophical justification for obsessive love which they had argued through in the previous interview (pp. 47ff.). The last time they met, Des Grieux expressly told him that his feelings for Manon remained unchanged (p. 47). If Tiberge has had a conversation with the Superior about Des Grieux's dramatic escape and the emotional state of mind which produced it, the priest would surely have given him an account of the Chevalier's stay at Saint-Lazare which, as well as news of his apparent reformation, included mention of his extraordinary outburst over the discovery that G... M... had had Manon sent to the Hôpital. This ought to have been enough to make Tiberge realise that his friend had by no means forgotten her, and that he remained as obsessed with her as ever. Yet once a prejudice is established in Tiberge's mind it is difficult to remove (see p. 88: 'il me croyait entièrement dégagé de Manon').

192. on était si éloigné de nous accuser...fuir avec un valet: Drivers of 'fiacres' had more contact with the police than other coachmen. Evidently *this* cab-driver, who has guessed Des Grieux's involvement in an abduction (p. 57), has quite inexplicably not followed through his threat to complain to the police (p. 58) about his lost fare.

193. Cette galanterie: Dramatic irony? One would expect the motives of a man who has had the boldness (or indelicacy?) to pay for the clothes of someone else's 'charmante maîtresse' (p. 62) to be questioned, particularly if he starts to cultivate her acquaintance assiduously (p. 64). Yet Des Grieux remains convinced of T...'s disinterested friendship: 'M. de T... avait commencé à me rendre service avec trop d'affection, pour me laisser le moindre doute de sa sincérité et de son zèle' (p. 76).

194. partisan: 'tax-collector'.

195. quelques jeunes personnes...leur occupation: Who are these mysteriously independent young women, without family or the usual social obligations? If Des Grieux is coy about them it is presumably because they are 'demoiselles d'opéra', actresses, singers, dancers, and perhaps the occasional 'maîtresse entretenue'.

196. sa frayeur me laissa de cruels doutes: 'Ma vivacité l'effraya', 'en tremblant', 'sa frayeur': the three references, all within a page, are designed to prepare the reader at the outset to expect Marcel ('qui nous était infiniment attaché' [p. 73]) to be unable to withstand G... M...'s threats later (pp. 85-6), even if he can resist a large bribe.

197. quelle vie allais-je mener...ouvrir si facilement l'entrée de mon cœur à la jalousie?: By implication Des Grieux assumes that he has not previously experienced true jealousy, because his rivals have been men whose only attraction was the size of their bank balance, and not their noble blood. Not having seen the 'prince italien' he is not able to judge precisely how unattractive he is.

198. L'aventure de notre première séparation...qui s'accordait avec les apparences: The chief difference from the preliminaries to Manon's affair with B... is that he now detects genuine happiness in Manon (and she cannot be happy because she is leaving him), whereas before it was a 'perfidious' pretence of sadness.

199. toi que j'adore...toute ma vie: The exaggerated language Manon uses to get her way and ensure that this, the most theatrical of the three scenes of deception in the book, receives its anticipated dénouement suggests that Manon's greatest pleasure is getting the men in her life to play the parts which she has arranged for them, but it is not impossible that her stagy reactions throughout the whole episode mean that she knows she is under surveillance. There is no hint, however, that she is attempting, by proving her fidelity, to construct an alibi for a privately projected love affair with young G... M... This would imply that she had already met G... M... prior to the encounter described (p. 69) – an idea provoked by the reader's memories of the B... business, but with absolutely nothing in the text to support it. Of the dénouement to the following scene which she has carefully prearranged Charles Mauron writes: 'lorsque Manon présente un miroir au prince italien, elle répète la moquerie de Des Grieux faisant au vieux G... M... son "portrait" au "naturel"' (art. cit., p. 116).

200. sa réponse, que je trouvai un peu grossière...bien moins novice

que je ne me l'étais figuré: What Des Grieux finds coarse is the suggestion by the prince that Manon is sexually more experienced than he gave her credit for. Since that is the judgement he was to make himself when presenting the first meeting of the lovers at the beginning of his story, he must have preferred to think at this point that the very fact of her relationship with him had somehow elevated her above the level of a mere 'femme entretenue' and gained for her the cult status of an object of worthy love.

201. Ainsi, pendant les premières semaines...me fit tout approuver: This whole incident, from p. 64 to 'me fit tout approuver', was added by Prévost in the 1753 edition 'pour la plénitude d'un des principaux caractères' (i.e. Manon, p. 3). Henri Coulet in the preface to his edition of *Manon Lescaut* (Garnier-Flammarion, 1967, p. 19) notes that it is a:

> transposition comique, ou parodie, des aventures malheureuses que Manon avait peut-être le dessein inconscient de conjurer ou de venger: au lieu de fuir l'amant riche, on le chasse. L'esprit de revanche est fort chez Manon et des Grieux, mais en voulant bafouer leur destin, ils le provoquent.

Since the stay at Chaillot must have lasted several weeks ('pendant les premières semaines'), the insertion of this episode means that the father's reception of the letter Des Grieux writes to him (pp. 61-2) eight days later (p. 88) becomes a chronological impossibility in an edition that prided itself on removing 'fautes grossières' (see p. 3). Prévost would have sympathised with the opinion of William Wilkie Collins in a letter to his publisher, asking him to delay reprinting *The Woman in White* until he corrected certain errors of chronology:

> The critic in the 'Times' is (between ourselves) right about the mistake in time. Shakespeare has made worse mistakes – that is one comfort, and *readers are not critics who test an emotional book by the base rules of arithmetic*, which is a second consolation.
>
> *The Woman in White*, ed. Harvey Peter Sucksmith
> (OUP, The World's Classics, 1973) p. 587 [my italics].

202. Son nom me fit monter la rougeur au visage...me faire prendre d'autres sentiments pour lui: M. de T... can see that Des Grieux is intent on meeting young G... M... to challenge him to a duel over his father's treatment of the two lovers, and will be introduced to him, come what may. T... hopes to be in a better position to prise Manon away from the Chevalier by here creating a *friendly* introduction for young G... M..., on the assumption that it would be more profitable from his own point of view if the two men quarrel later over Manon ('like father, like son'), rather than at this point over the past and with Des Grieux in the enviable position of Manon's champion.

203. Toutes choses égales...les effets du mal que j'ai causé: T...'s warning to Des Grieux about the young G... M...'s intention to seduce Manon through bribery on a grand scale looks to be the product of a fastidious sense of honour, though perhaps it is a self-interested, highly controlled manœuvre. Who else but T... could have told G... M... about Manon's particular susceptibility? – the father is hardly likely to have discussed his liaisons with his son. The best thing for the jealous T... to hope for would be a quarrel between two rivals, and, perhaps, a duel, with the additional prospect of mutual recriminations between Manon and the surviving party, leaving him with a better chance of obtaining her, and this is what his revelation to Des Grieux – momentarily at least – might seem likely to effect.

204. cela était extrêment délicat: T...'s real motivation for in effect tacitly advising against telling Manon anything is to avoid appearing in Manon's eyes to be slavishly supporting Des Grieux by cautioning him about a danger. In the conversation with her, Des Grieux would certainly have to substantiate his fears, and since he could only do that by citing the betrayal of young G... M...'s confidences by M. de T..., Manon would inevitably trace the source for the prior knowledge of G... M...'s intentions.

205. tu sais assez...comment te défaire d'un amant désagréable, ou incommode: Ironically Des Grieux's casual reference to the 'prince italien' incident which proves Manon's fidelity, and to her skill then in getting rid of her aristocratic suitor, actually induces her to devise a plan to trick young G... M... which ultimately was due to lead to a further infidelity.

206. La résolution fut prise de faire une dupe de G... M...; ...je devins la sienne: As with the father, so with the son. Like a second panel of some moralising genre painting, what follows is the exact counterpart of the earlier supper scene (pp. 40-41), with its comparable element of mutual duplicity, and its identical outcome – the duper duped.

207. Moi! vous me soupçonnez de cette perfidie...votre âme: Manon's passion for the theatre (p. 69) (which shows itself in her love of staging scenes) explains her ability to parody Racine spontaneously. In Act II scene v of *Iphigénie* Eriphile, in reply to Iphigénie's accusation that she wants to appropriate Achille for herself, says:

> Moi! vous me soupçonnez de cette perfidie,
> Moi, j'aimerois, madame, un vainqueur furieux,
> Qui toujours tout sanglant se présente à mes yeux,
> Qui, la flamme à la main, et de meurtres avide,
> Mit en cendres Lesbos...

Iphigénie interrupts her with these words:

> Oui, vous l'aimez, perfide,
> Et ces mêmes fureurs que vous me dépeignez,
> Ces bras que dans le sang vous avez vus baignés,
> Ces morts, cette Lesbos, ces cendres, cette flamme,
> Sont les traits dont l'amour l'a gravé dans votre âme.

208. Il s'engageait...en prenant possession de l'hôtel: Archaic syntax for (in modern French): 'au moment où elle prendrait possession de l'hôtel'.

209. Il s'engageait à...réparer tellement les diminutions de cette somme...en argent comptant: The question is whether Manon has already privately decided on her 'system' (for which see p. 80) even before she leaves for Paris, because of the inclusion of this promise of an endlessly replenished source of income. She must have been given some foretaste of this enticing provision before she received G... M...'s letter (cp. '*l'entière* explication du projet de G... M...' [p. 72, my italics]), so her pledge to Des Grieux may contain an important mental reservation: 'Elle me protesta que *son cœur* était à moi pour toujours [but not her body?]' (ibid., my italics).

210. il trouverait le moyen de rendre sa fuite aisée: This allusion to a possible kidnap is never mentioned again, but perhaps it lies at the back of Manon's mind when she insists on the implementation of T...'s plan to turn the tables on G... M... (pp. 82-3).

211. Voici à peu près ce qu'elle me marquait...votre fidèle amante, MANON LESCAUT: Des Grieux remembers the trivial detail of the awkward self-introduction of the 'jolie demoiselle' but will not provide the precise phrasing of Manon's letter. The effect of reporting in indirect style the whole of the letter, but then moving into direct for the sign-off line, is to throw all the emphasis on the clash between the actions of Manon – postponing her meeting with the Chevalier; procuring the prostitute – and how she styles herself. Des Grieux's stylistic choice starkly reveals the contradiction he saw, and the rawness of his feelings at the time, even if seems that the letter is so painful to recall that he will not give his audience a direct transcription of it.

212. par un changement incroyable à ceux qui n'ont jamais senti de passions violentes: Cp. pp. 18-19.

213. Cette pauvre enfant...qui paraissait avoir plus de pudeur que ses pareilles: See below a few lines later: 'Elle me répondit, en rougissant...'. The girl has to be given a certain sensitivity, despite her profession, or else all this high tragedy will seem misdirected enough to be pitching irrevocably into the burlesque.

214. un malheur que j'avais dû prévoir: Classic usage for 'aurais dû'.

215. un effet de sa compassion pour mes peines: His understanding is that her 'penchant au plaisir' makes her forget her true feelings and suspends all her promises of fidelity, and that consequently she is extending to him the same sexual freedom she permits herself; but that will not make it any easier for him to refrain from recriminations when he comes face to face with her, because he believes that she has abandoned him for good. Having said that, there is nevertheless something of a disparity between the reference to anger (p. 77-8) and the last impression registered – the sympathetic effort to understand what makes Manon tick. Entering her house, Des Grieux needs to rehearse his emotions in preparation for the role of injured lover that he is about to play.

216. ignorant que j'avais eu part moi-même à mon malheur: This is a reference to Des Grieux's bowing to Manon's wish to take revenge on the father by accepting presents from the son and then leaving him (p. 71). Here he acknowledges his own responsibility for what happened; there he attributed his acceptance of the plan to a lover's blindness.

217. sans que je fusse aperçu: Just as Manon had staged the grand gesture of her refusal of the 'prince italien', so Des Grieux springs the theatrical surprise of his sudden reappearance on Manon, trusting that this will add dramatic reinforcement to the pleas he intends to make for her to come back to him.

218. Manon était occupée à lire: Manon is not taking advantage of the first opportunity she has been afforded to correct the misleading impression left by her letter (p. 74), simply because she thinks that G... M...'s imminent return stops her writing a second letter. Cp. 'Il [G... M...] a balancé, me dit-elle, s'il devait me quitter, et il m'a assuré que son retour ne tarderait point' (p. 81).

219. Loin d'être effrayée...m'embrasser avec sa tendresse ordinaire: Obviously Manon's conscience as a lover is clear; she had never intended to leave Des Grieux in the long-term. Seeking distraction in light reading from her preoccupation with the various manipulations which will enable her to retain her true love without him having to work for his living, she has not had time to consider the devastating effect on him of the necessarily misleading message sent via the prostitute. His obsession with fidelity she may have dismissed as theatrical, entailing theatrical role-playing (cp. p. 72); something to which she has done no more than paid respectful lip-service or set up ostentatious tributes, something briefly shared with him in a moment of terror or high emotion, perhaps, but not fundamental to her way of thinking as it is to his.

220. en changeant de couleur: Instead of blushing with shame as he would have thought, she grows pale. Physiological reactions such as this are not under the control of the will, so Manon cannot be calculating a scene (cp. Germain, op. cit., p. 21), and her gestures and body language throughout this exchange seem entirely natural and uncontrived. Why does she grow pale here? The only possible reason is the one she gives a few pages later – 'je me suis figuré que c'était la lettre etc.' (p. 79-80).

221. elle appuya sa tête sur [mes genoux]...elle les mouillait de ses larmes: It is not self-incriminating tears of shame that she is shedding when, casting himself in the Christ-like role of 'thrice-betrayed', he accuses her of infidelity. She can mimic the language of exclusive love which he deploys, but her own notion of fidelity is radically different from his (p. 81). These are tears of terror on realising that she has awakened such displeasure and to find herself the butt of such a venomous tirade. Foreseeing the problems which had made him reluctant to return to a life of crime (cp. p. 64), she had perhaps only sought to discover a way to release him from the obligation, until he comes into his mother's money, of dirtying his hands with crooked gaming in order to support her. (She does not openly mention this by way of justification, but then she believes it is *infra dig.* to talk of money and the practicalities of life to an aristocrat.) Without obtaining any credit for it, she is repeating with the son her initial plan for the lovers to live off the father (p. 39), because the modifications to it which Des Grieux had emotionally blackmailed her into making had had such disastrous consequences (their imprisonment).

222. Vous affectez une tristesse...qu'on abandonne cruellement: Des Grieux has forgotten about her earlier tears (p. 14) – but then he does not even retrospectively understand them. If his intention is to remind Manon of her feelings for him in order to get her to go back to him (cp. p. 76), this refusal to believe in the sincerity of her emotions, this finger-wagging male accusation that she is illogical, is not exactly designed to bring out his most attractive qualities.

223. après vous avoir attesté si saintement: See pp. 59, 72, 73.

224. j'en laissai échapper malgré moi quelques larmes: Des Grieux seems to be on the verge of an almost Victorian conception of the propriety of suppressing emotion. This is unusual for a man who prides himself on his superhuman sensibility (pp. 42-3), but having just recently been hinting at the theatricality of the scene which he intended to stage (p. 77) he does discern the need to present his own emotional reactions as more genuine than what he regards as Manon's facile turning on of the tap.

225. renonce à l'honneur, au bon sens: Des Grieux associates honour and 'bon sens' for Manon with being *his* mistress. He thus unconsciously puts her in a quite inferior position if this represents promotion for her.

226. après vous avoir satisfait...par les marques de mon repentir: His self-consciousness has the unfortunate effect of suggesting that his sensitive 'repentance' ('mes excuses') was just another emotional manipulation.

227. Elle fut quelque temps à méditer sa réponse. Mon Chevalier, me dit-elle en reprenant un air tranquille: After initially falling in love with G... M... and determining to desert the Chevalier, does Manon, on realising that, in the unexpected absence of her new protector, Des Grieux will force her to go with him and leave G... M..., in readjusting to that situation therefore decide to construct, off the cuff, an elaborate but essentially expedient post-rationalisation of the change to the original plan to decamp straightaway with the latter's money? Or is what she says a necessarily laborious clarification of the complicated truth? The text is the only place to look to substantiate either theory. There is nothing sinister, nothing to suggest cool-headed calculation, in the long pause before Manon introduces her story of what had happened when she met G... M... (cp. Germain, op. cit., p. 24: 'Pourquoi méditer ainsi quand on veut dire la vérité sans fard?'). The phrase 'en reprenant un air tranquille' makes clear that the interval before she begins to construct her justification is caused by her anxious concern to dispel Des Grieux's misapprehension that she could possibly emotionally prefer another man to himself, and by her doubt that she has the power to explain things clearly; then she realises that she can do no more than tell him the truth. In the report which follows of what happened and what occurred to Manon when she met G... M..., the idea that the letter was inspired by her scheme for a *ménage à trois* seems credible enough, given that she had considered this as an option twice already (pp. 24, 26). Despite appearances, the conversation leading to the drafting of the letter cannot be faulted for *invraisemblance* (which might imply that the whole account was fabricated); and Manon's part in it looks as convincing to Des Grieux in the reporting as it would have been to G... M... as he listened to it. It is difficult to believe that Manon could have the presence of mind and the subtlety mentally to *invent* (all in the course of one long pause, no doubt, since she was not expecting Des Grieux's arrival) remarks that are capable of bearing a double construction – the interpretation that G... M... can be assumed to have put upon them at the time, and the counter-sense or the very different motivation that Des Grieux reads in as he listens to her account.

228. Il l'avait reçue effectivement comme la première princesse du monde: Has Manon built in a decoding device into her letter in the shape of the similar phrase: 'il lui faisait envisager un sort de reine'? (p. 74). In her letter she seems to be saying that since she has just turned down the offer of 'un sort de reine' from the Italian prince, Des Grieux should not believe that she is so overwhelmed with *this* man's gifts that she emotionally prefers him to her old lover, any more than had been the case with the prince.

229. Il lui avait montré tous les appartements: An 'appartement' is a suite of rooms.

230. il lui avait proposé une partie de jeu, pour attendre le souper: Germain assumes from a scrutiny of the timetable that G... M... and Manon must have made love before the arrival of Des Grieux, because they had the time to do so (op. cit., pp. 24-5). It is true that Manon admits: 'je ne pouvais espérer qu'il [young G... M...] me laissât libre un moment' (p. 81), but then why is he so reluctant to leave Manon (ibid.) if he has already achieved his sexual objective?

231. que vous ne regarderiez peut-être pas ma perte comme un grand malheur...un fardeau qui vous pesait sur les bras: The triangular relationship that Manon envisaged required her to give G... M... the impression that Des Grieux would not object to being replaced by him as Manon's lover, since friendship between the two men, or rather (on Des Grieux's part) the semblance of tolerance, was its necessary prerequisite. This explains her reply as here reported. Some readers, believing that this is part of a fanciful post-rationalisation, might argue that her original self-justification for leaving her old partner and going off with G... M... surfaces here, and that she is bluffing him with what she fears is the truth, to see whether he is prepared to rescue her from a rival. But since she has no evidence for a weakening of his obsession with her, surely this must be what it is presented to be, a remark which they both know to be false, but which Des Grieux can see it was useful to feed to G... M... to remove his feeling that he could not live with a man whom he had replaced as official lover of his former mistress, because of that man's jealousy?

232. Si je croyais...je serais le premier à lui offrir mes services et mes civilités: G... M...'s desire not to make an enemy of his mistress's ex-lover comes through in his reaction to Manon's talk of a long-standing cooling relationship, and it begins to seem possible that her plans for her 'greluchon' could be realised. This looks even more likely when the idea is hit upon of pairing Des Grieux with a casual occupant of G... M...'s bed as a replacement for Manon – since Des Grieux would now have the alibi of a mistress, which would allow him to frequent Manon without G... M...'s suspicions being aroused. Hence Manon's approval and growing hopes a few lines later: 'J'ai applaudi à son idée...pour prévenir plus parfaitement tous ses soupçons etc.' The 'soupçons' referred to are any remaining doubt in G... M...'s mind about Manon's assurances that Des Grieux is no longer romantically attached to her (cp. Germain, op. cit., p. 22).

233. une jolie maîtresse: This is something of an elevation for the unnamed bearer of Manon's letter: Des Grieux's comment that she 'paraissait avoir plus de pudeur que ses pareilles' (p. 75) indicates that she is a common-or-garden 'fille de joie' or call-girl.

234. je lui ai appris...vous y morfondre pendant toute la nuit: Is there an *invraisemblance* here? Manon has let Des Grieux know that she had supported the lie that Des Grieux would have no objection to her leaving him for G... M..., by citing to G... M... Des Grieux's apparent unconcern when she left him in Paris:

> J'ai ajouté qu'étant tout à fait convaincue que vous agiriez paci-fiquement, je n'avais pas fait difficulté de vous dire que je venais à Paris pour quelques affaires; que vous y aviez consenti, et qu'y étant venu vous-même, vous n'aviez pas paru extrêmement inquiet, lorsque je vous avais quitté.   (p. 80)

When Manon admitted to G... M... that she and Des Grieux had prearranged to meet later in Paris, G... M... would realise that, repeating the pattern with his father, they had plotted that she should abscond with his money (cp. Germain, op. cit., p. 23: 'elle lui avoue [à G... M...] qu'elle se proposait d'aller au théâtre pour y retrouver Desgrieux. C'est vraiment découvrir le pot aux roses'). This is hardly likely to be the case. G... M... is bound to assume that Manon, who has, after all, turned up on time and according to plan in the 'hôtel' rented for her, and who has not asked him to take her to the theatre, had never had any intention of meeting Des Grieux at the theatre or in the carriage in the rue Saint-André and had simply been deceiving him with a promise to see him later, so as to facilitate her plan to run off with the new lover. At the very most G... M... might think that the suggestion that Des Grieux was unconcerned was not proven, since he was assured of meeting her later, but even here 'vous n'aviez pas paru extrêment inquiet, lorsque je vous avais quitté' can be understood to mean a moment before the promise.

235. il était à propos de vous écrire un mot...dans ma lettre: The proposal to send Des Grieux his new mistress without delay gives Manon the perfect opportunity to write the accompanying letter, otherwise denied by the assiduous attentions of her new lover. She could not have supposed that he would not permit her to write it in private. As things turn out, the letter is written under the very nose of G... M..., and thus the message is distorted.

Is there any reasonable alternative to the letter actually written, given the conditions in which it was composed? With G... M... looking over her shoulder, she has to write something which both men will be able to interpret in an appropriate way. Now she could not have written: 'G... M... welcomed me magnificently and gave me many presents, so I am staying with him at present. He wants to be my new lover and he wishes you to exchange me for this attractive girl whom he is sending you along with the letter, because he knows that you are no longer so fond of me as you used to be, since I told him so'. This is essentially the message that G... M... would like to get across (without the grace-notes of worldly politesse), but as well as containing a final falsehood it would give Des Grieux completely the wrong idea, and he would inevitably pick a fight with the 'chevalier régnant'-to-be. She wants to hint at the new, flexible arrangement she foresees, with Des Grieux as the 'greluchon' and G... M... as the paymaster and with the sexual deception of G... M... being a much longer drawn-out process than originally conceived (p. 71). But with the latter vetting her letter, all she manages to convey to Des Grieux is the wealth of G... M..., an impression that she is not leaving Des Grieux for good and a contradictory indication of her love. She believes (and in a sense she is proved correct in her belief by his reaction [p. 76]) that he will not see any irony in the phrase (as reported in the indirect form): 'pour me consoler un peu, de la peine qu'elle prévoyait que cette nouvelle [the delay before they are to meet again] pouvait me causer' (p. 74), but she cannot hope that he will regard her offering him a pretty woman as anything more than an excuse for an intentional infidelity on her part. At any rate the letter which she is forced to write Des Grieux is an improvement on the one G... M... might have preferred, and it could be argued that she contrives to build into it one clue to the situation which might give Des Grieux some reassurance, (see Textual Note 228 to p. 80). G... M..., for his part, will take heart from what he recognises to be irony in Manon's letter. He can see the rationale for the way it is phrased: 'elle remettait à un autre jour le plaisir de me voir' looks like polite understatement ('she is going to leave him for good'); 'la peine qu'elle prévoyait que cette nouvelle pouvait me causer' is, to him, ironic, taking account of what Manon had said of Des Grieux's cooling feelings for her and the compensation offered, as is the signing off 'votre fidèle amante, MANON LESCAUT' in the context of an implied mutual infidelity.

236. Je ne vous déguise rien, ni de ma conduite, ni de mes desseins: It does cross the reader's mind that perhaps G... M... has something which none of his rivals can match. Given the choice between a suitor with riches but no good looks (the 'prince italien' – with whom M. de B... may compare in his ugliness), a paramour who possesses both good looks and a modicum of funds, and a potential new lover, G... M..., who is both extremely rich and handsome, Manon might be expected to prefer the latter. Yet there is literally nothing in the text to indicate that G... M... is especially handsome, more handsome in fact than Des Grieux.

237. je considérai que j'étais cause en partie de sa faute...le plan téméraire de son aventure: It is bizarre that one minute Des Grieux is accusing himself of conceding too much to Manon, another minute of not granting her wishes: cp. 'Cependant, elle me fit de si pressantes instances, pour me faire consentir à ne pas sortir les mains vides, que je crus lui devoir accorder quelque chose, après avoir tant obtenu d'elle' (p. 82). There is an interesting footnote attached to 'son aventure' in the Deloffre-Picard edition (pp. 147-8):

> Des Grieux s'acharne, ici encore, à trouver des excuses à Manon.
> Mais la confiance qu'il lui a montrée en lui apprenant les sentiments
> de G... M... auraient dû au contraire lui donner la force d'y résister; ce
> qui est présenté comme une sorte de justification pourrait apparaître
> tout aussi bien comme une circonstance aggravante. En fait, ce n'est
> pas avec ces raisonnements, mais avec son amour, – et il le reconnaît
> lui-même, – que des Grieux excuse Manon.

This is fair comment if we think that it is reasonable to expect impeccable moral standards from a 'fallen woman' of Manon's experience (however conjectural) who is already in an irregular relationship. Can we also assume that she did not have a shred of altruistic motivation for her revised scheme and that her words 'que c'était une fortune toute faite pour vous et pour moi' (p. 80) are a spurious post hoc rationalisation of her personal greed?

238. D'ailleurs, par un tour naturel de génie qui m'est particulier: Tancock's version is helpful: 'Besides, by a natural reaction peculiar to my type of mind, I was impressed by the candour of her story' (*Manon Lescaut* [Penguin Books, Harmondsworth, 1954] p. 143).

239. l'amour suffisait seul, pour me fermer les yeux sur toutes ses fautes: What does Des Grieux imagine he means by 'ses fautes'? It is precisely his love which put the spotlight on her 'infidelities'; perhaps he is referring to what he regards as her childlike irresponsibility. Or is this sentence evidence of a definitive *retrospective* doubt about Manon's sincerity prior to her repentance in America? (cp. p. 22). If it is, then 'ses fautes' would include what he finally sees as a dubious facility in Manon for constructing ingenious but duplicitous after-the-fact explanations which bear no relation to her real intentions.

240. mais vous n'approuvez donc pas mon projet?: Even after witnessing the extremes of emotion through which Des Grieux has passed, Manon still expects his realistic approval of her 'système'. This conclusively demonstrates that his conception of 'la fidélité du cœur et du corps' is completely alien to her.

241. il lui semblait que...occuper avec ma maîtresse: We should remember that Des Grieux has told M. de T... 'le détail de tout ce qui était arrivé à Manon et à moi' (pp. 53-4). What is proposed here is not a brilliant invention but a foreseeable variation on the pattern of events towards the end of the G... M... affair (bed and board, provided by the rival, with the latter removed rather than the lovers having to remove themselves [as on pp. 40-41]). T...'s motivation for proposing this kidnapping, foolhardy for an escapee to attempt, could be to have the lovers recaptured and Manon sent back to the prison where, because of his father's position as 'administrateur', he does not lack influence. Manon, ignoring the danger involved, seizes on the plan and forces it on her lover because, having been the butt of Des Grieux's emotional accusations about her desertion of him, she is determined to convince him that she emotionally prefers him, and to assuage his wounded pride at the first opportunity. As with the modification to Manon's scheme for living off old G... M..., the reader is obliged to ask himself whether it is Manon's thoughtlessness or Des Grieux's emotional manipulation which creates the conditions for the disastrous consequences. The expectation that their imprisonment – signalled by Des Grieux's premonitions of a bad outcome (p. 83) – will be the inevitable result is reinforced by a number of similarities with the earlier episode: Manon's complaints of Des Grieux's highhandedness ('je faisais le tyran' / 'avec la majesté du Grand Turc' [pp. 83 and 39]); a supper which entails a deception (pp. 83-4, 40-41).

242. Vous aurez son couvert à souper...Vous serez bien vengé du père et du fils: Manon hopes to retail the idea to the Chevalier by appealing to his vanity, and by returning to the original plan which he had, however reluctantly, approved (p. 71), with an extra punishment built in for the son whose life he has just threatened (p. 82).

243. avant six heures du matin: Thus leaving a clear hour before young G... M... is released and can begin inquiries and pursuit. All this recalls the provisions Des Grieux made for the elopement with Manon from Amiens described at the start of his story. The only differences are the longer time gap he allowed, so that Tiberge would have no hope of catching up, and the uncertainty about where in the east of Paris they hoped to settle. We must presume that the Chevalier simply forgot to inform his audience of what practical steps he took to locate a suitable apartment (p. 73); previously, anywhere in Paris would do.

244. Je saute sur mon épée...dans mon ceinturon: The last time Des Grieux saw old G... M... alone he assaulted him; now, when the old man arrives with reinforcements, he reaches unavailingly for a weapon other than his bare fists. The sword which he had begun to wear again after leaving Saint-Sulpice symbolises his nobility. He breaks it when Manon dies (p. 111), not just to turn it into a primitive spade with which to dig her grave, but possibly as a sign that he has failed to use his aristocratic talent to protect her; to profess profound regret that 'killing' Synnelet in the duel has led to her death; and, with unconscious symbolism, to show what a renunciation of rank the relationship with her has demanded.

245. Il parut rouler, pendant quelque temps, diverses pensées dans sa tête...Infâme! ce sont tes pareils qu'il faut chercher au gibet: G... M..., remembering the violence of Des Grieux's attack on him when he heard of the imprisonment of Manon, suspects he might have done away with his son out of jealousy; the Chevalier is equally outraged at the terms of the angry threat the old man makes. The willingness of Des Grieux's father to come to an accommodation with G... M... in order to have Manon deported and his son released, even if it requires extracting a demeaning apology out of the latter 'de l'injure prétendue que j'avais faite à sa famille' (p. 92), might mean that the Chevalier is here being unreasonably insulting in implying that G... M... is of low rank and not entitled to the aristocratic privilege of decapitation. But his father's dismissive ironies about M. 'de' B... (p. 17), which show that he is not a man to be deceived about status, do not exclude the likelihood that he will cut a deal with anyone, regardless of class, if it is expedient and in his family's interests, particularly if his son has petitioned him to do so (p. 91). The undignified situation Des Grieux finds himself in produces an over-haughty response, but the insult is not necessarily ill-founded. G... M... having addressed him in the 'tu' form, Des Grieux replies in kind.

246. les changements que nous y avions faits à Paris: For 'nous' read 'Manon'. Is the 'nous' a sign that Des Grieux has now mentally classified Manon's 'système' as a joint venture, in view of his admission of responsibility in acceding to the original scheme? (p. 82).

247. ce qu'il lui plut de nommer notre larcin: Des Grieux explains (p. 88) why it is technically not yet a theft: 'supposant même que le dessein de notre vol fût prouvé par la déposition de Marcel, je savais fort bien qu'on ne punit point les simples volontés'. This is an opportunistic reversal of his equally jesuitical normal practice of prioritising intentions over results. The previous section is quite clear-cut about his giving his consent: 'elle me fit de si pressantes instances, pour me faire consentir à ne pas sortir les mains vides, que je crus lui devoir accorder quelque chose...; (Manon is speaking) demain de grand matin vous enlèverez sa maitresse et son argent. Vous serez bien vengé du père et du fils. Je cédai à ses instances...' (pp. 82, 83). But if old G... M...'s use of the word 'larcin' means that he does not regard the *jewels* to be a free gift from his son to Manon, but wrongly assumes they have been stolen, then there may be some justification in Des Grieux's qualification '*ce qu'il lui plut de nommer* notre larcin'. Alternatively, if Des Grieux's emphasis is slightly different ('*ce qu'il lui plut* de nommer *notre* larcin'), he is indirectly asserting, without knowing whether this is true, that the real thief is G... M...'s son, and that unlike the lovers he had actually taken, not just determined to take, the jewels at least, behind his father's back. The father has demonstrated a capacity for stupendous hypocrisy (see pp. 40, 44) which would allow this 'vieillard vindicatif' to quarrel later over Manon with a son who had in effect only been imitating his example in pursuing her (see p. 96), but an additional misdemeanour would add weight to his rancour in that dispute. It is more probable that that would be the use (as a bribe to attract Manon) of jewels legitimately inherited from the mother, rather than obtained by a straightforward theft by G... M... *fils* from his father.

248. ils sont un peu fripons: Des Grieux allows himself the privilege of self-criticism, classifying the theft from old G... M... as 'une véritable friponnerie' (p. 41), but feels insulted when his enemy deploys the epithet 'fripon' unambivalently. Compare with Montesquieu's judgement in his *Pensées et Fragments inédits*: ⌐e roman, dont le héros est un fripon et l'héroïne une catin qui est menée à la Salpêtrière...' (quoted in D-P, pp. clxiii-clxiv); this coincides with what Des Grieux's father himself calls his son and with his description of his conduct as 'friponneries' (p. 89). Naturally, G... M... cannot bring himself to mention the redeeming features noted by Montesquieu: 'le motif de l'amour,...est toujours un motif noble, quoique la conduite soit basse. Manon aime aussi, ce qui lui fait pardonner le reste de son caractère' (op. cit., ibid.).

249. Juste Ciel! que n'aurais-je pas donné!: Not emotion recollected in tranquillity – far from it. Exclamations are a means of bringing out the close association between the narrator, recreating his past feelings, and the Des Grieux experiencing them at the time. Compare with the question and exclamation, p. 99.

250. une chose d'une terrible conséquence pour nous, d'être une fois renfermés au Châtelet: For further explanation see p. 87: 'je séchais de crainte pour Manon etc.' Manon, as a low-born woman of doubtful reputation and suspected of implication in theft, is soon to be declared beyond the pale; Des Grieux, as a young aristocrat deemed to be sowing his wild oats, still gets the benefit of the doubt. He is right to be fearful since one of the options the fathers put to M. le Lieutenant Général de Police is 'd'enfermer Manon pour le reste de ses jours' (p. 91).

251. Je le priai, d'un ton honnête, de m'écouter un moment: The speech which follows is the first of Des Grieux's verbal failures within the narrative. Compare with the letter to his father, the sincerity of which the latter doubts (p. 88); with his intercession with him on Manon's behalf (pp. 95-6); and with his supplication to the Governor of Louisiana (pp. 107-8): behind these looms the larger question of whether his whole story will sway the audience uncritically in his favour (see the 'Avis'). Prévost has constructed a novel which puts rhetoric on trial as it reflects the state of mind of the audience no less than that of the chief protagonist, but it is one with an ending full of genuine pathos, rightfully demanding sympathy and nothing less.

252. Nous avons reçu de l'esprit...toutes les faveurs de la Fortune!: Chief among the 'âmes basses' in present circumstances being, of course, G... M... *père*. If, with ruthless logic and at the expense of his love and his finer feelings, Des Grieux had applied his analysis of the providential arrangement of society (see p. 28) to the relationship between the couple and the two G... M..., he would have let Manon see to their fortune without interference.

253. quand elle en fût sortie par la bonne porte: i.e. she had not been carried out by the back door in her coffin to be buried. Des Grieux is in mortal fear of a lengthy incarceration for Manon. Cp. R. Anchel, *Crimes et châtiments au XVIIIe siècle* (Paris, Perrin, 1933), p. 90.

254. m'aimerez-vous toujours?: He is already assured of that: 'Voici l'homme que j'aime, et que j'ai juré d'aimer toute ma vie' (p. 67). Significantly he does not ask her if she will remain faithful to him forever (cp. p. 73), knowing her liberal interpretation of fidelity (p. 81). An impression is created here that Des Grieux is clutching at straws. A hot-headed blunder has induced him to admit responsibility for an abduction which seems criminally motivated by greed; his ability to plead his case successfully has deserted him. He is not sure of Manon and what the future will bring to their relationship, despite the reckless proof of her emotional preference for him over 'le jeune G... M...'; and it is precisely because he fears that the authorities will separate them, without him being able to do anything more than pull strings for his own release, that, repeating the earlier pledge (p. 52), he goes on to makes the theatrical assertions that he does.

255. un mois de grosse pension d'avance pour elle et pour moi: Prisons in Paris all had a 'tarif de pensions', and prisoners who could afford to, paid for food, furnishings and laundry, with higher fees guaranteeing better treatment and services. It was only notorious criminals such as highway robbers and murderers who were locked up in cells in solitary confinement; ordinary prisoners were allowed letters and family visits. Implicit in Des Grieux's command to the gaoler (on hearing of Manon's imminent deportation) – 'préparez-moi le plus noir de vos cachots; je vais travailler à le mériter' (p. 93) – is that he is ready to commit murder to avenge the treatment being meted out to her.

256. Il avait pris le parti...de régler sa conduite sur la sincérité de mon repentir: With some justification since Des Grieux, in writing 'd'une manière si tendre et si soumise', has almost certainly not been completely frank with his father, and has suppressed from the letter any mention of Manon and the life he intended to continue to lead with her while attending the Académie (see pp. 61-2).

257. la Grève,...à l'admiration de tout le monde: 'La place de Grève' was where public executions took place. 'Admiration' is being used in the Latin-derived sense of 'amazement', or 'stunned contemplation', not 'admiration'.

258. Fatale passion!...les mêmes ardeurs: The argument is persuasive provided it is kept on an acceptable level of generality. When, in order to explain his heartfelt desire ⸢ ⸣r mercy to be shown to Manon and for the lovers not to be separated by her deportation, Des Grieux in the later interview draws a comparison between his feelings for his mistress and his father's for his legal spouse, his father refuses to accept the validity of the analogy and angrily denounces him (pp. 95-6).

259. L'amour m'a rendu trop tendre...voilà mes crimes: See p. 83 for the compliance mentioned. It is likely that his father, on hearing these words, will adopt the view of G... M... that Manon is a 'dangerous' acquaintance, especially if she can charm him into reckless and criminal actions.

260. il n'y avait rien après tout, dans le gros de ma conduite, qui pût me déshonorer absolument: The unintentional killing of a lackey, when escaping from Saint-Lazare, does not enter into the equation. The present tense usage in the remaining part of the sentence ('ne passe point'; 'le siècle où nous sommes') seems to indicate that 'Comme il n'y avait rien...' is a retrospective opinion, since it comes into the category of general statements which can only be attributed to the present narrator, and there can be no difference between what Des Grieux thought of the matter at the time, and what he thinks now, as he tells his story – otherwise he would surely have added a disclaimer. A sincerely repentant sinner would hardly indulge in exculpatory qualifications such as describing an intended theft of money as '*ce qu'il lui plut* de nommer notre larcin'; neither could he in all conscience adopt, even if only polemically, this very worldly view that what the Church would regard as sinful behaviour is relatively non-dishonourable; it is there-fore appropriate that Prévost has 'dechristianised' the ending of the novel in the 1753 text.

261. Je n'osai le prier de solliciter pour Manon etc.: Apparently Des Grieux believes that the option was open to him to appeal to his father but that he did not take it, at the point at which his father had forgiven him and might therefore have been prepared to forgive Manon too. Hence Robert Mauzi's comment in the introduction (p. 28) to his edition of *Manon Lescaut*, (Lettres françaises: Collection de l'imprimerie nationale [Paris, 1980]): 'Dans ce roman des trahisons, n'est-ce pas, à vrai dire, la plus grave de toutes?' However it is not a feasible hypothesis that he might have excited his father's pity, but a total certainty that he would not have listened to his pleas on her behalf if he had just identified Manon, or rather his servile lover's acquiescence in her wishes, as the source of actions which had brought about his imprisonment. What follows is an artificial piece of self-blame, part of the panoply of rhetorical devices for creating sympathy in an audience judged to be susceptible to the spectacle of agonised soul-searching. Des Grieux blames his 'enemies', but if he has to accuse himself to display his sensitivity, he would prefer to attribute Manon's deportation to a missed opportunity for an appeal at a time when he did not yet know of the decision to send her to America, rather than openly acknowledge that his actions had made an effective appeal impossible and that his self-justification to his father had effectively condemned her.

262. la cruauté de mes ennemis: His father is soon to be included among them (see p. 93), and then later, the governor of New Orleans (p. 107).

263. Jamais apoplexie violente ne causa d'effet plus subit et plus terrible: His reactions in Saint-Lazare on hearing from old G... M... the news of Manon's imprisonment in the Hôpital are similarly extreme, but here he can only fantasise about a violent attack on his 'enemies'.

264. rien moins: i.e. 'rien de moins'.

265. mes premières résolutions...aurais-je eu recours à un lâche assassinat: Sudden changes of tack of this sort are typical of the way Des Grieux's weathercock mind works under pressure (see pp. 75-6, 78-9). A premeditated murderous attack on men of influence and some social significance is dishonourable but the unintended murder of a prison janitor is not.

266. Je lui offris mon billet: He offers to sign a promissory note or I.O.U. which Tiberge, out of generosity or a realistic expectation of Des Grieux's future inability to honour his debts, refuses.

267. il avait passé exprès à l'Hôpital...où je m'étais retiré: After his originating the very scheme for revenge which succeeds in getting the lovers locked up and Manon out of the hands of young G... M..., whose secret love for her it is conceivable that M. de T... has betrayed to Des Grieux for self-interested reasons, T... makes no effort to contact Des Grieux when the latter is inside, then just released from the Châtelet prison. Instead his first concern is to make enquiries after Manon. T... is not interested in the fate of his supposed friend and his clarification of why he had not visited him looks a little too glib (cp. p. 62), while his eagerness to rejoin Manon is demonstrable.

268. un conseil dangereux, auquel il me priait de cacher éternellement qu'il eût part: Compare with M. de T...'s offer to kidnap Manon from the 'hôtel' where G... M... had set up house with her (p. 76). Now that Manon's fate to be a deportee has been officially decided by the Lieutenant Général de Police, T... recognises that desperate measures are called for to free her, which will bring Des Grieux directly into conflict with the authorities and which he wants no part of himself.

269. j'aime mieux te voir sans vie, que sans sagesse et sans honneur: Manon is clearly identified as the reason for the dishonourable life which Des Grieux is leading: the aristocratic code of his father which emphasises the supremacy of honour and preserving the good name of the family is locked in conflict with Des Grieux's value system in which the demands and the justification of love take precedence.

270. Ma mort...des sentiments de père: Given the inevitable inefficacy of his entreaty, Des Grieux is intent upon recovering some semblance of self-respect, if all else fails, through calculated insults, and his part in this theatrical repartee demonstrates that he can give as good as he gets. Ironically, had he known it, his father, with some justification, could have reversed the sentence thus: 'Ma mort, que vous apprendrez bientôt, vous fera peut-être reprendre pour moi des sentiments de *fils*'. The rancour of this final exchange makes a permanent rejection of family ties and exile with Manon in America unavoidable, and Manon will have to die and enlightenment as to his social duties dawn before he can begin to realise the part which the bitterness of this final parting along with the memory of his 'égarements' (p. 113) played in his father's death.

271. Le jeune G... M...,...en notre faveur: Particularly not at the bidding of M. de T..., whom young G... M... suspects of involvement in his forcible detention by the 'gardes du corps' (see p. 94).

272. quelques fausses informations qu'on m'avait données: It is tempting to speculate that the unnamed person who misdirects Des Grieux in his armed pursuit of the convoy is M. de T..., who has already been identified as the source of information on 'la malheureuse bande' (p. 94). T... can have no expectation that Des Grieux, who has paid the price for kidnapping his rival the young G... M..., will have any more success with the plan to recapture Manon, especially if he has sent him off, as he thinks, on a wild goose chase. One hundred 'pistoles' (p. 94) is a fair price for ridding himself of the two of them forever, now that his hopes of prising Manon away from her lovers are dashed by her transportation.

273. O Fortune...la mort ou la victoire: Des Grieux's supplication is addressed neither to the impersonal 'Heavens', nor to a Christian God or providence. We are invited to note that the ex-abbé, with characteristic inconsistency, scruples to request divine sanction for an illegal attack, though not to enlist such support in defence of crooked gaming (p. 28). It is the goddess Fortuna, whom, like Roman soldiers on the eve of a battle, he petitions for death or victory. Needless to say, very shortly after striking this heroic note, when his plea is unsuccessful and the attack aborted we find him still alive but unvictorious, glorying in the low reality of having to pay to see Manon.

274. si joli homme: 'Joli' here seems to mean 'friendly, likeable, prepossessing'; whereas, when used by the inn-keeper at Saint-Denis (p. 16) the sense is nearer to 'charming, handsome'.

275. un écu par heure...le prix courant de Paris: It is in the main the money borrowed from Tiberge that is used to allow Des Grieux access to

Manon in the deportation convoy, at at least or more than the going rate for a Paris prostitute.

276. Vous dirai-je...approcher son chariot: We are reminded that Des Grieux is addressing 'l'Homme de qualité' directly and appealing to his sympathies as a man of sensibility and taste. Renoncour would at this point appreciate the tone being raised, and having been deeply moved by the transportation scene he has personally witnessed and described at the beginning of the novel, he will surely find this cameo of two lovers meeting in terrible circumstances all the more touching for being emblematic in a way which makes the need for psychological analysis redundant.

277. Ah! les expressions ne rendent jamais qu'à demi les sentiments du cœur: See also p. 36, and p. 110 with its direct address to Renoncour as above: 'N'exigez point de moi que je vous décrive mes sentiments, ni que je vous rapporte ses dernères expressions'.

278. figurez-vous ma pauvre maîtresse etc.: The emotional associations of the immediate context decide which epithet is chosen to apply to Manon (cp. pp. 41, 74, 89). The selection of the same adjective 'pauvre' here is determined by the pathos of the transportation scene described, with its baroque, sculptural, central figure, who might be Mary in a *pietà*, but bereft of her beloved Christ, though it is more likely that she is to the observing Des Grieux a Mary Magdalene figure (in a pose not inspired by the New Testament, at least: see Luke, vii). Every ounce of feeling is extracted from every emotive detail: she is 'enchaînée *par le milieu du corps*', like a captured negress in a slave-ship; 'assise sur *quelques* poignées de paille', like some transported animal awaiting slaughter. 'Languissamment', 'pâle', 'ruisseau de larmes' all add to the effect, and the masterstroke is to show her weeping profusely through *closed* eyes. It would be a stony-hearted and literal-minded reader indeed who pointed out that Des Grieux, when he had been concentrating on the attitude and gestures of the 'archers' whom he was about to attack, could not possibly have seen, at that distance, whether Manon had her eyes open or shut, even supposing that he had caught a glimpse of her half-hidden in the waggon. She is the centre of his thoughts as he recreates a tableau which justifies his decision to dedicate his life to protecting her as he accompanied her into exile; let us allow him to present a supposition as a fact.

279. Son linge était sale et dérangé, ses mains délicates exposées à l'injure de l'air: Affective details for Des Grieux to focus on, given what we know of her taste for clothes and fashionable society. The way that her hands are gloveless is put is not a redundant piece of preciosity – it shows the tenderness of the lover's view of a precious, doll-like possession, maltreated, divest of her finery and soon to be lost forever, but without the painful necessity, at least, of having her transformed into an uncharacteristic, raw-handed frontierswoman.

280. tout ce composé charmant...un abattement inexprimable: To Des Grieux Manon's posture and tears connote shame and possibly also repentance; the ignominy of her dereliction and social disgrace is plain. It is precisely her tears and her repenting of infidelities at Saint-Sulpice which provoked Des Grieux into an overt expression of idolatrous adoration (p. 23).

281. elle tenta de se précipiter hors de la voiture pour venir à moi: Indicating both her love and her desperate need for protection.

282. Elle était si languissante...ni remuer ses mains: Her experience of the degradation and the humiliation of her fall from grace, or rather from a form of social acceptance, makes Manon almost cataleptic. She had always sought to stave off the convent, Poor House or gutter, by depending upon men with the money or status to protect her and influence events. Now, swiftly overtaken by the legal process – i.e. the arbitrary decision of an easily swayed and no doubt socially prejudiced official – she finds herself deserted by her rich patrons and, apparently, by the only man she ever truly loved, exposed for what she really is, an out of favour, high-class whore without means of support, en route to a perilously uncertain future. Momentarily she can hardly dare to believe Des Grieux is anything more than a phantasm from the past, conjured up by her fretful yearning for safety and sanctuary. Even when she feels his tears falling on her hands she thinks he has only come to bid a final adieu. The adjectives 'languissante' and 'affaiblie' are the first of a series of hints intended to prepare the audience for her eventual death owing to weakness, terror and emotional rather than physical exhaustion. The association of love and death is soon discernible in the text which follows: 'cette pauvre fille se livra à des sentiments si tendres et si douloureux, que j'appréhendai quelque chose, pour sa vie, d'une si violente émotion'.

283. cette pauvre fille se livra à des sentiments si tendres...une si violente émotion: Manon attains nobility by her capacity for experiencing extremes of emotion similar to Des Grieux's (p. 43), even though in her case it seems to be associated not with superhuman powers but with death. She has now joined the ranks of 'les personnes d'un caractère plus noble' (p. 43), rather than those of 'les personnes d'un certain caractère' in the 1731 edition (see D-P, p. 225, variant 'd' ref. to p. 81).

284. C'étaient des marques d'admiration sur mon amour...je ne pouvais espérer avec elle: If this is turning into emotional manipulation to ensure that the man she sees as her only possible protector will reject her advice to abandon her, and reinforce the commitment he has already pledged, it is no worse than the manipulation by which Des Grieux contrives that, after his duel with Synnelet, she leave New Orleans with him, which will mean

171

her certain death. It does not exclude the possibility that her repentance and her conversion to his passional values when they reach America are no less than genuine.

In the section from 'Mais, lorsque je l'eus assurée...' to '...que je ne pouvais espérer avec elle' the affective qualities of the language are brought out by careful attention to construction: short, driving statements separate two long, balanced sentences whose cumulative rhythms are underpinned by phrase groups of two and four, adding to the emotional effect.

285. je trouvais ma félicité dans ses regards...le seul bien que j'estimais etc.: Here is one of the high points of the 'justification of love' theory, leading up to, and to be compared with, pp. 104-5. Des Grieux, as forecast (pp. 23, 48) has come through hell and highwater, abandoning everything to find the only true happiness with Manon, for the love relationship supplants and compensates for the loss of family, possessions, country. At this point, though, he retains sufficient practical sense and mercenary realism to make him regret not having sufficient money to keep Manon in comfort. This puts his presumption of her fidelity into perspective, since he may like to think but not know for certain from her weeping, when he first sees her in the convoy, that she is about to undergo an irrevocable change of heart.

286. Si les relations qu'on en fait sont fidèles: Louis Armand de Lom d'Arce, baron de La Hontan, in his *Voyages* (1703) had praised the virtues of the Noble Savage, based on his theories and experiences travelling in Canada. It was in the interests of the Compagnie du Mississippi, set up by John Law and intent on attracting colonists, that as bright a picture as possible should be painted, as well as inducements offered (for which, see p. 102). Des Grieux could be thought specifically to have in mind a series of articles published along those lines in the *Mercure* between 1717 and 1719 – extracts are quoted in D-P, p. 180, note 2, and p. 184, note 2.

287. ni les fureurs de l'avarice...un ennemi de mon père: Des Grieux labels 'cupidity' old G... M...'s desire to keep what the lovers have been discovered to be on the point of stealing from his son, which makes it comparable in his eyes to the ruthless rapaciousness of the 'archers' in the transportation convoy (see p. 6, 'pour satisfaire leur avarice'). The ideas of Des Grieux's father on honour which throw the two of them into conflict (pp. 95-6) are commonplace in a man of his position and rank.

288. ma malheureuse maîtresse m'étant enlevée pour toujours...mes mortels regrets: The next letter that he writes to Tiberge (p. 102) must tell the whole truth about the lovers' mutual exile, if Tiberge decides to take ship to go in pursuit of his friend.

289. Mourons, me répéta-t-elle; ou du moins donne-moi la mort, et va chercher un autre sort dans les bras d'une amante plus heureuse: This is the second time that she has said more or less the same thing (see p. 100, 'chercher ailleurs un bonheur'). There is a certain resemblance with Des Grieux's exhortation to Manon, after the duel with Synnelet (p. 109). Is this is a comparable manœuvre on Manon's part to elicit a guarantee that he will safeguard, protect and never abandon her? Despite the threatening accusations he has staged, he has never before shown any genuine inclination to desert her. Manon is not simulating: she is utterly downcast and psychologically ready to die, so that when her death from exhaustion and a failure of heart and nerve comes, it is only as expected.

290. j'ai éprouvé, dans la suite,...l'intrépidité d'un homme qu'elle aime: This comment seems rather inappropriate, given the circumstances of her death, but Des Grieux is referring to the conversation which the two lovers have on the night of their arrival in New Orleans (p. 104), and in particular to this: 'j'affectai de montrer assez de courage, et même assez de joie pour lui en inspirer' (ibid.).

291. elle [la lettre] lui fit prendre une résolution: Not revealed until later (p. 112), in order to keep the audience in suspense.

292. Je ne crus pas me rendre coupable d'un mensonge honteux, en lui disant que j'étais marié à Manon: In his final letter Des Grieux tells Tiberge the truth about his own exile, having no immediately answerable request to put to him that requires special pleading. When it comes to gaining respect and respectability in the eyes of the ship's captain, however, he reverts to his usual practice of doctoring and presenting special salubrious versions of the truth. He is becoming aware that he is not always convincing ('il feignit de le croire'), and that what matters is whether his audience, understanding his motivation, have the goodwill to accept rather than reject the manipulation they will inevitably detect.

293. une perpétuelle émulation de services et d'amour: A mutual attentiveness which, sadly, has no power to sustain her in life (see p. 110). There is a similarity with Manon's behaviour at those points in the narrative where she rediscovers her love. At Chaillot, after the turning-point of the Saint-Sulpice interview: 'elle avait pour moi des attentions si délicates, que je me crus trop parfaitement dédommagé de toutes mes peines' (p. 25). When they return to Chaillot after escaping from prison, Manon pampers Des Grieux by obsessively attending to his hair (pp. 66-7).

294. Après une navigation de deux mois...un large fossé: The sea voyage normally took approximately three months, not two. Leaving aside the reference to the 'petite colline' and to the surrounding countryside which was marshy, not a desert or a 'vaste plaine' set in 'de stériles campagnes' (p. 109), Prévost's description of New Orleans is more accurate than the official propaganda admitted. Such a disparity was usual in pioneering days in

America: see the chapter 'New Albion' in Garrison Keillor's *Lake Wobegon Days* (Faber and Faber, 1986). It would have to be a very knowledgeable and well-travelled reader who would realise that the 'campagne stérile' evokes the sandy terrain around the disembarkation port of Biloxi, rather than New Orleans itself, and that New Orleans is a greater distance from the coast, and the nearest English colony (p. 109) further away from it, than Prévost allows. The governor's powers, and casting lots for a wife when several men had expressed the same preference are as described. But New Orleans and its surrounds is an allegorical as well as a geographical location, characterised by honourable behaviour and the hope at least of freedom from rivals and from the social pressures which have thwarted any plans for marriage. It is a subjective Eldorado (where the riches are the metaphorical, emotional riches of True Love), which fails to live up to its utopian promise and turns into a symbolically appropriate, if geographically inaccurate, barren desert of unattained aspirations and of death.

295. Il ne nous fit point de questions en public: A small but significant and ominous detail, since it suggests that Des Grieux may doubt (*did* doubt?) whether the governor had been completely convinced by the special version of events the captain had retailed to him, even if he is prepared to spare them social embarrassment. The governor would be all the more ready to accede to his nephew's wish to marry Manon, if from the very beginning there had been a question mark in his mind over her supposed status of being already the wife of the Chevalier; and if the captain had only pretended to believe Des Grieux's 'honourable lie' (p. 102), that uncertainty would have no doubt been conveyed to him.

296. une misérable cabane, composée de planches et de boue: Given the climate and situation, adobe, or dried mud reinforced with straw, would only be an appropriate building material for temporary housing, *faute de mieux*. Prévost's choice of pathetic detail emphasises the degradation of the lovers.

297. une chimiste: i.e. 'alchimiste'.

298. Je me rends justice...la moitié des peines qu'elle vous a causées: Manon is mouthing so precisely the sort of things that Des Grieux wants to hear that it is as if, having determined to create for himself what his father offered to provide him with – a woman 'qui ressemblera à Manon, et qui sera plus fidèle' (p. 18) – he has achieved his heart's desire and his American dream has come true. His influence on her might seem detectable in her threat when they reach Le Havre to commit suicide (it is Des Grieux who is forever talking about death as a preferred option). Here he appears to have brainwashed her completely, for in repenting of her former treatment of him, her language looks over-ornate, artificially balanced with its neat antitheses, and out of character, as if she were merely his ventriloquist's dummy. 'The sad truth is that the Manon we knew exists no more. She dies in the spiritual sense long before her final extinction in the desert wilderness and this is nowhere more clearly felt than in the new style in which she expresses herself', one critic comments (Grahame Jones, '*Manon Lescaut*: morality and style', *EFL*, IX (1972) pp. 30-45 [p. 44].) Francis (*Prévost: Manon Lescaut*, London, 1993, [p. 51]) talks of Des Grieux imposing 'an alien personality on Manon'. Yet the repentance and conversion of Manon has to seem convincing if it is to function as a possible model for Des Grieux's change of heart at the end of the novel, and there is no real reason to think that the stylised language makes it unbelievable. We know Manon's talent for mimicry of the high-flown sentiments of her social 'betters' (her earlier protestations of fidelity are an example). Surely at this point she has moved beyond mere mimicry to genuine apology and belief in the value of a passionate *service d'amors*, of which the Chevalier has provided the perfect example? Clearly this is meant as more than a rhetorical dressing-up of gratitude for the social sacrifice that Des Grieux has made for her. Manon means what she says here, and that is precisely why she takes such care with her expression. After all, she could, if she chose, have 'transformed everything into gold' by accepting the love of Synnelet, with the mental reservation that she might perhaps keep Des Grieux as her 'greluchon', but this is far from her mind in the actual event.

299. je crus sentir une espèce de division dans mon âme: Cf:

> *Les yeux de Manon, ces yeux dont le ciel ouvert n'eût pas détaché les regards de son amant* [a reference to p. 32?]; cette division que le chevalier Des Grieux croit sentir dans son âme, quand, accablé en quelque sorte de la tendresse de Manon, il lui dit: *Prends garde, je n'ai point assez de force pour supporter des marques si vives de ton affection; je ne suis point accoutumé à cet excès* [sic] *de joie. O Dieu ! je ne vous demande plus rien*, etc. [cp. p. 104]; de pareils traits, ce me semble, font mieux sentir que de vains éloges le génie de l'auteur, et l'étude approfondie qu'il avait faite du langage des passions.
>
> (Charles Palissot, *Le Nécrologe des hommes célèbres de France* [Paris, 1767] p. 66; quoted by Robert Mauzi in his edition of *Manon Lescaut*, p. 289, and also in D-P, pp. clxix-clxx)

The contemporary critic Palissot considered Des Grieux's description a particularly accurate and moving perception of feelings. Had he thought the words of Manon which provoked it an artificial piece of ventriloquism, he would surely have noted the incongruity of Des Grieux's reaction.

300. O Dieu!....Je suis assuré du cœur de Manon...je ne puis plus cesser de l'être [heureux] à présent: Hence looking back over his life after her death, he says: '[Le Ciel] a voulu que j'aie traîné, depuis, une vie languissante et misérable. Je renonce volontairement à la mener jamais plus heureuse' (pp. 110-111). Does he nevertheless regard her death as the final infidelity, and his own fidelity to her beyond death as a source of unnecessary suffering? See p. 12: 'Je me trouve le plus malheureux de tous les hommes, par cette même constance, dont je devais attendre le plus doux de tous les sorts, et les plus parfaites récompenses de l'amour'.

301. des trésors bien plus estimables: Des Grieux can now see that, at this moment as at the beginning of the 'seconde partie', 'J'étais plus fier et plus content, avec Manon et mes *dix* pistoles, que le plus riche partisan de Paris avec ses trésors entassés' (p. 64, my italics).

302. un petit emploi qui vint à vaquer dans le fort: In the exceptional circumstances, the normal code whereby a French aristocrat (but not necessarily an *English* lord: see Voltaire's *Lettres philosophiques*, lettre 10) would not sully his hands with trade or a salaried occupation has to be suspended. Des Grieux, who had talked with utter distaste and horror of Manon having to perform 'une certaine tâche de travail' in prison in return for food and upkeep (p. 42), is coy about the nature of his 'emploi', so perhaps it is not something relatively honourable of a military nature. A sign of the 'depths' to which Des Grieux has 'sunk' (there are no card-playing circles or family money to exploit), or an indication of the depth of his love for Manon – *ad libitum*. At any rate the Chevalier knows that circumstances having radically altered, he no longer has to 'ménager les lois arbitraires du rang et de la bienséance' (p. 105) in the matter of undertaking paid work. A pioneering society with a new set of priorities, which appreciates energetic individual action, would have valued not looked askance at the practice.

303. J'étais réglé dans ma conduite...l'affection de toute la colonie: Clearly Des Grieux, who had described himself to his father as 'un fils...qui n'a pas renoncé...au devoir' (p. 90), was returning *of his own accord* to a sense of his duties and to 'des idées dignes de [s]a naissance et de [s]on éducation' (p. 112). It is God's doing, then, that after the death of Manon these should be seen to lie with his family and with society in the Old, not the New World (obviously not a place for an 'honnête homme'). An alternative, more energetic and optimistic ending, dimly glimpsed here (p. 105), is precluded by the narrative necessity for Des Grieux to go home to tell his story, and for Manon's absence at Calais to be accounted for by her death.

The sequence of a social reformation being followed by a religious reformation (see the next paragraph of the text) is an inducement for the audience to conclude benevolently at the end of the story that the same pattern is to be repeated and completed in the events of Des Grieux's future life outside it. It is debatable whether this is enough to remove the perception that, with Des Grieux's final assurance to his friend about the seeds of virtue, Tiberge is only being told expediently what he wants to hear.

304. L'amour et la jeunesse avaient causé tous nos désordres: Des Grieux seems to have forgotten that Manon has been described as sexually 'expérimentée' despite her youth. This is not so much of a problem if the statement 'L'amour et la jeunesse etc.' represents his thoughts at the time, as seems likely. After Manon has recanted her past and assured him of her reformed character he can allow himself the luxury of freeing her from blame and considering the two of them as victims of a common misfortune. But to attribute his own 'désordres' to love as if it were an external agency over which he had no control, is casually to set aside the conversation he had had with Tiberge at Saint-Lazare, which, while positing the powerlessness of the will, paradoxically created the impression that he was implementing a predetermined philosophy he had chosen for his own. See especially the argument (p. 48) beginning 'J'aime Manon'; and Textual Note 164 to 'secours' (p. 49).

305. Elle était droite, et naturelle dans tous ses sentiments; qualité qui dispose toujours à la vertu: Is it a conviction of Manon's capacity to tell the truth (p. 82) which is leading to a further elevation? Des Grieux has suspended his doubts about her sincerity (p. 59) since she has now no reason to make invidious comparisons with 'des femmes qui vivaient dans l'abondance' (ibid.). The process of idealisation is well under way, but recently Manon has given him every reason to push it forward.

306. Je n'ai point la présomption d'aspirer à la qualité de votre épouse: This declaration from Manon is one of the reasons why Des Grieux can say with hindsight that 'elle se trouva flattée d'avoir fait la conquête d'un *amant* tel que moi' (p. 10, my italics). She has witnessed the suspension of the 'bienséances' in the arbitrary and ruthless way in which women arriving in America are allotted to men for breeding purposes, and although she is overwhelmed by the proposal coming from him, she still cannot quite believe that Des Grieux's noble birth, or rather her lack of it, is not a stumbling block to legitimate union with him. Does she have some inkling that Des Grieux, for once, will not be able to pull rank in the matter? Is it likely that Manon would not have realised Synnelet was her secret admirer?

307. Nous n'avons nul obstacle à redouter: Either this is a piece of bravado, or Des Grieux really does not yet have the slightest suspicion of Synnelet's secret passion for Manon which had grown over a period of nine or ten months. The latter seems to be the case if he concedes: 'Je n'avais nulle raison, qui m'obligeât de lui faire un secret de mon dessein; de sorte que je ne fis point difficulté de m'expliquer en sa présence' (p. 106). Had he known of the other man's feelings, the possiblity of nepotism and rivalry in love combining in a way prejudicial to the lovers' interests would surely have given him pause for thought, despite Synnelet's self-control thus far (ibid.). According to Roger Laufer:

> Des Grieux a perdu le discernement qui lui avait fait deviner en une demi-heure les effets des charmes de Manon sur le jeune Monsieur de G.M. Il ne voit pas en neuf ou dix mois la passion de Synnelet, le neveu du Gouverneur. Prévost avait besoin d'amener la mort de Manon: il est dommage qu'il ne s'y soit pas mieux pris.
> *Style rococo, style des "Lumières"* (José Corti, 1963), p. 85

Apparently Des Grieux only discovers the truth later from the chaplain: 'Il me répondit, que [le Gouverneur] jugeait à propos de la donner [Manon] à M. Synnelet, qui en était amoureux' (p. 107). The full explanation of Synnelet's repressed love (p. 106) is a reconstruction based on nothing more than supposition by the retrospective narrator. It is unlikely that the governor would reveal intimate personal details in order to justify an official decision, when Des Grieux goes to petition him to change his mind (pp. 107-108), and at what other point could the Chevalier have learnt those details?

308. se trouvera-t-il quelqu'un qui accuse mes plaintes d'injustice... que pour lui plaire?: For a further turn of the screw as far as Des Grieux is concerned, see 'rigoureux jugement' (p. 138).

309. des sauvages aussi barbares qu'elles: The note in D-P (p. 193, note 3) reads: 'Sans doute ne faut-il pas tout à fait donner au mot *barbare* le sens moderne de cruel, puisque Des Grieux a dit...que les "sauvages" "suivent les lois de la nature"...'. A comparison of the various references to 'sauvages' (pp. 100, 107, 109) simply reveals the twists of Des Grieux's ad hoc rhetoric, where attitudes change according to the emotions which colour his private thoughts and as he adapts them to the need to impress a particular audience. He has himself to be sure and Manon made aware of how the odds are stacked against them, or else she has to be persuaded by verbal shock tactics to follow him when he flees New Orleans. 'Barbare' is never used in any sense other than that of 'cruel'. In fact the two words are juxtaposed as synonyms when Des Grieux describes the Governor's attitude to his pleading:

> Je le pris par tous les motifs, qui doivent faire une impression certaine sur un cœur qui n'est pas celui d'un tigre féroce et cruel. Ce barbare ne fit à mes plaintes que deux réponses, qu'il répéta cent fois: Manon, me dit-il, dépendait de lui.
>
> (pp. 107-108)

310. émouvoir: Not 'to win people's hearts' (Tancock, 1954 ed., p. 182), but 'to rouse the populace to sedition'.

311. je le croyais trop de mes amis pour vouloir ma mort, à laquelle je consentirais plutôt qu'à la perte de ma maîtresse: Repeating a prediction already made to his father at the end of the conversation in the Luxembourg gardens (p. 96), Des Grieux is nearly proved right in the event, even though he had not foreseen the circumstances. See the description of the duel: 'Il m'attaqua avec une furie inexprimable...Synnelet ne laissa pas de me percer le bras d'outre en outre' (p. 108). These references to death on the lips of both lovers are no longer mere theatrical attitudinising (cp. p. 27, and Textual Note 93) or wearisome hyperbole (pp. 41-2); they increase the tension and lead the reader to regard a fatal outcome as inevitable. Des Grieux's willingness privately to consider staging a massacre ('donner à l'Amérique une des plus sanglantes et des plus horribles scènes que l'amour ait jamais produites', p. 108) is more compellingly threatening by contrast with the front of fawning submission and moderation which he presents in public, and given that he has had to reject as unrealistic the already desperate measure of fomenting a popular revolt in his favour. Manon's wish, 'Je veux mourir avant vous' (p. 107), is all too tragically granted.

312. J'ai dit qu'il était brave: Synnelet has used his influence with the governor to attain Manon by stealth, but this is America, and so, despite abusing his position, in reality Synnelet is a man of honour, unlike the people who surround Des Grieux in the Old World: cp. Lescaut: 'il n'était rien moins que brave' (p. 38).

313. un sang généreux ne se dément jamais: In his father's terms Des Grieux, if he disobeys him, rejects death as an option and goes into exile in America with Manon, must be dishonouring himself and the family name: cp. 'j'aime mieux te voir sans vie, que sans sagessse et sans honneur' (p. 95); yet America has turned out to be 'le sejour de l'amour *et de l'honneur*'. Des Grieux may have paid work, but Manon is faithful, his enemy is an honourable man (see pp. 108, 111: 'sa générosité'), and he can treat him with honour, without resorting to 'un lâche assassinat' (cp. p. 93). If his sense of honour is not dead, then its less instinctive aspect – his social conscience – can be revived, as will be seen later (p. 112).

314. je le pris sur le temps: 'I riposted unexpectedly', or 'I lunged at him when he was not expecting it'.

315. J'employai plus d'un quart d'heure à lui faire retrouver le sentiment: This is not just a 'fit of the vapours'; Manon is so terrified out of her wits that she has lapsed into a kind of coma, if it takes Des Grieux's best efforts for a quarter of an hour (with the help of smelling-salts, or perhaps a brandy) to restore her to consciousness. The phrase 'à demi morte, de frayeur' and then references in the following paragraphs to her 'faiblesse', 'déli-catesse' and to her being 'accablée de lassitude' are enough, when taken with her despairing wish to die at Le Havre, for the reader to be able to accept her death as natural, a failure of nerve in harrowing circumstances, despite his being visited by the thought that physical conditions at least cannot explain it.

316. Ne vaut-il pas mieux...ma tête au Gouverneur?: If Des Grieux had checked that his opponent was still alive, and conferred briefly with Manon before going to seek help for the wounded man, she would have accepted this proposition as a temporary solution, knowing that she could work on Synnelet to press for the early release of her lover, who after all was the injured party in the events which led to the duel.

317. J'eus assez de présence d'esprit...dans mes poches: 'Assez de présence d'esprit' is accounted for by the detail of fortifying himself with brandy, so that he can dig Manon's grave (p. 111). Des Grieux intends that they should drink from pools and streams as they go across country, and use the brandy as a bribe '[pour] apprivois[er] les sauvages' (p. 109).

318. car cette amante incomparable refusa constamment de s'arrêter plus tôt: Des Grieux is obviously very concerned at the state she is in if he keeps pressing her to stop. The addition of the causal clause makes it seem as if she is so weak the narrator would have not expected her to get even this far. The bare pedestrian facts – a nine kilometre walk and then a night in the open 'desert' – cannot explain, and are not meant to explain, her death: it is not as if she were lethally unfit through taking too many carriages.

319. par quel rigoureux jugement aviez-vous résolu de ne les pas exaucer?: A truly repentant sinner would conceivably spend less time than Des Grieux in railing against the Heavens and providence (see pp. 106, 110-111); but if Prévost has dechristianised the enlightenment by God at the end of the story, there is not the same problem. To put what happened down to a judgment of God is useful, if it distracts the audience's attention away from Des Grieux's responsibility for causing Manon to embark with him on an attempt to escape to the nearest English colony which anyone else in the circumstances would have recognised to be hopeless – given the dangers, Manon's enfeebled state and the quite perfunctory preparations made (should he not at least have taken a musket with him?). The geographical details (the supposed desert near New Orleans) may be false, but the 'death-bed' scene, set in this symbolic landscape, has to be supremely pathetic and moving for us to appreciate (beyond the blindness of Des Grieux) to what extent she, rather than he, has become the real victim. Manon dies in tragic and touching circumstances, victim of a simple omission – her lover's failure to verify that Synnelet was not in fact dead. Naturally Des Grieux is more concerned about the cruelty of Fate (of a Christian God, even) in dashing his hopes for happiness and depriving him of his heart's desire at the very moment when he might have had her legitimately, but his responsibility for her death cannot be denied. In the words of Joseph Donohoe in his article 'The death of Manon: a literary inquest' (in *L'Esprit Créateur*, Summer [1972] pp. 129-146 [p. 144]):

> With her compliance, the Chevalier's project of escape, already suicidal with respect to his own chances (given the distance, the terrain, and the presence of wild animals and Indians) was to become, at best, a not so involuntary case of manslaughter. Honorably relieved, by her edifying death, of the mixed blessing of Manon's company, des Grieux will, after a decent interval, reintegrate himself at long last into the society of his peers, and return to France to relate 'de la meilleure grâce du monde' 'la plus étrange aventure qui soit jamais arrivée à un homme de ma naissance et de mon éducation'. At the cost of Manon's death, the Chevalier as narrator will finally succeed in reconciling, in the domain of art, the distinction of the heart with the nobility of convention.

It is feasible to argue that Des Grieux forces her by a kind of emotional blackmail to accompany him, after the duel, on a journey which she is hardly likely to survive, because unconsciously he wants her to die, frozen forever at the apogee of her idealisation, in an attitude of unchangeable dedication to him.

320. J'y plaçai l'idole de mon cœur...pour empêcher le sable de la toucher: As earlier (p. 99), 'ses mains délicates exposées à l'injure de l'air', the tender vision of the lover comes across in the detail. But she is no longer alive for him to be able to protect her from cruel Nature. For 'l'idole de mon cœur' cp. D-P3, p. lxxx and p. lxxxvi.

321. Synnelet avait pris soin de faire transporter le corps de ma chère maîtresse dans un lieu honorable: Des Grieux presumably had the wherewithal to pay for her interment (see D-P, p. 243, variant 'a' ref. to p. 203: 'Je pris soin...'), but having buried her himself with his own hands he cannot face a repetition and an immediate reawakening of the past; moreoever Synnelet had the official claim upon her, as her husband-to-be.

322. ayant reçu la lettre que je lui avait écrite du Havre...les secours que je lui demandais: Tiberge confuses the letter in which Des Grieux requested financial help (p. 101) with the letter which he wrote from Le Havre (p. 102). It would be futile asking for money to be sent, at the point at which the Chevalier knew it would arrive too late.

323. qu'il en avait cherché pendant plusieurs mois dans divers ports ...pour se rendre heureusement près de moi: See Henri Coulet's comment (op. cit., p. 15):

Seul le malheureux Tiberge est victime d'un accident 'romanesque';
il tient en quatre lignes et s'explique par deux raisons: rendre
compte du fait que des Grieux soit resté longtemps au 'Nouvel
Orléans' sans lien avec l'Europe, et compenser l'absence de toute
aventure de ce genre dans l'intrigue principale, comme si Prévost
se sentait tenu de livrer à ses lecteurs un épisode de corsaires.

Tiberge's picaresque story at least explains the lateness of his arrival.

324. la triste nouvelle de la mort de mon père...contribué: For the most
significant changes to the ending by comparison with the 1731 edition, see
Textual Note 165 to p. 49, and D-P, p. 243, variants 'b', 'c', 'e', 'f' ref. to
p. 202, and variant 'a' ref. to p. 203; D-P, p. 243, variant 'e' ref. to p. 204.